特种王牌 2

攻心为上

磨剑少爷 ◎ 著

北京时代华文书局

图书在版编目（CIP）数据

特种王牌.2,攻心为上 / 磨剑少爷著. —— 北京：
北京时代华文书局,2020.1
ISBN 978-7-5699-3390-1

Ⅰ.①特… Ⅱ.①磨… Ⅲ.①都市小说-中国-当代
Ⅳ.① I247.5

中国版本图书馆 CIP 数据核字（2019）第 285311号

特种王牌2：攻心为上

TEZHONG WANGPAI 2 : GONGXIN WEISHANG

著　　者 | 磨剑少爷

出 版 人 | 陈　涛
责任编辑 | 张彦翔　周连杰
装帧设计 | 小徐书装
责任印制 | 刘　银
出版发行 | 北京时代华文书局 http://www.bjsdsj.com.cn
　　　　　北京市东城区安定门外大街 136 号皇城国际大厦 A 座 8 楼
　　　　　邮编：100011　电话：010-64267955　64267677
印　　刷 | 河北照利印刷有限公司　13031030811
　　　　　（如发现印装质量问题，请与印刷厂联系调换）
开　　本 | 700mm×990mm　1/16　印　张 | 20　字　数 | 296千字
版　　次 | 2020年4月第1版　　印　次 | 2020年4月第1次印刷
书　　号 | ISBN 978-7-5699-3390-1
定　　价 | 45.00元

目 录

01　歃血为盟

秦帅回到了九五至尊包厢里。唐云豪往他身后看了一眼："秦兄，雨若呢？"

秦帅说："她上个厕所，马上就回来了。"

"你们……"唐云豪问，"都弄清楚了？"

秦帅说："那当然，我既然决定要弄清楚，必然胸有成竹。"

唐云豪问："怎么弄清楚的？"

秦帅说："很简单啊，就找几个女的，我根据她们的气色判断就行了啊！"

"你真的能从一个女人的气色上看得出是不是经期？"唐云豪问道。

秦帅笑道："说起来是有点玄乎，可大千世界，本来就无奇不有。这世界之宽广，知识之渊博，技艺之莫测，岂是一般人想象得了的？"

话刚说完，唐雨若也回房间来了。

"怎么样，雨若？"唐云豪觉得，这个时候真正的答案还得问唐雨若。

唐雨若面无表情地说："没事了。"

"他真能从脸上的气色看出来？"唐云豪再次疑问道。

唐雨若说："嗯。"

"咦，秦兄，这么说你精通医术？"唐云豪突然想起了什么。

秦帅说："精通谈不上，略懂而已。"

"别谦虚啊，如果是真懂，我有事相求呢！"唐云豪说。

秦帅问："有什么事唐大少不妨说，我看能不能帮上忙。"

唐云豪问："你知道气虚症吗？"

唐雨若的心里一颤，她明白老哥想干什么了，肯定是觉得秦帅医术通玄，问他有没有治疗气虚症的办法。秦帅既然能从脸上的气色看出经期，也许他的旁门左道比医生的正统医道管用。

"气虚症？"秦帅一脸愕然，"什么病？没听说过这种病啊！"

"哦，那算了。"唐云豪略有些失望，既然秦帅听都没有听说过这种病，他又如何能治呢？

秦帅问："怎么，唐大少是有亲戚或者朋友得了这种病吗？"

"嗯，一个朋友。"唐云豪说。

秦帅说："行，我也认识一些医术不错的朋友，有机会我帮忙问问。"

唐云豪说："那就多谢秦兄了，肚子饿了吧？我喊上菜。"

秦帅说："嗯，是该上菜了，来的路上就饿了，又折腾了这么一阵。"

他又故意关心地问川岛樱子："亲爱的，饿坏了吧？"

川岛樱子也一脸娇媚，两眼秋波，落落大方地说："没事，我身体好。"

唐雨若就那样看着两人秀恩爱，只好假装告诉自己，有什么了不起的，自己又不是找不到男人，比秦帅好得多的男人有的是，所以完全可以无视他！就算错过了又怎么样，不稀罕！

很快就上菜了，摆了满满的一桌子，全部是山珍海味。

"哎，让唐大少这么破费，真是不好意思。"秦帅客气地说。

唐云豪说："秦兄这么说就真是见外了，我当你是兄弟，一起吃个饭，因为知道你低调，所以也就没有约其他朋友，还望不要见怪。"

川岛樱子在旁边听着暗自奇怪，秦帅到底是什么样的富二代，居然连鼎鼎大名的唐门大少都对他如此尊敬恭维！虽然她对华夏了解不多，但对唐门还是很熟悉的。在华夏，唐门之名可谓如雷贯耳。像唐云豪这种身份，要多重的分量才能有资格陪他吃饭，又要预约多久才能有个机会，就更别说他对秦帅这么客气了，感觉秦帅比他更有来头啊！

"对了，和范九龙之约，秦兄是怎么打算的啊？"唐云豪突然问。

秦帅说："刀来枪挡，枪来炮轰，就这么简单。"

唐云豪说："我知道秦兄武功了得，可这范九龙也非等闲之辈啊。二十年前他就成名蜀中了，自幼修炼九雷功法，内功深厚，其九雷拳杀伤力惊人，手下的神武道更是网罗天下奇人异士，高手如云。不是我看低你，而是确实差距悬殊。约斗之事，凶险难测啊！"

秦帅说："实力再悬殊，我硬着头皮也得上啊，总不能在那老东西面前输了骨气吧？我也总不能一走了之，把唐大少你弄得没法交代吧？毕竟是你担保的。"

"这么说来，秦兄是真要跟范九龙一决生死了？"唐云豪问。

秦帅回答："怎么，唐大少觉得我会当逃兵吗？"

"没，怎么会呢？秦兄为兄弟复仇打趴九头兽，扬威海外，是我眼里真正的英雄豪杰，我怎么会怀疑秦兄呢？"唐云豪说，"我只是为秦兄你担心，毕竟范九龙确实算得上一个神话，就是我们唐门也得给他几分面子。"

其实唐云豪还真是担心秦帅会跑路，因为唐雨若说了，秦帅现在背负几条人命，而且越狱出来，再胆大包天，这时候也不敢接范九龙的招，而是想着亡命天涯了。是不是秦帅在敷衍呢？

"能借一步说话吗？秦兄。"唐云豪决定跟秦帅敞开心扉谈一谈。而他们要谈的，哪怕有一个外人在场都不行。

秦帅跟着唐云豪到了外面，随便进了一个没有客人的包厢里。

"什么事啊，唐兄？"秦帅问。

唐云豪说："我听雨若说你出事了？"

秦帅顿时明白过来："唐兄指的是蜜月酒店的事吧？"

唐云豪点头："我也没想到雨若会那么不懂事，居然举报了你，在这里我先替她赔个不是。不过，你既然逃出来了，一定不能在唐镇久留吧？你若要走，我也不会怪你，但你得事先让我有个心理准备，我得想好怎么给范九龙交代啊！"

"哈哈哈……"秦帅忍不住笑起来，"怎么，唐兄觉得我会爽了范九龙的约，脚底抹油地溜了？"

唐云豪说："秦兄别怪我以小人之心度君子之腹，确实是你犯的事太大，而且唐镇几度戒严，正常情况下你都不可能在这里久留吧？你若要走，跟我明说，我不会怪你的。"

秦帅说："感谢唐兄这么大度，愿意为我如此担当。说实话我确实为难，留下来太过危险，但我一走，唐兄必没法对范九龙交代，失信于江湖。咱们交兄弟，不能只想自己啊，所以就算死，我也必须得留。万一不小心被抓了，范九龙也就怪不了唐兄你了。"

唐云豪说："不不不，还是以秦兄你的安全为重，若真是危险，你就先走，范九龙这里我帮你想法交代就是，怎么说范九龙也得给唐门一点面子，不敢做得太过分。那今天晚上秦兄你连夜离开唐镇吧，别在这里逗留了，不然后果难料啊！"

唐云豪的一席话如一股暖流，涌进了秦帅的心窝。秦帅把宽大的手掌放到唐云豪的肩上："我秦帅此生，能交上你这种兄弟，死而无憾啊。都说这社会现实，我跟唐大少不过见了区区两面，唐大少就能为我担这么大的责，千言万语一句话，你这个兄弟我交定了，以后你的事，就是我秦帅的事，言语一声，必全力以赴。"

唐云豪说："秦兄言重了，我们虽只见过区区两面，但却了解颇深。秦兄在维加斯为兄弟复仇，够胆气、霸气、义气，只此一件事，就让我以与你结交为荣了。所以，我是真当秦兄是兄弟，你不要跟我客气，有什么需要尽管跟我说，只要我唐云豪能办得到的。要不，晚饭之后，我派人送秦兄离开吧，坐我的车子走会比较安全。"

秦帅笑道："唐兄不必这么认真，事情没有唐兄想的那么糟糕，我不会离开唐镇，范九龙的约斗也照旧，唐兄完全不用为这事劳神费心，我会处理好的。"

唐云豪有些愣神："秦兄你这话什么意思？"

秦帅说："意思就是，我根本不是什么逃犯，也无须逃跑。"

"不是逃犯，无须逃跑？"唐云豪有些晕了，"你刚才不也说了，蜜月酒店的枪击案是你做的吗？"

秦帅说："是我做的，但我并没有违法，我那是正当防卫。不，不只是正当防卫，而且还是勇敢地与犯罪分子作斗争的英雄。当然，戴局长是这么说的。"

"戴局长这么说的？"唐云豪完全蒙了，"怎么回事啊？"

秦帅说："枪击事件之后，我其实也被吓到了，毕竟死了几个人嘛，所以我就去投案自首了。由于案情重大，戴局长亲自接管案件，在听我讲了当时的情况并且看了监控之后，确定我无罪，说那几个人竟然光天化日之下开枪杀人，简直就是恐怖分子。我能在那种情况下把他们击毙，完全是自卫，而且为社会除了害，何罪之有啊？"

"真的？"唐云豪似乎不信。

秦帅说："当然是真的，你跟戴局长肯定也认识，可以打电话问他嘛。"

唐云豪说："可是雨若怎么说举报了你，又把你抓了，然后你越狱出来，还受了伤？"

秦帅笑道："那是唐镇本地的警察没搞清楚，把我误抓了，问过戴局长之后就把我放了，我受的伤根本不是什么越狱，是遇到一个多年的仇家，动了几下手，互相有受伤，仅此而已。"

"你是不是觉得这样走会连累我，所以撒谎？不行，我还是得问问戴局长才放心。"唐云豪随即拨打了戴局长的电话，问蜜月酒店的枪击事件，他们是否还在抓捕那个主犯秦帅。

结果戴局长说："什么主犯，他根本就没犯罪啊，是几个危险分子袭击他，他正当防卫，唐大少怎么突然问这个了？"

"哦，没什么，听到唐镇最火爆的新闻，所以随便问问，那不打扰戴局长了。"说罢，唐云豪就挂掉了电话，心情也顿时爽朗起来，"看来，你还真是没事啊。"

秦帅说："我说没事嘛，你不信。"

唐云豪问："那你刚才怎么说留下来危险，想走又怕我为难？"

秦帅笑道："这个得请唐兄谅解了，这社会人心虚浮，两面三刀，交一个真正的朋友不容易，我就想看看唐大少是不是一个能为兄弟担得起事的人，因为我做人的原则就是这样，能为我两肋插刀者为兄弟，认定了兄弟，可让我赴汤蹈火！"

"好，我唐云豪就喜欢这么直爽的人，从今往后我们就是亲兄弟，患难与共！"唐云豪说。

秦帅直接把手伸过去，说："好兄弟！"

唐云豪也伸出手说："好兄弟！"

两双宽大的手掌紧紧地握在一起，心中的热血沸腾，豪情万丈。这天下再大，只要兄弟在，必势不可挡、所向披靡！

吃过晚饭，唐云豪问要不要再找个地方玩玩，去唱歌或者玩点别的什么。

秦帅知道唐云豪说的"玩点别的"是玩什么，但他还是推辞了："改日再和唐兄约吧，我这手上的伤还没好呢，回去多养养。"

"嗯，也是，还是身体要紧。"唐云豪说。

四人一起出了万国酒店，唐云豪问秦帅住哪里，他开车送。

秦帅说："不用了，我还打算跟樱子在外面逛逛，买点东西什么的，唐兄你们先走吧！"

"那好，那我们先走了，有什么事给我打电话。"唐云豪说着，便和唐雨若上了他那辆布加迪 EB 威龙。

车子扬尘而去。秦帅站在那里，总觉得心里有些不是滋味。他知道，其实他心里还是喜欢唐雨若的。当他在世界选美大赛现场看见比赛场上那个纯洁无瑕的少女时，他的眼里就只有她。绝美的容颜，明媚的笑脸，婀娜的身姿，高贵的气质，让台上众多佳丽黯然失色。那时他就告诉自己，他要和这位纯洁而美丽的少女轰轰烈烈地爱一场，然后把她娶回家当老婆，一个男人成家立业的人生就算完美了。

虽然唐雨若有些脾气，但他并不介意，或者说他就是喜欢。女孩是应该有些脾气的，这就像是她们身上的刺，能让很多男人不敢接近，也让秦帅这种强者有着征服的成就感。有刺的女孩就像是玫瑰，有着别样的芳香；有刺的女孩不会轻易爱一个人，因为爱一个人就是一辈子。可让秦帅没有想到的是，唐雨若还是跟这世界众多的庸脂俗粉一般，为了更好的生活，出卖了自己的身体和感情。

"走啊，还站在这里干什么，他们都走远了。"川岛樱子说，"你不会是舍不得那个女人吧？"

秦帅笑道："可能吗？她缠得我烦不胜烦，都让你来做挡箭牌了，我还舍不得她？"

"可我怎么觉得不像是这么回事呢？"川岛樱子说。

秦帅问："什么不像这么回事？"

川岛樱子说："她长得太漂亮了，就算我是女人，看到她也觉得眼前一亮，更别说男人了，她如果真喜欢你，你肯定求之不得吧，还会烦她？"

"我如果不烦她，找你假冒我女朋友干什么？"秦帅问。

川岛樱子说："气她啊，让她觉得你其实也能找到我这么漂亮的女朋友。"

秦帅说："你想象力还挺丰富嘛！"

川岛樱子说："还有一个破绽，她明明有男人，凭什么纠缠你啊？"

秦帅说："所以我才烦她啊，都有男人了，还想脚踏两只船，当我是什么人，我才不愿意当备胎呢！"

"哈哈！"川岛樱子忍不住笑了，"你还挺会给自己脸上贴金啊！"

秦帅问："什么意思？"

川岛樱子说："不是我说啊，虽然你很优秀，但是跟人家唐大少比起来，只怕还是有差距的吧。人家多金、帅气、身份显赫，集各种优秀于一身，哪个女人能跟他在一起，绝对是上辈子修来的福分，哪里还会有背叛他的想法。"

秦帅看了眼川岛樱子："看来，你很喜欢唐云豪啊？"

"怎么会，我可不是花痴，没那么轻易喜欢上一个男人的。"川岛樱子说。

秦帅说："不管是不是，就冲你刚才说我不如唐云豪，我就决定暂时跟你绝交，你自己一个人回去吧！"说完就一个人走了。

"秦帅！"川岛樱子喊。

但秦帅没理会，自己走自己的。

川岛樱子便跑了两步，拦在他面前："真的生气了？"

秦帅说："是又怎样？"

川岛樱子说："至于嘛，一个男人这么小气，跟你开玩笑呢。"

秦帅说："我也跟你开玩笑的，我是突然想起有点事，所以你先回去吧！"

川岛樱子盯着秦帅的脸，发现他的脸上有些不高兴，以为他是真生气了，就说："对不起嘛，我是真跟你开玩笑的，其实你比那个唐云豪好多了，你是我心里最好的男人，这总可以了吧？"

秦帅看着她笑了一下："不要这样，我是真有事，赶紧先回去啊，我一会儿就回来。"

说完，刚好有一辆空的出租车经过，秦帅伸手拦下，然后把川岛樱子推上了车。

"你这算什么嘛，把人家喊出来帮你，又让人家一个人回去。"川岛樱子埋怨道。而秦帅已经替她关上车门，并对出租车司机说了地址。

看着出租车走远，秦帅从兜里掏出一支烟来，点燃后深深地吸了一口，烟头发出亮眼的红光。其实，他只是想一个人静静，莫名地有些烦躁，或者说是失落。

本来他对川岛樱子还是很有想法的，面对她的性感，他还打算晚上把唐雨若气完之后，带川岛樱子去喝点酒。然而，把唐雨若气完，他确实有那么一瞬间的痛快，但随后他还是心情不爽，完全没跟川岛樱子在一起的兴趣了。也是这个时候他才发现，自己心里真正喜欢和在乎的人还是唐雨若。

秦帅一口口地抽着烟，烟雾一串串地飘散在繁华的夜空里。他不断想起和唐雨若吃饭、看电影、牵手、接吻的情景，尤其是在下午的时候，唐雨若几次在范九龙一帮人面前挺身而出维护他，让他心里是那么暖。然而，剧情急转直下，唐雨若抱住了唐云豪，当着秦帅的面大胆地承认了她是唐云豪的人！

"一个贪慕虚荣的女人而已，何必放在心上呢？"秦帅嘟囔着。

"老子要停车，你走得这么慢，不知道好狗不挡路吗？！"一阵叫骂突然从背后传来。

秦帅回头，看见一辆路虎，一个光头从车窗伸出头来凶狠地冲着他骂，他就站在那里，看着光头。

"你耳朵聋了啊，老子要停车，没听见吗？"光头再一次咆哮起来。

秦帅看了看面前："你眼瞎啊，没看见这是人行道吗？"

光头说："老子就要停人行道，关你什么事啊？你很转是吧，再不给老子走开，信不信老子废了你？"

"行啊，你想怎么废了我，尽管来吧，我站这里等你。"秦帅淡然地说，心里的杀机顿起。

"大鸟，撞死他！"光头对着开车的另外一个光头吩咐了声。

一阵轮胎急速摩擦地面的声音传来，路虎车顿时像一头发怒的雄狮，卷起一片灰尘直接朝秦帅冲撞而来。

秦帅刚准备让开，一个小孩却没有注意到人行道上的变化，被另外一个小孩嬉闹地追着朝这边迎面跑来。秦帅心中一惊，赶紧倒退几步，手一伸抓住小孩的手臂，而路虎车已经带着强大的撞击力冲到眼前。秦帅来不及多想，脚下一蹬，提着小孩一跃而起，踩到路虎车的前车盖上，一招"蜻蜓点水"借力跳开。但因为路虎的冲击力太大，秦帅借力的时候很难把握平衡，又得顾着手上的小孩，落地时跟跄了几步，差点摔倒。幸好旁边有一根电线杆，秦帅伸手一扶，才总算稳住。把小孩放在地上后，小孩吓得哇哇大哭起来。

光头很得意，从车窗伸出头来冲着秦帅喊："还很能跳，居然没撞死你，有本事再试试！"

秦帅还没说话，一个中年妇女往这边跑了过来，边哄着孩子，边冲上前去冲着光头骂："怎么开车的啊，没长眼睛吗？差点把小孩都撞倒了！"

"你居然敢骂老子，老子撞死他又怎么了，要老子当街给你重新做一个吗？"光头居然打开车门下车，凶神恶煞地迎着中年妇女而来，那气势就像要动手打人一样。

中年妇女似乎还处在孩子差点被撞的愤怒中，与光头针锋相对："你都把车开到人行道上来了，你还有理了，你妈没有教育过你怎么做人吗？"

"我看你真是想死了。"光头骂着，冲上来就给中年妇女一脚。

那一脚还没有蹬到中年妇女身上，秦帅已经出手了。他直接对准光头站着的那只脚用力铲出去，"轰"的一声响，光头重重地栽倒在地，然后就没反应了，躺在那里像只死狗一样，一动不动。秦帅虽然攻击的是脚，但他栽倒下去，头部却重重地撞到地上了。

"灰机，你怎么了？"车门打开，从车上又冲下来三个光头。而且，三个光头的手里都提着两尺长的钢管。

看见躺在地上的"灰机"没反应，那开车的"大鸟"当即把手中的钢管往秦帅一指，叫嚣起来："他把灰机打死了，干死他！"

秦帅听得这话，迎着他就冲过去了。他心里对这家伙有很强的愤怒，因为他看清楚是这家伙开的车，竟然直接开车撞人，他要是个普通人的话，早就被撞死了！然后，这些仗着家里有钱，把一条人命弄成交通事故，赔点钱就够了，这种人只配去轮椅上反省一生！

狭路相逢，大鸟的钢管直接就往秦帅头上劈来。秦帅径直将手一伸，抓住钢管，用力一拉，就把钢管抢到手里，同时一个低铲，将大鸟铲倒在地，一钢管就重击在他的膝盖上，大鸟顿时惨叫起来。秦帅可是动了杀机的，那一钢管直接把大鸟的膝盖骨给打碎了。膝盖骨碎裂，关节再也不能转动，就是永远的瘸子。但这远不是秦帅想要的，秦帅又再次挥起钢管，往大鸟的另外一只膝盖骨砸落下去，很清脆的一声响，大鸟的惨叫如杀猪一般，令人毛骨悚然。

另外两个光头也冲了过来，直接把钢管往秦帅头上招呼。秦帅迎着最先击来的一根钢管，反手挥出，"当"的一声响，两根钢管相撞，光头手里的钢管直接在巨大的冲击力下脱手飞出，掉落地上。另外一个光头刚好也冲到跟前，准备挥钢管击打秦帅。秦帅行云流水般地抬腿一脚，直接蹬到那光头腹部，将其踹飞出去。

钢管被击飞出去的光头愣了一下，还不知道厉害，赤手空拳扑向秦帅，秦帅只是轻轻往旁边一闪，脚下顺带一勾，光头就一个倒栽葱栽倒下去。秦帅再抬腿一脚，照着光头的脊梁骨就狠狠地踩了下去。断裂之声，伴随惨叫声，让人不寒而栗。秦帅并不解恨，又照准尾椎骨上一脚。哀号声里，又是一个残废横空出世。脊柱骨和尾椎骨都是支撑人体的主骨，而且有关节运转功能，一旦断掉，若无奇迹，基本上没法恢复，下半辈子要么坐轮椅，要么就爬着走了。

秦帅看了一眼那个被一脚踹出去的家伙还在那里捂着肚子，一脸痛苦，当即走了过去。那家伙见秦帅走过来，吓得魂飞魄散，也顾不得肚子痛，连滚带爬地就想跑。几个同伙都太惨了，看得他心惊肉跳，他哪里还敢有半点和秦帅动手的勇气。可秦帅不会放过他，但凡这种混蛋都是物以类聚，简直狠毒到无法无天了，把车子开到人行道来撞人，是可忍孰不可忍！秦帅直接将手中的钢管猛砸出去。钢管重重地砸在那家伙的腿弯上，当即腿一软就栽倒下去，再想爬起来跑，脚已经不受力了。

"哎哟，大哥，我错了，跟我没关系啊，是灰机喊大鸟撞你的啊，我跟他们不是一起的，只是跟着玩的，求求你了，我再也不敢了……"那家伙吓得语无伦次地赶紧求饶。

秦帅什么也没说，直接走到他面前，然后弯腰捡起地上的钢管。

"大哥，真的不要啊，我错了，你放过我，我让我家里赔钱给你好不好，你开个价，多少都可以，别打啊……"光头吓哭了起来，一把鼻涕一把泪地哀求。

秦帅瞬间挥动手中的钢管，照着他的腿上手上呼呼就是几下。惨叫、喊救命都没用。对于这种社会毒瘤，秦帅从来不会心慈手软，因为这些毒瘤安全了，好人就危险了。唯有废了他们，才是对这个社会最大的贡献。

四周挤满了看热闹的人，无不觉得解恨，纷纷指着地上哀号的几个光头说"活该"。

秦帅走到那喊撞人和开车撞来的灰机和大鸟面前站住，慢吞吞地从身上抽出一根烟来点燃，潇洒地吐了口烟雾，问："我就站在这里，还要开车再撞我一次吗？"

两个人都只是垂死一样地哼哼，不敢说话。

秦帅照着两人的痛处几脚踢过去："老子在问你们话呢，是聋了还是哑了？还要老子再费点手脚，割了你们舌头是吧？"

两个人赶紧回答："大哥，不敢了，我们错了，是我们错了……"

之前的嚣张跋扈完全不见，活脱脱的两只可怜虫。

"开着路虎就很威风吗？"秦帅问。

"不……不威风。"灰机赶紧答。

"谁让你们把车停人行道上来的？"秦帅喝问。

"因为，因为……"灰机赶紧解释，"下面的车停满了，没地方了，所以就想停上来，刚好车子的底盘比较高，上得来。"

秦帅说："老子现在刚好不爽，要不要老子直接把你们打死，送去火葬场？"

"大哥，真是我们错了，以后再也不敢了。"灰机哭着说。

"以后？"秦帅冷笑一声，"不要想以后了，你们几个以后都不会有机会了，你们会在轮椅或病床上好好反省，你们的父母也会为对你们的疏于管教负责的，不要以为家里有钱什么都可以搞定，他们既然溺爱你们，那就溺爱你们一辈子好了，这辈子你们都不用劳动，吃喝拉撒全交给他们了！"

说罢，秦帅抬起目光，看见那辆停着的路虎车。直接走过去，挥动手中的钢管，往车子的挡风玻璃、车窗玻璃，猛地一阵砸，玻璃稀里哗啦地碎了一地。秦帅再把钢管扔在地上，转身扬长而去。

其实，他知道这种事不少见。很多一二十岁的青少年仗着家里有钱，觉得自己很了不起，在外面横冲直撞。有坑得父母丢官罢职的，有坑得父母倾家荡产的，甚至也有把自己坑进监狱的。不断地有人在作死，又不断地有人在重复，这是当下教育和社会的悲哀。

　　国外有钱人家的孩子，在读书的时候就已经被培养成自力更生、勤工俭学的人。而国内的这些孩子，但凡家里有点钱，必定是衣来伸手饭来张口，有求必应，使得他们把自己当太子爷一般。他们以为全世界的人都会像他们的父母一样由着他们乱来。没有血的教训，哪有思想的重生！

　　发泄完之后，秦帅的心里似乎舒服了许多，之前被唐雨若搞得郁积在心里的那些不快也一扫而空。算了就算了吧，大丈夫何患无妻，何况是他这么优秀的男人，不愁找不到好女人，至少他不必为了一个本不属于自己又对自己并没有什么情分的女人，搞得这么失落和念念不忘。在他一开始的人生信条里，他就说过，对我好的人，我必善待；对我无视的人，那就滚远点。还是以正事为重，去搜寻一下地狱使者吧。虽然希望比较渺茫，总比什么都不做的好。而影子教官也说过，对于一名特种军人来说，不要放弃任何星星之火的希望，因为在很多时候，星星之火的希望也许就是奇迹的种子。

　　当下，秦帅启动嗅觉，打开记忆中储存关于地狱使者的体味记忆，沿着街道前面搜寻下去。突然，他的目光落在地上一道长长的影子上面。那道影子从他离开冲突现场就跟在他后面，因为灯光的原因，这影子拉得很长，而且恰好倒影在他的前面。虽然路上人来人往，倒影很多，但秦帅还是留意到了这一道特殊的影子。

　　其一，这道影子跟秦帅保持的距离比较均衡，一直是不紧不慢地尾随着，他边走边思考问题，速度慢得像蜗牛，这道影子也并没有超过他。

　　其二，从影子的表面判断，应该是一个女人。一个长发飘飘的女人，而且身材高挑，地上的倒影如画，看上去很美。

　　秦帅不动声色，他虽然觉得这个女人在跟踪他，但还不确定，因为他一直走的是直路。他想突然改变一条路线，看对方是不是也会跟上来。目光一瞥之间，发现前面二十多米的地方，有一条楼与楼之间的小巷子，他觉得不错，于是走到那里的时候就转弯，打算进小巷子里面。就在他进小巷子的时候，秦帅决定启动嗅觉，记住身后那个女人的体味。因为一旦进小巷子，光线改变，那个影子就不会明显地出现在他前面，他得通过另外一种方式来确定对方的位置。

可当秦帅启动嗅觉的时候，他真的惊到了！那个影子所在的位置，他除了嗅到一种很特别的香味，却嗅不到那女人身上的任何体味。他赶紧闭上了嗅觉，太古怪了，难道这女人身上自带迷幻之香，所以没有体味，然后嗅她身上香味的人，就会自动昏迷过去？反正，秦帅有种感觉，当他嗅到那女人身上的香味时，虽然嗅着很舒服，但却马上就从这舒服之中发现了危险。

秦帅还是毫不犹豫地折身进了小巷子，虽然光线变幻，小巷子里不再出现女人的影子，他也不敢启动嗅觉锁定对方的位置，但他还有一项不错的本事，那就是听力。俗话说，眼观六路，耳听八方。很多时候，眼睛看不见的地方，听力是可以捕捉的。秦帅练过很长一段时间的听声辨位，当眼睛看不见，嗅觉不灵的时候，就会用听声辨位，靠声音传递给耳朵的感应来确定对手或者是其他动静存在的位置。

身后女人的脚步其实很轻而且走得稳健又从容。不过小巷子里也相对比较静，加上秦帅的听力过人，能清清楚楚地听见，女人果然又跟着进巷子来了。跟踪，绝对的跟踪！那么对方什么来头呢？一个长发女人，带有异香的长发女人，跟踪他的目的何在？而且，是从他暴打光头砸掉路虎那地方跟来的吗？

目光一瞥之间，他看见巷子前面有一处路灯，路灯下无人，显得有些寂寞和苍凉，在那里，他或许能把这跟踪的女人看得清楚些。秦帅又往前走了一段，在路灯下停住。然后，他转过身来，顿时呆了。的确是个女人，长发的女人。可让他没有想到的是，这个女人太漂亮，魔鬼式的身材，穿着一条蓝白点长裙。巷子的几许凉风将她的秀发飘扬而起，秦帅更清楚地看见了那绝美的面庞，眉如柳叶目若星辰，高挑的鼻梁鲜红的嘴唇，肌肤若雪，脸上带着几许浅浅的笑意，亲切而迷人，倾国又倾城，好有女人味的一个美少妇！

美少妇见秦帅停下，也只走了几步，在离秦帅只有两三米的距离站住了。

"怎么，你这是打算非礼人家吗？"美少妇笑盈盈的，满面桃花。仿佛她和秦帅此时并非有什么较量之举，只不过是两个分别已久的老情人准备叙旧。

秦帅也一笑："如果你真这么想，我应该不会让你失望。"

"是吗？"美少妇问，"你是真打算非礼人家？"

秦帅脸色一正："废话少说，说说你的目的吧，跟着我干什么？"

"天哪，你知道人家跟着你啊？"美少妇用那修长的手指放在嘴角，做出一副吃惊的样子来。

秦帅眉头一皱："你是演员吗？非得要演得跟潘金莲似的！"

"难道你不喜欢潘金莲吗？"美少妇问。

秦帅说："就算我喜欢，也不可能穿越一千年回去，有意义吗？"

美少妇勾人一笑，道："那你喜欢我吗？"

"我说姐姐，这大晚上的，你有什么话直说吧，不要跟我绕那么多弯子，你看我虽然长得像小鲜肉，但哥也走过南闯过北，算是老江湖，没那么好忽悠。有什么招，你使出来，我接！"

女人是危险的动物，何况秦帅嗅到绝美少妇身上的异香，让他的嗅觉不敢触碰对方的体味，就更加警惕了。

"好吧，那我就不绕弯子有话直说了，有人让我揍你一顿！"话是狠话，但从绝美的少妇嘴里说出来，还是带着几分妖媚，像开玩笑一般，更像是在打情骂俏地撒娇，哎呀，人家想揍你嘛，这个感觉。

但秦帅信她的话，且不说绝美少妇有没有那个本事揍他，但有这想法是肯定的，不然她不会跟来。

"揍我可以啊，得看你有没有这个本事了。"秦帅说。

美少妇笑道："我有没有本事，一试不就知道了吗？"

秦帅说："那就试吧！"

"怎么，你都不问问我为什么揍你吗？"美少妇问。

秦帅说："废话，你不是说了有人让你揍我的吗？"

"哦，是啊！"美少妇说，"那你也应该问是谁让我揍你啊！"

秦帅说："我知道问你也不会说，所以没必要费那口舌，而当你打不过我，被我打倒在地的时候，那就由不得你说不说了！"

"嗯，还算有点脑子，那就得看看你的本事了！"美少妇说完，慢悠悠地走向秦帅，脸上仍然满面桃花地笑着，妖媚而迷人。

美少妇脚上穿的是一双高跟鞋，走路宛若模特，突然，只一步距离时，美少妇出手了。修长的五指半曲成爪，仿佛一道利箭射出，直接抓向秦帅的咽喉。而秦帅早有戒备，不闪不躲，也迅速出手，一招擒拿手，抓向美少妇的手腕。抓到手腕之处，掌心顿感一阵冰滑。握着真舒服！可当他打算握紧那美人玉腕将她控制住的时候，没想美少妇突然玉臂一抖，骨节爆响，一股巨大的力量从她冰滑的肌肤之间爆发出来，将秦帅的手瞬间震开。同时，美少妇抬腿猛地一脚，迅疾如风，直接一字马的姿势斜踹向秦帅的咽喉。秦帅侧身一闪，移形换位，趁机偷袭美少妇的下盘，一招"奔流到海"勾向美少妇站着的那只脚。

可让秦帅绝没有想到的是，当他即将勾到美少妇的脚时，美少妇的脚居然半曲而下，从地上借力弹跳而起，腾空约半米，将腿瞬间弯曲，身子就往秦帅压倒性地扑来。而那弯曲的腿构成了一样很可怕的东西，那就是膝杀术！膝和肘对于普通人来说就是普通的关节和肢体，而对于武者来说，却是超级强大的杀伤性利器。因为膝和肘都坚硬无比，而且有锋利的棱角，经过超级强大的训练，杀伤力强过刀锋！

秦帅大惊失色，没想美少妇的速度和应变能力快到这种地步，更没想到她能使出这种超高难度的杀招。危急之时，赶紧抽身后退，并且以手掌挡向美少妇的膝。若是被那一膝顶撞到胸口，只怕他的胸骨都得塌陷，因为他感受到了那股压迫而来的杀气，带着一股强风！

美少妇腾空而起的一膝猛烈地撞击到秦帅的手心之上，秦帅打算用太极之法把这股力卸掉，还没来得及，一股摧枯拉朽的力量已涌入他的手心。秦帅只感到手臂一麻，脑子里一声轰响，脚下顿时站立不稳，身子直接受到那股强力冲撞离地飞起，然后重重地摔落在地上。冲击力简直大到可怕，令人匪夷所思。

美少妇一招得手，趁热打铁，身影如幽灵一般飘近，带着一股香气，抬腿一脚往地上的秦帅重重劈落而下。招式迅疾，起一阵风，把美少妇的长裙鼓起。那雪白的玉腿宛若天外流星，直往秦帅头部劈下。若换以前，遇到美女用这种高空腿劈落，秦帅肯定还能逍遥地顺便抬眼看看裙内的风光，再调戏一下对方。但此刻，他只能是惊魂未定，腿未落下，背上已起了一股寒意。

秦帅赶紧一掌击在地上，在地上借力，把自己的身子弹向一边。只有躲，没有别的选择。

本来有胳膊扛不住大腿之说，何况他跟美少妇过了一招，已经被对方的强大所震撼，加上美少妇现在又是从高空劈落，他在下面格挡的话，位置处于劣势，这一脚铁定能把他一条胳膊给冲击成几段！

很险，美少妇的高跟鞋几乎是擦着秦帅的 T 恤落地，终是避开了。可美少妇却越来越凶，完全不给秦帅喘息的机会，紧跟着空中三百六十度旋转，一脚踹向秦帅的头部。秦帅不敢挡，或者他想打得稳一点，找个机会，先避其锋芒。

而让秦帅更震惊的事情发生了，美少妇用的不是三百六十度旋转踢，而是七百二十度。第一个空旋结束，她却并没有落地，而是在空中第二次打转，大长腿如秋风扫落叶一般，半空横扫向秦帅头部。这次秦帅都还没站稳，已经狭路相逢，没法再退，只能硬着头皮，拼尽全身力量，使出金刚臂，迎着美少妇那一脚封挡而出。这一招硬拼，不是你死，就是我亡！

"轰"的一声巨大震响，一阵气浪爆散，宛若惊涛骇浪撞击礁石之上。秦帅只感觉身子如遭飓风席卷，"呼"的一声就摔飞出去，直接撞在巷道的墙壁之上，再重重地栽落在地。但他毕竟是超级特种战将，任何时候都不会认命，不会束手待毙。这种危急之时，敌人必然趁机追杀，他必须第一时间做好防备。当即就用手往地上一撑，想借力弹身而起。可那手在地上刚一用力，顿感一阵剧痛，手一软，身子又栽倒下去。

美少妇又如一缕青烟般飘了过来，抬腿向秦帅踹去。秦帅则迅速地一个"驴打滚",冲撞向美少妇的脚。秦帅滚过去确实撞到了美少妇的脚,而且是在美少妇抬起一只脚端他,只有一只脚站着的时候。美少妇的身子顿时扑倒,在扑倒之时居然迅速掉转方向,一翻身就把还来不及爬起来的秦帅使劲压住。

一股香风扑鼻而来,美少妇温柔的身体压在秦帅身上,那双手如藤蔓穿过秦帅的两腋窝之下,将秦帅的手反向他的背后。秦帅大惊,赶紧将脖子一缩,胸腔一挺,使解锁式,想脱离美少妇的控制。可美少妇的身子紧紧地贴着他,如胶水一般黏,他怎么退,美少妇都如影随形,仿佛跟他一体似的。眨眼之间,一切都于事无补了。然后,她把秦帅当凳子一样,一屁股就坐到了他的背上,把他的两只手臂往后牢牢控制着,像是骑着马提着缰绳一般。

"怎么样,我还是有本事搂你的吧?"美少妇语气轻松,仿佛刚才根本就没有那场惊心动魄的打斗一般,仍然像跟朋友聊天似的。

而被美少妇骑在身下的秦帅却已经惊骇得不得了,这绝对是他出道以来第一次遭遇如此的惨败。论速度,美少妇比他快;论力量,美少妇比他强;论招式,美少妇也比他绝。秦帅可是华夏军方绝密特种王牌部队的头号高手,身怀天赋,千锤百炼而出,放眼这茫茫江湖,能有几个人在他眼中?平常那些自以为牛得不行的高手,在他手下也就当猴耍的分。然而,却在一个看起来风情万种、妖媚勾人的女人面前一败涂地,输得彻底。

"你到底是什么人?"秦帅问。

"我?"美少妇娇滴滴地笑起来,"说出来能吓死你,还是不跟你说算了。"

"说啊,老子的胆是铁打的,没什么吓得了我。"秦帅说。

"老子?"美少妇挥起那玉手就往秦帅的脑袋上一巴掌拍下去,"还有没有大小,姐好歹比你虚长几岁,你在我面前称老子!"

"你到底想干什么,要猴吗?"秦帅因为被拍了脑袋,很窝火。

"你还嘴硬是吧?"美少妇说着,把反扣着秦帅的双手使劲往上掰。顿时,秦帅肩胛骨的两处关节就进入死角,骨头发生重力摩擦。秦帅使劲忍住不叫，那张脸却是痛得扭曲了。

"不错嘛，忍耐力还挺好，我以为你要跟杀猪一样地号叫一下呢。"美少妇说，"不过，不会叫的男人一点也没有意思。"

"你到底想干什么？别把老子惹毛了啊！"秦帅急眼了。就这样被一个女人骑在身下，让他以后如何做人啊！

可相对于他的气急败坏，美少妇却又是娇滴滴地一笑："惹毛了你又怎么样呢？你还能咬我吗？"

秦帅说："你有本事把我翻过来，然后把我抱住，你看我咬不咬你！"

美少妇说："看来你确实是欠揍，我也不跟你废话了，既然别人让我揍你，我却在这里跟你聊家常，打情骂俏，会显得太没职业道德了，牙齿咬紧了！"

说完，就挥起那只纤纤玉手，往秦帅的脑袋上狠狠地打去。当然，力气肯定有所保留，并没有把秦帅给弄死的打算，要不然直接对准后脑神经分布集中的地方一掌重击，基本上就凶多吉少了。但那左一巴掌右一巴掌地往秦帅脑袋上拍，像拍黄瓜一样，让秦帅也是叫苦不迭。他心里的愤怒简直像火山爆发一样。士可杀不可辱，这算什么！

秦帅想抗争，一定要抗争。他趁美少妇不注意，腰部用力，屁股一拱，就想把坐在背上的美少妇给摔下去，可美少妇那屁股似乎粘在他身上一样，稳如泰山，纹丝不动。只是随着他的身子晃了那么一晃。

"哟，还不老实，还想挣扎？"美少妇说着，就把两条大长腿使劲地夹住秦帅，秦帅顿时感觉像是被一把大铁钳夹住一般，整个人定住了似的，没法动了。

苍天大地如来佛祖啊，这女人到底是什么怪物，这么强大！用两条腿夹住秦帅，就让秦帅动弹不了，真不是一般的神奇啊。秦帅好歹也是挥挥胳膊就能把十公斤的铅球扔出几十米的猛男，如今竟然被一个看上去弱不禁风的女人控制得跟只虾米一样，说出去都没人信啊！

打了一番秦帅的脑袋，又狠狠地揪了秦帅的耳朵，再把五指如钳般抠进秦帅的锁骨，痛得秦帅龇牙咧嘴，牙齿都咬得咯咯响了，但他硬是没叫。

然后，他就看见了无比神奇而恐怖的事情。

"不好玩，没叫声就是不好玩。"美少妇边说边伸手往自己裙子里的大腿上摸了一摸，竟然摸出了一块刀片来！明晃晃的刀片，在昏黄的路灯下，泛着摄人心魄的寒光。

秦帅忍不住打了个寒噤，他不是害怕，而是神经受到了极为强烈的刺激。因为，看见刀片，就让他想起了一个生死对头——地狱使者！是的，在他心里能跟刀片这玩意儿联系上的，就是地狱使者，尤其是用来杀人的，目前他所知道的就只有地狱使者了。再回想起美少妇刚才完全是猫抓到老鼠一样玩弄的行为，跟地狱使者擅长的"猫鼠杀"极为相像。这到底怎么回事？难道那天晚上在河滩出现的黑衣人不是地狱使者，而这美少妇才是？或者，居然有两个地狱使者？秦帅觉得脑子突然有些混乱。然而，却容不得他混乱，他必须保持清醒。秦帅是军方最后一张绝密王牌，奉命抓捕地狱使者，能出师未捷身先死吗？那真是给军方抹黑了。

"你想干什么？"秦帅心想，这时候得和对方玩点心理战，从中寻找机会反败为胜。这种情况，单比武力，他肯定是没辙了。

"干什么？"美少妇娇滴滴地笑起来，"你说我干什么？你不是很能忍，不叫吗？那我就换种方式，让你来点叫声啊。姐就是这个脾气，谁骨头硬的，不服的，姐就打到他服！"

"我会叫啊，但这地方叫起来不方便，咱们换个地方叫怎么样？"秦帅装作没有认出她来一般，仍然想法拖延时间，分散她的注意力。

"换个地方，换哪？"美少妇问。

秦帅说："酒店啊，如果没钱，宾馆也可以，几十块钱我还是出得起的。"

美少妇笑道："那些地方太稀疏平常了，不刺激，就是要这种地方，正合我意。"她边说边把那锋利的刀片贴近了秦帅的脸颊。

秦帅的脑袋一缩，这可不是闹着玩的，若被划一下，什么英俊潇洒都毁了。

"你再敢躲一下，信不信我直接就往你颈部动脉血管割下去！"美少妇那听起来让人骨头酥的声音，此刻在秦帅听来，真是胆战心惊。

他越来越觉得这美少妇像地狱使者了，那么，也就意味着他遇到了最危险的时刻。起来，不愿做奴隶的人们！他似乎听到了那激昂的呼唤。

"你能不能回答我一个问题？"秦帅赶紧想法把美少妇的注意力从这该死的刀片上转移走。

美少妇果然停止了刀片划脸的动作，问："什么问题啊？"

秦帅问："你第一次恋爱是什么时候啊？"

"这个，跟你有关系吗？"美少妇问。

秦帅说："你长得这么漂亮，肯定有很多男人追你，所以我就很好奇，你到底是什么时候有的初恋，喜欢的又是一个什么样优秀的男人？"

"这已经……"美少妇的话才说个开头。

就在那一瞬间，秦帅突然将反在背后的双手用力一缩，同时腰部在地上一顶，双脚在地上也迅速借力，整个人突然如龙抬头一般，昂首而起，反撞向身后的美少妇。

他故意问了这样一个看起来没有意义的问题，其实别有用心。说起初恋，说起那美好的爱情，每一个女人的心中都有一段或者美好或者伤感的故事。一旦有人起头，就会情不自禁地想起来。秦帅就是要让美少妇去想她的初恋，当她分心的那个瞬间，戒备心也会顿时放松，整个武力体系都会出现一个转瞬即逝的破绽，而这个转瞬即逝的破绽就是秦帅的机会。

果然，他成功了。反撞到美少妇的胸口，美少妇惊叫了一声，柔软的身子顿时往后仰倒下去。秦帅再顺势一个一百八十度旋转，反过身子，往摔倒在地上的美少妇压过去，中食指蜷曲成龙虎锥，击向美少妇的喉管。虽然这是绝色美人，看一眼都热血沸腾，可秦帅还是决定对其一击必杀。然而美少妇确实比他想象的要强大，虽然被秦帅抓了个破绽摔倒在地，却丝毫没有慌乱，当秦帅刚好翻转身子坐到她身上，龙虎锥将近喉管之时，美少妇的手掌突然化成绕指柔，把秦帅龙虎锥上强大的力量卸掉，似泥牛入海。同时，美少妇的五指顺势包抄住秦帅的拳头，掌劲一吐，一股汹涌之力冲向秦帅。秦帅在美少妇身上顿时坐不稳，往后面摔跌出去。

美少妇一个"鲤鱼打挺",弹身而起。再顺手往裙子里一摸,抽手出来,手里竟然多了一条七彩的带子,玉臂将那带子一抖,发出"呼"的一声响,直接卷向秦帅的大腿。秦帅赶紧将腿一缩,而美少妇只是将手腕如蝴蝶戏花般变化姿势,那缎带就如影随形地缠着秦帅。

秦帅在地上连打两个滚,却终究比不过彩带的速度。当彩带往脖子上如毒蛇吐芯一般缠来之时,他已经来不及滚开,只好用手去抓,想把彩带抓住,与美少妇分庭抗礼,争夺彩带。可秦帅才将彩带抓住,美少妇手臂一抖,彩带马上爆出两个圈,将他的手臂套住。秦帅大惊失色,赶紧用另外一只手去抢救。而美少妇宛如仙女下凡,把彩带耍得龙飞凤舞,变幻的彩带,疾风般旋转成好几个圈,迎着秦帅的另一只手就套了进去,再用力一拉,就套牢实了。

秦帅还拼命想挣脱。可那彩带套住他的双手,比树缠藤更紧,根本脱不开去。美少妇脚下一蹬,人如幽灵一般蹿到秦帅面前,打算把倒在地上的秦帅按住。秦帅赶紧一招"蜻蜓点水",脑袋一点,就往美少妇胸前撞出。

美少妇却娇声一笑,手掌一扬,直接在胸前抵住了秦帅的头:"怎么,这个时候还想占姐姐的便宜吗?"话音刚落,她掌心之力一吐。

一股力量冲击秦帅的头部,秦帅只觉得耳中一声轰鸣,人就栽倒了下去。美少妇再使了个手法,彩带翻飞,连秦帅的脚都跟着一起套住了。顿时,秦帅就被套成粽子一般,完全无法反抗了。唉,秦帅心里一声叹息,难道老子堂堂军方王牌第一高手,就这样死在一个女人手里了?还号称什么死神?就这样去见了阎王,黑白无常和一干小鬼,肯定得吐口水淹死自己吧。要是死在一般人手里也还好,可要是死在地狱使者手里,简直一万个不服啊!

"再还一下手试试,还有啊,姐有的是时间,今天晚上好好陪你玩!"美少妇完全没把秦帅当对手,只是当成一个戏谑的对象,完全就是闲得蛋疼,拿他开涮。

"算你狠,老子认栽。"秦帅必须得服气。

"认栽了？"美少妇笑起来，"姐早就跟你说了嘛，在姐面前，还没有过治不服的，为什么？因为姐专治各种不服啊。不过你算不错了，在姐的凤舞九天之下，无数高手，一招就晕头转向，你还能跟姐过上几招。"

"凤舞九天？"秦帅问，"什么玩意儿？"

美少妇笑："武功啊，还能是什么玩意儿，对了，光顾着跟你闲聊，差点忘记正事了。"

她说着又把玩起那块锋利的刀片，在秦帅的眼前晃了晃："这玩意儿很锋利，可别乱动啊，一动就容易割错地方，譬如，一不小心就割到了你脖子，或者腿下面那里，你懂的！"

真是阴沟里翻船啊，翻的还不是渔船，是泰坦尼克号，这船翻大了。可又能怎么样？秦帅只能在心里想，如果再给他一次机会，他一定要想尽办法，把这女人狠狠地折磨一百次一千次一万次，让她求生不得求死不能，方解心头之恨！可现在，还是憋住吧。

美少妇把那锋利的刀片贴在秦帅的脸上。本能反应之下秦帅还是把头偏开，他真没法一动不动地让她划啊。

结果，美少妇就生气了："你不听话是吧，那就怪不得姐了。"

手一晃，刀片迅速地移换了位置。于是，刀片就直接落到秦帅的裤裆上面了。

"你是想让我把你这里给切了吗？"美少妇说，"最后警告你一次，再敢动一动，你看姐这刀片能不能切下来！"说罢，又把刀片移到了秦帅的脸上去。

简直就是神经病，变态，疯子！但心里怎么骂，秦帅也不敢动了，越是好汉，越不能吃眼前亏啊。这疯子玩够了，终究也就是一刀。可晚死总比早死好，说不准天上一个雷劈下来，出点什么奇迹呢。在没有断气的最后关头，就不要放弃活着的希望，好好地配合这疯女人吧。

秦帅不动了。

美少妇的刀片就贴着他的脸，冰冷的触感让他背后的脊梁骨都冒起一阵寒意。但秦帅只是咬着牙，也不知道这疯子到底想干什么。大概就是像其他王牌战士那样，猫玩老鼠之后再一刀毙命。

"别动哦，虽然有点疼，但一下下就好了。"美少妇柔声说道。

她手里的刀片已经开始用力，往秦帅的脸上划下去。冰凉的感觉马上转为刺痛，秦帅更不敢动了，他感觉得出美少妇的力量掌控得非常好，不轻不重，只是划破了脸上的表皮，没有深入到肌肉组织里去，如果他轻易乱动，搞不好就把半边脸破为两半了。

在秦帅脸上划了一条口子后，接着她又横七竖八地划了几下。秦帅感觉，她应该是写了个"色"字。随后，美少妇换了一边脸，又掌控好力度，横七竖八地划了一通，没错，这次他一开始就有留意，是个"狼"字！

果然是个疯子！秦帅在心里狠狠地骂了声，同时有点后悔，应该带枪的啊，如果有枪的话，也许今天的结局是他现在正慢慢地折磨这变态女人了。

美少妇终于住了手，然后那柔软的身子也离开了他。仿佛完成了一件作品似的，带着深深的成就感，松了口气，然后自我感觉良好地说："嗯，不错，可惜是脸，只能写宋体，不然来点黑体和狂草，多带劲啊！"

秦帅不吭声，他也不知道这疯子想干什么，还是不说话，省省力气吧！

"好了，你慢慢在这里休息吧，长夜漫漫，姐就不陪你玩了。"美少妇站起身，将刀片收了起来，然后还向秦帅来了一个妖媚的飞吻，"后会有期哦，亲爱的。"说完，她转身便走。

秦帅有点蒙了。她不杀他了，就这么走了？

突然，美少妇又站住了脚，回过头来："对了，我差点忘记了，那个人除了让我狠狠地揍你一顿外，还让我带一句话给你，让你为人不要那么嚣张，低调点并且远离美女，不要见个美女就扑上去，都忘记自己是谁了，搞不好，你死在哪个女人的手里都不知道！"

这一次，美少妇是真的走了。那婀娜的身段，带着她迷人的风情万种，消失在夜幕下小巷子的尽头。

秦帅还有点没缓过神来。这是什么情况？这女人不是地狱使者？不是在跟他玩"猫鼠杀"？就这么放过他了？轻轻地来了，然后又轻轻地走了，挥一挥衣袖，不带走一片云彩？

秦帅晃了下脑子，没错，情景很真实，不是做梦。脸上还有些疼，那妖娆而妩媚的女人确实已经走得不见影子了，他的双手双脚也被那彩带粽子般地缠着，一切都很真实，只是秦帅还有些糊涂：这女人谁啊？干什么来的啊？是来羞辱他的吗？她说是替人揍他一顿，还带话给他，让他不要嚣张，行事低调点，远离美女，谁请她来的啊？该不会是那几个光头的什么人吧？毕竟，这女人是从他打光头砸路虎那里跟过来的，是不是就因为他心狠了些，所以替他们出口气，或者根本就是那些光头的什么人？也不应该啊，如果真是光头的什么人，他把几个光头都打残了，这女人铁定不会这么轻易地放过他，肯定也会把他给打残，毕竟那伙人都不是善良之辈，有机会肯定会把他弄个半死不活。而且，如果真是光头的什么人，她肯定当时就出来阻止了，不会让他把几个光头打那么惨的。可如果跟那些光头没关系，又跟谁有关系呢？

秦帅仔细想想，在唐镇他结了三次仇。第一个是打了牛雄，据说他一个姐夫很厉害，少林寺出来的；第二个是打了熊胖子，跟熊门结仇；第三个则是打了范云海，与神武道的范九龙结仇。这三股人马只要找到他，应该都会想弄死他，即便不弄死也得弄残，不会像这样随便修理他一下就走了啊，怎么也得让他断手断脚的才会甘心吧。

02　飞龙出手

秦帅正打算弯腰下去，用嘴巴把腿上的军匕给拔出来，割断彩带脱身，结果一个穿着吊带短裙、挎着包的女孩哼着歌儿正往这边过来。发现躺在地上被捆成粽子一样的秦帅时，吓得"啊"的一声惊叫，噔噔倒退好几步，脚下高跟鞋一崴，就摔倒了。

"啊！杀人了啊！"女孩大声喊叫起来。

因为秦帅不但被捆得像粽子，脸上还被刀片划了，流了很多血，秦帅说："美女不用怕，我是活人，别跟见着鬼似的。"

大概是听见秦帅的语气这么轻松，女孩才敢慢慢地转过视线看他，虽然秦帅两边的脸颊流了不少血，但那双眼睛却还是炯炯有神的，整个人的状态看上去真没什么事。秦帅腰身一挺，使出个"鲤鱼打挺"，一下子就站了起来。

"来，美女，帮我个忙，把我身上这捆着的带子解开，免得我自己费力。"秦帅冲着女孩喊。

"你，你这是怎么了？"女孩还是显得比较谨慎，怕万一秦帅是什么坏人，被人捆在这里，她上前替他解开的话，那就等于是重演农夫与蛇的故事了。

秦帅说："我谈了个女朋友，一个混混想追她，就威胁我们分手，我没答应，结果就被人报复，打了一顿捆起来扔这里了，唉……"他知道说真实情况女孩肯定更加不信，只能扯个谎。

"真的是这样？"女孩问。

秦帅说："真的啊，你看我像坏人吗，赶紧点，救人一命胜造七级浮屠啊，这么帅的脸都被这些混蛋划破了，简直伤天害理。这下肯定又要失恋了，在我如此伤心欲绝的时候，你就不要再怀疑我了，让我感受一下这世界的温暖好不好？"

女孩半信半疑，但还是走向秦帅，替他解开了身上的彩带。

"多谢美女，多谢美女。"彩带被解开，秦帅活动了一下筋骨，虽然酸疼无比，但不算大碍，只是脸上火辣辣的疼。

"要我叫辆车，送你去医院吗？"女孩见秦帅被解开，没有做出威胁她的事情来，也就放心了些，善良之心开始发光发热。

秦帅忙说："没事没事，一点小伤，我随便找个小诊所就处理了，不用麻烦美女了。"

"那好吧，你自己注意点，我先走了。"女孩说完便走。

"喂，美女等等。"秦帅在身后喊。

女孩转过身："怎么了？"

秦帅说："你帮了我都还没感谢呢，留个电话号码，有时间请你吃个饭吧！"

女孩说："不用了，举手之劳。"

秦帅说："也行，那还是说个名字吧，不然你帮了我，我连名字都不知道，下次见了面都不知道怎么喊。"

女孩说："我叫苏小薇，朋友一般都喊我小薇。"

"那行，小薇你记个我的电话号码吧！"秦帅说，"你帮过我一个忙，我怎么得还你一个人情，只要你有任何事，不是违法犯罪的，打个电话给我，我一定尽力。"

"不用了，都是小事，我先走了，你自己赶紧去疗伤，流了好多血。"苏小薇说着就走了。

好吧，好人有好报，希望你能幸福啊！秦帅在心里祝福了一下这善良的女孩，然后擦了一把流到下巴的鲜血，赶紧出了巷子，在外面找了一家诊所，里面有一个穿着白大褂戴着眼镜的女医生，还有两个女护士在闲着玩手机。

看见秦帅进来，把三个女的都吓了一跳，毕竟两边的脸上都是血啊。秦帅让女医生帮忙用酒精清洗脸上的鲜血和消毒。女医生便吩咐两个护士，护士拿来器皿和酒精，替秦帅把脸上的鲜血洗掉之后，便发现了他脸上那奇怪的伤口，然后跟着念了起来："色——狼！"念完就忍不住笑了。

"笑什么啊？"在那里忙着自己事情的女医生还以为是女护士在跟秦帅干什么呢。

女护士说："张姐，你过来看嘛，他脸上的伤是两个字。"

"啊？"女医生当即过来一看，顿时也止不住笑起来，"你这是怎么回事，谁在你脸上写了这两个字啊？"

秦帅只好把对苏小薇撒的谎又说了一遍。还好，女医生和护士都信了。两名护士帮秦帅处理伤口后，新的难题来了。

女护士看着秦帅那被清洗过的伤口，问："要上药用纱布吗？好像伤口不深，只是刚好破皮，不用包扎也可以，你的血小板凝结很快，已经不流血了。"

"我看也不用包扎，天气热，透风还愈合得比较快。"另外一个护士说。

"还是弄点纱布包一下吧！"秦帅说，"不然我脸上挂着这两个字出去，明天不得引起围观上电视啊！"

女护士笑了起来："倒也是，脸上有这两个字上街，回头率肯定百分之百，甚至造成交通拥堵。"

秦帅说："要不，只包一边吧，把左边包起来，右边就算了。"

"要包就都包起来啊，为什么把左边包起来右边算了？"女护士很奇怪。

秦帅说："都不包吧太招摇，都包起来吧太难看，你想想，两边的脸都包上纱布了，脸都没了，还怎么出去走？虽然已经不帅了，但我还是要脸的啊！所以把'色'字包起来，把'狼'字留着，不但不难看，还很有个性是不是？"

"哈哈，你还挺聪明。"一个护士笑道。

另外一个护士说："我看是挺心宽吧，女朋友被人抢了，脸被划成这样了，还能幽默得起来。"

"咦，我想不明白，那混混抢你女朋友，为什么在你脸上划'色狼'两个字呢？"那个替秦帅用纱布包好了左边脸的护士问。

"你去问他吧！"

秦帅说罢起身，问了女医生多少钱，顺便照了下镜子，觉得还马马虎虎看得过去，至少比脸上合起来是"色狼"两个字要好，当即离开诊所。

十点左右，正是夜生活的黄金开始时间，大街上车水马龙，人行道上人来人往。秦帅站在那里，瞬间有种茫然得不知何去何从的感觉。曾经可谓是王者归来睥睨天下，从部队到江湖，一路势不可挡所向披靡，凯歌高奏。虽然听说过江湖之中藏龙卧虎天外有天，但那都只是听说，以他的天赋加上他的杀技，那还不是神挡杀神佛挡杀佛的事情。结果，栽了这么大个跟头，被一个女人带去鬼门关走了一趟。

突然，秦帅想起了一件可怕的事情来，那就是美少妇身上的异香。这香味很神奇，把美少妇身体的味道全部都掩盖了，连一丝体味都没法嗅到，而且还对秦帅造成了强大的困扰。要知道他最强大的杀技就是嗅觉。只要嗅觉在，无论是刀枪剑戟还是拳打脚踢，都很难攻击得了他。可因为美少妇身上的异香，让他不敢用嗅觉，所以就处在了被动。若不然，秦帅和这美少妇之间的搏斗，鹿死谁手，还是难以预料的事情。而现在的问题是，这美少妇身上的异香，是有意针对他的嗅觉，还是无意的？这个问题很重要。

女人身上洒香水之类的太正常不过了，但美少妇身上的香味不是香水的味道。秦帅对稍微有档次点的香水都了如指掌，随便嗅一下就知道是什么牌子，但他没有嗅出美少妇身上的香味是什么。因为秦帅才开始试着嗅的时候，就发觉香味不对，虽然闻着很舒服，却有昏昏欲睡之感。这一定不是平常用来喷洒身体的香水，而是一种经过特制的香味，算是迷幻之香吧。

可是美少妇身上为什么有这种迷幻之香？她的武功已经足可睥睨天下，用她的话说，什么"凤舞九天"的武功，走遍江湖什么高手都是一招解决，只有秦帅才勉强抗衡了几招。既然如此，她完全无须用这种迷幻之香的手段，完全可以用点香奈儿之类的正常香水伪装自己，让自己更女人。那么，最大的可能就是，美少妇知道秦帅嗅觉强大，是可怕的杀敌武器，所以，得用一种办法让秦帅没法动用嗅觉，才能有把握打败秦帅！

可问题来了，秦帅的天赋嗅觉只有影子老大和不超过三个的军方高级领导知道。这女人不可能会知道的啊！难道？秦帅的心里抖了一下，难道她就是那位神秘而可怕的，用十年光阴打造了特种创始人影子？

十年时间，影子都戴着一张空白的面具，仿佛无面人。只看得出身材绝美，皮肤水嫩。

因为知道秦帅有天赋嗅觉，所以她便用了一些香味在身上，让秦帅只能闻到她身上的香味，但闻不出体味。而且，虽然秦帅没见过影子的脸，没法知道她身体的味，却记得她的身形。很窈窕，窈窕得像是风中的柳絮，柔软而灵动。即便穿着军装，走路之时也掩饰不住那份妖娆，和今夜的这美少妇很相似。而且，身高也很像，他记得影子教官的身高是一米七六，而今晚的美少妇身高目测也是一米七六的样子。

可却有差异很大的地方，那就是两人的性格。影子老大冰冷而严肃，很是威严。而这美少妇太过妖媚勾人。重要的是影子老大不可能跟他这样恶作剧。另外，声音也不像，影子老大的声音就像刻在秦帅脑子里一样的熟悉，听过十年，可想而知，那声音亲切而又威严。美少妇的声音里透着一股妖媚，差别太明显。

那么，这美少妇到底怎么回事？还有她那手里的刀片。她用什么不好，用刀片吓他，他那个时候几乎百分之百地肯定她是地狱使者，甚至把那个疑似地狱使者的黑衣人都否定了。没想到，最后美少妇却放了他？地狱使者有道理杀他，但却没有道理放他！对了，地狱使者！秦帅才想起来，关于飞龙杀手和疑似地狱使者的黑衣人之间盘根错节的案情，他还没向影子老大汇报呢，这必须得请示才行，当下赶紧拿出电话，拨打了号码出去。

"总算等到你一个电话了，怎么样，任务完成了吗？"一个很亲切而又威严的声音传来。

秦帅赶紧说："还没呢，这个案子难度系数太大，恐怕一时半会儿完不成。"

"如果难度系数不大，派你出去干什么？"影子问。

秦帅一时被问住了。

"快一个星期了吧？"影子说，"一个星期，让你对付一个人，你都还没有画个句号出来，你的天赋、你的本事呢？这可是四年以来你的第一个案子！"

秦帅连忙解释道："我知道，我一直在仔细追查，可自从我露面之后，这家伙就不杀人了啊，所以……"

"行了，我看是放逐江湖四年，你学会了逍遥快活，你最大的本事就是怎么去玩，你去唐镇旅游去了？"影子的声音里隐隐有了怒气。

秦帅的心里不禁一凉。跟影子打交道十年，他很清楚她的脾气，但凡她生气起来，必有劫数发生，那绝对是令人胆战心惊的。

"没有，老板你误会了，我真没有玩，一直在用心追查案子，而且已经有些眉目了。"秦帅赶紧说。

"是吗？"影子的语气略有些缓和，问，"有什么眉目了？"

当下，秦帅就把飞龙杀手跟踪他，疑似地狱使者的黑衣人出现的情况对影子都仔仔细细地说了。然后把藏在飞龙杀手车下的追踪器，以及他的推断都说了。

"这么说来，这个地狱使者跟飞龙组织有关？"影子问。

秦帅说："属于飞龙组织的可能性比较小，我倒是觉得嫁祸给飞龙组织的可能性比较大，当然，只是猜测，不是绝对。"

影子说："就算是嫁祸，不还是说明跟飞龙组织有关吗？这个疑似地狱使者的人，要么是飞龙的成员，要么是飞龙的仇人，是这个意思吧？"

秦帅说："差不多就是这个意思。"

影子却话锋一转："最终那个疑似地狱使者的人从你的手里跑掉了？"

"他的速度确实太快，让人意想不到，估计也是有什么天赋，正常人不可能跑得那么快，跟一阵风似的。但下次我会做好防备，不给他逃跑的机会。"秦帅说。

"下次？"影子问，"我什么时候跟你说过执行任务还有下次了？人的生命还会有下次吗？你死了还有再死一次的机会吗？"

秦帅顿时被问得无言以对。

影子教官一直强调，在执行任务的时候，一定要在万千可能中选择最有把握的方法，用最大的专注、最强大的力量去保证任务的顺利完成和自身的安全。任何一丁点失误，都可能死于非命，也影响到全局，损害国家和人民的生命财产安全。但当时河滩上的情况很特殊，秦帅觉得，他确实尽力了，他却没法和影子教官争辩。从内心里讲，他对这位花了十年心血打造自己的强大女神充满敬畏。

"说说你接下来的打算吧，我看看你的胜算有多少！"影子问。

秦帅说："我打算分两步走：第一步，就是靠我记忆里存储的疑似地狱使者的黑衣人体味来对其进行搜寻、抓捕，然后进行审讯，看他是不是真的地狱使者。第二步，既然这出戏跟飞龙组织有关，无论这个疑似地狱使者的人本身就是飞龙组织的人，或是他们的仇人，我想跟飞龙组织接触，从他们身上着手进行调查。"

"你想怎么调查？"影子问。

秦帅说："那个戴草帽的基本上确定是飞龙杀手，我想先弄清楚飞龙组织为什么要来杀我，我个人感觉，他们杀我的动机，跟地狱使者可能有着某些联系。"

"嗯，这思路还算正确。"影子说，但话锋一转，仍然带着责备，"既然你有了这些线索和打算，为什么不向我及时汇报？"

秦帅忙说："昨天晚上时间已经很晚了，不好意思打扰老板，想着今天早上给老板打电话，但一大早发生了点小事，结果就把这事给耽搁了。"

"发生了什么小事啊？"影子问。

秦帅说："就是唐镇这地方，毕竟是武术之乡，江湖势力比较猖獗，一个江湖二代很嚣张，跟我发生了点摩擦，所以……"

影子立马又一副教训的口吻："你要搞清楚你去唐镇是干什么的，少去节外生枝，不要觉得自己有本事，就跟天王老子一样谁都想管，地方治安事件自然有警察，不要动不动就去狗拿耗子多管闲事！"

"嗯，是是是，我知道。"秦帅口里这么说着，但心里却还是在想，是你教我们要正直，要做国家的卫士，我们要匡扶正道，除强扶弱，现在又说不要管闲事了，反正怎么都是你有理，谁让你是领导呢？

"对了，关于飞龙组织的信息，还得麻烦老板想法帮忙查一下，然后提供给我，我自己暂时不大方便离开唐镇，怕地狱使者再兴风作浪。只有我潜伏在这里，他有动作我才好及时采取行动。"秦帅说。

影子说："行，这两天有个人会过去，我让她把信息带给你。"

"有个人要过来，把信息带来给我？"秦帅一愣，"谁啊，这么重要的信息能让别人带吗？"

影子说："当然能，因为她会成为你的搭档。不，准确地说应该是成为你的上级！"

"什么，成为我的上级？"秦帅心中一惊，"没搞错吧，谁啊？"

影子说："中情局的，代号'美女蛇'。"

"美女蛇，中情局的？"秦帅立马表示不满，"中情局的人凭什么成为我的上级，是军衔比我高，还是本事比我大啊？"

影子只问了一句："我的命令比你的军衔高，比你的本事大吗？"

秦帅一下子就被问住了，半晌才反应过来："怎么，是老板你让她当我的上级？"

影子很肯定地回答："没错。"

秦帅不解道："为什么要这么做呢？这样一来，我的行动和策略会受到限制，如果这样的话，就等于是她在接手这个案子，我只是打打下手当当配角了！"

影子说："对于案子本身来说，你的行动和策略，她不会干涉半点，在任务的行动上，还是你说了算，她配合你。"

"这样啊，"秦帅更加糊涂了，"那她算哪门子的上级，管我什么呢？"

影子说："管你任务以外的所有事情。"

"管我任务以外的所有事情？"秦帅问，"那是些什么事？我的吃喝拉撒？衣食住行？老板不会是为了我的方便，派个女人来照顾我吧？"

"你还在白日做梦吗？"影子说，"跟你说得更清楚一点吧，就是你在任务以外的事情都将接受她的监督，她有权力把你在任务以外的所有行为向我汇报，并且在不正当行为的时候，有权力限制你！"

"我晕了，老板这是把我当孙猴子了，派个唐僧来给我念紧箍咒吗？"秦帅感到非常不满。

影子说："你这个比喻形容得很贴切。"

"可是，唐僧屁本事没有，连妖精的真假都分不清楚，还干扰孙猴子除妖降魔，这帮不了我们的案子，只会带来负面效果！"秦帅第一次面对自己最尊敬的老大有了争辩的勇气。

他实在是不服！"王牌"是华夏军方最绝密的影子特种部队，是高于其他任何一个军警执法部门的，他们是国家顶级的捍卫力量。中情局不过是为他们提供一些情报信息而已，真正在枪林弹雨龙潭虎穴中出生入死的还是他们。而现在居然让一个中情局的成员出来盯着！听那个'美女蛇'的代号，看来还是个女的。什么？！居然让一个女的来管，而且从这代号就看得出来，不是个善良之辈，美女倒是不错，可加一个'蛇'字就大错特错了。蛇阴险而狠毒，藏在草丛里冷不丁就来一口，这得让人多头疼啊！

然而，影子又只是一句话，让他屁都不敢放一个了。

影子问："怎么，你是对我的决定不服吗？质疑我的指挥才能吗？"

"没有。"秦帅赶紧答。

影子说："那就行了，等她到了与你联系吧，接头暗号她说黄河之水天上来，你答应疑是银河落九天。"

"好吧，遵命。"秦帅只能无奈地答应。

影子挂掉了电话，秦帅顿觉无比颓丧。这是倒霉到什么程度了？纵横江湖多年，突然就被一个莫名其妙的女人给修理了一顿，接着影子老大好像不信任他似的，居然派一个中情局的妞来盯梢，但能带着影子的命令而来，那肯定不是善主。秦帅可是一生不羁放纵爱自由，而现在却要被戴上紧箍咒，阿弥陀佛！

　　电话很快响起了一声，他打开收件箱一看，是影子发来的。上面写着：美女蛇，姓名上官白雪，年龄十八岁，中情局的特工天才，具有超级大脑，记忆力过目不忘，堪比电脑。博古通今，铁面无私。

　　看到后面四个字的时候，秦帅脑子顿时"嗡"的一声，他最怕的就是那种不懂人情世故，什么都条条框框按部就班的老古董，见了那种人他都想打死，现在居然来个这样的人盯着他。如此一来，他以后还有好日子过吗？

　　群山，密林，一条大河向东流。树上随时扑腾起几只鸟，惊落了几片树叶。阳光洒落在叶间，洒落在穿着迷彩服、戴着贝雷帽、脸上亦涂着迷彩色的男子身上。男子手端纯正的9毫米伯莱塔M12式冲锋枪，目光如利剑一般穿透密林，随时注意着林子的一切动向。

　　而在林子深处，有几幢三到四层楼的房子，修建得别墅一般的风格。只不过别墅通常修建有围墙，而这里的别墅前面却是围着铁丝网。别墅的楼顶和前面的树上，都有持枪男子在戒备守卫。仔细看的话，在别墅后面几十米的半山腰上，还修建足有十层楼高度的瞭望台。这一切都是按照全军事化基地打造，因为这里就是声名赫赫全世界第一大杀手组织飞龙组织的核心基地之一。

　　这里叫作野狼山，是全世界唯一最混乱的三不管地带，金三角腹部之地。一个依山傍水，有资源，而且国际法不能约束的地方，一个世界各地凶悍罪犯逃亡聚集之地。但外人并不知道这里是飞龙组织的基地，因为这基地的对外老板叫野狼，掩饰身份是一位在金三角及周边地区走私的军火商。而野狼，其实是韩飞龙手下的得力干将。

　　金三角野狼基地，是杀手训练基地，也是武器配备中心。韩飞龙今天就在这里，他本来是前天来视察工作，今天准备离开的。但发生了一件事让他留了下来。就是飞龙组织的银牌杀手赵半山出手击杀一个叫秦帅的普通江湖人，结果折戟沉沙死于非命。当赵半山所属的东虎堂主张天虎将这一情况上报给大老板韩飞龙的时候，韩飞龙受到了重重一击。

飞龙组织旗下一共有五大总堂。分别是韩飞龙亲自掌管的第一号总堂飞龙堂，下面四个堂则分别是东虎堂、西狼堂、南猫堂、北狗堂。几大堂分别以总堂主的外号和所处地带命名。

东虎堂堂主张天虎，外号天虎，主要势力覆盖华夏一带，掩饰身份超级地产商；西狼堂堂主姓名不详，外号野狼，主要势力覆盖金三角一带，掩饰身份军火商；南猫堂堂主白云天，外号天猫，主要势力覆盖海外欧美，掩饰身份明星经纪公司老板；北狗堂堂主赵大海，外号疯狗，主要势力覆盖中东和北美，掩饰身份是雇佣兵首脑。

刺杀秦帅一单，由张天虎的东虎堂负责执行。当时雇主所提供给韩飞龙业务部的资料显示，秦帅就是一个普通江湖人，练过一点武功，但在江湖中籍籍无名，不过一小卒。于是，飞龙方面酌情判断，并且经过江湖人物大全的资料调查，在有名的人物中，确实没有秦帅这么一号人物。所以，韩飞龙只要了两百万的价格，两百万只是飞龙杀手组织的一个二阶价。

飞龙出单一共分为五阶价位。分别是起步价一百万，是杀一个普通人的价钱；然后就是二阶价两百万，就是针对有些小刺头的目标价位；然后是三阶价五百万，主要针对地方上有些名气的目标；再就是四阶价一千万，主要是针对在江湖上有一定地位的目标；最高五阶价，又称天价，五千万及以上，主要针对那些有强大势力，非常难以搞定的古董级目标。

秦帅不过是韩飞龙眼中的一个二阶价目标。本来按照行情，张天虎只需要派一名铜牌杀手就可以。但因为蜀中乃武术之乡，藏龙卧虎者多，张天虎为防万一失手，就派了高一级的银牌杀手出马，正常情况，起码得五百万的三阶价位才会派银牌杀手。毕竟飞龙组织的杀手，全是精英中的精英，就像是一支特种部队一样，里面的任何一个成员，都足可秒杀其他兵种成员。飞龙组织的铜牌杀手，都是招募江湖上非常有资质和经验的高手，经过层层选拔，才能进得了飞龙组织。可想而知，飞龙杀手如何强大了。

然而，张天虎派出的银牌杀手去干掉一个二阶价位的小角色，却反而被干掉了。当韩飞龙第一时间听到这个消息的时候，从喉咙里打雷般地吼出了四个字："你说什么？"

这个消息里有两枚重磅炸弹冲击了韩飞龙的神经。第一枚重磅炸弹就是，很多年来，飞龙杀手出马，必马到成功，没有失过手。因为在接单之后，飞龙组织会有专门的人员对目标的战斗力和击杀难度进行综合分析，然后派出有绝对优势的杀手出马击杀，知己知彼，百战百胜。然而，在多年之后，飞龙组织对出单这事完全自信到胸有成竹的时候，这个意外却发生了！而第二枚重磅炸弹就是，还不只是一次普通的失手，而是在张天虎安排高级别杀手出马的失手！所以，韩飞龙觉得这事非同小可，他曾经是世界顶级特训基地亚马逊联合特种学校的教官，他的脑子比这世界百分之九十九点九的人都更有敏锐的捕捉力！

这事情很反常，接到消息后他极度重视，让张天虎提供了死亡杀手赵半山的资料，他仔细研究了一番赵半山的武功和战斗力之后，更是震惊。赵半山乃是江湖杀手巨匠郑豪杰的关门弟子。而郑豪杰的武功乃是曾经风靡整个江湖的"半月刀法"的传人，一把割麦子用的镰刀，三大鬼斧神工的绝杀招式，让整个江湖闻风丧胆。那是比韩飞龙出道还早的前辈杀手王。不过郑豪杰三十年前就退隐江湖不知所踪了。三十年前，韩飞龙还没有出道呢。这个赵半山虽然不可能练就郑豪杰那么高的境界，但能学得"半月刀法"，肯定也是高手了。何况，在张天虎提供的关于赵半山的资料上显示，只差大约零点五的武力值，赵半山就可以晋升为金牌杀手。然而，这样了不起的高手却在击杀一个二阶价位的目标时失手，而且还不是目标逃掉的失手，是杀手反而被杀！

韩飞龙当即在野狼基地召见了张天虎，还叫来了飞龙业务部的负责人蓝鲨，仔细地分析了里面的疑点后，让他们迅速做两件事情：第一件，由张天虎立马派东虎堂的钻石杀手出场，去干掉目标秦帅，好给雇主一个交代；第二件，由蓝鲨去找国际顶级侦探组织"天眼社"，让他们帮忙调查目标秦帅的来龙去脉、雇主的来历以及雇主与目标之间的恩怨纽带。

本来，杀手界有规定。杀手组织接单杀人，为了雇主的安全，只要接单，给预付款，任务完成付尾款，雇主不提供任何自己的相关信息资料，包括姓名、住址、年龄等。这样能确保即便杀手出事，也不会把雇主交代出来，能给雇主最大的安全感。所以任何一种过问雇主资料的方式都是杀手界的禁忌。但身为世界顶级特种教官的韩飞龙觉得，这件事很蹊跷，他必须要弄清楚是雇主真和目标有仇，还是故意给飞龙组织找根钉子碰。

在听完韩飞龙吩咐之后，蓝鲨当即领命。张天虎却当即发出了不一样的声音："龙哥，我觉得动手的事可以缓一缓啊，让蓝鲨姐先找天眼社的人调查清楚之后再说吧。要不然，就一个二阶价位的目标，咱们却派钻石杀手出去，太不划算啊！"

"划算？"韩飞龙说，"这个时候还考虑得了划算吗？雇主那里确定的任务完成时间是在见到目标的一个星期内，而他又把目标位置准确地提供给我们了，剩下的就是我们在规定时间内完成，这是一个信誉问题！"

"可是，按照现在这么看来，目标的实力不只二阶价位，雇主可能对我们有所隐瞒啊！"张天虎说。

"隐瞒什么？"韩飞龙说，"人家下单的时候已经说清楚了，所知道的是对方会武功，但只是个江湖中的无名小卒，事实上也确实如此。没想到的是，一个江湖中的无名小卒，却是个顶尖高手，实在是出乎我的预料。"

张天虎说："当时我接到任务，想着蜀中是武术之乡，目标又练过武，为了稳妥，我才派了银牌杀手，没想到还是失手了，这事确实让人想不通。一般来说，身怀绝学却没有名气的，是看破江湖的世外高人，多为年老者。而年轻人几乎都是疯狂地追名逐利，无时无刻不在想出名。只要有点本事的怎么都会想在江湖上干几架，露几下脸，混点名气出来。而这家伙，不过二十一二岁，正是年少轻狂的时候，有这么高的武功却籍籍无名，确实让人想不通啊！"

韩飞龙说："这个时候想不想得通都没有意义了，不该发生的已经发生了，要做的是补救，给雇主一个交代。"

"可钻石杀手都是接单五千万以上的价位，现在去干掉一个两百万价位的目标，这完全是高射炮打蚊子，大材小用啊！"张天虎还是觉得太亏。

韩飞龙说："不管了，给杀手的报酬我们自己补贴吧，钻石杀手，还是给钻石的价格，不亏待他们。且不说对雇主交代，单是那家伙干掉了我们的人，我们也必须杀了他才行！"

"嗯，好的，我马上挑选钻石杀手出马！"张天虎不再争辩。

韩飞龙的话有道理，这个时候就算不考虑对雇主交代，秦帅杀了他们的人，他们要维护自己的声誉，也必须不惜一切代价杀了秦帅，为死去的兄弟报仇。

而即将面临一场盛大杀机的秦帅，想起那个即将到来的美女蛇，就心情很不爽地回到了出租房。是杨雪莲来开的门，她一直坐在客厅的沙发上等着秦帅回来呢，她给秦帅打过一个电话，问秦帅喝得怎么样了，要不要去接他。秦帅说不用了，他马上就准备回来。于是，杨雪莲赶紧去洗了个澡，在身上洒了点香水，然后直接就系着浴巾坐在沙发上等秦帅，她在心猿意马地想着今天晚上的好事，秦帅肯定过不了她这美人关。

为了能顺利促成跟秦帅的好事，她特别开了一个很无聊的电视节目，让川岛樱子没兴趣看，而且还故意姿势不雅地躺在沙发上，占了两边的沙发，只给川岛樱子留下冰山一角。

"樱子，你赶紧去睡，明天我可能有事耽误，很多事得你做，早点起来我好教你。"她想方设法地把川岛樱子支开。

川岛樱子也不知道杨雪莲居然在想着那样的事情，应了声就进自己房间去了，不过她没法一下子睡着。她心里其实还是想着秦帅的，也不知道为什么，就是想。那是一种从没有过的感觉，以前一个人很平常，自得其乐的。可现在，一个人的时候她总觉得缺少点什么，觉得孤独。想起跟秦帅在一起，那种感觉特别快乐。看着秦帅为她买的那两套衣服，睡着秦帅帮她买回来的床单、枕头和被子，那种感觉就特别甜蜜而温暖。她突然想起，如果有一天她跟秦帅睡在一起，他抱着她，吻她，两个人享受着美好的爱情，那是一件多么幸福的事情啊！看来这次来唐镇，真是不虚此行。

就这么愉快地决定了，一定要好好地跟秦帅这有点坏坏的男子汉好好爱一场，享受一下没有杀戮和血腥的生活，学着像个女人一样去享受爱情。

门铃响起的时候，本来睡意渐浓的川岛樱子一下子满血复活，打算去给秦帅开门。但她才起身就已经听到了奔跑的动静。她知道是杨雪莲去给秦帅开门了，一瞬间，一股强烈的醋意汹涌而至。杨雪莲为秦帅开门本没有什么，但跑去开门的那速度，再加上在酒店上班时她所观察到的，这种醋意就自然而然地涌上来了。

"回来了，帅哥？"杨雪莲打开门，笑脸相迎，却在抬起目光时吓了一跳，"啊？帅哥你的脸怎么了？"

"受伤了，没看见吗？"秦帅边说边进了屋。

"怎么伤到脸了，好像还是个字，狼？"杨雪莲盯着秦帅的脸上，一愣一愣的。

什么，秦帅受伤了？川岛樱子听到之后心里一惊，赶紧奔出卧室，一看秦帅那脸也顿时傻眼了，满眼关切地问："秦帅哥哥，谁把你的脸伤成这样了？"

"遇到一个仇家，他们人多，我打不过就被伤成这样了。"秦帅随便撒了个谎。

"什么仇家啊，居然这么残忍划伤你的脸？"川岛樱子问。问的时候心里的杀机已经起来了，哪个混蛋把秦帅的脸伤成这样，一定要弄死他！

秦帅说："没什么，就之前惹到的一个地痞。"

"你不是富二代嘛，还说你爸妈认识好多大哥，怎么一个小地痞敢对你动手啊？还把你伤成这样？"杨雪莲很奇怪地问。

秦帅说："我爸妈是在蜀中那边混得很好而已，而我是躲到唐镇来了，唐镇这些小地痞又不认识我，也不会给我爸妈面子。"

川岛樱子还在追问："秦帅哥哥，这地痞是谁啊？"

是谁？这根本就是秦帅编出来子虚乌有的事，他能说出个谁？当下，他只是敷衍地说："说了你们又不认识，我先休息会儿，真累。"说着便一屁股坐到了沙发上。

川岛樱子跟过去锲而不舍地问："说嘛秦帅哥哥，是谁啊，我知道了以后也好绕着走啊，这种人好可怕，千万不要碰着了。"

其实，她心里还是打定主意要帮秦帅杀了这混蛋。好些日子没杀生了，正想杀人练练手呢！要不然，心里的狠气都被岁月磨灭了，她自己都慢慢地忘记自己是个杀手了。

"哦，外号叫熊胖子，本名熊朝海，一个很嚣张跋扈的暴发户，手下养了一帮人。"秦帅突然想起这家伙来，是唐镇上的恶霸，又恰好跟他结仇。

"熊胖子？"川岛樱子问，"他是干什么的？你怎么跟他结仇的啊？"她想知道一些更多的信息，然后才好找到这混蛋。

反正也没事，有根有底的，秦帅就把跟熊胖子发生矛盾的经过简略地说了下，说那熊胖子不知道是被谁砍了一只手，然后就以为是他干的，所以就找人来报复他，他没打过，就这样了。

川岛樱子没再追问，她已经打定主意要替秦帅去杀了这个熊朝海。

杨雪莲一看秦帅的伤，就知道今天晚上的好事泡汤了，秦帅不可能脸上带着这样的伤还跟她寻欢作乐的，不过眼光还是得看长远点，这个时候可以表现一番。于是就坐到秦帅旁边，一边骂那个熊胖子不是人，千刀万剐，一边又对秦帅嘘寒问暖地关心，问痛不痛，要不要买点什么药，表现出她很心疼的样子，俨然就像秦帅的女人一样。

川岛樱子见杨雪莲那一副狐狸精的样子，真是恨得牙痒痒，心里就在想，早晚得弄死这贱人！她对秦帅说，脸上有伤，应该早点休息，太疲惫了对伤势恢复不好。

秦帅确实也是身心疲惫的感觉，今天晚上真是太折腾了，唐雨若本来就让他心里惆怅，转眼还被那来历不明的美少妇打了一顿，弄伤了脸，接着影子老大还要派条美女蛇来监督他。人生在走背字吗？

当下他漱口之后就进房间休息了。刚躺到床上，楚江山就打了个电话来，问："大哥，你让我给你打电话啊？"

秦帅说："是的，跟那小妞玩得还挺高兴的吧？"

楚江山心里一惊："大哥，你怎么知道我……我跟女孩子一起玩？"

"废话，孙悟空能逃得出佛祖的手掌心吗？这点事都不知道，我还能做大哥吗？"秦帅说，"那女的是谁啊，干什么的？"

楚江山说："叫范诗琪，还在读大学呢。"

"你居然泡到了大学生啊，长那么漂亮，肯定是校花吧！"秦帅说。

"怎么，大哥你也知道她长得漂亮啊，你见过她吗？"楚江山本来就有些憨厚，而且悄悄离开秦帅交给他的岗位出去约会，心里发虚，回来听冷梦雪说让他给大哥打电话，还想着随便找个什么理由敷衍下。没想到大哥什么都知道了，搞得他真是很惆怅。

秦帅说："别说这些没用的了，说下你怎么踩了这狗屎运的吧，我以为你小子这辈子就这么闷着呢，居然还能泡到个校花，这故事怎么发生的啊？"

"这……"楚江山一时语塞。他怎么能说是那天大哥让他跟踪朱象的时候，就因为心思放到范诗琪身上，才把任务搞砸的。

"怎么，你是打算瞒着我，还是想跟我编个故事出来啊？"秦帅一下子就从他的犹豫中发现了情况，说，"你小子可得弄清楚了，很多爱情开始得很美丽，结束得却没道理，不是看你魅力，也不是看你运气，主要看你怎么去经营，说简单点就是相处之道的经验，没有大哥教你，搞不好你就是竹篮打水一场空！"

"好吧，大哥我跟你说实话，你可别骂我。"楚江山说。

楚江山知道这事早晚瞒不下去，以他的智商，想在秦帅面前编造谎言，秦帅随便两下子就能给他戳穿，原形毕露，所以还是坦白的好。

"骂你？"秦帅问，"我为什么要骂你？你不会是用了什么卑鄙下流的手段骗了人家，生米先煮成熟饭吧？"

楚江山忙说："那肯定不是，就算借十个胆给我也不可能做出那样缺德的事情来。"

秦帅问："那是什么个情况，你跟我说清楚点，敢欺瞒大哥的话可饶不了你！"

　　当下，楚江山就原原本本地把那天跟踪朱象，然后遇到范诗琪，后来跟飞车党的人干起来而导致跟丢朱象的事都说了。

　　"原来你是因为这美妞才跟丢的？"秦帅说，"不过这也算是路见不平见义勇为，又没什么错，你为什么对我说谎？而且我不是一直赞成你出去找个妞的嘛，有什么好隐瞒的？"

　　楚江山说："但毕竟把大哥你的事情搞砸了，所以……"

　　"我没你想的那么严肃啊，别太认真了，我心中最大的愿望是希望你和梦雪能找到真正属于自己的归宿，可以美满幸福，毕竟我以后也会找个女人成家，会有自己的儿子和孙子一大家子，你们不可能跟我一辈子。所以，你们要对自己的感情生活积极点，也帮梦雪留意下……"秦帅用一副老大哥的口吻说。

　　"可是，大哥……我有句话不知该不该讲？"楚江山问。

　　秦帅说："什么话直说啊，跟我还有什么可吞吞吐吐的。"

　　楚江山说："其实，梦雪心里一直都喜欢大哥你，她想嫁的人是大哥你。"

　　"这种话不要乱讲啊！"秦帅严厉地说。

　　楚江山辩解："大哥不是我乱讲，我看得出来，梦雪确实喜欢大哥你。"

　　"看得出来？"秦帅问，"就你那点情商，能看得出什么？我可当梦雪是妹妹，以后不要再说这种话了啊，否则当你破坏内部团结，开除你！"

　　"好嘛，我不说了。"楚江山不知道秦帅早知道这事，一直在回避呢。

　　"那大哥还有什么事吗？"楚江山问。

　　秦帅说："本来想教你点谈恋爱的经验，但现在这么晚了，我又有点不方便，只能过两天再说了。"

　　"嗯，那好，我等大哥教我。"楚江山说。

　　"但在正式传授你经验之前，先教你点前奏吧，不然就你这智商，等我想教你正式经验的时候，说不定就已经被你搞泡汤了。"秦帅说。

　　"好的，大哥有什么话，我洗耳恭听。"楚江山说。

　　秦帅说："我先问问，你们的关系到哪一步了，已经表白过没有，确定了男女朋友关系没有？"

楚江山说："还没，今天下午是第一次约饭，然后逛街，到游乐场玩了一下。只是像普通朋友一样玩，没有提喜欢和恋爱这事。"

秦帅说："之后你们在哪分的手啊？"

楚江山说："就在游乐场啊！"

"就在游乐场分手？"秦帅说，"不会吧，你都没绅士点说女孩子一个人晚上回家不安全，送她回去吗？"

楚江山说："她有车啊，而且还是好车，几百万的兰博基尼。"

"还开的是兰博基尼？"秦帅说，"看来家里很有钱啊，能娶到手你小子就走运了。不过，她有车又怎么样，你还是可以跟着车子像保镖一样地护送她，然后自己打车回来啊，这样会更让她感动。因为就你这样的条件，她跟你交往，既不会图你帅，也图不了你有钱，只能图你为人踏实可靠。对她好点，这是你唯一的筹码，懂吗？"

"嗯，有点懂。"楚江山答应。

"还有，"秦帅叮嘱，"要学会主动打电话给她，请她吃饭，或者看电影什么的，她不会在乎你做这点事花多少钱，但会在乎你的主动，从你的主动里看出你对她的态度和在乎。还有，要叮嘱她在热天注意别中暑，冬天注意别感冒，在外面玩的时候注意安全，如果有别人欺负她，跟你说声，你立马去帮她的忙，这样她才会觉得你像个真正的男人，才有那种可以依靠的感觉，然后潜意识里就把你当成她的男朋友和以后要嫁的男人，慢慢地就会对你形成感情的依赖。当时机成熟的时候，你就想法向她来一场情真意切而又不失浪漫的表白。哎，这个你先别忙，你那点情商操之过急会搞得很尴尬，到该表白的时候我再教你吧！"

"嗯，谢谢大哥，你果然好有经验，我要是能有你这么多经验就好了。"楚江山无比崇拜。

"行了，先就这样吧，我也累了，先休息了。"秦帅说完，挂断了电话。

江山这小子果然是傻人有傻福，秦帅想。不过他觉得很欣慰，他是真心希望江山能找个好女人，有个好家庭，这比他自己能找到个好女人更高兴，因为他不担心自己找不到女人，但确实担心江山。

　　这社会有很多并不富有甚至无才无貌的男人，能找到很好的女人，因为他们有很好的情商，能带动女孩的情绪，让女孩跟他们相处起来感到愉快和轻松。而有些长得很帅，或者很有钱的男人，也会单身。有些是自己挑剔，有些确实是因为性格内向，情商不够，安排个相亲也好，安排个约会也罢，女孩子跟你待着找不到话说，三分钟之内全场尴尬，都在心里默念圣经，那就没意思了。人家一想起还有漫长的一辈子，这样沉默面对是多么痛苦的事情，就算你再帅，有再多钱，人家也不愿跟你。这就是情商的问题，无论男人或者女人，寻求爱情的终极目的，是为了快乐，为了幸福。只要让对方感受到快乐和幸福，金钱和相貌都不是决定性的因素！唉，睡吧，明天还有明天的事。

　　可是，当秦帅闭上眼睛想睡的时候，脑子里突然闪过一个念头，就如一道闪电划过，发现了问题——楚江山和那个范诗琪的问题，准确地说应该是那天飞车党闹事的问题。本来，秦帅第一次听楚江山说，是一个女孩单独坐在一边，飞车党过去调戏，楚江山路见不平英雄救美，这很正常。但刚才楚江山说，是范诗琪跟他坐在一张桌子上的时候，飞车党的人过来喊她去作陪。然后，楚江山跟他们打起来，朱象跟黑妞就跑掉了。这是偶然事件，还是预谋的呢？

　　秦帅觉得，不大像是偶然事件。因为飞车党闹事跟朱象他们溜掉的时间点似乎太过巧合。而且在一个烧烤摊上，有一个强壮的男人和一个女人在，一般情况下对方不会过来喊女人去作陪。出现这种情况通常有三个可能性的条件：第一，一般发生在酒吧这种相对比较混乱的场合；第二，一般都是那种年少轻狂的小混混，脑子习惯发热，天大地大老子最大；第三，通常在晚上的时候发生。而楚江山发生的这件事，是在六点多钟大白天的时候，烧烤摊上，飞车党的武功高手。这个疑问很明显啊！武功高手不会在大白天的烧烤摊上面对有男人存在的时候，强喊一个女人过去作陪，飞车党的职业属性是飞车抢劫，他们不会在大白天的路边上做这种小流氓的事情。也许，这只是一个闹事的借口，故意针对楚江山。是不是故意针对，秦帅心想：问一问就知道了。

当下，他又拨通了楚江山的电话。

"喂，大哥。"楚江山喊了声。

秦帅说："问你点事，那天跟你动手的飞车党，他们是一开始就在烧烤摊那里吃东西，还是后来的，又是什么时候来的？来之后的具体情形如何，你给我讲仔细点。"

楚江山也不知道秦帅问这么仔细干什么。但大哥要想知道清楚点，他就必须配合，当下他努力地想了想，说："他们是后来的，我坐在那里点好东西有十多分钟的样子吧，烤的东西都送上桌了，他们才来。一来就瞄着我们桌子，然后就有一个年轻人走过来，喊诗琪过去作陪。诗琪不去，他们就直接要动手拖过去的架势……"

"好了，知道了。"听到这里，秦帅有百分之八十以上的肯定，飞车党是蓄意闹事的。

企图很明显，一来就喊范诗琪过去作陪，不去，就动手抢。在法制社会下，再牛的帮派，就算跟官方有勾结，谁敢在光天化日之下当街对女的强来？这种事可是当地官方人物的大忌，会造成严重的社会影响，这种事稍微传开一点，轻则影响官员的政绩，重则会让他们丢官罢职，身陷大狱。所以，即便是再黑的官员跟地方势力勾结，也绝对会郑重告诫地方势力注意影响，不要把篓子捅得太明显，在暗处办点事可以睁只眼闭只眼，在明处猖狂那就是找死，把彼此推向悬崖。有官方罩着的势力都不敢这么猖獗，没有官方罩着的就更不敢，除非有很强大的利益驱使。

秦帅推测，从朱象和黑妞没有直接回家而是绕了几条街去吃麻辣烫判断，他们肯定是发现了楚江山的跟踪，但不知道楚江山为什么跟踪他们，所以不敢轻易动手，一旦动手，就暴露了他们会武功的本来面目。所以，他们得想个办法，神不知鬼不觉地甩脱，这才是上上策。那么，要甩脱楚江山的最好办法，就是想法牵制楚江山，分散他的注意力。于是，飞车党的人就登场了！

飞车党如果直接出对楚江山，会用意太过明显。所以，他们才很高明地针对范诗琪，逼楚江山出手，将整个事件演变成偶然冲突，而且是一个流氓的调戏事件。却没想到，在秦帅这样的高手眼里，处处都看出了破绽。

而且，秦帅还想到楚江山说的，飞车党的人那天都带着短刀，用短刀与他拼杀，武功都很高，他都差点没摆平。这就更能说明问题了，又不是出任务，只是吃个烧烤而已，为什么人人都带刀？何况带的是有分量的短刀，而不是匕首。还有，像那种飞车党的武功高手，应该是有点身份地位，甚至有点小财富的，他们花天酒地的去处应该都是有档次的地方，而根本不大可能到一个路边的烧烤摊，尤其是六点多钟吃正餐的时候！

果然是打开一个缺口，处处都有破绽。不用说，就是朱象安排飞车党出来，让飞车党牵制楚江山，借机开溜的。甚至想干掉楚江山，为他们解除一个暗中的隐患！

秦帅的眼睛亮了起来。他似乎找到了突破口，朱象和黑妞他暂时不好动，但可以向飞车党下手！无论如何，先拿下飞车党，看一看他们玩的什么牛鬼蛇神！

03　神秘人物

在大约凌晨一点的时候，秦帅和杨雪莲的房间里都已经响起了轻微的鼾声，川岛樱子终于起床动身了。她从自己的一个旅行包里取出了一个黑色的头套，还有一套黑色的夜行衣，找一个购物袋装着，然后取出几把铅笔刀藏在身上，蹑手蹑脚地出了门。

凌晨一点的唐镇街头夜生活仍然繁华，那些 KTV 的房间里一阵一阵传出鬼哭狼嚎的声音，但街头却已经渐渐沉寂了下去。偶尔会有一辆车子呼啸而过，有几个喝醉的女人被男人扶去酒店……

川岛樱子看了眼大街，脑子里粗略地计划了一下行动步骤，先在手机上查出了熊朝海所在的唐镇外科医院的电话号码。目光一瞥之间，正好看见一辆车子停在了一个小卖部门口，车上下来了一个脚步有些踉跄的男子，大概是到小卖部买烟。

川岛樱子加快步伐往车子那边走过去，趁男子买烟的时候，她轻轻打开车门，直接上了车子后座。男子的确是买了一包烟，拿到烟之后就犯瘾似的赶紧抽了一支出来，点燃之后深吸一口，舒服得跟做神仙一样，哼着歌儿就往车子来了。他压根就没看车子后座，就算看大概也看不见，因为川岛樱子平卧在后座上，借座位挡住了身体。男子直接打开驾驶的车门就上了车子，当他刚坐稳，把车子打着的时候，川岛樱子从后座冒出头来，一掌切到了他的颈部动脉之上。他脑袋一歪，就晕倒过去了。

　　川岛樱子戴上一双黑色手套，在男子的身上搜出了手机，拨打了外科医院值班室的电话，故意把声音装得很苍老说是熊朝海的姨娘，从乡下赶来准备去看望他，问他住哪个病房。

　　值班护士并没有怀疑什么，看望病人的事常有，就让川岛樱子稍等。

　　护士很快就查了出来，熊朝海在606号病房。

　　川岛樱子挂断电话，从通话记录上删除了已拨电话，然后下了车。坐了个出租车，直接到了唐镇外科医院。

　　川岛樱子随便一看就将整个医院的环境看了个明白，于是直接避开医院的监控，绕到了医院后方院墙外一处大树的阴影下，迅速地换上了夜行衣，戴上了头罩，然后把高跟鞋也换成了帆布鞋。轻身一纵，脚尖在院墙上一掂，人如飞鸟蹿进了里面。然后从后面不会有监控的楼梯间进入，往楼上而去。

　　川岛樱子找到了六楼，在监控探头的背面往走廊尽头看过去，有一间病房的门口特地放了两把凳子，坐了两个身材魁梧面相凶狠的男子，边抽烟，边说笑。

　　她对比了一下边上的房间号，顺着数过去。两个抽烟男子所在的房间正好是606。川岛樱子退了回来，她需要尽量避免楼道里的监控。她倒不是怕，而是一个杀手的职业习惯，而且她还得在唐镇这里潜伏下去，等待干爹的安排，不能为了帮秦帅出一口气而坏了干爹的大事。

　　退回去之后，川岛樱子直接到了医院的外墙，踩着外墙上的窗棂以及下水管和空调架，直接到了606的房间外面，听见里面还在聊天说话。

　　一个男人很粗狂的声音："哎哟，这里真憋屈死了，闻着都是药的味道，又没有女人玩！"

　　另一个有些谄媚的声音说："要不，我去帮熊哥找个女人来，就在这里玩一玩？"

　　熊胖子说："玩玩玩，老子还不知道玩啊，伤口都还没愈合，搞不好会发炎，我还要不要这条老命了。"

"都怪姓秦的那小子，大哥几次派人，竟然都没弄死他，他也真是命大，不知道是从哪里钻出来的，本事还不小。"

熊胖子不服气："到时候老三回来，直接就能把他干掉，他再牛能逃得过职业杀手的追杀吗？何况老三还是职业杀手里面的高手，在国际上都有名气，铁定把那姓秦的千刀万剐！"

"听说三哥的杀手代号叫毒牙，是在一个什么国际性的杀手组织里吧？"

熊胖子说："嗯，叫什么断刃杀手组织，是很了不起的国际知名杀手组织，他们里面的杀手，个个都是高手，杀人从来不放空，反正他们在海外，又没法抓到他们！"

原来这熊胖子是毒牙的哥哥，难怪这么猖狂。川岛樱子是知道毒牙的，他是这几年在世界杀手排行榜上很有名气的一位榜单杀手，是断刃杀手组织里的王牌之一。断刃杀手组织是世界杀手组织排行榜第三名，第一名是飞龙，第二名是毒蛇，第三名是断刃，第四名是黑枪，第五名是天马。

"毒牙？毒牙就了不起吗，惹毛了本小姐，随时都给他拔了！"川岛樱子在心里冷笑了声，然后从身上摸出一把铅笔刀来，往关着的窗户上轻轻一拨！窗户没有一点声响地就往两边滑了开去。川岛樱子做这些事的手法绝对是一流的，轻车熟路，那是经过千万次的训练，而不会留痕迹的。

"你是什么人！"虽然窗户打开没有动静，但有一个熊胖子的保镖却正面对窗户坐着。窗户突然滑开，露出了一个全身黑衣戴着头罩的人，他一下子就看见了。当即弹身而起，迅速地退向熊胖子的床边保护着他。

另外一个保镖也立马箭在弦上一触即发，保持着戒备的姿势面对川岛樱子。

"晚上走窗户，当然是杀人的人。"川岛樱子轻飘飘地落进病房之中，双目美丽，笑得自然。

当然，熊胖子的保镖没法看见她的笑容。她的整张脸都被头罩遮住，唯一能看得见的只是她的一双眼睛。看着很清澈，也很美丽迷人。就算说出来那句"杀人的人",也像是在开玩笑,根本没有半点杀气。

"你,杀人?"一个保镖充满质疑。

虽然看不见川岛樱子的脸,但从那双美丽的眼睛,窈窕的身材,穿着夏季夜行衣隐隐薄纱后透出的雪白肌肤,完全可见是个美丽少女啊。

"怎么,不信吗?"川岛樱子笑了声。

"信。"一个保镖立马放松了警惕,并且故意逗她玩似的,"你打算杀谁啊?"

川岛樱子说:"你们啊!"

"我们?"保镖忍不住笑了起来,"你打算杀了我们?意思是把我们都杀了?"

川岛樱子竖起大拇指赞:"聪明。"

这时候有人敲病房的门喊:"熊总,华子,发生什么事了?"

坐在门外的两个保镖已经听见了里面的动静,还特地在门外仔细听了下,确实有事情,赶紧敲门喊。

逗川岛樱子那保镖回应:"有人要杀我们啊,好怕哦,快点进来帮忙啊!"

听得出来,他其实是在嘲笑川岛樱子,觉得她自不量力的意思。而且,川岛樱子除了故意装出那么一副神秘莫测的样子来,全身上下都看不出有武器,刀枪都藏不下,也打算杀人?

"我们进来,你得开门啊!"保镖在外面喊。

那逗川岛樱子的保镖反应过来,应了声:"好嘞,我给你开,要有心理准备,到时候别被吓到了哦,国际第一杀手来了。"

他完全没把川岛樱子当回事,很大胆地转身去替同伙开门。只是一瞬间,川岛樱子如幽灵般,身影一闪,就扑向保镖背后。另外一个挡在熊胖子床前的保镖见状,反应倒也很快,立马一脚往川岛樱子腰部横扫而出。川岛樱子不闪不躲,不改变方向,只是将手往保镖踢来的脚上一挥,便听得一声惨叫,掌心暗藏的铅笔刀弹出刀刃来,直接割向了那个保镖的脚踝,保镖痛得赶紧将脚收回。

而川岛樱子已经扑到了开门保镖的身后，那保镖正准备开门，听到后面同伙的叫声，意识到出现了状况，赶紧转过头来，却迎面看见那张戴着头罩的脸。虽然有些错愕，但也开始出手反击。川岛樱子却行云流水地伸手推向他的胸膛，直接把他推到了门上，使他没法动弹，几乎是零点一秒的时间差，那藏着铅笔刀的手直接往他的脖子上刺了下去！一股冰凉而疼痛的感觉掠过他的神经。川岛樱子将铅笔刀拔出来，手往保镖的肩膀上一按，保镖顿时跟绳子一般软下去，一股鲜血就从脖子那里流了出来。

"华子，开门啊，在干什么？"外面的保镖还在吼叫。

川岛樱子将被杀的保镖一脚踢开，然后伸手就把门打开。本来，她想把屋里的两个保镖和熊胖子杀掉就算了，外面的人就放过，但对方硬要敲门，她觉得烦人，干脆一块解决掉算了，反正都是跟熊胖子一伙的，不是什么好东西！

门打开，一个保镖边抬脚边往里面走，突然感觉脖子一凉。那一刀，宛若天边的流星划过，转瞬即逝，逝去的是刀光，也是他的生命。

后面一个保镖见状，吓愣了。他看见同伴倒下去，也看见了屋里面血淋淋的同伴尸体，还没反应过来是什么情况，川岛樱子手一扬，就准备再次击杀。但之前那个被她割伤了脚踝的保镖已经缓过神来，伸手抄起一个凳子就往川岛樱子的后脑砸来。凳子起风，可见力猛。

川岛樱子只好放弃击杀前面的保镖，迅速转过身来，正迎着那砸来的凳子，粉拳霹雳般击出，"咔嚓"一声响。一个完好的凳子，顿时碎成了无数木渣，冲击向保镖的面庞。当他本能地偏头闪躲那些飞溅而来的木渣时，川岛樱子的手指弹开，拳头变掌，掌中铅笔刀刀刃弹出，如落日惊虹一般划向保镖的颈部动脉。

站在门口的保镖反应过来了。吼叫一声往川岛樱子扑过来，双臂展开，想用擒拿法抱住她把她摔倒。川岛樱子将手一扬，把他的手臂格挡开去，另外握着铅笔刀的手潇洒地一挥。保镖的脖子顿时无力地歪倒下去。川岛樱子再顺势一拉，将病房的门关上。

"哎呀，美女饶命啊，美女饶命，你要什么我都给你，不要杀我啊……"躺在病床上的熊胖子吓得全身发软，直哆嗦。

"什么都给我？"川岛樱子笑了下，"都能给我什么啊？"

"钱。"熊胖子说，"我可以给你钱，一百万，一千万，都可以。还可以给你金子，对，金子，我开金矿的，有一堆一堆的金子。我还开了影视公司，你长这么漂亮，我可以包装你，让你成为女明星，国际明星，大红大紫。"

"我长这么漂亮？"川岛樱子一笑，"是吗？你都看不见我的脸，我想问你怎么就知道我长得漂亮了？说不出原因，我还是要杀你哦！"

"因为，因为……"熊胖子确实吓得不行了，但还是找到了理由，"因为你身材这么好，声音也这么好听，肯定是美女的，肯定是……"

"肯定是，肯定是。"川岛樱子说，"我肯定是要杀你的。"

熊胖子对这句话还没反应过来，川岛樱子已经将手一挥，一个世界末日的念头从熊胖子脑子里闪过，他感觉到自己的脖子流出血来，然后也看见这世界慢慢地黑暗下去。他还想说点什么，但已经说不出来了。

川岛樱子缓缓地取下了头罩，冲着已经闭上眼睛的熊胖子笑了一下："你真厉害，居然猜对了，我的确很漂亮，可惜你没那个命看见了。敢动我的男人，这就是你的下场！"

说罢找了处干净的被子，很斯文和爱惜地擦干了铅笔刀刃上的血迹，将刀子收了起来。

最后看了眼屋里的五具尸体，灿烂地笑了下："记住了，下辈子千万不要惹我喜欢的人哦！"

随后她重新戴好头罩，跳上窗户，直接从空调架下了楼。仍然在暗处把衣服和鞋子换掉，然后把鞋子直接扔进下水道。因为鞋子和地面有接触，警犬就可以嗅得出鞋子的味道来。最安全的办法就是穿过就扔了，但衣服没事，她的整个作案过程，衣服并没有和房间里的东西接触，什么都无法追踪。处理好一切，川岛樱子才迅速地离开了医院。

十几分钟后，警车的尖叫之声响彻了整个唐镇，那声音一浪高过一浪，很急促。医院可是很神圣的地方，在医院杀人性质相当恶劣，何况还不是杀的一个人，而是五个！更为重要的是，这五个不是普通人。其中的熊朝海可是极有影响力的人物。虽然他本身是一个人渣，是一个恶霸，但他毕竟是好几个金矿的老板，是影视公司的老板，给地方政府交了税，为地方经济做过贡献，并且在商会里面任职，也装模作样地捐过钱做慈善。同时他也是某些官员的钱袋子，所以，他的死是能引起震动的。

当保安报警之后，再将情况报告给上层，医院院长都吓得赶紧到医院来，配合警方调查处理案件。

秦帅本来是睡着了，但他被那一声高过一声的警笛声给吵醒了。他知道，警笛声响得如此密集，铁定是出了大案。出了什么大案呢？跟地狱使者有关吗？秦帅首先想到的是这个，他担心戴安全顾虑时间晚了怕打扰他，或者忙起案子来一时忘记向他报告，赶紧拿起电话，主动打了过去，毕竟地狱使者的案子是不能耽误半分半秒的。

"喂，小秦同志。"戴安全还是睡意之中，声音慵懒无力。

秦帅开门见山："又出什么大案子了吗？"

"没啊，没听说啊，怎么了吗？"戴安全问。

秦帅说："我听见唐镇这里警笛声很密集，像是出了什么大案子，你赶紧问一下报告给我。"

"是，我马上问。"戴安全应声。

两三分钟后，戴安全就给秦帅打了电话过来，说是在外科医院出现了人命案。

"医院里出现人命案？"秦帅问，"什么人命案啊，谁被杀了？"

戴安全说："就是你上次提到过的那个熊朝海，开金矿和影视公司的，被砍了一只手的那个。"

"什么，他被杀了？"秦帅大吃一惊。

戴安全说："是的，就是他。而且不只是杀了他一个，还有他的四个保镖，一共是五个人。"

"一共五个人？"秦帅问，"熊朝海和他的四个保镖都被杀了？"

戴安全说："是的，现在唐镇那边已经集中警力去医院里侦破现场，看看到底怎么回事。"

秦帅说："这个案子只怕不一般，你赶紧动身过来，现场不要动，我跟你亲自去看一下。"

"这个时候？亲自去看？"戴安全的声音里有些迟疑。

这都凌晨两点了，他睡得正香呢，而且他在蜀中，到唐镇来，就算晚上不会堵车，最快也得几十分钟，到医院那里差不多就是凌晨三四点了。而且医院又满是药味的地方，几条人命，血淋淋的现场。就算是香艳的KTV，这个时候他也不愿去啊！

"怎么，你还有什么意见吗？老子都不怕折腾，你还想养尊处优！"秦帅从戴安全的迟疑里猜到他不想来，当时就火了。

俗话说，养兵千日，用兵一时。平常没案子，由得你坐办公室摆领导架子，有事情来了，提着头也得上，居然不愿意！

见秦帅发火，戴安全心里一抖，赶紧说："没没，我马上过来，马上过来。"

"就这样吧，赶过来了给我电话，我等你。"秦帅说罢，直接挂掉了电话，不由得深深地叹息了一声。

这是一个社会的悲哀，很多人拼命地进入政府部门，不是真的想去为国家为社会做事，而只是想去过体面的生活。

突然，门响了一声，声音很轻，但秦帅听到了。然后，他赶紧启动嗅觉，确定位置，居然是川岛樱子身上的体味！川岛樱子没睡吗？她怎么才从外面回来？

秦帅一翻身就起了床，然后打开了卧室的门。确实是川岛樱子，她正小心翼翼地把门轻轻关上，准备往屋里面走，突然见秦帅从卧室那里冒头出来，顿时吓了一跳，缓过神来就问："怎么，秦帅哥哥你还没睡啊？"

秦帅说："外面警笛声太大，被吵醒了，你怎么也没睡，去哪里了啊？"边说着，目光落向川岛樱子的手上，提着一个购物袋，看不见里面是什么东西。他启动嗅觉，嗅了一下，好像只是布料，布料上还夹杂着一些汗味，这汗味里有微微的香，那是川岛樱子身体的香，说明里面是川岛樱子穿过的衣服，留下了她的汗液。

"我，我出去有点事。"川岛樱子忙说。

秦帅问："你不是早早就睡了嘛，这时候出去有什么事？去约会啊？"

川岛樱子说："不是，是我肚子突然有点痛，出去买药的。"她毕竟是很厉害的杀手，脑子反应很快，就想了个借口。

秦帅问："那买到药了吗？"

川岛樱子说："没有，走到一半就不痛了，大概是……是要来大姨妈了。"

秦帅的目光还是落在她手里的购物袋上："你这提的什么啊？"

川岛樱子说："没什么，就是穿的衣服。"

她装作若无其事的样子，脸上始终带着单纯而亲切的笑容，对秦帅说了声晚安，就赶紧回到了房间。因为她觉得秦帅的目光有些犀利，对她有些怀疑，他的问题不像是普通朋友的问候，倒像是审问。

秦帅看着川岛樱子那关上的房门，突然觉得不对劲。不过，秦帅绝对不会想到，熊朝海和四个保镖在医院的被杀，这搅动了整个唐镇的案子，竟然是川岛樱子干的。他更不会想到，川岛樱子就是为了他，为了他说的一个谎，以为他脸上的伤是熊胖子喊人干的，所以，川岛樱子就神不知鬼不觉地把熊胖子给杀了。

川岛樱子所表露出来的那一点含糊和可疑，秦帅只是觉得她可能是去跟哪个男人约会，或者鬼混了。不然，这大晚上悄悄地出去，又悄悄地回来，手里还提着衣服。肯定是原来把衣服忘记在哪个男人那里，顺便带回来洗的。

不过，嗅着她身上的味道，还是那种花苞未开的处子之香，或者只是在接触，在约会，还没有突破最后那一关吧。管她呢，她想怎么样，那是她自己的事，跟他又没多大关系。虽然他有那么个瞬间觉得其实她真的挺漂亮，很有感觉，可以试着发展一下。但这感觉远不如他想跟唐雨若在一起那么强烈。唐雨若，想起来心里又是一阵莫名的惆怅，还是别想了，不值得的女人，管她多好，由她去吧，不要当回事了。

想案子吧，熊胖子怎么回事？居然直接被杀？要知道他大哥熊瞎子可是蜀中道上的一代枭雄人物，这些年来在蜀中可谓像螃蟹一样横着走路，没几个人敢惹。若说是跟熊胖子或者熊瞎子有仇，顶多也就像上次一样，砍他一只手足够了，不至于杀了他啊，这动作未免太猛了些。

秦帅跟熊胖子的保镖交过手，知道他的保镖本事还是不弱的。尤其是在跟他冲突之后，又莫名其妙地被砍了一只手，熊瞎子又派了手下的高手出面保护。然而即便如此，熊胖子还是和保镖一起被干干净净地干掉了！是谁有这个本事？是上次那个砍了熊胖子一只手的巨人杀手吗？也是奇了怪了，那个巨人杀手怎么回事，那么明显的特征，那么高大的个子，警察上网通缉，悬赏征集线索，却都没有这个巨人杀手的半点消息。难道江湖之中，杀手界竟没有人认识这个巨人杀手？还是他为人仗义，身边认识之人竟无一人出卖他？

警方本来悬赏金额五十万，然后熊胖子自己还追加了一百五十万，要是有人能举报巨人杀手的行踪，就能得到两百万。两百万可是一笔横财了，只要知道巨人杀手的消息，应该是有很多人都愿意举报的。毕竟是匿名举报，也不用担什么风险，就跟捡两百万一样。然而，快一个星期过去，却并没有半点巨人杀手的消息。相反，熊胖子接着被杀。看来，这蜀中和唐镇，水还真不是一般的深啊。

戴安全打了电话给秦帅，说他到唐镇了。秦帅让他把车开到帝豪大酒店附近等着，然后藏好了代表"死神"的骷髅面具就出了门。看见戴安全车子的时候，他便戴上了骷髅面具，然后上了戴安全的车。

"怎么，你还不大愿意过来吗？"秦帅问。

"没有没有，怎么会呢。"戴安全赶紧说，"出了这么大案子，我是必须亲自过来处理的。"

"行了，往医院去吧。"听到这种客套话，秦帅就一阵反胃。但现在，不是和戴安全计较这些的时候，还有很多事情，他得借戴安全来配合完成。有时候，即便是一只臭虫，也有存在的价值。

戴安全开着车，和秦帅赶到了唐镇外科医院，那里就连门口都已经拉起了警戒线，有三步一岗、五步一哨全副武装的警察在对进出的人员进行检查，包括附近经过的车辆和路人，都在接受检查。

秦帅和戴安全一起下了车。一双双目光看了过来，他们看见一个戴着骷髅面具的人出现，都感到很奇怪。但看见戴安全，都赶紧敬礼打招呼，喊"局长好"。

戴安全直接打了个电话，让负责现场的唐镇派出所所长谢东海出来带路。很快，谢东海小跑着就来了，看了眼戴着骷髅面具的秦帅，也愣了一下。

"带路啊，愣着干什么！"戴安全不怒自威地说。

在这些下级人员面前，他还是很威风的。谢东海应了声，当即就把戴安全和秦帅带去案发现场。

整个外科六楼的走廊里都已经被封锁了，秦帅直接到了熊朝海被杀的病房，看见那个场景时也不禁呆住了。不太宽的病房里一共五具男性尸体，鲜血流了一地，有一个被砸坏的凳子，从木块的痕迹上看，凳子属于搏斗时被打坏，然后，其他东西没有遭到任何破坏。也许一般人看不出这里面的可怕，但身为顶级特种王牌的他一眼就看出来了。为什么可怕？因为屋里不乱，说明凶手是以绝对优势轻而易举地把四个武功不错的保镖和熊朝海杀掉的。若是几个保镖的实力稍微可以和凶手抗衡一下的话，屋里摆放的东西必然就会打得很乱，而这么大的动静就会迅速引来医院保安，将凶手包围起来。而现场让秦帅看到的，是几个保镖和熊朝海几乎没有任何反抗就被凶手给杀死了。那可是四个千挑万选出来保护熊朝海的保镖，不是四个普通人！

秦帅再蹲下身子，看了下死者的致命伤，在脖颈和咽喉之处，一刀切口，干净利落，说明凶手的狠辣和老练，那绝不是第一次杀人，而是职业的！伤口都很细，刀口很整齐，而且有些往内侧挤，显然是很细薄的刀刃所造成的伤口。

秦帅马上就想起了刀片来。反正，跟匕首、砍刀、西瓜刀和菜刀的刃口都对不上号，跟地狱使者杀王牌战士的那种创口很像。难道是地狱使者干的？

秦帅又接着检查另外几名死者的伤口，却又发现了问题。其中一个死者的伤口，显然不是刀片干的，刀口太窄，窄到只有大约一厘米的样子。不是用刀片割的，而是直接从脖颈处插下去的。而刀片的攻击方式只能是割、划，没法那样插下去。秦帅马上脑补起这个保镖当时被凶器插进脖颈的画面，他马上确定了凶器应该是一种很小的刀，一般是壁纸刀、美工刀，当然，还有铅笔刀，都是刀刃很薄，既可以划又可以往脖颈插的刀。那么，就不是地狱使者了？

秦帅开始启动嗅觉，将屋里还存在的味道排查后，发现有一种鞋子的味道一直往窗口延伸过去。

秦帅把目光看向窗户，窗户是打开的。而窗棂上有一处残留的脚印，那脚印虽然只残留了一半，但依稀看得出来是一双帆布平底鞋，尺码比较小，应该是一个女人的脚印。

秦帅又把目光在窗户四周仔细搜寻，然后就看见左边的窗户有一处刀痕。刀痕切入木头之中，痕迹还很新鲜。秦帅在仔细辨认之下，没错！那刀痕之细，与杀死死者的凶器吻合。可见，凶手是用那小刀轻轻地划开窗户进来的。

果然是老手，老手知道从正面进来，会有监控，而且容易被发现，所以就走了后面。对于身手敏捷的人来说，从楼正面和背面上来并没有什么区别，楼层的空调架和下水管道，包括阳台和遮雨板都能被轻松利用。

外面夜色茫茫，秦帅启动嗅觉搜寻那双鞋子的味道，但医院楼后方废弃的医疗垃圾和药品味太浓，而那双鞋子离开时只是脚尖在空调架上轻踩了几下，残留的味道已经完全被浓重的其他味道吞没，消散在空气之中了，无法追踪下去。

秦帅打算看一下监控。虽然凶手从没有监控的楼道进入，但楼道外面的动静也可以折射当时里面的情况。

秦帅跟戴安全一起到了保安监控室，看见原来熊朝海的病房外面是有两个保镖的，在边抽烟边聊天说笑。大约在凌晨一点半的样子，大概是突然听到了里面的动静，两人先是竖着耳朵仔细听了几秒钟，然后双双起身跑到门前敲门，敲门之后门没有立即开，两人等了差不多十几秒的样子，门还没有开，便又使劲地敲了门，这说明屋里面正在动手。若不然，屋里就几步路，他们第一次敲门后，屋里的保镖应该就会来开门了，但屋里的保镖已经被凶手缠住，并没有机会来开门。当门打开的一瞬间，站在前面的保镖凶狠地准备往里面冲，结果脖颈上挨了一刀，就倒下去了。后面的保镖露出了惊愕的表情，似乎忘记了出手。

秦帅其实希望这个时候凶手冲出来干掉他，哪怕伸一只手出来也好，他就能发现一些有用的线索。然而并没有，从门口保镖的眼神看，应该是凶手被屋里的保镖缠住了。而这个时候门口的保镖也张开双臂扑抱过去，想跟凶手缠斗，结果当然是一个死字。他扑进去后，就完全脱离监控的范围了。

忙活了一个晚上，也并没有什么大的收获，秦帅只是记住了那双从窗口出去的鞋子味道，如果有一天这双鞋子还出现在人群里，他就能嗅得出来。但他不知道，川岛樱子已经把那双鞋子扔到下水道里，一天天地腐烂了。

秦帅忙活到三点多钟就回去睡觉了。临和戴安全分开的时候，他又叮嘱了戴安全一句，把那个巨人杀手的悬赏再追加一百万，并上报给省厅，一定要在全国范围内，哪怕是老鼠洞里，也得把他找出来！秦帅觉得，巨人杀手会是一个很大的突破口。也许，不仅仅是砍了熊胖子一只手这么简单，这样一个强大而神秘的人物，肯定线索很多。

秦帅又想起了朱象和黑妞，他们又是什么来头？潜伏在唐雨若身边，真的是对唐云豪有什么企图，所以把唐雨若当一个台阶？然而，他们跟飞车党又是什么关系，能让飞车党随时出手？突然，秦帅又想起了一个很重要的细节，那就是听雨楼前飞车党对唐雨若出手。本来，他只当那是一个普通的抢劫事件，但现在看来应该不是。

飞车党、唐雨若、朱象和黑妞，这三个点已经连成了一条线，构成了一个不可告人的阴谋。在这三个点之间，任何行为都必定是有所图谋的。图谋是什么？看来还得把飞车党的嘴撬开，他们为什么抢劫唐雨若？他们为什么对楚江山出手？他们跟朱象和黑妞又是什么关系？朱象和黑妞是什么来头？

秦帅决定，要主动出击。当下，他打了一个电话给戴安全，让他把唐镇飞车党的底细调查清楚，把资料发邮件给他。他特别叮嘱，不要走漏任何消息，不要打草惊蛇。

戴安全连声说一定秘密调查，绝不会走漏半点消息。

秦帅相信，他把话说得那么狠，戴安全打死不敢乱来。他也盘算了下，飞车党在唐镇这里还算是一股小势力，但在整个蜀中来说并不算。所以，他们应该还没有那个手腕跟戴安全勾结上，戴安全暗中替他们通风报信的可能性不大。不过为了以防万一，秦帅还是给了戴安全警告，让他别玩猫腻。

而此时，针对秦帅的又一波杀机已经轰轰烈烈地开始了。熊瞎子很快就知道了兄弟熊胖子的死，起码愣了十秒钟以上，然后从喉咙里吼出了三个字："谁干的？！"

打电话给他的是熊胖子的女儿熊婷婷，才十八岁。她哭着说："大伯，我爸死得好惨，你可一定要为我爸报仇，把那个秦帅千刀万剐！"

"什么，是秦帅那个王八蛋干的？"熊瞎子问。

熊婷婷说："肯定是他干的啊，除了他还有谁敢。我爸在蜀中待这么多年了，有谁敢动他啊？"

"放心吧，这个仇大伯肯定会报的，我会让秦帅死得很惨的！"熊瞎子咬牙切齿地说，眼珠子都要瞪出来了。

挂断电话，熊瞎子立马带人连夜赶往唐镇外科医院去看现场。在路上的时候，他想起了什么，拨打了一个号码出去，上面显示了两个字——老三。老三，就是熊家老三，在"断刃"杀手组织服役，代号"毒牙"的熊朝廷。

电话响了很久，才终于传来一个迷迷糊糊的声音："大哥，怎么这时候还打电话来啊？"

熊瞎子说："你还睡得着，老二被人干掉了。"

"什么，你说什么？"熊朝廷一下子被刺激到了，"你说二哥被人干掉了？"

熊瞎子说："是的，我刚才接到婷婷打来的电话，她和你二嫂都接到警察通知赶去了医院，说现场很惨。"

"是什么人干的啊，居然在你的眼皮底下干掉了二哥？"熊朝廷问。

熊瞎子说："很有可能就是那个秦帅，除了他，在蜀中没人敢动我们熊家的人！"

"就是上次找人砍了二哥手的那家伙吗？"熊朝廷问。

熊瞎子说："就是他。"

"怎么，你还没有把他搞定吗？"熊朝廷责问道，言下之意是熊瞎子没用。

熊瞎子说："太难搞了，我派了六个人带枪过去。结果，不但没杀死他，反而被他全部给干掉了。"

"六个人带枪去杀他，还反而被他干掉？"熊朝廷听完气又来了，"你手下都是些什么废物，枪是水枪吗？"

熊瞎子说："什么水枪，全是从金三角那边买回来的，枪手也都经过训练，枪法很好。"

熊朝廷问："那为什么没有杀得了那家伙，还反而都被干掉了？难道他有三头六臂，刀枪不入？"

熊瞎子说："我找局里面的人问了，说是那家伙开枪的速度简直可怕，在不到三秒钟的时间抢枪反击，将我的人全部干掉，而且枪枪爆头。"

"枪枪爆头？"熊朝廷一惊，好一会儿才缓过神来，又问了一遍，"你说他在三秒钟之内抢枪反击，把你派去的六个枪手全部干掉，还是枪枪爆头？"

熊瞎子说："是，你不用怀疑，这是一位处理现场的兄弟透露给我的消息，他亲自看过现场监控，把他都吓到了，说他在警校也好，出来当警察也好，都没见过那么可怕的枪法！"

"这么说来，他也是军人出身，"熊朝廷说，"而且肯定不是普通兵种，而是特种兵。"

熊瞎子说："那也可能是雇佣兵和杀手啊？雇佣兵和杀手不都要训练枪法的嘛，而且，他那么狠毒的手段，也更符合杀手和雇佣兵的身份。"

"警察没通缉他吗？"熊朝廷突然想起一个关键的问题。

熊瞎子说："没有，里面的兄弟说是戴局长亲自过问这个案子，定性为正当防卫，而且还说他是英雄人物，在遇到恐怖威胁的时候勇敢搏斗，为社会除害。"

"正当防卫？"熊朝廷当即就骂，"简直是扯淡，看来他不是杀手，也不是雇佣兵，而是确确实实的特种兵，恐怕还不是一般的特种兵，而是带了官衔的！"

熊瞎子问："是吗？你发现了什么？"

熊朝廷说："很简单，无论怎么说，他手里有六条人命，就算行为是正当防卫，但他那枪法，是必须给一个解释的。因为在我们国家，枪支是受管制的，他凭什么有那么可怕的枪法？单凭这一点他如果不说清楚，就可以质疑他拥有枪支，甚至受过专业的恐怖训练。除非他能提供他合法拥有枪支和枪法的证据，才可以被释放。而且又是那个局长亲自过问案子，还给这样的解释，肯定是他是军方的人或者有秘密的身份。"

"听你这么一说还真是这么回事啊！"熊瞎子一下子也有些六神无主起来，"那我们现在怎么办？老二的仇还能报吗？他要真是你说的军方的人或者有什么秘密身份，我们就不敢动了啊！"

"什么不敢动！"熊朝廷说，"你以为你现在不动他你就可以没事吗？你之前那么大张旗鼓地追杀他，他会放过你？"

熊瞎子也突然疑问起来："对啊，之前我好几次派人追杀他，而且还把他一伙的兄弟给重伤了几个，他怎么没对我出手呢？按照你说的，他要那么有来头的话，随时都能灭了我啊？"

"那肯定是他在唐镇有更重要的事，需要低调，秘密调查，不敢大张旗鼓。等他把事情办完了，你就是他手心里的蚂蚁，随便拿捏了。"熊朝廷曾经也是特种军人，他在这方面有很丰富的经验。

"这样啊，"熊瞎子一听顿时吓到了，"那我岂不是完蛋了？"

"你先不要慌，怕什么，我杀了人，被军方通缉，还不照样跑了，过得好好的吗？"熊朝廷说，"该怎么样还怎么样，他杀了二哥，这个仇不能不报，若杀不了他，老子算白混了。"

"怎么，你打算亲自回来干掉他吗？"熊瞎子问。

熊朝廷问："你手下还有能人吗？"

熊瞎子说："能人当然有啊，几乎都是练武的，可他那枪法，我手下的人肯定不是对手，去了就是送死。本来练武的人就挡不住子弹，何况他枪法那么好。"

熊朝廷问："你不是说他是抢的你手下人的枪，他自己没带枪的吗？"

"嗯，是抢的我手下人的枪。"熊瞎子说。

熊朝廷说："那就行了，他肯定是仗着自己有点本事，也或许是为了掩饰身份方便，所以根本就没带枪，需要的时候才找警局调用。所以，你不用担心，找武功高强的人出手就可以。军方的人杀技厉害，枪械厉害，练得博杂，在武功造诣上，有时候并不如武功高手。但一定得是江湖上顶级的高手才行。"

熊瞎子说："我手下有少林寺出来的高手，练过金钟罩，已经到了七重天上，除了子弹以外，刀剑这些根本就威胁不了他。"

熊朝廷说："行，你就让他出手吧，无论他能不能杀得了这家伙，我这两天都回来一趟，他能杀得了最好，杀不了就交给我好了！"

"好的，那就这么说定了。"熊瞎子挂掉电话。接着就给他手下的王牌"花和尚"打电话，让他出马。

而另外一边的熊朝廷，点燃了一根烟。他在想这个叫秦帅的家伙，到底什么来头，在唐镇神神秘秘地办什么案子，怎么会那么低调，被熊瞎子追杀几次都还没有反击？

突然，他的脑子一震，想了起来，在唐镇，能让军方神秘人物登场的案子应该只有一桩，那就是地狱使者击杀猎鹰特种兵和王牌战士的事，这事已经在国际上传得沸沸扬扬了。这个叫秦帅的家伙是去对付地狱使者的？看来，他是一个真正的劲敌！

04　横刀立马

一夜之间，熊胖子被杀之事占据了蜀中报纸和电视新闻头条，轰动整个蜀中，街头巷尾无不议论纷纷。每个人都在猜测谁是凶手，因为什么仇恨居然冒这么大的险，下如此狠手。而真正的杀人者川岛樱子，却好像什么事也没有一样，她唯一想着的是秦帅。

因为脸上受伤，不方便上班，而且看那样子三两天没法复原，秦帅干脆让杨雪莲找保安主任请了一个星期的假。所以，川岛樱子一个人在那里上班，总觉得心神不定。当一个少女第一次喜欢上一个男人，把这个男人放在心里，这种相思是很浓烈的。

川岛樱子发觉，她分分秒秒都想跟秦帅待在一起。最好是秦帅能每天陪着她逛街，买衣服，或者看个电影什么的，然后抱抱亲亲……想起来都特别美好。没有秦帅在，上班真的一点意思也没有。

而秦帅却在家里的沙发上跷着二郎腿，他准备开始他的大动作了。这个大动作的第一步，就是搞定飞车党，并找出飞车党、朱象和黑妞以及唐雨若之间的联系。

在秦帅那么严厉的语气之下，戴安全办事的效率还是很高的，大概在上午十点钟就把关于飞车党的详细资料发给秦帅了。

飞车党老大，姓名江大海，外号"飞鹰"，名义上是"夜港酒吧"的老板。"夜港酒吧"位于唐镇盛安路198号，酒吧规模大约八百平米，注册资金一千万，有管理层和普通员工约六百人。他在手机上输入了唐镇

"夜港酒吧"查询，原来里面有佳丽陪酒服务，一大半所谓的工作人员都是在那里等待客人叫陪的。

这都是无关紧要的，重要的是怎么把这个江大海拿下，从他嘴里知道抢劫唐雨若和阻止楚江山的原因是什么，他们跟朱象和黑妞又是什么关系，黑妞卧底在唐雨若身边又是为了什么。

怎么拿下江大海呢？让戴安全出面，把江大海给抓了？秘密审讯？好像不行。江大海既然被朱象的势力掌控着，朱象的势力肯定在暗中盯着他的，一旦动用官方力量把江大海抓走，立马就打草惊蛇了，那么抓住江大海的用处就不是很大，所以不能让官方出面。那么，直接大刀阔斧地杀向江大海的老巢？先废了他那些可恶的手下，然后再把他踩到脚下？这会很痛快，但动静太大了点，而且秦帅这张脸不合适，朱象和黑妞都认识秦帅这张脸。一旦秦帅公然对江大海出手了，朱象和黑妞一伙人立马就会防着他，甚至盯着他，对秦帅在唐镇潜伏抓捕地狱使者的任务会有很大影响，所以秦帅必须神不知鬼不觉地来完成这事。

怎么才能神不知鬼不觉的呢？秦帅有了主意，还是戴上那张骷髅面具，以"死神"的相貌，直接去江大海的家里等他。这样一来，朱象一伙既不会知道江大海是被官方抓了，也不会知道是秦帅干的，他就可以好好地陪江大海玩一玩。只不过，这个时间点必须在晚上，而且是下半夜。料想白天和上半夜江大海都不会回家，而且白天干这事的隐蔽性比较差，还是晚上会稳妥一些。

打定主意后，秦帅打了个电话给戴安全，让戴安全把江大海的住址提供给他，最好是把江大海日常的行动规律一起提供完整。

戴安全的办事效率还是很高的，一小时之内就把江大海的住址发给秦帅了，而且确实完整。

江大海的固定地址一共是两处：一处是他的老婆和女儿住的地方，是真正的家的住址；另一处则是他为他的一个小情人买的一套小别墅。江大海基本上回老婆那里的时间很少，三两天回去看下女儿，几乎大部分时间都是住在情人的小别墅里。白天一般都是在至尊楼，而至尊楼是一个赌场。

晚上的时候江大海可能会在至尊楼赌，也可能会去夜港酒吧那里待一阵，反正多数时间都是在这两个地方徘徊。后面附有江大海自己家和情人别墅的具体地址。

那就等晚上吧，晚上的时候直接去江大海和他情人的小别墅。晚上，还有十多个小时呢，白天似乎真没什么事了。闷在屋里很无聊啊，可是脸上那伤也实在不好意思出去。

没想到，这个时候惊喜出现了，手机突然响起了一条信息提示音。秦帅打开收件箱一看，大大地意外了一下，竟然是唐雨若发来的信息！他打开具体内容一看，就简简单单的几个字：我想，我还是应该向你道个歉，是我误会了你，希望以后还可以是朋友。

没想到唐雨若会主动道歉？本来他很想回个信息刺激她几句，譬如说她不配和他做朋友，她还是应该多花点时间去唐云豪那里。可是转念一想，一个男人应该大度点，人家毕竟主动道歉了，而且她靠着唐云豪那么大的势力，又没什么可求他的，能道歉已经很诚恳了。再说，她毕竟是唐云豪的相好，而他和唐云豪是兄弟，是可以同生死共患难，可以为彼此抛头颅洒热血的兄弟。不是因为唐云豪有钱有势，而是唐云豪确实是个值得交往的人，是个可以让自己为难替兄弟着想的汉子。

所以，他想了想之后，还是很礼貌地回了个信息：都是过去的事了，当没发生过吧，我也没有那么小肚鸡肠。

唐雨若却又回了条信息过来：方便出来找个地方坐坐吗？

秦帅的心里一颤，什么情况？不是他不够纯洁，而是他认为，如果不是有什么工作和业务上的往来，男人和女人单独约个地方坐坐，必然会发生一些暧昧的事情，不然谈什么？唐雨若明明知道他喜欢过她，追过她，而她现在是唐云豪的女人，却约他出去坐坐？起码在他的意识里，觉得这里面肯定动机不纯。难道唐雨若是真的喜欢他？虽然事实证明唐雨若跟他演了不少戏，可在不经意的流露之间，他确实也感觉到唐雨若似乎对他有些发自内心的情感，那种情感就叫作喜欢。

秦帅可是情场老手，感情这方面的事很难瞒得过他。起码他相信一点，唐雨若不会突然无缘无故地给他道歉。从正常的逻辑学讲，一个你根本不会在乎的人，你就算对不起他，事情既然已经过去了，大家形同陌路就好，不必刻意去道歉。何况，唐雨若本来就是比较高傲、不会低头的人。

总之那就是唐雨若在乎他了。秦帅瞬间激动起来，心里像有一阵阵的波浪卷过。然而，当他准备回答可以的时候，却想到了两件非常头疼的事情。第一件，唐雨若既然已经是唐云豪的女人了，他现在这样单独去跟她见面，对得起兄弟吗？还有第二件，他现在脸上这两个字，就算那个"色"字被包住了，留了一个"狼"字，还是不好见唐雨若的。

还是算了吧，天涯何处无芳草，何必单恋一枝花。当下，秦帅回了信息过去：我身体有点不舒服，不大方便，以后再说吧！

"是吗，哪里不舒服，要紧吗？"没想过唐雨若回过来的信息里饱含了关心。

秦帅回道："不要紧，一点皮外伤。"

结果唐雨若又说："我有皮外伤的药，能愈合得很快，而且不会有疤痕，你说个地方，我给你送过去吧。"

秦帅真心觉得很为难，就这样跟她相见，对不起唐云豪啊！可是，一方面他其实还是很想见唐雨若的，没有为什么，就是想，哪怕是看看她的样子，嗅嗅她身上的香味；另一方面，如果唐雨若真有这么好的药，他当然希望脸上的伤快点好起来啊，不然真是没脸出去见人啊！而且，影子老大安排那个美女蛇这两天过来，要是看到了他脸上这两个字，报告给影子老大的话，那他可就不知道怎么跟影子老大解释了，这是多么丢人的事情啊！所以，既然有能快速治疗的机会，还是不能错过的。就拿个药，绝不跟她发生什么，兄弟的女人，是绝不能碰的，就这么决定吧！

可是，在哪见面呢？总不至于说这里，秦帅可不想让唐雨若知道他住什么地方，何况屋里还放着杨雪莲和川岛樱子的东西，两人的内衣都晾在阳台上。如果被唐雨若看见，肯定会问，这有损他的形象，甚至还可能知道他在帝豪大酒店做保安的事情，所以必须得找个合适的地方。

秦帅想起了一个合适的地方，那就是蜜月酒店。最好是在酒店开个房间，路边不合适，咖啡厅也不合适，不因为别的，就因为他脸上的伤太醒目了，他可不想用这玩意儿赚回头率。不过，唐雨若愿不愿意把药送到酒店来呢？试探一下吧。

当下，秦帅就回了个信息过去，说他在蜜月酒店这里，让唐雨若过来了就打个电话。结果唐雨若回了一个字：好。

秦帅赶紧收拾了一下，急匆匆地下了楼，然后到路边坐了辆出租车，说到蜜月酒店。然而当秦帅匆匆赶到蜜月酒店，到吧台那里去订房间的时候，在大厅里来回走动的一个保安突然眼睛亮了，然后从身上摸出了一张照片，看了看照片，又看了看秦帅，脸上露出了喜悦的神色。

秦帅开好房间，直接就坐电梯上楼去了。

那个保安看着秦帅的背影，赶紧到酒店外面张望了一下动静，然后拿出手机，拨打了一个号码出去。

很快，电话打通。保安有些激动地说："天哥，我看见那家伙了，他又到这里来了！"

"真的吗？你没看错？"天哥的声音也有些激动。

保安说："绝对没错，我跟相片对照过，他脸上受了点伤，但还是能认得出来。"

天哥说："是就好，你看住他，我马上带人过来，有什么情况及时跟我联系。"

说罢，就挂掉了电话。

而保安仍旧回到了酒店大厅，坐在大厅的大理石长椅上，目光盯住电梯那里，生怕一愣神就被秦帅走掉了。

秦帅到了楼上的房间里，自己跑到镜子面前又反复地看了下，其实脸上一边包着纱布，一边有个狼字，看起来还真有些个性化的感觉，就像是欧美大片里的硬汉一样。那些大片里的雇佣兵特种兵之类的，总喜欢在脸上纹个蝎子什么的，看起来很彪悍的样子。

看着那宽大的床铺，秦帅又想起了那个晚上，他把白冰冰带回来，准备跟白冰冰成个好事，但最终也只是抱着她睡了一晚上，毕竟他不是一个渣男。一般的男人只要跟女人睡到一起，到了那个分上时，不管天打雷劈，什么甜言蜜语的谎言都说得出来。

秦帅就认识这么一个堪比楚留香的家伙，还是很好的兄弟。南方深海市赌王世家的白玉龙，人称"小白龙"，简直是英俊潇洒风流倜傥的西门庆，是个不爱江山爱美人的家伙，只要喜欢上一个女人，不惜一切手段也要得到。明明有女朋友无数，却装成一副单身狗的样子。他一年三百六十五天都在换女人，几乎同时和好几个女人保持联系，简直比古时候的皇帝都过得潇洒。皇帝还得被困在皇宫里，还得上早朝，没法自由地到外面乱来，但白玉龙可以。他把国内的各种美女玩了一遍，还特地到国外那些盛产美女的地方去玩，譬如岛国，譬如欧国等，简直潇洒得不要不要的。

秦帅其实劝过他，还是不要太滥情了，但他说人活一世就几十年，怎么也得趁着年轻挥霍一番，不然白活了。人各有志，秦帅也无法，毕竟白玉龙除了这方面的缺点之外，其他都挺好，也不仗势欺人，还颇有侠义之风，喜欢帮助弱者，打抱不平，而且很重兄弟义气。兄弟和女人，他都可以随时一掷千金，随时把命豁出去，而且他还帮过秦帅一个忙，所以无论怎么说，秦帅还是当他是兄弟。毕竟，在江湖行走，看的就是一个人是否重义气。而且人无完人，每个人总会有些性格的缺陷，而生活也并不会让每个人在理想的轨道上行走。每一种角色都有他的灰暗面，只要在大是大非的问题上三观正就好。

其实很多时候面对美女，秦帅心里也有冲动，只不过他是军人，他必须在任何时候严于律己，良知是他最后的底线。有时候在别的方面可以略微越界，但良知却不能不要。人无良知，禽兽不如。

电话响了起来，是唐雨若打来的，秦帅接了电话，她说已经到蜜月酒店门口了。

秦帅说："要不你帮忙把药拿上来坐一会儿，还是我自己下去拿？"

唐雨若说："我给你送上去吧！"她本来也是想跟秦帅说说话的，帮他送药，只不过是一个借口，一个好机会而已。

秦帅说了房间号。见过大风大浪的他，心里竟然莫名有些不淡定。毕竟经过了那些事情，他和唐雨若之间的关系变得很微妙。

很快，响起了门铃声。秦帅赶过去，打开门，唐雨若站在门口，一头秀发披肩，恬静的脸，大大的眼睛，穿着一袭淡绿色薄纱长裙，雪白的肌肤隐隐而现，充满了诱惑，身上淡淡的清香一阵阵袭来。

四目相对，仿佛历经沧海桑田。秦帅有点不敢看唐雨若的眼睛，那美丽的眸子光芒炙热，仿佛要将他融化一般。唐雨若也不敢看秦帅的眼睛，那炯炯有神的目光，让她心儿颤抖，一点点地沦陷，两个人几乎同时避开了对方的目光。

秦帅往后退了一步，故作平静地说了声："坐坐吧！"

唐雨若进了屋里，目光又落到他的脸上："这是怎么伤的，怎么是个字？"

秦帅问："你真的有药，能让伤口很快愈合，而且不留疤痕？"

唐雨若点头："是的，像你这种小伤口，我再帮你处理一下，会好得更快，不超过十二小时就可以愈合。"

"不超过十二小时？"秦帅不信，"你是在逗我玩吧，一般外伤一个星期拆线，四五天才愈合，顶小的伤口，破点皮之类的十二小时还差不多。我这好歹也是这么长的口子，而且还是很多道连在一起，愈合起来会更难。"

唐雨若说："我说了不超过十二小时就不会超过，难道还骗你不成？"

秦帅说："说得好像你没骗过我似的。"

"我都已经给你道过歉了。"唐雨若说，"而且那都是误会。"

秦帅说："行了，开玩笑的，药呢？我试试看是不是真那么灵验啊！"

唐雨若问："你包着纱布这边也是伤口吗？"

秦帅说："嗯。"

唐雨若说："你取下来吧，我帮你一起弄。"

秦帅还有些犹豫，把纱布取下来，两个字都看得见了，这两个字刻在人的脸上，是多么让人尴尬啊！

唐雨若说："单是搽药，效果会差些，我帮你处理，效果会加倍的。算是我还你个人情吧！"

"人情？"秦帅问，"你欠我什么人情啊？"

唐雨若说："你不是借了钱给我吗？而且五十万不是个小数目，这社会能借十万都得是很好的朋友了。"

"嗯，这么说来你确实欠我个人情，好吧，让你把这人情还了，一干二净清得彻底。"秦帅说。

唐雨若的心里颤了下，两个人真的是什么都没有了吗？

秦帅取下了脸上的纱布，唐雨若的嘴巴突然张大起来，好半天才把那两个字念出来："色——狼！"

秦帅说："看见就行了，念出来干什么，非要弄得这么尴尬吗？"

唐雨若问："这是怎么回事啊？你脸上怎么会……怎么会被划这两个字，你都干什么了？谁划的啊？"

"没有答案，你还是赶紧帮我把伤处理了，人情还了自己走吧，别问这些跟你没关的事了。"秦帅说。

唐雨若问："是不是你又对别的女人怎么样了，结果别人比你厉害，然后惩罚你？"

秦帅抬起头看着她："你是替我处理伤口，还是自己转身走？"

唐雨若咬了下嘴唇，其实她真想把药丢下就走的，可她还是忍了，毕竟之前她做了那么多对不起秦帅的事情，恩将仇报，她辜负了秦帅的一番情意，秦帅就算恨她也理所当然，就不要再斤斤计较了。

当下，唐雨若也不说话，从身上取出一个小玻璃瓶来，看了一眼那边宽大的床，说："你躺上去吧，这样站着不好处理。"

"过去躺可以，但你不能对我乱来啊！"秦帅说着，便过去躺下了。

唐雨若说："我才没那个嗜好，还是等你自己的女人对你乱来吧！"说着，也脱下高跟鞋，到了床上。

唐雨若双膝跪在床上，打开了玻璃瓶的盖，用手指蘸了一些白色的药膏，然后轻轻地往秦帅脸上的伤口擦拭。

唐雨若把药膏抹好之后，就用柔软的手掌在秦帅的脸上轻轻地按摩，然后还对他的颈部以及太阳穴等位置很温柔地按摩起来，那种感觉令秦帅有种说不出的舒服。唐雨若的手掌真是太柔软，而且很专注。

"感觉你按摩的手法挺专业啊，是经常给唐大少按吧？"秦帅说。

唐雨若的动作停了下，她想生气的，但又忍住了，说："是啊，怎么了？"

秦帅说："没什么啊，就称赞你手法熟练呢，哎，下辈子我也要投胎做个有钱人，然后去找一群美女，每天给我按摩，陪我玩。"

唐雨若说："你的本事，就算没钱，不照样美女成群吗？让那天跟着你的那个美女帮你按就是啊！"

秦帅说："她不行，太纯洁了，从来没给男人按过，我就是她第一个男朋友，我摸一下她都还脸红，哪里能指望她给我按摩。"

"哼，你这嘴真够欠啊，你的意思是我不纯洁呗！"唐雨若说。

"不是吧，这你都能听得出来？"秦帅问。

唐雨若只回了一声冷哼，然后手上突然加了一些力。

"哎哟！"秦帅痛得顿时叫唤起来。

唐雨若故意说："哎呀，不好意思，刚才只顾跟你说话，按到伤口上了。"

秦帅说："算了，不跟你计较。"

其实，这样吵吵的感觉很奇妙，虽然什么都没说，但似乎能感觉到被对方在乎着，而且有一种特别的情愫萦绕心头，不过却又不能坦然地表达。起码，唐雨若已经正视了自己的内心，秦帅确实有点痞，确实有点吊儿郎当，确实很欠，可是说不出来为什么，她就是觉得这种感觉很亲切，能触动她的心扉。她知道这种感觉叫喜欢，这的确是一件很不可思议的事情，她居然喜欢上这样一个既没有显赫身世，也不够成熟稳重，而且对她也不是疼爱呵护有加，甚至还总是气她的男人。更重要的是，这男人还有女朋友，她却还是会莫名地想念他。

唐雨若的生命也许剩下不多了，师傅说过，过了二十岁之后，随时都可能气息不济，香消玉殒，如花飘零。其实，她不怕死，人早晚都会死的。她只是希望，能在活着的青春里，有一次真正的爱情，不让自己的感情一片空白。她没有想过会爱上秦帅这样一个无耻的混蛋，虽然结果证明他不是混蛋。

"对了，能问你个问题吗？"秦帅突然问。

唐雨若问："什么问题？"

秦帅问："现在既然有唐大少罩着你，什么都可能没有，但钱绝对是用不完的，你为什么找我借五十万？"

唐雨若说："因为你在那里吹牛，说借钱给朋友很仗义，我不信，所以就跟你开口，想让你难堪，下不了台啊！"

"果然满满的都是套路。"秦帅一声叹息。

唐雨若问："难道你就没玩套路吗？"

秦帅问："我玩什么套路了？"

唐雨若说："在画廊那里。"

秦帅问："在画廊那里怎么了？"

唐雨若说："你说给我治接吻恐惧症，居然装腔作势之后就占我便宜，你以为我傻啊，不知道你玩的是套路！"

"但那确实是治疗接吻恐惧症的方法啊！"秦帅说，"所谓恐惧症，是人心里凭空想象出来的一种可怕的东西，譬如怕鬼，世上其实根本没有鬼，但小时候听大人说鬼很吓人，很恐怖，就自然害怕了。可当有一天一个鬼站到你面前，你发现它很萌萌嗒，你就会改变对鬼的印象。接吻也是一样，你可能想象起来，那像是两个人在撕咬，在打架一样。可我让你感受到，那种内心的颤抖，血液的欢快，美妙的梦境，你就会觉得很舒服，以后就不会对接吻恐惧，而是会想念了。"

"我根本就没有接吻恐惧症，好不好！"唐雨若说。

"没有？"秦帅一愣，"那你为什么说有？"

唐雨若说："因为我不想跟你接吻，所以找借口啊！"

"原来是这样，又是套路！"秦帅说，"我这么单纯，你总是骗我，真的好吗？"

"你单纯？"唐雨若说，"如果你都单纯了，这世界就没有人单纯了！"

秦帅说："好吧，看来咱们没法愉快地聊天了。"

唐雨若问："你觉得我们什么时候愉快地聊过呢？"

秦帅说："有啊，牵手的时候，看电影的时候，我都觉得很愉快啊！对了，我想问你，你既然那么恨我，想报复我，为什么不让唐大少出面找人教训我，还非得假装跟我恋爱，然后举报我，搞得那么麻烦？"

唐雨若说："因为他不会帮我教训你。"

"为什么？"秦帅问。

唐雨若说："因为他当你是兄弟，而且相信你的人品。维加斯的时候我就让他喊人教训你了，但他就是相信你，觉得你不会做出这样的事来。"

"是吗？"秦帅说，"没想到唐大少对我这么好，真是让人感动。好了，你不要给我按了。"

说着，他已经翻身起来。听唐雨若说来，唐云豪真是一开始就把他当兄弟了。就算他再喜欢唐雨若，但兄弟的女人，是一点都不可以乱来的。

"其实，我跟唐总没有关系。"唐雨若突然说了一句。

秦帅一愣："你跟唐大少没关系，什么意思？"

"就是……"唐雨若说，"就是，我跟他是清白的。"

"你跟他是清白的？"秦帅问。

唐雨若说："我们只是普通朋友。"

"只是普通朋友？"秦帅说，"你又在跟我玩什么套路？那天你当着我的面说喜欢他，直接就往他身上靠过去了，现在跟我说你们只是普通朋友？"

"那天，那天……"唐雨若说，"那天我只是为了气你，帮你那么多忙，你还在那里冷嘲热讽的。"

"气我？"秦帅拍了两下脑袋，"不行，有点糊涂，你到底是什么意思啊？等我捋一捋，你那天说喜欢唐大少，抱着他，只是为了气我，其实你没有喜欢他，跟他一点关系都没有？"

唐雨若说："是的。"

秦帅还是有点蒙。他突然想起来，对啊，唐雨若身上的香味明明是处子之香，足以证明她确实跟唐云豪没发生什么。可是这里面还是有很大问题的。

秦帅说："如果你们只是普通朋友，没有那层特殊关系的话，唐大少不可能那么护着你，而且你的画廊，你的奥迪，还有你的别墅，价值千万以上了，如果不是唐大少给的小费，你哪里能有那么多钱，你别告诉我你是富二代，你爸妈给你的。"

"什么，你的意思是，我是唐总的情人，他养着我？"唐雨若问。

秦帅说："不是我的意思，而是事实在眼前啊！你不过二十岁，这么年轻，如果家里不是很富有，那么你的画廊、车子，还有别墅，是哪里来的？"

"你怎么知道我住的别墅？"唐雨若的眼睛突然瞪着秦帅。

是的，这是个很重要的问题。

秦帅一愣，说漏嘴了啊！但他反应还是很快："我猜的啊，怎么，你还真是住别墅啊？这么土豪，说吧，如果靠你自己，能这么土豪吗？"

唐雨若的目光还是犀利地盯着他："不要忽悠我了，你果然是跟踪了我，到我的别墅里去了，那天晚上藏在衣橱里的人，真的是你？"

"又来了，你又来了是吧？"秦帅问，"你为什么非要把我的人品想得这么卑劣呢？我可不想再跟你吵架！"

唐雨若说："不是我把你的人品想得这么差，是事实就在眼前，你怎么知道我住别墅的，不要跟我说猜的，三岁小孩子都不会信。何况，那天晚上冰冰的电话也不可能那么巧打给你，却是另外一个人的电话在我的衣橱里响起来，时间分秒不差！"

秦帅说："这个我可没法向你证明了，那天晚上我只是在路上，没法找到证人来证明我不在场。如果你真要这么认为，就当是我吧，那又能怎么样呢？"

"就是啊，你知道我打不过你，就算你承认，我又能把你怎么样？那你为什么不大大方方地承认呢？"唐雨若问。

秦帅说："不是我，为什么要承认？"

唐雨若说："其实你承不承认，我们都心知肚明。"

秦帅说："行啊，我也不介意你把我看成一个偷窥狂，我自己问心无愧就好了。"

"好吧！"唐雨若起身下了床，把药瓶递给秦帅，"六小时之后你再擦一次，十二小时之内伤口就愈合，剩下的你留着以后用吧，祝你跟那个女人幸福。"

说罢，转身欲走。

秦帅说："也祝你跟唐大少幸福。"

唐雨若站住脚步，转过身来："我再跟你说一次，我跟唐总没有你想的那种关系。"

"那你的画廊、车子、别墅哪里来的呢？"秦帅问。

唐雨若说："每一个人都有自己的秘密，但我保证我的每一分钱都清清白白、干干净净。而且唐总已经说过，他跟我只是朋友，如果我们有不清不楚的关系，他知道我们牵过手，还一起吃饭看电影，你以为他真的那么大度，不会吃醋吗？"

"好像是这么个道理。"秦帅问，"那么，你特地告诉我你跟唐总没有关系，是不是喜欢我？"

唐雨若的娇躯一颤，目光与秦帅对视着，她突然发现秦帅的眼睛里有一种光芒，让她的心里像是起了一阵风暴。

"喜欢还是不喜欢，希望你说的都是实话。"秦帅认真地说。

因为，秦帅似乎感觉到唐雨若也喜欢他。若不然，在两个人发生那么多矛盾之后，她没有道理还主动联系他，向他道歉，给他送药，还亲手擦药，极力澄清她和唐云豪的关系。而秦帅心里其实也喜欢她，有想跟她在一起的冲动。若真是彼此喜欢，为什么不可以直接在一起，要闹那些小脾气呢？

秦帅在等唐雨若的答案。也许，这是彼此的一个机会，如果唐雨若说喜欢他，而又真跟唐云豪没关系，那么秦帅会跟她在一起；如果她说不喜欢，就拉倒吧，不要想那么多了，做人就得干脆点。

唐雨若的内心有一番挣扎，她的确喜欢秦帅，可秦帅这样问出来，让她答应，感觉还是有些……

"你都有女朋友了，我喜不喜欢你，有什么用吗？"终于，唐雨若也只能勇敢地给一个含糊其词的答案。

她如果坦然承认自己喜欢他，可他却有女人，彼此没有结果，何必让他看见自己的狼狈呢？而她又不忍拒绝，不想欺骗他又欺骗自己，毕竟他是认认真真问的。

结果秦帅说："如果你喜欢我，别说有女朋友，就算前面有高山大海也挡不住。"

唐雨若说："我才不会做第三者！"

秦帅问："那让你做正室呢？"

唐雨若说："我也不可能接受第三者！"

秦帅说："我就问你喜不喜欢我，怎么绕这么大圈子了？"

"那你喜欢我吗？"唐雨若终于想到了反问，变被动为主动。

秦帅点头，回答得很干脆："喜欢啊，我一开始就很喜欢你啊！"

唐雨若说："你不是说，那是谎言吗？"

秦帅说："那只是气话而已，你还没说喜不喜欢我呢！"

唐雨若说："废话，不喜欢你的话我会在这里跟你废这么多话吗？"

秦帅说："可我想听你亲口说出来！"

"我喜欢你，行了吧！"唐雨若说。

秦帅笑了："那就可以了啊，来，赶紧过来，亲我一个。"

"想得美，喜欢归喜欢，但我不会做第三者的，我先走了。"唐雨若还是有些难过的，其实她很享受跟秦帅这样吵吵闹闹，可一想到秦帅有女朋友，她心里就像被揪了下。

"好了，不要吃醋了，从今以后，我只有一个女朋友，就是唐雨若。"秦帅突然在背后来了那么一句。

唐雨若的心里一颤，转过身看着秦帅："怎么，你要跟她分手吗？"

秦帅说："我就没跟她在一起过，分什么手？"

"没跟她在一起过？"唐雨若一愣，"那天晚上你不是说她是你女友吗？还那么秀恩爱，怎么又成没在一起了？"

秦帅说："你真是蠢啊，你都能跟唐大少演戏气我，我就不能找人演戏气你啊！"

"什么，你是跟她演戏气我？"唐雨若问。

秦帅说："是啊，故意打扮得漂漂亮亮来气你，还打算喊一堆美女组团来气你，谁让你先气我呢！"

"你真是……"唐雨若的心里一下子涌动着莫名的幸福。

秦帅说："现在不是第三者了，还不赶紧过来亲我一个！"

唐雨若故意说："就不。"

"不就算了，那我留给别的女人亲好了，我先睡觉，你自己回你的画廊去吧！"秦帅说着闭上了眼睛，装作一副睡觉的样子。

唐雨若说："那我真的走了啊！"

说着，也走了几步，佯装要离开的样子。

结果秦帅并没有挽留，而是说了句："出去帮忙把门带上啊，谢谢。"

"你什么人啊，这样就叫喜欢吗，就不知道哄一下人家吗？"唐雨若娇嗔起来。

秦帅说："反正，你不亲我，我就不哄。"

唐雨若也发起倔脾气来："你不哄我，我就不亲。"

"哈哈，哄了就亲是吧，好啊，亲爱的，我好喜欢你哦，快点过来亲一个嘛，上次跟你亲的时候好美妙，我天天都在想再来一次。"秦帅马上见风使舵。

"好吧，便宜你一次。"唐雨若也找了个台阶下，其实心里有种说不出的甜蜜和幸福，这是她想要的恋爱的感觉。

她走回秦帅的床前。

唐雨若还没反应过来，秦帅的双臂以很帅气的姿势抱住了她，然后吻了过来。

"啊，混蛋……"慌乱的感觉占据了意识，唐雨若开始还有些羞涩地推着他，但在他那如火一般的爱之吻里，她感受到了灵魂的融化。

秦帅也已经想她很久了，上次在画廊恰好骗了唐雨若一个吻，但美妙的感觉才刚开始，唐雨若就清醒过来，让秦帅一点也没有尽兴。但今天，两个人终于敞开心扉，紧紧拥抱，都想好好地爱对方，珍惜彼此。

两个人心里的感情就像一场洪水般释放出来，吻得天昏地暗。

唐雨若觉得自己已经快不行了，要窒息一般，她眷念不舍地挣脱秦帅的怀抱。

"以后，可不准跟别的女人好了。"唐雨若那大大的眼睛对视着秦帅的目光，吐气如兰。

秦帅说："你也不要跟别的男人有什么接触啊，你只能是我的，谁都不能碰！"

唐雨若心里暖暖的、甜甜的："这么霸道？"

秦帅说："当然，这可是我的底线，我的女人就只能被我碰。所以，就算我们再发生什么矛盾，你即便想气我，也不能再跟别的男人有接触，否则的话，就不会再有以后了！"

唐雨若说："这话你可得记着，你要是碰哪个女人了，结果也是一样的，只要被我知道，我们就结束了。"

两个人又在房间里玩闹了一会儿，到六点钟左右，唐雨若说肚子饿了，两人便打算出去吃饭。

秦帅特地去照了下镜子，神奇的是伤口果然已经愈合了，只是还有一些嫩红的痕迹，但这才三四个小时而已，不得不说是奇迹了。

"这什么药，这么灵？"秦帅问。

唐雨若说："叫玉肌膏。"

"玉肌膏？"秦帅问，"哪里来的，怎么没听说过这么厉害的药？有卖的吗？"

唐雨若说："没有卖的，是很早的时候遇见的一位江湖奇人送我的。"

秦帅说:"还有江湖奇人送你这么好的药,你运气真好啊!"

秦帅不知道,唐雨若本身就是华夏传统医道三大至尊之一医仙的弟子,她本身就有着非凡的医术。

秦帅还是把带"色"字那边的脸用纱布遮了一下,才跟唐雨若离开房间,然后下楼去找地方吃饭。

然而,秦帅不知道,楼下的埋伏已经等了他一个下午。在酒店大厅的沙发上,坐了六名男子,全部体格强壮,神情凶狠,看人的目光里自带一股狠气。而在酒店对面的马路边上,也停了三辆丰田霸道车。车上都坐了人,而且这些人的手里或者旁边都放着带鞘的长刀,其中一辆车里的男子还无聊地把里面的刀抽了一截出来把玩,看着那明晃晃的刀刃,一副很厉害的样子。

秦帅跟唐雨若牵着手走出电梯,秦帅扫了一眼酒店大厅,那几个男子的目光也正往他看过来,而且只是对视一眼,秦帅就发现了他们眼神,突然亮了些,精神也振作起来,就知道可能跟自己的出现有什么关系了。但秦帅并没有停留,而是自然地往酒店外面走,并且启动了嗅觉,查看对方会不会有枪支什么的危险武器偷袭。秦帅倒是不怕,但不能让唐雨若受伤。跟了自己的女人,要让她无比的幸福,绝不让她受半点伤害。

嗅觉一启动,秦帅就放心了许多。这几个男子身上都只有匕首,没有手枪。而只是这分秒之间,秦帅察觉到,那几个男子都站起身跟了过来。随后他发现酒店对面停着的那几辆丰田霸道,车门都相继打开,然后提着刀的男子下了车,直接迎着他就走了过来,那目光充满杀气。

秦帅停住了脚步,把唐雨若的手松开,说:"可能有点情况,你先走开,不要误伤到你。"

唐雨若也看见那些提着刀恶狠狠往这边逼来的男子,问:"怎么,是你的仇人吗?"

秦帅说:"不认识,但看情况肯定是了。"

唐雨若却把秦帅的手握紧,神情坚定地说:"既然是你的仇人,那也是我的,我跟你一起并肩作战!"

秦帅还是松开了她的手："我的敌人从来没有弱者，这些人看起来身手不错，你赶紧一边去，别被误伤了。"

唐雨若说："有人要对付你，我却站到一边，那算什么事！"

秦帅说："风雨我挡，你负责貌美如花就行了。赶紧点，听话。不然我还得分心照顾你！"

"那好，你打不赢了我再帮你。"唐雨若说着就准备走开。

"站住，谁也不能走！"迎面而来一个手里提着剑的络腮胡大吼了一声，一看就是带头的。因为其他人都是提着刀，他却提着一把剑，不用说，肯定是练家子。混混打架都可能用刀，但用剑的毕竟不多。

而这一声吼，从酒店大厅出来的两名男子直接就挡在了唐雨若的面前。转瞬间，后面六名男子已经全部从身上拔出了匕首。加上前面有十多个男子，几乎是团团把秦帅和唐雨若围在了中间。

"我帮你打电话给唐大少吧！"唐雨若突然意识到了危险，因为前后左右都是人，已经把秦帅围起来了，而且手里全部有家伙，这场面确实有点杀气逼人，她不得不为秦帅担心。

秦帅却说："不要，今天能跟你在一起，是我这些年以来最高兴的事情，我一高兴，就没什么阻挡得了我，神挡杀神，佛挡杀佛！"

唐雨若说："现在不是开玩笑的时候，你不要逞能，他们人太多了，而且确实看起来都很厉害。"

秦帅说："你要相信你的男人，知道吗？在你心里，你男人应该就是天，就是这个世界上最厉害的！"

络腮胡走到离秦帅只有几步远的地方站住，横刀立马，很霸气地将那没有出鞘的剑往秦帅一指："说吧，是你跪下求饶，还是要老子动手？"

秦帅问："我求饶你就放过我吗？"

络腮胡说："求饶的话，自断两只手就行。不求饶，老子让你双手双脚都分家，变成人棍！"

秦帅淡然一笑："求饶还是不求饶，我可以考虑一下，但我想你们来找的肯定是我，能不能让女孩子到一边去？"

络腮胡顿时不怀好意地笑了起来："你自己都泥菩萨过河——自身难保，还担心她？这个你完全不用担心，万一你怎么样了，我们有这么多兄弟，谁都可以帮你照顾她的，而且肯定会比你照顾得好。"

秦帅脸上笑意很浓："是吗？可万一你们根本没有机会照顾别人，而是需要请人照顾你们呢？"

"狂，够狂！"络腮胡亮堂堂地吼了声，"我今天倒要看看是谁手断脚断脑壳稀巴烂，我会让你哭着求我照顾她的！"

他随即将手中剑举起，喊："兄弟们，给……"

"等等，等等。"秦帅忙喊。

"怎么，想明白了吗？打算求饶了？"络腮胡问。

秦帅说："搞半天老子都不知道你们是从哪个石头缝蹦出来的，跟老子有什么仇，这会让我不知道应该把你们伤到什么程度，你能不能先说清楚，让我心里有数？"

"哦，你想死个明白，行，那就让你死个明白吧！"络腮胡说，"前几天，你在这里打了一个人，叫牛雄，然后到青龙河滩又打了他一顿，打得直接住院了，还记得起吧？"

牛雄？秦帅一下子就想了起来，那个在隔壁把声音搞得很大的家伙，原来是为他报仇的。

他当即笑了起来："当然记得，原来是想替他出头，如果我猜得不错的话，你们就是那个什么过江龙杨虎的手下吧？"

"你既然知道虎哥大名，还敢打小雄，你这是在找死！"络腮胡说。

秦帅笑道："在我眼里，他什么都不是，你还当鬼神一样供着，看来你也就那么点斤两了！"

"找死！"络腮胡骂了声，"老子今天要不把你削成人棍，就枉叫黄霸天！"

骂完之后，竟然也不发号施令了，而是直接拔剑在手，脚尖在地上踮了几下，仿佛凌波微步一样，直接就冲向秦帅，手中青钢剑一指，剑尖直接刺向秦帅的心脏。

秦帅行云流水般将身子一侧，避开剑尖，双手一招环形锁，锁向黄霸天握剑的手腕。黄霸天倒确实有些造诣，右手剑刺空，左手剑鞘一点，击向秦帅太阳穴，算是出其不意攻其不备了。秦帅顺势将头一低，避开剑鞘，同时一招"中流击水"，反撞黄霸天腹部。黄霸天反应不及，被秦帅撞了个正着，顿时噔噔噔跄跄几步倒退。秦帅一招得手，得势不饶人，飞身而起，侧身一腿，宛若惊虹之势，直踹向黄霸天咽喉。黄霸天大惊失色，赶紧急退，同时一扬手中青钢剑，上撩秦帅小腿。

秦帅冷笑一声，气沉丹田，身子在空中一个三百六十度旋转，右脚收回，左脚如箭弹出，直踹黄霸天胸膛。这可是秦帅的拿手绝学，暴风腿之"阴阳六合"，腿法中的高难度绝招。秦帅一般很少使用出来，除非遇到了劲敌。但实际上他并没有把黄霸天当成劲敌，在这茫茫江湖之中，能让他看成劲敌的必定是江湖绝顶高手，一个过江龙的手下肯定算不上。但今天的处境还是让他有点压力的。对方既然是过江龙的手下，而过江龙又是唐镇上名头叫得响的江湖人物，那个牛雄也说了，过江龙好像是从少林寺出来，然后在唐镇这里混得风生水起，手下都是高手。重要的是有唐雨若在，秦帅必须以最猛的反击把对方击溃，避免唐雨若受到伤害。唐雨若长这么漂亮，就算身上破一点皮秦帅都会心疼的。

黄霸天没逃得过秦帅的"阴阳六合"杀招，直接被一脚踹中胸膛摔飞出去，重重地跌落在地上。秦帅追过去废他的时候，那些本来想观战让黄霸天出风头的手下，一见黄霸天几招之下就被打倒，赶紧抽刀向秦帅扑了过来。

当先一个家伙，一招"开天辟地"，明晃晃的刀锋直接往秦帅头上劈去。秦帅以更快的速度抢先半步，双手"一柱擎天"，将他的手腕托住，使他的刀砍不下来，同时抬腿一脚，直接蹬向他的裆部。那家伙倒也确实是练家子，反应很快，见秦帅一脚蹬来，赶紧横移半步，避开秦帅那一脚，同时手臂用力，手腕用了个回旋式，刀在手腕的转动下，反劈秦帅的手臂。秦帅托住其手腕用力推击而出，一股强大的力量爆发出来后，那家伙的脚下顿时站立不稳，噔噔倒退。秦帅旋身而进，暴风腿绝招"翻转乾坤"，如鹞子翻身，疾风骤雨的一脚反踹中其腹部，只听得"哇喔"一声，一口气从喉咙里猛喷出来，秦帅那一脚直接把他踹飞出去好几丈，砸到那停在路边的丰田霸道上，连车窗玻璃都给砸得哗啦碎掉了。

黄霸天挣扎着从地上爬起来，恼羞成怒地吼叫着："给我弄死他，弄死他！"

这太丢人了，居然出手没几招就被秦帅干趴下了。要知道他"大胡子"黄霸天在唐镇上也是极有威望的人，是"过江龙"杨虎手下的得力大将，一般江湖人见了他都得规规矩矩地叫声天哥，他一手武当剑法，使起来如蛟龙出海一般。但他的剑法都还没有使出来，就先吃了秦帅一脚，这让他如何服气。

而场内的秦帅已经被数名男子团团围住，只见刀光闪耀，杀气逼人。叮叮当当金铁交鸣之声，刀与刀的碰撞溅起一串串火星。

没错，秦帅抢了一把刀在手上。当黄霸天看见秦帅抢刀的那个瞬间，他的眼睛瞪得老大，怀疑是自己眼睛看错了。当时秦帅被团团包围着，秦帅刚用暴风腿把左右的人逼开，前后的人又双刀夹击而至，前面的男子直接一刀刺向秦帅的咽喉，后面的男子则一招"横扫千军"，拦腰斩向秦帅。黄霸天看见那个场景时，嘴角露出了狞笑，他以为秦帅必死无疑了。那一招是绝妙配合的死绝之招，在阵法攻击上称为"十字阵"，所谓"十字阵"就是在双方的攻击配合上呈现十字方位，一个人横攻，一个人竖攻，攻击交叉，无路可逃。就像眼前秦帅面临的攻击一样，前面男子的刀刺咽喉，后面男子的刀斩腰部，秦帅若是防前面刺咽喉的刀，就必须得往左右闪躲，而往左右闪躲，就正迎着横向斩往腰间的刀。更重要的是，前面的攻击在明处，后面的攻击在暗处，秦帅应付得了前面，根本就不知道后面的偷袭，所以顶多能避开刺喉一刀，却逃不过被腰斩的命运。

然而，黄霸天真想错了，秦帅很轻松地就应付了。他的嗅觉告诉他后面有拦腰一斩的偷袭。所以秦帅直接一个侧身平卧下去，将刺喉一刀和拦腰一刀全部避开，同时侧卧倒地的他，双手撑在地上，脚下旋转如风，往前面那个刺喉男子的脚下迅猛横扫而出，卷起一片尘沙，然后就是"轰"

的一声栽倒。秦帅顺手牵羊接住了那把刀，握在手中，刚好后面偷袭的那个男子又往秦帅追了过来，秦帅将手中刀往他脚下一挥，直接砍在他的小腿上，他叫唤一声就栽倒了。

秦帅夺刀在手，弹身而起，直接将眼睛闭上，对方的刀从哪里劈出，他确定方位后，先一步避开，然后迅速反击，百发百中！

黄霸天以为秦帅用的是听声辨位，他知道武功中有一种至高境界，就是听声辨位。在应对围攻和偷袭之时，或于黑暗之中，闭上眼睛，使用耳朵，眼观六路耳听八方。所以，听声辨位是武术中更高一级的境界。但有时候在攻击频繁、环境复杂的时候，耳朵就很难听得过来了，需要很高的境界，否则听声辨位不及，适得其反，死得更惨。没想秦帅在被多人围攻，前后左右都是刀的情况下，居然敢闭上眼睛，动用听声辨位，真是把黄霸天震惊到了。

本来，只是单纯的听声辨位并不意味着什么，只要是个一流高手，都会听声辨位。可关键是这听声辨位的境界，有的人只能站在那里，听某个方向飞来一只鸟；有的人则可以站在那里，听到某个方向掉一根针；而有的人可以站在那里，听清楚暗处有几个人的呼吸声。这些只是静止的，难度并不是很大，难度大的是实战，听到不同位置的攻击，并且迅速反应。像秦帅这种情况，这么多人的围攻，而且路上车水马龙喧嚣一片，在如此强大的干扰之下，秦帅竟然还能把每一刀都听得清清楚楚，并且迅速反应，黄霸天真是连听都没有听说过有这种高人！

05 武功尽废

黄霸天完全被秦帅的强大给震撼到了，只见秦帅如猛虎下山一般，将围攻的那些人一个个砍翻在地，就像砍树桩一般。刀光如织之下，却没有人伤得了秦帅。

黄霸天心里开始打鼓了，说得更准确点是心虚。突然，目光一瞥之间，黄霸天看见了边上站着的唐雨若，干不过秦帅，干个女的还是没问题吧。拿下唐雨若，必让秦帅分心，几乎是遏制了他的咽喉，这才是捷径。

念及这里，黄霸天当即提着剑就往唐雨若奔去。唐雨若看见黄霸天往这边冲过来，已经有了戒备，蓄势待发。而黄霸天不知道唐雨若会武功，以为她只是个柔弱少女，长得那么漂亮，那么娇美，轻轻伸根手指都能捏出水的吧。他很大胆地直接冲到了唐雨若面前，然后放肆地伸手锁向唐雨若的玉颈。

唐雨若见状，左手往外一撩，将黄霸天的手臂往外撩开，右手抬起就是一耳光，"啪"的一声响。黄霸天的身子顿时一个趔趄，差点摔倒，还有点蒙，没反应过来，唐雨若又是抬腿一脚，直接踹到他的腰上，顿时将他踹了个西瓜滚地。唐雨若更是得势不饶人，又冲上去打算狠狠地踢死这混蛋，但黄霸天却接连几个翻滚，让了开去。

论本事，黄霸天肯定比唐雨若要强得多。刚才他只是大意了，以为唐雨若就是个一般女孩，不会武功，所以轻描淡写地出手，觉得随便一拉就能把她控制在怀里。没想到唐雨若不但会武功，而且武功并不弱。虽然因为气虚症的原因，唐雨若的力量不大，但速度却是很快的。所以在她的反击之下，黄霸天都没有反应过来。

"欺人太甚！"见唐雨若居然还冲过来，黄霸天当即挥剑迎击。

被秦帅给揍一顿也就罢了，结果还被一个女的打了一耳光，踹了几脚，这都不用别人来嘲笑，黄霸天自己都看不起自己，简直窝囊到一定地步了。要不捞点本回来，他是没法在这唐镇上混了！

黄霸天当即使出武当剑法，疯子一样地反攻唐雨若，都没想到控制她要挟秦帅了，只想劈了她，报刚才被耳光羞辱的仇恨。他这一反攻，唐雨若就完全吃不消了，毕竟她是千金玉体，而黄霸天用的是兵器，而且青钢剑锋利无比，只要碰到一下，铁定是会见血的。何况武当剑法，在华夏的江湖中，本就是名剑法。

虽然传得甚广的是"南少林，北唐门"。少林和唐门被公认为当今华夏武林的两大巨无霸门派。事实上，把时间往上追溯，武当派比唐门要发源得更早，而且按照道理讲，武当才是真正最早和少林并列江湖的巨无霸门派。尤其是在明代，武当出了张三丰，更是将武当派推上了一个鼎盛巅峰，张三丰的太极是华夏武林的瑰宝。但因为武当属道家，修道者潜心，并没有带着武当的功夫在江湖上有所作为，而且在众多的书籍和影视之中，也总是更多地提及少林，在重大的历史事件里，少林都有卷入，担负过历史重任。随着时间的推移，武当道观屹立在高山之上，与华夏另外几大真实存在的门派一起被世人淡忘。

很多人都以为所谓的江湖七大门派只是关于武侠的一个传说，却不知这是真实的华夏武林。在当年火器还没有普及，全靠冷兵器厮杀的时候，这些门派在历朝历代更迭中起到了至关重要的作用。但带着神秘色彩的唐门暗器和拥有七十二绝技的少林，却紧跟时代步伐，用经济和市场的眼光将自己的武功文化做到了海外。所以，曾经江湖上最鼎盛的两大门派武当和少林已经变为少林和唐门，武功之高深莫测只是其一，更重要的是这两个门派财大气粗，都已成为世界级的企业品牌。

但这并无法抹杀武当和其他门派的存在，而且这些隐世的门派从未放弃过修炼和钻研自己的门派绝学。武当剑法，就是除了太极之外最精华的绝学之一。只不过，黄霸天这样的角色，在浮躁的花花世界里，肯定没法练出武当剑法真正的精髓，达不到那种人剑合一的境界。虽只是皮毛，但也让唐雨若无法匹敌。

黄霸天那把青钢剑，宛若游龙飞凤，毒蛇吐芯，剑剑凶狠，而且下流无比，直往唐雨若的胸和腿上乱刺，好在唐雨若的动作灵活，速度够快，接连倒退。但一不小心，绊到了后面的酒店台阶上，顿时惊叫一声，往后摔倒下去。黄霸天见状，脸上露出狞笑，他可不会错过这么好的机会，当即就挥剑往唐雨若那雪白的大腿上刺去。他肯定不会一下子把唐雨若杀死，他要把这么如花似玉的美人给毁了，那雪白的大腿上多两道伤疤，再把脸给划破，谁让她敢打他的耳光，不知道黄霸天是什么人，能惹的吗？

但那剑在将要刺到唐雨若的腿上之时，突然"铿锵"一声，溅起一串火星。一把砍刀飞来，将黄霸天的剑直接给挡了开去。原来是当唐雨若惊叫起来的时候，秦帅回头就看见了，来不及多想，手臂上运足力气，将手中的刀当暗器激射而出，替唐雨若阻挡开那一剑。

一个握着匕首的家伙眼见秦帅手里没了刀，以为机会来了，一个大跨步上前，手臂一挥，匕首直往秦帅颈部插下。秦帅一声冷笑，也跨步上前，双手环形锁出。将那家伙的手腕锁住之时，手臂用力，一招"分筋错骨"，直接将他的手臂给扭断。匕首顿时掉落，秦帅一伸手就抓到了手中。刚好侧面一刀往秦帅斜劈而来，秦帅直接挥匕首挡出。虽然匕首跟长刀的重量没法比，处于绝对劣势，但秦帅有这个自信。不出所料，"叮当"一声响，秦帅的匕首直接将他的长刀给击荡开去，然后匕首顺着刀锋滑下，直接落到他的手腕位置，只是那么顺势一划，就将他手腕的经脉割断。秦帅再抬起一脚，将他蹬飞出去，包围圈一下子打开缺口，秦帅顿时如出笼猛虎，直扑黄霸天！

唐雨若虽然被秦帅解围，大腿免伤。但才爬起来，又被黄霸天追着不放，黄霸天也是较上劲了，觉得自己在唐镇江湖上好歹也是哥，多少人叫一声天哥，而他自诩武当剑法不凡，好久没有动过手了，今天一动手居然诸事不顺，他就不信这个邪！

秦帅已经几个箭步冲到，挥起匕首就往黄霸天背后命门穴刺出。黄霸天已经听见了秦帅奔跑过来的动静，转身正好迎着秦帅的匕首，当即挥剑反击而出。金铁交鸣之下，黄霸天接着一招武当剑法中的"长虹贯日"，以奇诡的变化，刺向秦帅胸口膻中穴。秦帅当即使反八卦步伐，踏坎位，出离位，匕首反削黄霸天咽喉。但黄霸天在吃过几次亏后，谨慎了许多，出手就是武当剑法中的精髓，"虚步穿指""踢脚弹手""弓步平刺"三招，分袭秦帅三大要害。

秦帅居然被接连逼退了几步，剩下的好几个手下又持刀往这边冲了过来。其中一个够狠，直接从秦帅背后飞身而起，手中一把匕首，宛如天外流星，直往秦帅脑子正中百会穴插落而下。头部本是要害部位，百会穴更是三十六大死穴之首，这是直接要秦帅的命啊！但可惜的是他偷袭不了秦帅，秦帅的嗅觉直接告诉他有一刀从上往下弧线刺落，位置在百会穴。秦帅当即踏步而开，避开刀势，直接手一伸，抓住了那人的脚踝，手臂用力舞出，像舞动一根长鞭，舞向正挺剑刺来的黄霸天，一声惨叫，惨绝人寰。

黄霸天的剑直接刺进了那家伙的脑袋，顿时把黄霸天给搞愣了，看着穿透脑袋的青钢剑，瞬间就有了出人命的意识，而且还是杀的自己人。秦帅见黄霸天的剑招停顿，当即照着那被刺死的家伙再一拳轰出，击打在他的身体之上，那尸体顿时猛撞向黄霸天，使得黄霸天跟跄后退。

秦帅使出暴风腿绝招"平沙落雁""中流击水""排山倒海"一连三脚猛踹而出，"嘭嘭嘭"几声响，强大的力道从那个被剑刺死的尸体上冲击黄霸天。黄霸天顿感摧枯拉朽一般，跌跌撞撞地摔出去，剑也落在一边，再想爬起来时，秦帅飞身而起，手中匕首直接往他的肩胛骨插落，顿时，那匕首穿透他的肩胛骨，直接刺进了地面，将他整个人顿时钉在那里一般。撕心裂肺的哀号声里，秦帅接连一拳一掌，分别重击在黄霸天的右胸骨和右大腿之上。顿时，"咔嚓"一声响，那胸骨塌陷，大腿断裂！

秦帅还不解恨，直接将黄霸天肩胛骨的匕首拔了出来，又往他另一侧肩胛骨插下去，再拔出来，再往他膝盖上插下去。那惨绝人寰的叫声让几个提着刀站在那里的黄霸天手下都不禁心里发颤。

秦帅站起身，将目光直视剩下的几个黄霸天手下，用两根手指擦了擦匕首上的血，说："不想死的，就给老子跪下说话！"

跪下，这是一个带着屈辱性的行为。几人虽然对秦帅有畏惧之心，可膝下有黄金，跪不下去啊。

秦帅说："都还骨头硬是吧，那老子就帮帮你们。"

说着，秦帅将匕首在手里玩得滴溜溜转，目光中杀气暴露。只有几步距离的时候，突然如捕食猎豹一般，直接挥着匕首就冲向正中的一人。那人完全不敢抵挡，吓得连连倒退。而侧面有两人却迅速挥刀往秦帅扑去。

秦帅攻击正中其实只是虚招，近身之时，身子陡然转向左边，正迎着黄霸天手下，当即一伸左手就抓住他的手腕，右手匕首直接插向肘弯。一声惨叫，顿时手筋断掉，长刀落下。秦帅顺势一脚踢在长刀的刀柄之上，长刀立马射向冲过来的另一个黄霸天手下。那手下吓了一跳，赶紧往旁边躲开。但躲开了刀，却躲不开秦帅势如猛虎的攻击，秦帅旋风般冲近，一匕首插到他的右胸膛之上，再将匕首拔出，暴风腿横扫而出。"呼"的一声，那人便如沙包一般飞了出去！

这已经不是一场搏斗，不过是秦帅精心排练过的一场表演。精彩、刺激、热血、刀刀见骨。

眨眼间，还剩下的六个黄霸天手下又被干倒了四个。其中一个见势不对，拔腿就跑。秦帅看准地上一把长刀，一脚踢出。长刀如箭，直接飞射向他的脚弯，"扑通"一声就栽倒下去了。剩下的一个黄霸天手下顿时吓得脚软，一膝盖就跪了下去。

"现在知道跪了，现在知道怕了！"秦帅走上前，一脚把他踹翻，然后接连就是几脚乱踩，把他两只手直接踩断了才住手。

然后，秦帅又走到流了很多血，躺在那里微弱哼哼着的黄霸天面前，把脚踩到他的伤口上。黄霸天一下子就大声地叫唤起来。

秦帅奚落道："你也不咋样啊，还装死，伤不是要害，流了几分钟的血就跟死狗一样，还要什么威风！"

黄霸天完全不敢作声，跟之前的凶恶比起来，现在就是一副装死的模样。尤其是那一脸络腮胡，对比他现在可怜的样子，特别像小丑。

"回去告诉那个什么过江龙，我会很自觉地去找他，把这笔账跟他算清楚。出来混，要么还，要么吃干抹净。而老子就是喜欢吃干抹净那种人！"

秦帅说着，转身走到唐雨若面前，关心地问："亲爱的，你没事吧？"

唐雨若摇头："没事，看见你把这些王八蛋打得像死狗一样，我比什么都开心。"

秦帅笑道："真的吗？那以后我就带着你多去找些王八蛋，反正这种人很多，几乎到处都遇得到。"

唐雨若忍不住笑道："你以为你是环卫工，专业收拾人渣的啊？"

秦帅说："我不是环卫工，但我是环保人士，见了垃圾都会收拾干净。走吧，亲爱的，吃饭去吧，我肚子里已经在唱空城计了。"说着向唐雨若伸出一只手。

唐雨若甜蜜地一笑，立马挽住了秦帅的臂弯，半边身子靠着他，心里有种特别的幸福。他也许不够显赫，他也许不够高贵，他的人生并不辉煌，他不是唐雨若曾经幻想的王子，也不是身披金袍战甲踏着七色云彩的盖世英雄，但唐雨若真真切切地爱上了他，爱上他的痞，他的坏。

"对了，我能问你个问题吗？"唐雨若问。

秦帅说："当然可以啊，你想问什么，我肯定知无不答。"

唐雨若问："你的武功这么厉害，在哪学的啊？"

秦帅说："以前遇到一个江湖异人教我的啊！"

"哼！"唐雨若说，"不是真话！"

秦帅问："为什么不是真话？"

唐雨若说："别欺负我读书少，我看得出来，你的武功跟传统武学不同，没有很套路的招式，以随机应变居多，靠的全是反应和高难度的动作，而且……"

秦帅问："而且什么？"

唐雨若说："而且，杀气很重。"

"是吗？我杀气很重？"秦帅问。

唐雨若说："是的，你动起手来和你平常完全是两个状态。"

"是吗？"秦帅问，"我平常是什么状态，动手又是什么状态啊？"

唐雨若说："你平常就像个流氓，动手嘛……"说到这，她却一眨狡黠的眼睛，欲言又止。

秦帅问："动手怎么了？说啊，我脸皮够厚，你打击不了我的。"

唐雨若笑了起来："也别想得老是打击你好不好，是夸你啦。你平常虽然像流氓，但动起手来就像英雄了，很霸气！"

"是吗？"秦帅也笑起来，"是不是迷死你了？"

"切，自恋！"唐雨若口里这么说，心里其实已经承认了。

确确实实，每一次看秦帅动手打人，她都觉得好过瘾，觉得秦帅好强大，像真正的英雄。

哪知秦帅却抓住她的把柄："我可不是自恋啊，明明现在是和你热恋呢！"

"热恋？"唐雨若说，"脸发热吧。对了，你还没有回答我的问题呢！"

秦帅问："什么问题啊？"

唐雨若问："你的武功哪学的啊，再敢说是江湖异人我就不理你了。"

秦帅反问："你为什么就觉得我不是跟江湖异人学的呢？你不是也说了我的武功很奇怪，跟传统武术不一样的嘛。"

唐雨若说："可是你那百发百中的枪法，可不是世外高人教得了你的，你是不是当过兵？而且是那种很厉害的特种兵？"

秦帅说："我倒是想，可没那个命，当年参军的时候，多看了一眼女军官的胸，就没选得上。"

唐雨若问："那你枪法是怎么学会的，而且那么厉害？"

秦帅说："在国外当过几年雇佣兵，所以……"

"哦，原来是雇佣兵啊，我就说嘛，枪法又准，杀气又重。"唐雨若相信了，然后又有些担心，"可是，听说当雇佣兵很危险啊，天天都是枪林弹雨的。"

秦帅说："在任何地方，对强者来说，都谈不上危险，危险只是属于弱者的。你要弱了，在菜市场摆个摊都能被人砸，做乞丐都能被人抢地盘。只要够强大，在哪里都能让人跪一片！"

"哟哟哟。"唐雨若说，"夸你两句，你还吹上牛了。"

秦帅说："这哪里有牛了，不只有你嘛。"

"你才是牛！"唐雨若娇嗔着打了他一下。

两人到了美食街，秦帅问吃什么。

唐雨若说："随便啊。"

秦帅说："要不吃火锅吧，感觉火锅够味，好些日子没吃火锅了。"

唐雨若说："你不能吃。"

秦帅问："为什么？"

唐雨若说："火锅麻辣，你这脸上的伤口正在愈合，忌麻辣，不然到时候脸上这些伤口都会成红色的了。"

"哇，你懂得真多啊！"秦帅表示惊叹。

唐雨若说："这是医学常识好吧。"

秦帅问："那火锅不能吃，吃什么？炒菜啊？"

唐雨若说："就炒菜吧。"

"炒菜？"秦帅说，"说起吃炒菜我就想起上次，点了菜才刚吃几口，警察荷枪实弹的就来了，这次你不会又是忽悠我，然后悄悄地举报我吧？而且，这次跟上次有很多惊人的相似之处啊！"

唐雨若问："有什么相似的？"

秦帅说："上次也是吻了你，然后把范云海打了一顿，再来吃东西。这次又是吻了你，把那黄霸天打了一顿，然后来这里吃东西，历史总是惊人地相似啊！"

唐雨若知道秦帅是在拿她开涮，也故意说："上次我有你的把柄，这次没有你把柄啊，要不你自己说你犯过什么罪，我马上就打电话举报你。"

　　吃过午饭后，秦帅就把唐雨若送回画廊，然后他想起在唐雨若的手机里装了追踪器的事，就让她在手机上把他的号码设置为快捷键，有什么危险情况，要第一时间打给他，他好赶来救她。

　　唐雨若听了还笑："说得我好像时刻都很危险，十万火急一样。"

　　秦帅其实很想说，还真的是这么回事。这世界很多人可能都平平常常，波澜不惊，但唐雨若却不一样，她的身边早就埋了一颗定时炸弹。所不知道的是，这颗炸弹会在什么时候爆炸，爆炸的威力又会有多大。秦帅不能让唐雨若知道，因为她的心理素质，绝对没法在知情后与黑妞那样的老手去演一出心知肚明的戏。秦帅只是对唐雨若说有备无患，万一呢？

　　唐雨若按照秦帅说的当着他的面设置了，心里其实很感动，她知道秦帅这是关心她。然后，秦帅突然想起什么，让唐雨若把他的名字也改存为亲爱的，唐雨若也让秦帅把她的号码备注改成亲爱的。

　　把唐雨若送到画廊，两个人又抱了下亲了下，秦帅才回到自己的出租房。想起那些误会都烟消云散，追到了心里喜欢的女神，秦帅的心里别提多高兴了。

　　人生两大事，成家，立业。在事业上不用说，秦帅绝对是人生赢家，华夏军人几百万，他是佼佼者，比起十几亿的普通人来说，他更是人中之龙，而且像他这么大年纪，二十二岁就拥有了上校军衔，升大校指日可待。只要破了地狱使者的案子，必须妥妥的加一颗星，大校军衔，那真是前途无量啊！而且最重要的是，身为特种王牌军人，比起其他部队同级别军衔或者警衔的权力要大得多，因为他们执行的都是事关国家荣誉和社会安全的重大案件，所以可以指挥和调动军衔和警衔级别更高的官员。譬如戴安全的级别说起来跟秦帅差不多，都是上校级别，但秦帅就可以随时命令戴安全。

　　无论怎么说，不分昼夜魔鬼式训练的那十年，流血流汗都是值得的。现在又跟心中的女神唐雨若好上了，对于秦帅来说，人生真的已经别无所求。现在唯一想的是，赶紧破掉地狱使者的案子，为自己的人生锦上添花。案子得破之时，他和唐雨若的爱情也应该已经热火朝天了，他再向唐雨若求婚，抱得美人归，生下俩胖小子，带回去陪着山里的老父母，这一生就无限完美了。

地狱使者，地狱使者，地狱使者！到底藏哪了？难不成钻老鼠洞了吗？真可惜了那天晚上，其实差那么一点就拿下他了。不过，有很多事情可能都是天意吧。如果那天晚上真的拿下了地狱使者，秦帅肯定就带着地狱使者回都城述职去了，然后就会忙很多关于审讯和案情的善后工作，他和唐雨若的误会肯定还没有消除，肯定不会像现在这样拥有她。而在人的一生中，很多时候丁点的延迟都可能变成错过，还是现在这样，先确定了关系比较稳妥。

下午的时候，秦帅就躺在客厅的沙发上睡了一觉。直到川岛樱子和杨雪莲下班回来，看见他的时候都愣住了。

秦帅看见两人那眼神还搞不懂状况，问："什么情况，被人使定身法了？"

杨雪莲问："你脸上的伤这就好了？"

"好了吗？"秦帅问。

杨雪莲说："是啊，疤都已经脱了，看得见鲜红的小肉了。"

"我看看。"秦帅起身，跑到卫生间的镜子前看了看，果然是愈合了，那伤口都变成了一条细小的不易觉察的红线，不过还能看得出是个字。

秦帅想起唐雨若说的六小时之后还得擦一遍，当下赶紧去拿了药瓶。

杨雪莲很聪明，一见秦帅拿着药瓶出来，已经旋开了瓶盖，就说："帅哥擦药吗，我帮你擦吧？"

秦帅说："算了，我自己擦擦就行。"

"没事，举手之劳嘛。"杨雪莲说着，已经主动地从秦帅手里抢过了药瓶。

秦帅自然也不好非得要回来。

"来，躺这里。"杨雪莲指着沙发说。

秦帅便也只好过去躺着了。

杨雪莲就坐在秦帅的脑袋旁边，好像秦帅的女朋友一样，显得无比亲昵和关切地替秦帅擦药。而且杨雪莲还故意挨得很近，让秦帅感受她的柔软娇躯。

秦帅知道杨雪莲是故意的，可沙发只有那么宽，他没法避得开。如果没法反抗，就只能享受了。秦帅干脆启动嗅觉，尽情地嗅着杨雪莲身上那女人奇特的香味。

川岛樱子在那里看着，真是恨死杨雪莲了，但她又没法阻止。她总不能说"杨雪莲你不要碰我的秦帅哥哥，不准你给他擦药，他是我的"这类话吧。毕竟，她和秦帅的关系并没有确定。她只能眼睁睁地看着杨雪莲和秦帅的身体挨得那么近，只能在心里恨恨地想，这贱女人再敢得寸进尺，一定找机会弄死她！

杨雪莲磨磨蹭蹭地帮秦帅把药擦完，秦帅才坐起身来，她居然直接把一只手攀到了秦帅的肩膀上，两眼勾魂地看着秦帅，吐气如兰地问："我帮你擦了药，你是不是请我吃个饭或者看个电影什么的呢，帅哥？"

"好吧，也答应你很久了，请你吃个饭吧！"想着杨雪莲在保安主任那里帮忙跑上跑下地请假，怎么说他也是欠她人情的。

川岛樱子见秦帅居然答应了请这贱人，心里的醋意一下子就涌了起来，直接进了卧室，把门给关上了。

秦帅看着关上的卧室门，似乎明白了什么，便上前去开了门，喊："樱子，走啊，一起吃饭啊！"

川岛樱子说："你们去吃吧，我不饿。"

秦帅说："不饿就少吃点嘛，快点走啦，我可是铁公鸡，好难请一次客的。你不去，是不给我面子啊！"

直到秦帅上去拉着她的胳膊，她才勉为其难地站起来。

杨雪莲还在那里说："樱子肯定是累到了，不想吃饭，帅哥你就不要勉强人家了嘛！"

秦帅懂她的意思，但现在他已经跟唐雨若谈恋爱了，他想好好珍惜她，不想在外面乱玩女人了，所以他得把川岛樱子拉上。不然以杨雪莲的性格，两个人单独相处的话，估计会直接扑倒秦帅。所以秦帅说："不行，我就是喜欢勉强人，尤其是我请客的时候，我喊谁谁不去，都得绝交！"

川岛樱子顺着这话就说："好嘛，你吓到我了，怕你跟我绝交，给你个面子。"其实心里挺甜蜜的。

秦帅抓着她的手臂挺用力，证明秦帅真心想拉她一起，看来秦帅心里装的是她。不然明知那贱女人想和他单独约会，他却硬要拉上她干嘛。

结果，当秦帅和川岛樱子以及杨雪莲一起到外面随便找了个地方吃饭的时候，唐雨若打电话来了，秦帅赶紧在一边接了电话。

"怎么，都到下班时间了，都没想着请我吃个饭逛个街什么的吗？"唐雨若问。

刚谈恋爱的少女是伤不起的，脑子里来来回回都是男人的影子，想两个人时时刻刻卿卿我我地在一起。起码在离下班前的一小时她就在等秦帅来信息或电话约她，没有等到，她忍不住了，只好主动打电话给他，带着深深的幽怨。

"哦，我今天晚上有点事，亲爱的，明天请你好不好？"秦帅忙说。

其实他之所以没有约唐雨若，是因为他今天晚上有行动，要去飞车党老大江大海的家里等他，如果和唐雨若约的话，估计不是吃一顿饭就能行的，吃完饭肯定还得逛个街看个电影什么的。所以，还是正事重要。而现在他又和川岛樱子以及杨雪莲来吃饭了，总不能放人家鸽子吧？何况和唐雨若的时间还很长，机会还很多呢。

唐雨若见等了一下午，主动打了个电话还没戏，心里一阵失落和不满："有事有事，你有什么事，你是多么不得了的成功人士，日理万机，晚上还有事吗？"

秦帅说："是真的，答应帮一个朋友的忙，总不能食言的嘛，乖啊，明天我打电话给你，陪你玩个够。"

"好啦，去忙你的吧，记得把药再涂一遍，不然会留疤痕的！"唐雨若气鼓鼓地挂掉了电话。

秦帅的心里还是一阵温暖，能有个女人这样为他生气，感觉真的不错。而且，唐雨若生气归生气，还是关心秦帅的，让秦帅别忘记涂药。

可让秦帅没有想到的是，老天真是会跟他开玩笑。他和川岛樱子以及杨雪莲三人在一家巴蜀特色菜馆里吃东西，因为是三个人，就坐了大厅靠边的一个地方。刚把菜点上桌，突然门外传来一串串银铃般的声音，是几个女的在打闹着开玩笑，听声音肯定都是美女啊，所以秦帅就抬起目光看了下，果然是几个美女走进来。

几个美女进来的时候，也在张望着找位置。结果秦帅蒙了。这几个美女全部都穿着那种紧身装，把身子的凹凸有致完美展现出来，一下子就吸引了整个菜馆食客的目光。这不是最重要的，最重要的是其中一个秦帅认识，那就是白冰冰！

白冰冰也在目光一扫的时候看见了秦帅，只是愣了下，然后就把目光转了开去。她不知道唐雨若告诉她的那些事情都已经被秦帅澄清，而且秦帅都已经跟唐雨若和好了。她还以为秦帅是那个无耻的偷窥狂，所以还是装作不认识一样。

但秦帅心里却暗叫了一声糟糕，要知道他现在和唐雨若在谈恋爱，而白冰冰却看见他和另外两个美女一起吃饭，回头要是跟唐雨若一说，那还了得？现在躲也来不及啊，该怎么办？要不要去跟白冰冰说，不要对唐雨若讲？这办法肯定不行，秦帅越是这么主动跟白冰冰说，越显得他心里有鬼，白冰冰铁定告诉唐雨若，不会帮他隐瞒的。还是顺其自然吧，希望白冰冰不要那么长舌头。但秦帅感觉，白冰冰回头会对唐雨若顺便提起见到他和两个女人在一起的可能性比较大。

吃完饭，杨雪莲还问秦帅要不要一起去唱个歌或者洗个脚什么的，她请客。花点小钱，但能博得好感，而且能拉近与秦帅之间的距离。秦帅说还有事，让她和川岛樱子先回去，然后就开溜了。溜掉之后看了下时间，才八点多钟。这个时候去江大海的情人别墅还有点早，那么，这会儿干什么呢？要不要打电话给唐雨若，陪陪她？

正在这个时候电话就响了，他拿起电话一看，是楚江山打来的，便接了。

"江山？"秦帅喊了声。

楚江山说："大哥，今天晚上我要请个假哦。"

秦帅问："什么事，和那个什么范诗琪又有约了吗？"

楚江山说："嗯，是的，大哥你果然料事如神。"

"哪是什么料事如神。"秦帅说，"你几年都没个事，突然要请假不就这点事吗？"

"哈哈，这段时间辛苦下梦雪，到时候我补偿她。"楚江山说。

"你拿什么补偿？"秦帅想起，问，"对了，是你主动约的她？"

楚江山说："不是，是她打电话给我。"

"她主动打电话给你？"秦帅问，"她怎么说的呢？"

楚江山说："就说她很无聊，想逛个街没有伴，问我晚上干什么，有没有时间啊。"

秦帅说："这是含蓄的借口，就是约你嘛，赶紧去吧。对了，你别傻乎乎地真就陪着她逛街，要帮忙买单，还帮忙提着东西，听见没？"

楚江山答应道："嗯，好的，大哥。"

秦帅说："还有，要在适当的时候用用你的眼神。"

楚江山不解："用眼神干什么啊？"

秦帅说："盯着她看啊，眼睛是心灵的窗户，相互喜欢的人，也许不用说太多话，只需要那么对视，就心有灵犀了，对你这种嘴巴笨拙的孩子会特别管用。不过，有时候说两句话比较好，能锦上添花。"

楚江山问："那，我说什么呢？"

"比如……"秦帅说，"你一往情深地看着她的脸，要很认真地说，发自肺腑地说，她长得真漂亮，她肯定心花怒放。当你这么认真地告诉她很漂亮的时候，她就间接地知道你喜欢她了。于是乎，你们之间就心知肚明，只剩最后那层窗户纸没有捅开。然后你再找个机会，问她喜欢什么样的男孩子，看她怎么说，她也许会害羞地卖个关子说不告诉你。然后就会问你喜欢什么样的女孩子，你一定得按照她的特点来说，甚至连她穿的什么衣服都说出来，这就是在赤裸裸地告诉她你喜欢她了。她也许会矜持一下，不会正面答应你，但这种感觉会让你们更贴近，不过你还得学会煽情，找个不经意的机会靠近她，慢慢牵住她的手，于是就一切尽在不言中，水到渠成了。"

"啊，就牵手了啊？我们还只是朋友呢。"楚江山说，"她要是觉得我不礼貌，把我看得很坏，生气了怎么办？"

秦帅说："你要跟女人讲礼貌，那就只能做一辈子的朋友。她能主动约你，表示对你已经有好感了，有跟你交往的意向，那么剩下的主动得交给你来完成，你不能什么都指望一个女人对你主动。女人从来都不是什么主动的生物，除非是那种丧失理智爱得死去活来的女人，生活中的爱情，她们肯定会习惯被动，习惯男人一点点的进攻。当然你得记住，是一点点的进攻，女生矜持的话，你刚开始没有什么预兆就牵她的手，她会有些慌乱，有些害羞，会习惯性地想把手抽回去，但那不是拒绝，只是一种潜意识的害羞而已。但你不能松开，你就是要抓紧，她会觉得很踏实，然后你把手抓紧了，她不再挣扎了，你再认真地看着她的双眼，说做我女朋友好不好，于是乎，这恋爱的第一步就算完成了。"

"啊？还只是第一步啊？"楚江山问，"后面还有吗？"

秦帅说："当然有，步数多了去了，譬如牵手之后，还有更亲密接触的拥抱、接吻、身体零距离接触，最后发生关系，发生关系之后还得维护，门道很多的。要不然，为什么那么多牵过手的人会分手，结过婚的人会离婚，就是因为开始获得彼此的好感，但接下来的相处，没让对方感到满意，没有享受到本来期望的快乐，所以就放弃了。这个到后面我再教你吧，一下子你也学不过来。"

"那今天晚上我就把她的手牵了吗？"楚江山问。

秦帅说："不一定要今天晚上啊，你的情商估计够呛，你还是先替她买单，提着东西，然后一起吃个夜宵，然后送她回家了再增加一点彼此的熟悉和适应度吧。记住，今天散场道别的时候，你要主动问她明天有没有空，主动约她，至于是看电影、逛街，还是游乐场，或者唱歌什么的，看她喜欢，反正你说只要能跟她一起玩，你玩什么都开心，就 OK 了。"

"好的，就听大哥你的。"楚江山说。

秦帅说："对了，每次出去约之前打个电话给我，我教教你，一个星期之内，保管把她变成你的女朋友。"

"嗯，多谢大哥。"楚江山想起来就觉得有点激动。

挂断电话，秦帅长长地出了口气。只要有他把关，不出意外，楚江山和这个范诗琪铁定是可以好上的。可梦雪呢？她的归宿又将何去何从？这是让秦帅很头疼的问题。秦帅知道梦雪喜欢他，而且喜欢得很深沉。而且梦雪的性格那么冷，外人根本就难以接触到。要么不喜欢跟别人说话，要么一言不合就要对别人动手。没哪个男人靠近得了她。唉，真是令人头疼。

秦帅又在街上闲逛了一会儿，逛着也无聊，心想还是去江大海的别墅先看看情况，然后就在那里等他吧。当即在手机上搜索出江大海别墅的具体位置，然后拦了个出租车就往那边去了。

江大海的别墅坐落在唐镇北郊，秀峰山下。那里有一排排的别墅，全部修建成复古风格，在巨大的树木掩映之中，看上去颇有点远离尘世喧嚣的感觉，别墅配套有亭子和水池，加上绿树成荫，感觉特别舒服。尤其是在这样的别墅养上一个情人，那真是快乐得不要不要的啊！

江大海的别墅还养了一条狗，一条看起来很凶猛的牧羊犬，但秦帅绕开了它，直接从大树上进入了别墅，爬到了别墅的二楼。

晚上十一点钟的样子，江大海才结束了在至尊楼的赌局，小赢了几十万，随手扔了两万给他的小情人，然后扔了两万给他的四个随身保镖，春风得意地离开。

离开至尊楼后，一行六人又找了个夜市吃了点夜宵，喝了几瓶啤酒。酒足饭饱，江大海才在四个保镖的陪同下回到了和小情人的唐镇北郊别墅。

到别墅门口之后，四个保镖就开车走了。江大海则揽着情人的小蛮腰，往别墅里面而来。小情人姓王，名美艳，本来是个酒吧驻唱歌手，因为身材火辣，电眼勾人，江大海每次去酒吧玩都捧她的场，大把地送鲜花，还请出去吃饭。

很长一段时间，江大海都被王美艳迷得不要不要的，每天必去酒吧捧她。江大海在花了大把钞票，还跟想包王美艳的土豪冲突了几次之后，总算把王美艳搞到手，然后为她买别墅，疏远自己的老婆，完全有打算重建一个家的趋势。

两人说着些不堪入耳的语言进了别墅，直往别墅二楼而来。

"哈哈，宝贝，你得做好准备了！"两人一到楼上，江大海就一把将王美艳推倒在沙发上，并且开始动手解开她的裙子。

"至于要这样急吗，能注意点影响吗？"突然传来一个声音。

江大海大惊，一下子就松开了王美艳，猛地回过头来，看见一个年纪二十多岁的年轻人正从他的卧室里走出来，脸上戴着一个骷髅面具，嘴里还叼着一根烟，吐着烟圈。

王美艳"啊"的一声惊叫，赶紧抢过江大海手里的裙子穿起来。

"你谁啊，怎么到我房子里来的？"江大海怒瞪着秦帅，"戴着个鬼玩意儿来吓人吗？"

虽然江大海被秦帅的突然出现吓得措手不及，但马上就镇定了下来，秦帅就一个人，而且赤手空拳，虽然秦帅看着有点壮，但壮不代表厉害，很多人壮是从健身房里走出来，搞健美的，真动起武来，还不是几下就被打得跪地求饶了。

秦帅还是那么潇洒地抽着烟，像是老朋友一样走到江大海的面前："我要跟你谈点事，能让这女的先到房间里去待着吗？"

"谈事？"江大海老气横秋地说，"老子都不认识你，跟你谈什么？还是说你是谁吧，说得出所以然来，老子跟你有话说，说不出所以然来，敢这么放肆进老子的屋里来，看老子不废了你！"

你大概是想动手吧，那我就直接用拳头告诉你得了。"秦帅还是那么悠闲淡然。

烟雾缭绕，他宁愿看着那快要掉落的半截烟灰，也不愿正眼看一眼江大海。

"狂，够狂！"江大海简直被秦帅给气得肺都要炸了，"老子今天要不废了你，你就不知道这天有多高地有多厚！"说罢，虎步冲出，一拳就往秦帅头部袭击而来。

但秦帅根本就没动，眼见拳头凶猛而来，他直接一伸手，一掌迎击向江大海的拳头。"嘭"的一声响，拳掌相交，秦帅却突然变招，变掌为抓，五根手指包抄上去，把江大海的拳头抓住，同时移步上前，一招"扭转乾坤"，右手手臂横扫江大海腰部。

江大海吃了一惊，没想到秦帅的身手如此麻利，不但以手掌接下他的拳，而且还行云流水一般地反击。他赶紧也伸出另外一只手，直接抓向秦帅击往腰间的手。抓倒是抓住了，可对于秦帅这种出自军方的高手来说，正如唐雨若说的，秦帅的招式从没有任何固定的套路，最强大的是应变，随时都会产生变化，并且用超高难度的动作反击，让对手难以预料。

江大海才刚把秦帅的手抓住，秦帅的脚下顺势一招"翻江倒海"，四十五度斜铲江大海的脚下，双手同时用力配合翻摔，江大海顿时感觉一股强大的力量汹涌而至，脚下一个虚浮，整个人顿时被秦帅放倒在地。但江大海毕竟也是老江湖，经历过帮会沉浮的刀光剑影，有相当老道的实战经验，才被秦帅摔倒在地，立马就双手抱向秦帅的一只脚，然后用力一拖。招式是对了，反应也快，可惜对手是秦帅。秦帅的马步功可是练得相当有火候的，扎马步一小时不动如山，手里还能平举个几十斤东西，可想而知他的下盘多稳！

江大海用尽力气，居然根本就拖不动秦帅，秦帅的脚像老树盘根一样稳在那里。接着秦帅的大腿一抖，力量爆发而出，江大海直接就被踢了几个翻滚摔出去，撞翻了客厅的茶几。

"啊！"见江大海吃了亏，王美艳吓得惊叫起来。

秦帅把手向她一指："再叫一声，让你一辈子都没有叫的机会信不信！"

王美艳完全不敢吭声了，像受惊的小鸟一般看着秦帅。

秦帅没理会她，折身走向江大海。

江大海知道今夜凶多吉少，秦帅来者不善，可能没有想的那么好对付，当即顺势抢起茶几，就往走过来的秦帅头上砸落下去。面对那猛砸下来的茶几，秦帅根本连让都没让，直接一个重拳迎击而出。轰然一声响，茶几表层的超厚玻璃碎裂，"哗啦"掉了一地。在出拳的同时，秦帅一脚迅雷不及掩耳之势猛踹而出，直奔江大海的腰部。江大海把全部精力都集中在砸秦帅脑袋上了，根本没防备秦帅能上下齐出，兵分两路的反击，顿时被秦帅一脚踹中肚子，飞撞到后边的墙上。

他还想翻身爬起来，可秦帅已经一阵风地冲过来，一脚踩下，江大海赶紧用手臂挡住，结果还是栽倒了下去。秦帅接连踩了好几脚之后才住下，看着死狗一样趴在那里的江大海问："怎么样，爬起来继续打啊！"

"你……你到底是什么人，我们有什么仇？"江大海瑟缩在那里，一下子就老虎变猫了。

经过刚才一番较量，江大海已经很清楚地知道，他的武功跟秦帅不在一个级别上。他费尽了全力，而对方却打得轻而易举，根本就没当回事一样。

秦帅说："没有仇，只是跟你谈点事。"

"谈事？"江大海一愣，马上就像变色龙一样，赔着笑脸说，"好好好，兄弟有什么事，咱们都可以好好谈，好好谈。"

秦帅表示满意："这就对了，只要你愿意好好谈，明天的太阳跟你就还会有关系。"

然后看了一眼在沙发那里吓得发抖的王美艳，说："你把电话留下，然后自己到楼顶上去待着吧，谈完了事会喊你下来的！"

"好好好。"王美艳如获大赦，赶紧下了沙发，吓得不轻，脚一软还摔了一跤，就往别墅顶楼去了。

秦帅看了眼躺在地上的江大海，问："现在咱们可以谈事了吗？"

江大海赶紧答应："可以了，可以了。"

秦帅说："我这人脾气不好，典型的心狠手辣，我要问什么你不老实回答，问一遍不答断一根手指，问三次没答直接断一只手，自己有个心理准备！"

听了这话，江大海在心里简直把秦帅祖宗十八代都骂了，他什么时候遇到过狂成这样的，就算是唐镇上的大哥大，也不会用这种直接碾压他的语气。但现在他单枪匹马孤军奋战，没有保镖在，不是秦帅的对手，只能咽下这口气，很配合地答应："好好好，兄弟有什么只管问，我肯定知无不答。"

秦帅表示满意地点头："好吧，问你第一件事，在一个星期以前，你们飞车党在听雨楼前做了一件抢夺案，抢的对象叫唐雨若，你们为什么抢她？"

"这……"江大海一愣，马上就说，"这我哪知道啊，我们飞车党有上千兄弟，分布在不同的城市做业务，他们抢对方肯定是发现对方有财路吧，怎么，抢的是兄弟你的亲戚吗？"

"那行，我再问你第二件。"秦帅说，"在几天以前，一处烧烤摊上，你们飞车党六个高手，故意用一个美女做引子，找一个年轻人的碴，又是为什么？"

"我们飞车党六个高手找一个年轻人的碴？"江大海又说，"这我也不知道啊，我们飞车党那么多人，天天在外面打架生事，有些是因为抢别人发生的冲突，有些是被别人遇到认出真面目所以起冲突，这样的事情太多了。"

"好吧，你第一根手指没救了！"说罢，秦帅抓住江大海的手，直接扳着他的大拇指，用力一折，很脆地就断掉了。

"啊！"江大海杀猪般叫起来，愤怒地盯着秦帅，据理力争，"我是真不知道啊，你怎么就动手？"

秦帅说："在我面前，你演戏的话还太嫩了，如果不是知道线索，我又怎么会来找你？我既然来找你了，你又怎么可能躲得过？"

"你知道什么线索啊？"江大海问。

秦帅说："我知道你们飞车党背后有一个强大的势力在掌控，在命令你们做事，抢劫唐雨若和故意挑衅那个年轻人，都是背后那股势力指使的，没错吧？"

"你，你怎么知道？"果然，江大海一下子就被秦帅给诈出来了。

秦帅冷笑一声："你别管老子怎么知道，还是之前的规矩，我问问题，你只用答，答出来，则安然无恙。答不出来，断手断脚。最后提醒你，是我在问你，不要问我，否则连你牙齿都敲掉！"

看着秦帅那目光里爆射而出的杀气，江大海不禁打了个寒噤。也许，这个时候他才真正发觉秦帅的可怕，这种可怕，不仅仅是武功上的可怕。

"说吧，你背后这股势力什么来头？"秦帅问。

"我，我不知道是什么来头，他们没告诉我。"江大海忙说。

"没告诉你？"秦帅问，"那你怎么会听命于他们？"

江大海说："在两个多月以前，突然就出现了一个蒙面高手出手控制了我，然后给我吃下了一种毒药，叫什么肝肠断，每一个月都会发作一次，我必须听他们的，才能得到解药，所以……"

秦帅相信他这是实话，就问："那个蒙面高手什么情况，你说仔细点。"

江大海说："就像忍者一样，全身黑衣，戴着黑色头罩，背插一把武士刀。"

东瀛忍者？秦帅突然想起了在青龙河滩出现的那个疑似地狱使者的黑衣人来，难道跟控制江大海的人是同一股势力？秦帅突然觉得有些激动起来，如果真能扯上关系，那就再好不过了。

"那个蒙面人身高如何，胖瘦如何，武功如何？"秦帅问。

"身高？胖瘦？"江大海毫不犹豫地说，"大约一米七几的样子，不胖不瘦，武功高得不可思议，像一道影子似的，我才出手就被他的刀架在脖子上了，然后他直接捏住我的喉咙，把药给我喂了下去。"

果然是他！秦帅心中的血液沸腾起来，找了这么久的地狱使者，一点线索没有，河滩相遇，却也擦肩而过，然后再无音讯，如今竟然找出了和地狱使者相关联的事件，那就好着手了。

"他经常跟你联系吗？"秦帅问。

江大海说："他没与我联系过，换的人。"

"他没与你联系过，换的人，是什么意思？"秦帅问。

江大海说："就是他控制之后给我约定了一个暗号，说这个暗号给我的人，让我做什么事我就照做。所以应该不是他在向我下达命令，而是他的同伙。"

"原来是这样。"秦帅问，"什么暗号啊？"

江大海说："飞龙在天有事办。"

"飞龙在天有事办？"秦帅皱了皱眉头。

难道真是飞龙组织在搞这一切？现在管不了这个了。他又问："说吧，他们都让你做过些什么？"

江大海说："没做过别的事，就是你说的那两件。"

"抢唐雨若？"秦帅问，"为什么抢她？"

江大海说："这真不知道为什么抢，他们让我抢就是了。"

秦帅问："总有些细节吧，譬如你们怎么知道唐雨若会经过那里，要怎么动手？"

江大海说："当时没有说具体抢谁，就是让我的人直接到那里，然后看准一个女的抢就行了，是被抓进去之后我的人才知道那个女的叫唐雨若。"

"看准一个女的抢就行，没说抢唐雨若？"秦帅问，"你的意思是当时如果是另外一个女的，你们也同样会抢？"

江大海说："是。"

秦帅还真被搞纳闷了，这是干什么玩意儿？他以为是事先针对唐雨若的，没想唐雨若只是碰了个偶然？那对方让飞车党这么做的目的何在？

"好，说第二件事吧！"秦帅问，"烧烤摊那里，你的人为什么故意挑衅闹事？"

江大海说："就是一个人报暗号给我，说了位置和那男的特征，让我的人找碴动手，伪装成意外事件，把那家伙废了，就算弄死也可以，就这样。"

"还废了，弄死都可以？"秦帅顿时怒气上来，一耳光就扇在他脸上，"你要是动他一根汗毛试试，他要有点事，老子得剁了你！"

江大海被打得大气都不敢出，正常状态尚且不是秦帅的对手，何况被秦帅踹伤，还掰断了一根大拇指。

秦帅又问："这两次打给你电话的号码是同一个吗？"

江大海说："是。"

秦帅说："行，把电话号码给我。"

江大海忙从身上摸出电话，然后在上面找出那个号码来，告诉了秦帅。

秦帅存在了手机里，问："除了见到那个蒙面人之外，你还看见谁了？"

江大海说："没有了。"

"没有了？"秦帅问，"那你一个月必须要的解药从哪里来？"

江大海说："他们会给我放到一个地方，让我去取。"

"都让你去什么地方取过解药了？"秦帅问。他心想如果取解药的地方有监控，他就可以调监控看到底是什么人放的解药。

结果江大海说："都是在青龙河滩的石头下面，他们在石头上做一个标记，让我去取。"

秦帅想，该怎么来处理江大海。按照飞车党的做法，做下那么多伤天害理的事情，现在又在充当一个恶势力的爪牙，铁定应该把江大海给废了。可问题是，一旦江大海出事，江大海背后的势力就知道了情况不对，可能会把江大海秘密关押起来，不能打草惊蛇。那么最好的办法是把江大海放回去，当什么事也没有发生过，让江大海提供信息，一旦那背后的势力有什么动作，秦帅好及时采取行动。可这里面有个很危险的因素就是万一江大海不受秦帅的掌控，把秦帅的信息出卖给江大海背后的人，那么对秦帅来说就很被动了。何去何从，确实伤脑筋。

现在这种形势，可谓如履薄冰，一个抉择失误，影响是至关重大的。而最终秦帅还是决定冒险。

"想活命吗？"秦帅盯着江大海问了句。

江大海连连点头道："当然想啊！"

秦帅当即从身上摸出了戴安全给他弄的那张协警的证明，把下面的名字给捂住了，往江大海面前晃了一下，说："实话告诉你吧，我是警察，现在正在秘密调查一宗案件，跟你背后的这股势力有关系。如果你愿意变成我的线人，我到时候可保你没事。相反，你如果要跟他们合作，跟国家和政府作对的下场，你知道是什么样的！"

秦帅只能露一点底给江大海，让他有所震慑。即便万一有什么失误，江大海背后的势力也只知道是警察在办什么案子，他们就不会放在心上。

"不敢不敢，我一定跟你们配合。"江大海瞄了眼秦帅那证明上的公安大印，然后脑子里转了下，料想也不会假，看秦帅问得这么仔细，那肯定是警察办案。

"那行，你以后的命运掌握在你自己手里了，从现在起，你的所有行为将会被警方监控起来，如果你敢玩什么花样，别怪我没提醒你，这可是大案，搞不好是要枪毙的！"

"好的，我一定听你的，你说怎么做，我就怎么做。"江大海赶紧答应。

秦帅说："行，今天晚上的事你就当什么也没发生，也要叮嘱你那个女的，如果有半点泄露，被你背后的人发现什么不对，就算我不弄死你，他们也会弄死你的，你应该懂！"

"嗯，懂懂懂。"江大海答应。

"好了，就这样吧，把你的号码告诉我。明天我会把我的联系号码给你，有他们的动静第一时间跟我联系。"秦帅说。

江大海赶紧把号码告诉了秦帅，秦帅记下了号码，又警告了江大海一番之后，才从后墙离开了别墅。

06 死神暴露

回到屋里躺下之后，秦帅才开始整理思路。虽然江大海并不知道打电话给他的人是谁，但秦帅知道，肯定是朱象或者黑妞。那天就是朱象和黑妞被跟踪，然后才由飞车党出面拖住楚江山的。抓住朱象或者黑妞，就可以挖出更深层的东西。

他们背后的势力什么来头？地狱使者是否就是这股势力？目前看来，朱象和黑妞应该直属于这股势力，不是像江大海一样被掌控的。那么，要秘密抓捕朱象和黑妞吗？

翻来覆去地想了好一会儿，秦帅还是决定先按兵不动。朱象和黑妞肯定不可能是首脑，甚至包括那个疑似地狱使者的黑衣人也不会是首脑。首脑不会在第一线蹦跶，在第一线蹦跶的都是棋子，是炮灰。

从他们让飞车党抢唐雨若，对真正戴草帽的飞龙杀手装追踪器，对江大海下毒，用代码吩咐江大海做事，秘密地将黑妞卧底在唐雨若身边等事情上可见，这是一个很强大而且严密的组织。牵一发而动全身，秦帅若立马动员力量秘密逮捕朱象和黑妞，能够掌握主动的概率太小。首先，朱象和黑妞肯定也是被人监控起来的，他们一旦出事，背后的人会立马调整计划部署。然后，像黑妞和朱象这样的角色，差不多是死士级别，能从他们嘴里套出东西的可能性不大。还是先监控好他们，看看他们到底想干什么，等狐狸尾巴露出来了，才好打有把握的仗。反正现在是秦帅在暗处，朱象他们在明处，秦帅可以冷静地看看他们到底想干什么。至少有一点是确定的，他们的核心目标是唐雨若，所以只要看好唐雨若，就可能知道他们更多的动向。

不过秦帅还是觉得迷糊，为什么这一伙人指使江大海做事的行动暗号是飞龙在天有事办？这个暗号的意思就是指飞龙杀手组织啊！难道这一切还真是飞龙组织在密谋？但秦帅很快就想明白了过来，既然在河滩上黑衣人做的一切刻意显示出跟飞龙组织有关，那么在其他方面肯定也可能误导向飞龙组织。万一哪个环节出了纰漏，指向还是飞龙组织，对他们依然没有暴露。

后面布局的这个人好强大！秦帅感觉，这真是他在犯罪案例上遇到最复杂而强大的对手了。很专业，很严谨，而且真是下得一手好棋，步步为营，滴水不漏。但遇到了他，就算滴水不漏，他也要捅它个篓子出来，放干它的水！

而事实上，情况也没有秦帅以为的那么理想。因为在背后布局的大老板，确实是个老奸巨猾的家伙。他在每一个环节上，确实都是稳扎稳打，步步为营。对江大海的掌控，并非只是那一粒"肝肠断"药丸，还有人员监控，那就是江大海四个保镖之一的周振山。他既是江大海的贴身保镖，又是"毒蛇"组织朱氏三兄弟用来监控江大海一举一动的棋子。

本来，周振山在朱象一伙人来唐镇之前，就已经是江大海的保镖了，跟随江大海多年，情同兄弟。但最终也是被追风将刀架在脖子上，吃了"肝肠断"药丸，听命摆布。

第二天，四个保镖赶到别墅去接江大海的时候，周振山就发现了江大海包起来的大拇指，脸色也极度萎靡不振，便问："海哥，你这手怎么了？"

江大海撒谎说："不小心摔了一跤，伤到了骨头，得去找个骨科医生接一下。"

"不是吧，伤到骨头了，还得接一下，这么严重啊？"周振山觉得有些意外。

江大海埋怨了声："倒霉啊！倒了八辈子霉！"

一个保镖开玩笑："海哥你肯定是跟嫂子办事太猛，兴奋过头了吧？"

"老子痛得不得了，你还开老子玩笑，滚！"江大海骂了声，便上了车子。

然后在四个保镖的陪同下，找了一个骨科诊所，让医生帮忙接骨。

周振山在一边仔细观察了下江大海，发现他有一边的脸有些肿，刚开始还以为是没睡醒的状态，仔细一看两边的脸不一样，一看就是挨了打的。而且江大海好歹也是武功高手，就算不小心摔跤，也能反应得过来，就算手掌按地，又怎么会断了大拇指，这完全不正常啊！当下，他就装作抽了根烟，走到诊所外面，找了个偏僻的地方，给朱象打了个电话过去，说江大海受了伤，好像是被人打了，但不知道是谁干的。

"被人打了？"朱象问，"伤势怎么样啊？"

周振山说："不怎么样，断了根大拇指，好像还挨了耳光，那一耳光应该不轻，过了一晚上，脸还有些肿。"

"竟然有这样的事？"朱象问，"昨天晚上什么时候的事啊，你怎么现在才告诉我？"

周振山说："我也是现在才知道啊，昨天晚上送他回别墅，什么事都没有。今天上午去接他，才看见他大拇指被包了起来，然后现在在诊所里接骨，我就找时间给你打电话了。"

"那昨天晚上是他一个人在别墅，还是和他那小情人在一起？"朱象问。

周振山说："他们在一起。"

朱象说："好的，我知道了，表现不错，好好表现会给你解药，然后付你劳务费的。"

挂断电话之后，朱象略想了一会儿，觉得这事确实蹊跷。江大海是飞车党的老大，在唐镇上还算个中等人物，武功也还不赖，什么人会对他下手？要知道外面很少有人知道他就是飞车党的老大，只知道他是一个酒吧老板。就算是有仇家寻仇，费尽心机进入他的别墅报复，不可能只折断一根大拇指的吧？寻仇这种事，一旦开始了，轻则弄去住院，重则弄去火葬场。所以，朱象觉得这里面肯定有什么蹊跷存在。

想过一阵后，朱象见了朱龙和朱虎。朱龙和朱虎听后也一致认为，江大海断指背后必有文章。

"那我们把江大海召出来审问吧！"朱虎立马就说。

"你傻啊！"朱龙马上就反对，"咱们现在审问江大海，不是就把那个周振山暴露了吗？这事明明只有他身边四个保镖知道，咱们这么快就知道了，傻子都知道身边有内奸！"

"嗯，大哥说的是，肯定不能这么急着找江大海问话。"朱象也附和道。

朱虎问："那怎么办？明明知道里面有猫腻，咱们不问，他会自己说？"

朱龙说："不是说昨天晚上那个情人跟他在一起吗？她肯定知道怎么回事，咱们还是想法找他的情人问吧！"

"怎么找他的情人问？"朱虎说，"他那情人每天寸步不离地跟他在一起，而且就算没跟他在一起，咱们问她就会说吗？"

朱龙说："你傻啊，他们在一起，咱们可以找机会让他们分开啊？那女的不说，咱们就没手段让她说？一个那样的女人，随便吓吓，连裤子都会脱给你，还怕不说？"

朱象也附和道："嗯，老大说得有道理，咱们只能从这女人身上着手才能神不知鬼不觉。"

朱虎问："怎么着手？"

朱龙说："让江大海去青龙河滩拿肝肠断药丸，他自然就跟这女的分开了，然后咱们就可以出面把这女人挟持进车里，问她是怎么回事了。"

"可是，江大海每次去拿药丸都是一个人，连保镖都不带，保镖会留下来跟他的小情人一起的。"朱虎说。

朱龙说："我们不是还有周振山这颗棋子吗，让他提议为了江大海的安全着想要跟着，如果有什么事不方便，就让他们回避，但他们要尽量在最近的距离保护，加上江大海昨天晚上才出事，肯定也害怕一个人，于是，一切不就好办了吗？"

这下，朱虎也没意见了，于是计划就这么初步敲定。由朱象给周振山发了信息，按照朱龙说的，等会儿江大海拿药丸的时候，要求跟上保护，把王美艳撇开，同时让他告知王美艳所在的位置。

随即，由朱虎去青龙河滩放了药丸，发信息给江大海让他去拿。而这边的朱龙则找了一辆平常他们出行用的破长安车，赶去王美艳所在的位置。计划的一切都很顺利，如同朱龙部署的一样。

江大海准备一个人去青龙河滩拿药丸，而周振山请求跟随，理由是他拇指受了伤，万一遇到仇人不好应付，如果他有什么重要的事情，有什么不方便的，他们不会跟太近，但要在离他最近的距离保护。

于是，江大海想了一下，这可以有。他一直想瞒住被幕后人控制的事，所以每次拿药丸都不带保镖去，但发生了昨天晚上的事情，他心虚了，觉得自己下河滩拿，让他们在岸上等，他们也发现不了什么。

王美艳则约个闺蜜去逛街，她一直在那里等闺蜜来呢，结果一辆长安车忽地就在她身边停下，她才回头一看，一条麻袋就罩到了她的脑袋上，黑乎乎的什么都看不见了。她只感觉自己的身子突然被提起来，被扔在一个柔软的地方，然后听到车门关上的声音。

"啊，你们干什么，放开我！"王美艳在麻袋里面挣扎着，喊叫着。

但麻袋口被一只手紧紧地抓住，她根本就出不来，也没有人理会她。

长安车跑得很快，在马路上几乎就是一啸而过。王美艳挣扎得累了，就停了下来。没一会儿，车子也停了下来。

朱龙往里面扔进了一块布条，说："自己把眼睛蒙上，我就放你出来，不然你就一直待里面了。"

"你是谁，你想干什么？"王美艳的内心充满了惊恐。发生这种事，要么劫财，要么劫色，而这两种事她都害怕。好不容易出卖灵魂出卖身体地陪着江大海，存了一笔钱，如果一下子就被洗劫了，那可真就欲哭无泪了。她在想，是不是打死都不说银行卡密码。如果是劫色的话，她倒没什么，但她怕被劫色后再杀死，抛尸荒野。

朱龙只说了声："废话干什么，让你系上布条，没听见吗？"

王美艳说："你们要知道我是谁，我可是跟海哥的，江大海，在唐镇上混得很好的，我是他的女人，你们把我怎么样了，他会找你们算账的！"王美艳还是想震慑一下对方。

"你再喋喋不休，就里面待着吧，捆了你扔河里！"朱龙说着，又把麻袋口捏紧了些。

"我出来，我出来。"王美艳赶紧说，"你们要对我做什么，随便做就是，但是别杀我啊，我上有老下有小的。只要不杀我，我可以多陪你们几次啊！"这个时候，她什么都没想，只有求生欲望。

结果朱龙说了句："放心吧，只要你配合，绝不会杀你的。"

"嗯，好，我配合，我配合，你们让我怎么配合就怎么配合。"王美艳赶紧答应。

"赶紧系好布条出来吧！"朱龙说，"记得把眼睛都遮住，什么都看不见，否则，哪只眼睛看见了东西，我就把你哪只眼睛给挖掉！"

"好的，我全部遮住，全部遮住。"王美艳答应。

很快就把布条在眼睛上系好了，王美艳说："大哥，行了。"

朱龙露了点缝，往里面瞅了一眼，确实已经系好，当即就把她放了出来，让她靠着车座位坐下。然后他仔细地打量起王美艳来，上面穿着一件小短衣，穿着一条侧边开叉的粉红色短裙，黑色高腰丝袜和高跟鞋，看上去真是性感无比。

朱龙吞了口口水。

"大哥，你要做什么就做吧，我不会反抗的。"王美艳赶紧说，她见对方没什么动静，生怕是在打她银行卡的主意。

最终，朱象还是忍住了，把心里那股汹涌的念头给压了下去。他毕竟是个顶级的杀手，现在是办正事的时候，正事和私事是一定且必须得分开的，这是大老板三令五申的教导，因为很多看似稳妥的事情都可能因为丁点疏忽而全盘皆输。现在他如果和王美艳做什么，谁也不知道接下来会有什么意外。总之这大白天的，也会夜长梦多。而且江大海去青龙河滩拿药丸，要不了多长时间就会回来，他必须得尽快从王美艳口里知道情况，然后放她走。

"好了，我没兴趣对你做什么。"朱龙说，"我问你点事，你老实回答我就行。"

"嗯，我一定老实回答，一定老实回答。"王美艳说。

朱龙问："昨天晚上江大海在他的别墅发生什么事了？"

"怎么，你认识海哥吗？"王美艳马上套近乎地问。

"少废话！"朱龙一吼，"回答问题就是，还想不想活了！"

王美艳赶紧说："想活，想活，我答，我答。"

朱龙说："说啊，昨天晚上发生什么事了？"

王美艳说："我跟海哥回去的时候，卧室里居然藏了一个人，戴着一个骷髅面具，然后说要跟海哥说事，海哥就跟他打起来了，但没打赢他。"

"你说他戴着骷髅面具？"朱龙问。

王美艳说："是的，骷髅面具，看着好吓人。"

朱龙问："他身高怎么样，体形怎么样？大致年龄如何？"

王美艳说："身高起码在一米七六以上，体格看着很强壮，年龄应该在二十来岁吧。"

朱龙听后确定了，是"死神"秦帅！他居然去找江大海了？难道他已经知道了什么吗？

朱龙又问："江大海跟他打起来，然后呢？"

"然后……"王美艳说，"他威胁我到楼顶上去，就跟海哥在下面不知道说什么，后来海哥到楼顶喊我，我就知道他已经走了，而且海哥的大拇指受了伤。"

"他们说了什么，你知道吗？"朱龙问。

王美艳摇头道："不知道，我在楼顶上，听不到，也不敢听。"

朱龙问："你没问江大海那个戴着面具的人找他干什么吗？"

王美艳说："我问了，但海哥说只是以前的一点过节，让我不要出去说，如果出去说了，会丢他面子。"

"好吧，我相信你说的，现在我可以放你走，但你得当什么事都没有发生过，不要对江大海和任何人说起我今天找你的事，否则我不只是会让你死，而且会让你死得很惨的！"

朱龙说着，打开长安车的门。提着王美艳的手臂就把她放到车外，说："等我走了，你自己把布条扯了扔了就是。"

说罢，他迅速地开车离开了。

听着车子离开的声音，王美艳赶紧扯掉布条，还惊魂未定，不敢相信自己居然会没事。这是个什么情况？那人明明就是个占便宜的货嘛，居然放过了她？大概还是怕海哥，不敢过分了吧。王美艳这么想，反正也没有怎么样，只是虚惊一场，就当什么都没发生吧，不跟海哥说了。

这边的朱龙像是个打了胜仗的战士，已经凯旋而归。他马上召集了朱虎和朱象，然后把情况说了，说是秦帅对江大海出的手，问他们有什么看法。

朱象说："既然是秦帅对江大海出的手，那就肯定不是简单的寻仇，而是另有图谋了，从只伤了江大海一根手指也看得出来，并没有打算把他怎么样，而只是让他屈服。"

"难道那个姓秦的发现了我们的秘密，知道飞车党在我们的掌控之中吗？"朱虎这下似乎也聪明了起来。

朱龙说："这种可能性很大，只不过，他又是怎么知道的呢，咱们每一步可都做得滴水不漏，没有破绽，一切都在正常的计划之中，没有偏差。"

朱象说："难道是上次我和黑妞被跟踪的事情？"

"上次你和黑妞被跟踪的事情？"朱龙也想了起来，比较认同，"嗯，有可能，不然不会有人无缘无故地跟踪你们，我们跟唐镇江湖上没仇，唯一的对手就是华夏军方，这里有地狱使者的案子，他们会在这里展开手脚调查。"

朱象说："可我和黑妞都没有任何破绽啊，为防万一，我和黑妞还都从鹰眼拿了封气丹吃，现在内力都发挥不出来，看起来就是普通人。"

朱龙说："你能想得到的破绽那就不是破绽了，对方可是军方顶级的精英，那肯定是有两把刷子的，也许，从对方决定跟踪你的那一刻开始，就已经看出了你们的破绽，怀疑上你们了。"

"那现在怎么办？"朱象问。

朱龙说："现在问题很严重，估计只有大老板才能下这一步棋了，大老板让我们在这里潜伏，静待时机，但既然已经暴露，我们再潜伏，无异于坐以待毙，还是看大老板怎么说吧！"

当下，由朱龙拨打了大老板的电话，把秦帅深夜潜入江大海别墅的情况说了，他觉得应该是朱象和黑妞已经暴露了什么，现在的情况不容乐观，问怎么办。

"发觉了？"大老板沉吟半晌说了这么三个字。

朱龙说："应该是发觉了，不然不会有人跟着老三和黑妞，死神也不会去找江大海，这里面肯定有联系！"

"你有什么好的应对之法吗？"大老板反问了一句。

朱龙说："我觉得先下手为强，把那个死神给干掉，让他变成死人，什么都清净了！"

"不用我们去干掉他，自然会有人去干掉他的。"大老板说。

"有人去干掉他？"朱龙问，"谁啊，不是让我们干掉他，扬我们的名气吗？"

他根本不知道大老板下的棋，不知道大老板的目的是把秦帅引向飞龙组织。追风出马嫁祸飞龙的事他们也并不知道，还以为大老板让他们挑衅军方，是为了到时候让毒蛇组织一鸣惊人，超越飞龙，成为世界第一呢。

大老板说："事情没你想的那么简单，等下我好好想想怎么办！"

大老板在心里仔细地盘算了一下，也意识到毒蛇成员在那里面临着的危机。秦帅如果发现了朱象和黑妞的什么破绽，那么就有可能盯死他们，对于唐雨若的行动就会具备很大威胁。然而，非要此时击杀秦帅，代价也会很大。怎么说这个军方王牌第一号的头衔不可能是靠行贿得来，必有可怕之处。

而从现在看来，秦帅还真有一些让人想不明白的本事。譬如朱龙曾经提到过他和川西杀手魏千军动手，突然闭上眼睛，然后对魏千军的招式了如指掌，处处占得先机。还有朱象和黑妞这样的高手，演技一流，却也不知不觉地被秦帅给盯上了，越是想不明白，越是可怕。秦帅的可怕只是其一，还有更重要的是，一旦由毒蛇出手击杀秦帅，为飞龙布的局就功亏一篑了。会把为飞龙培植的一个刺头变成自己的刺头，偷鸡不成蚀把米，得自己把苦果吞了。所以，现在的情况，动不动手都很难。

眉头紧锁的大老板突然之间眼前一亮，他似乎看到了契机，振奋地说："你先按兵不动，不要管他。"

"现在还按兵不动吗，老板？"朱龙一愣。

被对方掌握主动权，火烧眉毛了，还按兵不动？

大老板说："是，按兵不动。也许，有些事情对我们来说因祸得福也是说不准的。"

"是吗？"朱龙问，"不知道老板又有什么高见？"

大老板说："这简单啊，那个死神秦帅是不是很可能已经把江大海掌握在手里为他所用了？"

朱龙说："这几乎是可以肯定的，不然他不会脱了裤子放屁，多此一举。所以江大海对我们已经没有任何用处，我们让他做任何事，他必定第一时间就会把情报泄露给秦帅，那么，他就是秦帅放在我们身边的一颗定时炸弹！"

"哈哈。"大老板竟笑了起来，"你看待事情也太肤浅了，其实现在这么一来，江大海对我们的用处更大了，他不但不是我们身边的定时炸弹，反而会是我们手里的重磅炸弹！"

"我还是没明白，这怎么反而对咱们还有好处了？"朱龙问。

大老板说："你这脑子还是不够用啊，我给你说个简单的吧。譬如我们要挖一个坑给那个秦帅，我们有什么办法让他到坑里来？很简单，让江大海把话传过去。譬如，你打个电话给江大海，说决定在哪里见他一面，他就会把这几个消息告诉秦帅。而秦帅为了找出江大海背后的人，这就是最好的机会，他必定赶去，然而呢，那里其实就是我们挖的坑。"

"高啊!"朱龙一下子佩服得五体投地,"果然是这么个理,还是老板有高见。"

大老板说:"但这还没完。"

朱龙问:"怎么,老板还有高见吗?"

大老板说:"当然,最高的就是我让别人挖个坑,然后让那个秦帅去跳,借别人的坑把他给埋了!"

"借别人的坑把他埋了?"朱龙问,"借谁的坑啊?"

大老板说:"这你就不用管了,我自有安排。这样吧,你让老三和黑妞找鹰眼拿解药吃了,先恢复武功。既然秦帅已经怀疑你们了,就不用冒生命危险跟他演戏了,万一他对你们出手,起码还能鱼死网破地拼一下。"

朱龙应声道:"是,然后呢?"

大老板说:"然后就按兵不动啊,有行动我会通知你们,你们还是像之前一样,如果秦帅对黑妞他们出手,无须死拼,逃为上策,我有另外的人杀他,你们还不是最快的刀。"

"那好吧!"朱龙答应,也不知道大老板到底有什么对策,就只是把他的话告诉了朱象,让他和黑妞找鹰眼把封气丹的解药吃了。

"怎么,老板的意思是准备请邪僧出手?"朱象听了问。

因为在毒蛇杀人王排行榜上,地狱使者是排名第二的,只有邪僧是第一。而大老板说有更快的刀来杀死神,那就只有邪僧了。

朱龙说:"我也不知道,大概是吧。现在你跟黑妞得注意了,如果情况紧急,给我们电话,只要那家伙敢动我们,不管老板有没有下令,先干死他再说!"

而这边的秦帅却并不知道,当他把江大海掌控在手里的时候,他的对头已经从侧面打开了缺口,为他埋下了一颗定时炸弹,只等合适的机会挖好坑,打算让他死无葬身之地。但秦帅还是极有信心且义无反顾地往这条深不见底的峡谷里摸了进去,这是他的任务,他的职责,再大的危险,都无法阻挡他冲杀的脚步。

秦帅把与江大海联系的那个号码发给了戴安全,让他去通讯公司调查一下这个号码的通讯记录。然后把所有与之联系的通讯号码都仔仔细细地查一遍，他特别叮嘱，事关重大，不能有半点马虎，必须把这个号码通信过的所有号码调查清楚，号码主人是谁，在什么地方，从事什么职业，人生履历如何等。叮嘱过之后，秦帅所能做的就只有等待了。等待戴安全把调查结果告诉他，等待那个幕后组织和江大海联系，然后江大海替他传来消息。

秦帅心里还是振奋的，最起码一点，他觉得地狱使者已经露出尾巴了，藏不了多久了。因为实在等不下去的时候，他就会拿朱象和黑妞开刀。而很显然，犯罪组织没有时间和精力来进行一场长时间的卧底博弈，他们肯定会在短时间内有动作，他们有动作的时候，就是秦帅把他们一锅端的时候。

秦帅想起了唐雨若，打了个电话给她。

唐雨若接了电话。

"亲爱的，在忙什么啊？"一开始，秦帅就很亲热地说。

唐雨若说："除了在画廊，还干什么？"

"那什么时候出来玩啊？"秦帅问。

唐雨若说："这才上午，我还得卖画呢，总不能大白天的就把画廊关掉吧？"

秦帅说："那等你下班的时候我来接你嘛。"

"下班的时候来接我？"唐雨若十分不高兴，"难道你就不能来画廊这里陪我吗？"

"画廊那里？"秦帅说，"那里还是不好哦，有小孩子在，又不能亲热，就算说点肉麻的话，对小孩子也有影响。"其实，他明知道黑妞有问题，只是怕万一有什么不小心被黑妞看出点什么。而且他们现在的目标是唐雨若，如果谁跟唐雨若走得太近，很频繁的话，也一定会成为他们注意的对象。所以，秦帅现在尽量低调点，在暗处操控这一切比较好。

可唐雨若又不高兴了："我看你就是不想陪人家！"

秦帅说："哪有，只要你下班了，我一整个晚上都陪你好不好？"

"这可是你说的。"唐雨若说,"不要又跟我说有事,忙忙忙。"

秦帅说:"肯定不会,事我都推了,绝对是未来的老婆大人放在第一位,诸事闪开!"

唐雨若说:"不要脸皮那么厚好不好,我说愿意嫁给你了吗?现在才有好感,后面还得看你表现呢,表现不好随时都会拒绝你!"

"表现?"秦帅笑,"我的表现肯定是包你满意的。"

"好啦,不听你油嘴滑舌了,到时候自觉到门市这里来。"唐雨若说。

秦帅答应后挂掉了电话。

他乐呵呵地想,今天晚上要不要去唐雨若的别墅睡呢?睡在她那床上,肯定特别舒服,事实上,他不知道,他在这里打着美好算盘的时候,却遇到了一场危机。

唐雨若在跟秦帅通电话之后,坐在那里特别无聊,特别想秦帅,一眨眼就是一天没见了,她知道自己生命的时日并不多,以前没有喜欢上谁,她的所有心思都在画画上。可喜欢上了一个人,整个心思都在喜欢的人身上,希望能和自己喜欢的人多一些相处。但是等到下午六点钟,还有差不多十小时呢,太难忍受了。

唐雨若想起了白冰冰,白冰冰是瑜伽教练,时间很自由。因为她的女同事很多,也随时都能找人代替。她当即就打了电话给白冰冰,让她过来帮自己看店。两个人可是无话不谈的闺蜜,很聊得来,感情也特别好,这点麻烦事从来都当自己的事一样。唐雨若喊得很随便,就说自己有事,让她过来帮着看下店。甚至都没有征求意见地问她有没有时间,直接让她过来的意思。

白冰冰直接爽快地回了两个字:"遵命。"

于是,唐雨若就在门市上等白冰冰来。

没过一会儿,白冰冰就来了。

"这大上午的,去干什么啊?"白冰冰随口一问。

唐雨若笑着说:"没什么,一点小事。"

"不会——是跟哪个男的好上了,去约会吧?"白冰冰一脸洞悉天机的样子。

唐雨若说："不告诉你。"

白冰冰笑道："不用装了，我知道不可能，你这眼光，除非去都城找王公贵族，待在唐镇这里，恐怕是找不着喜欢的人了。如果真能找到，那肯定是比中五百万还惊喜，连夜就打电话给我了，哈哈……"

"知我者，你也。"唐雨若说。

"哦，对了，你猜我看到谁了？"白冰冰突然想起。

唐雨若问："谁啊？"

白冰冰说："就是那个秦帅啊！"

秦帅，唐雨若现在对这个名字可是有非同寻常的关注度，当即就问："你看见他怎么了？"

白冰冰说："果然是个无耻的人，幸亏你告诉了我真相，不然我就被他给骗了。"

"是吗？"唐雨若心里一紧，"你又发现了什么吗，他又怎么无耻了？"

白冰冰说："前两天我去街上，遇到他，他居然还说喜欢我，打算追我做女朋友，我直接没理他。然后昨天我和几个同事聚餐，去一家饭馆，结果看见那个混蛋跟两个女的一起吃饭，一看就是在撩她们。"

"你昨天什么时候看见的？"唐雨若心里顿时一沉。

白冰冰说："晚饭的时候啊，六点多钟的样子吧。"

六点多钟！本来，白冰冰说秦帅调戏白冰冰和两个女的一起很暧昧，唐雨若心中就已经很生气了，让她更气愤的是，她昨天等了一天没有秦帅的电话，到下午下班的时候主动打电话给他，他却说有事忙，要帮朋友，她还信以为真，实际情况竟然是和别的女人风花雪月。他以为自己现在是他手心握着的，跑不掉了吗？所以，稳着她，开始勾搭别的女人，脚踩几只船！真是个混蛋、人渣！她真想当着他的面破口大骂，给他一顿暴打！

"雨若，你怎么了？"白冰冰发现唐雨若的脸色有些不对，胸部起伏剧烈，明显是很气愤的样子。

唐雨若回过神来，发现白冰冰在场，当即说："没什么，只是想起这混蛋几次偷窥我，我就想找个机会狠狠地教训他，简直让人恨之入骨！"

白冰冰也相信了，道："别跟这种混蛋生气了，自然会有人收拾他的，你赶紧忙去吧！"

"嗯，那好，你稍微帮我看一下，我一会儿就回来。"唐雨若应道。

唐雨若离开了画廊，上了自己的车，难过的泪水一下子就涌出来了。为什么她辛辛苦苦地爱上一个人，却还是难逃无数女人的命运，遇到了人渣？她明明仔细地辨别过，觉得秦帅可以信任，要不是白冰冰无意中看到，她也许真的就被他骗得死无葬身之地了。

唐雨若又冲动地想去唐门执法堂找人教训秦帅一顿，但所幸她也没失去什么，毕竟，她爱过。

还是让别人去收拾这种人渣吧，只要不与这种人再往来就行。当下，唐雨若拿出手机，把秦帅的号码拉入了黑名单。那个瞬间，想起自己本来寄予很大期望的爱情，却在花骨朵即将盛开的时候，遭遇一场风吹雨打，消殒飘零，还是忍不住伤心地抽泣起来，泪流满面。

秦帅并不知道，白冰冰果然多说话了。他心里还在盘算着晚上怎么计划去唐雨若的别墅睡呢。

两点多钟的时候，戴安全给他打了电话。说了在通讯公司调查那个号码的结果，上面只有两个人的联系号码。一个人的联系号码就是江大海，飞车党老大；而另一个人则是周振山，是江大海的保镖。除此之外，再无其他人的电话号码了。

周振山是在五年前跟随江大海的，算是他最信任的心腹了，江大海走哪都带着他，据说还给他买了房子，帮他讨了老婆，对他相当不错。而通话记录其实不多，最近的一个月只有几次。

那个号码跟江大海的最近联系在今天上午九点半多，是发的一条信息，信息内容是让他去青龙河滩拿东西。而跟周振山在今天上午通了一次电话，通话时间在前面一些，通话时长有三分钟，然后周振山发过一条信息，信息内容只有一句：她在天海路骨科门诊往左的路口等人。对方信息回答：知道了。

秦帅的脑子里转了一转，马上想起什么，吩咐戴安全："你带人去天海路骨科门诊路口，调一下那里的监控，看一下同时间段以及往后一些有什么状况没有？如果没有状况发生，就要留意有没有一个女的在那里等人，这女的是谁？最后去哪了？你自己应该有经验，这个女的肯定是个年轻的，等人的状态你也应该分辨得出来。"

戴安全领命。

秦帅的脑子里顿时反应过来好几个关键信息。第一个关键信息是手机里只有两个人的联系号码。这世界社交再狭窄的人都不可能只有两个联系人，为什么朱象的手机只有两个联系人？道理很简单，朱象用的是两张电话卡，一张是跟外人联系，一张是跟自己人联系。跟外人联系这张卡，就只有他们掌控的人员号码，而他们到唐镇来，也不会有普通的朋友。然后，跟背后的人联系是用另外一张卡。而这个号码，应该就是朱象的，因为黑妞假扮一个孩子，她表面上并没有手机。

然后，秦帅梳理第二个关键信息。为什么朱象的手机上存在的两个联系号码，是这样的一种关系？一个是飞车党的老大，另一个则是飞车党老大的保镖？朱象一伙若是要掌控飞车党，只需要用那个什么狗屁药丸扼制江大海的咽喉，他就可以俯首听命，整个飞车党就会为其赴汤蹈火。而他们却又跟周振山保持联系，肯定也是把周振山掌控在手里的。为什么要多此一举？

秦帅很快就想明白了这个道理，因为周振山是江大海的保镖，是他的心腹，他经常跟着江大海，那么江大海做什么事都逃不过他的眼睛，甚至很多心里话也会对他说。那么，周振山是盯住江大海最好的那双眼睛。所以朱象他们掌控周振山是用来盯住江大海的。

那么，事情就变得很明显了。他昨天晚上去江大海别墅的事情可能出现了问题，因为今天上午这个周振山给朱象打了电话，大概是发现江大海拇指断了，有些可疑。但对于朱象发信息让江大海去青龙河滩拿药丸，跟周振山打电话给朱象有什么联系，就不得而知了。还有后面周振山发的那条信息，说她在天海路骨科门诊往左的路口等人，她是指谁？透露这个消息给朱象又是干什么？

不过，戴安全那里应该很快就会有消息传来。朱象他们应该是知道他对江大海出手了，如果知道的话，他可就得小心了。

大约一小时以后，戴安全就打过来电话。他怀着邀功的心情说："确实发现了情况，一辆长安车居然用麻袋把一个女的给绑架上车，速度很快，只有几秒钟的时间。"

秦帅问："你认识那个女的是谁吗？"

戴安全说："不认识。"

秦帅又问："绑架者你应该看清楚了吧？"

戴安全说："没看清相貌，因为戴了一顶帽子，而且动作太快，影像模糊，但大概看得出来，是个矮子，跳起来往那女的头上把麻袋罩下去，然后直接就把她扔进了车里。"

秦帅说："那就直接把那段监控视频发给我吧！"

戴安全应声道："好的。"

挂断电话，他就把视频发给了秦帅。

秦帅打开了那段视频。大约一分钟，从那个女的等待在那里开始。秦帅看一眼就认出了那女人是谁，居然是江大海的那个小情人！不过，也在那一瞬间他就明白了，朱象一伙在得到周振山的密报之后也猜测到了某种可能，不想惊动江大海，所以并没有直接逼问江大海，而是通过江大海的女人来探知昨天晚上发生的情况。那么，江大海的女人肯定会经不住他们的恐吓，把昨天晚上的事情一五一十地说出来。然后，朱象他们就会知道一个戴着骷髅面具的人对江大海出了手。接下来，他们大概知道这个人就是他吧？毕竟，飞龙杀手已经追杀过他一次，疑似地狱使者与他也有过招，他们肯定知道他就是军方的人了。

这个问题似乎变得更加严重而复杂了起来，秦帅开始慢慢梳理头绪。首先，飞龙杀手和疑似地狱使者对他出手，就大概知道他的军方身份；其次，朱象跟疑似地狱使者的人是一伙的。那么换个角度来讲，就是朱象和黑妞其实也应该知道他就是军方的人，肯定就会想到他去找江大海的目的，知道他们自己可能暴露了，那么，接下来他们会怎么做？

应该有两种可能：第一种，马上销声匿迹，隐藏起来，打草惊蛇，蛇必入草丛；第二种，他们觉得已经没时间躲躲藏藏了，藏不住了，就狗急跳墙，对他出手！

想到这里，秦帅马上打了电话给冷梦雪。

"喂，大哥。"冷梦雪只要看见秦帅的来电，心里总是有一种特别的喜悦。

秦帅问："你还记得上次跟踪的那两个矮子吗？"

冷梦雪说："知道啊，怎么了大哥？"

秦帅说："你去他们住的那地方藏起来，给我一动不动地盯着，有丁点迹象第一时间向我汇报！"

冷梦雪答应："好的，大哥。"

秦帅叮嘱："要注意隐蔽，注意安全啊！哦，对了，江山在吗？"

冷梦雪说："没有，他出去约会了。"

说这句话的时候她有些心酸，楚江山也开始约会了，可她呢，她什么时候才能和大哥双宿双飞？

"哦，那算了。"秦帅本来打算让楚江山去画廊附近暗中盯着黑妞，但人家好不容易谈恋爱，还在缓慢的进展之中，正是幸福的时刻，他不想打扰。而且，他觉得，无论朱象一伙是选择隐藏，还是狗急跳墙，都肯定会首先回自己的窝。所以，只要冷梦雪在那里看着，就可以知道他们的动静了。

窝？秦帅突然灵光一闪。那窝里肯定藏着什么吧？不妨去看看他们的窝？但刚准备去的时候就想起，这种老狐狸的窝，肯定做了充分的准备，虽然他还是有把握安全进去，且不留痕迹，但还是先看看他们有什么动静再决定吧！这个时候必须要稳，要看对方怎么出招，好给予最准确的反击。

一眨眼就快到六点了，冷梦雪那里没有任何消息传来，这让秦帅有些意外。按照道理说，朱象一伙上午就已经知道了这一切，到下午的这个时候肯定已经采取什么行动了啊？怎么可能还一如往常？他们到底想干什么？

秦帅来回踱步，点燃了一支烟，反复想着发生的这些剧情、对方所知道的信息以及可能做出的反应。突然之间，他似乎明白了什么，如果他推断的两种可能都没有出现，那么就还有第三种可能！第三种可能是，他们会将计就计，在秦帅自以为控制了江大海的时候，他们装作什么都不知道，到时候故意卖情报给江大海，江大海必然报告秦帅，然后秦帅就被引出去了！果真是歹毒，差一点就被这些人牵住了鼻子。跟老子玩将计就计是吧，那老子就跟你们好好玩玩，老子一定会跟你们把这出将计就计的计中计玩个痛快！

秦帅看了下时间，不知不觉已经六点多了。他赶紧给唐雨若打电话，想着唐雨若肯定还在画廊等他呢。结果，打过去自动挂掉。什么情况？他再打，明明白白地自动挂掉！难道把我拉黑了？秦帅觉得不可能，有可能是网络出现什么故障吧。反复再打了两遍，还是自动就挂断了，这确实是拉黑。难道是因为等到下班时间没给她打电话，她生气了，所以把他拉黑了？然后自己就走了？

秦帅打开了手机上对唐雨若的追踪器。的确，唐雨若所在的位置不是画廊，而是在步行美食街。唉，女人真是小气，至于嘛！不过想来他确实也有些不对，昨天晚上唐雨若打电话约他，他没有去。他就说今天下班之前去接她，然后整晚都陪她，结果六点多都没个电话给她。生气也难免的嘛，不过，所幸给她装了追踪器，知道她的位置，这种事哄哄就会好的。

当下，秦帅坐了出租车往步行美食街而去。大约二十分钟，车子到了美食街。秦帅跟着追踪信号往唐雨若的位置靠近过去。没想到，一直走到了电影院门前，看见唐雨若正抬脚往台阶上去，准备进电影院。

秦帅紧赶两步跑过去，唐雨若正心情失落地走着，突然被一道人影挡住，抬头一看，竟然是秦帅！她真是意外，愣住了。这是冤魂不散吗？怎么在这里都遇得到他？唐雨若本来心中空落落的，不知道想干什么，就想来看场电影，竟然就遇见了秦帅！她当然不知道是秦帅找来的。

"亲爱的，怎么，生我气了啊？"秦帅还是那么嬉皮笑脸，然后解释，"我刚才确实有点事忙，然后耽误了下，接着就打电话给你，没想你就把我拉黑了，要不要这么绝情啊？"

"你能滚开点吗？"唐雨若那张脸黑得像要下雨的天空。

秦帅还以为是不守信这点事，就笑着哄道："一点小事，至于生这么大的气吗？我说了今天陪你一整晚上，绝对什么事都抛开，说话算数。"

"我让你滚开，没听见吗？好狗不挡路，不知道吗？"唐雨若的脸还是那么冰冷，看他的目光里全无之前的温情脉脉，那像是仇恨，也像是陌生。

"到底怎么了，发生什么事了吗？"秦帅突然意识到，事情可能没他想得那么简单。一点小事不至于让唐雨若这样。

唐雨若说："我不想跟你废话，有多远你给我滚多远就行了。"

"唐雨若！"秦帅也忍不住生气了，"有事说事，你不要这么咄咄逼人好不好？我哪里招你惹你了？好好的你发什么疯啊，你是不是真觉得自己了不起了？"

"我就了不起又怎么了？我就看不起你又怎么了？追我的男人一大把，哪个不比你有头有脸人模人样，你以为你算老几啊，我很在意你吗？"唐雨若藏在心里那股憋屈一下子就发泄了出来。

"把你刚才的话再说一遍！"秦帅觉得心里是真的被伤到了，看着唐雨若的目光也失去了温情，里面燃烧着一种怒火，"只要你能再说一遍，你是觉得自己了不起，觉得我不配，今日此刻起，我们的一切就到此为止，就算天下没有女人，我秦帅也绝不会要你这种女人！你说吧，我想再听一遍！"

两个人的目光对视着，也许，在想着爆发，却又似乎有些害怕；是较量，或是忍让？

　　唐雨若发觉自己的心在剧烈颤抖，她很想再说一遍，可人生真要如此决绝吗？她想起了秦帅说过曾经他和一个首长的女儿谈恋爱，因为答应一起去聚会而没法去，那首长的女儿就说了些带有歧视和侮辱的话，他很决绝地离开了那个城市，从此再无联系。

　　说真的，秦帅虽然那么说，但她并不信，首长女儿会跟他好吗？他肯定是吹牛。但此刻，看着他那眼神，她从没有见过那么坚定而有杀伤力的眼神，那眼神很真实地告诉她，秦帅说得出做得到。

　　最终唐雨若还是没有决绝地重复那一句话，只是说了句："我为什么要再说一遍，你以为你是谁啊，你让我说我就说吗？"

　　秦帅从唐雨若那起雾一样的目光之中，看出了她在极力忍着某种情绪。他的语气又柔和了下去："怎么说，你承认过是我女朋友，而现在你是要跟我分手。什么事总有个原因，你把这原因告诉我，如果真是我的问题，我会走得很干脆，说吧！"

　　"你要正当的理由是吧，好，我就让你死个明白。"唐雨若的情绪激动起来，也更理直气壮，"你不是说昨天晚上有事，帮朋友的忙吗？为什么我知道的是你跟两个女人在一起吃饭，还玩得挺开心？"

　　"是白冰冰告诉你的吗？"秦帅问。

　　唐雨若说："你别管谁告诉我的，你有本事否认啊，说没有这事啊！"

　　秦帅说："确实有这事，但就吃个饭怎么了？白冰冰这长舌妇，怎么见着什么都乱嚼！"

　　"什么叫见着什么都乱嚼？"唐雨若问，"难道她冤枉你了吗？"

　　秦帅说："我说了，就跟两个普通朋友简单地吃饭，什么都没有。她为什么要说误导性的语言，说我跟两个女的一起吃饭，玩得挺开心。我跟人家吃饭，难道要哭着脸吗？"

　　"跟两个普通朋友，简单地吃饭？"唐雨若冷笑一声，"又是普通朋友，简单地吃饭了？昨天怎么说的，不是说很好的朋友，需要你帮忙的吗？"

　　秦帅说："那是因为我已经先答应了人家，不好失约，但又不好跟你直说，怕你误会，所以……"

"先答应了人家？"唐雨若问，"你为什么要答应人家？你跟她很亲密吗？欠她什么吗？"

秦帅说："她帮过我的忙。"

"哼，帮了你的忙？"唐雨若说，"行，我倒想听听，帮了你什么忙，居然有必要推脱我请她吃这顿饭？"

秦帅说："没你想的那么复杂，就是那天我请她来万国酒店气你，所以算是欠她个人情。"

"哦，是那个女的？"唐雨若气更大了，"我就说嘛，她都愿意那样跟你亲密，帮你演戏了，看来对你很有意思吧。我脑子短路竟然没有想过来，行了，你可以滚了，事情已经说清楚了。"

"唐雨若，你能不能讲点道理，都说了只是普通地吃顿饭，你为什么就不信我呢？如果真有什么，那肯定就是我跟她单独在一起，怎么还会有第三个人一起？"秦帅还是忍着。毕竟，也是事出有因，是误会，没有触碰他的底线。一段认真的感情，他不想因为误会而失去。

哪知唐雨若却说："吃饭的时候三个人一起，吃饭之后鬼知道？还有，就算你要报答她请吃饭，那晚上干什么去了？晚上也需要报答吗？为什么没时间陪我？"

"不是说了吗，晚上朋友有事，我帮忙去了。"秦帅解释。

唐雨若说："行啊，你说，是哪个朋友，找你帮什么忙？然后你把号码给我，我打过去，问他昨天晚上谁帮了他什么忙，他回答的如果跟你一样，我就信你！"

这怎么行，他昨天晚上是去忙事，找江大海了，根本就没有帮忙这回事，他能撒出谎，可他说的那个朋友肯定撒不出同样的谎啊！但找江大海的事也绝不能说啊！军规所定，不能轻易在执行任务中泄露身份，也是为安全着想。一旦说出来，牵扯得太多，还说不清楚，而且也不可能去找江大海求证，现在这事必须得瞒着！

秦帅只好找了个说辞："这是跟朋友的私事，怎么能说，朋友会责怪的。"

"私事朋友会责怪？"唐雨若说，"如果一个朋友的私事能让你觉得比失去我还重要，你觉得我是瞎了眼还会跟你在一起吗？"

秦帅说："你看着我的眼睛。"

唐雨若顺从地看着秦帅的眼睛。

秦帅很认真地说："唐雨若，我知道这事对你有所隐瞒，我确实有没法说的苦衷，但有一点我可以对天发誓，我对你的感情是真的，从没有一刻想过背弃，我很珍惜我们的缘分和感情，真的。"

不知道为什么，看着秦帅的眼睛，听着他说的话，唐雨若觉得心里一阵阵的波澜。她居然有一种直觉，秦帅没有说谎。而她最清楚的，是她真的爱他。

秦帅见唐雨若的情绪似乎稳定了些，觉得她心里已经松软，便上前把手扶在她的香肩上，说："相信我，我不会骗你的。"

唐雨若的心里一颤，"骗"这个字刺激了她的神经。如此欺骗她了，还在说不会骗！秦帅都无法找出那个帮忙的朋友对证，显然就是说了谎，要这样都还能相信他，那就真是自己作死了！

唐雨若甩开了他的手："不要碰我，也不要指望我再相信你，从现在起，你走你的阳关道，我过我的独木桥，不要再烦我！"

说罢，唐雨若扬长而去，转身的那个瞬间，眼泪无声地流下，心里还是很难过的，那是一种想爱却没法爱的痛苦。她绝不可能跟一个处处对她说谎，还一脚踏几只船的人渣在一起，哪怕内心寂寞。她想纯洁而完美地活过这一生，像她笔下的那些画一样，都有自己的灵魂。宁可高傲地发霉，也绝不卑微地恋爱，她只要属于两个人心心相印的爱情。

秦帅站在那里，并没有去追，因为他知道说什么都没用。唯一有用的是证明他昨天晚上确实是帮朋友的忙，但他没法证明，唐雨若就不会信了。

白冰冰这个死女人！秦帅拿出电话，就想打电话骂她一顿，想……想什么也没用。他的手指在那个号码上停住了。

白冰冰虽然多嘴，但说的也是事实，而且他是军人，是特种军人，应该有军人的风范，难道他像泼妇一样把白冰冰大骂一顿，像小混混一样跑去把白冰冰打一顿？他这一生，只对罪大恶极十恶不赦者冲动，那有关于一个人道德的底线。也许，是天意吧。他好不容易费尽心机和唐雨若和好了，不过一天时间，可就是那么巧，他和川岛樱子她们吃顿饭都能被白冰冰看见，不是天意是什么？

这时，电话响起来了。

是川岛樱子打来的，问他在哪。秦帅说："在美食街这边呢，怎么了？"

川岛樱子说："没什么，下班了回家看你没在，就打电话给你啊，你在什么位置，我马上过来。"

秦帅迟疑了一下。

"说啊，秦帅哥哥。"川岛樱子见他没说话，又问了声。

秦帅只好说了："在美食街电影院这里呢。"

反正秦帅确实没事，心情也不好，有个人聊聊天也好，而川岛樱子还是个跟他挺合得来的女人。

"电影院啊，好啊，我喜欢看电影，我马上过来。"川岛樱子说完，也没等秦帅答应，就挂掉了电话。

从心里讲，秦帅还是想着唐雨若的。这个时候他对任何女人都没有兴趣，可是，他也没法打电话给川岛樱子，让她不要过来。唉，来就来吧。对唐雨若，他是真对得起她了。中午的时候杨雪莲都那样勾引他了，要是换以前，他马上就能把杨雪莲给拿下，可想着不能对不起唐雨若，他硬是忍住了，结果呢？结果呢？他成渣男了！有意思吗？没意思。他一生做人，不管别人怎么看，自己问心无愧就行。不想那么多了，还是以任务为重，把地狱使者拿下再说吧，这才是他真正的使命。

突然，他想起了还在菜市场那边监控朱象屋子的冷梦雪，就打了个电话过去，问有没有什么动静。他猜测，冷梦雪没有打电话来，肯定就是没什么动静，然后就可以让冷梦雪撤了，不然一个人守在那里很辛苦的。

冷梦雪说："没什么动静。"

"好了，你也不要盯着了，今天大概没什么情况，放你个假，你好好休息下吧！"秦帅说。

"医院那里也不用去看着了吗，大哥？"冷梦雪问。

秦帅说："这连续四五天都没事，肯定不会在今晚有事，没什么事的，这几天你死盯着也累，需要休息下。"

"嗯，好。"冷梦雪答应。

秦帅说："那先就这样吧，有事我打电话给你。"说着就准备挂掉电话。

"喂，大哥。"冷梦雪赶紧喊。

秦帅问："怎么了，有什么事吗？"

冷梦雪有些说不出口的样子："我……我想去看看大哥。"

秦帅的心里一颤，像是被什么东西击中了一般。他知道冷梦雪喜欢他，喜欢得无怨无悔，可是，他真的走不出那一步。他习惯了像大哥哥一样疼爱呵护她。他如果拒绝她，她肯定会很难过，而他真不希望她难过。

"好吧，你过来吧，我在美食步行街的电影城这里。"秦帅答应了。

冷梦雪是那么听话，秦帅也许不能成为她的男人，但可以尽量对她好点，让她开心一些。

"嗯，好的，我马上过来，谢谢大哥。"冷梦雪听了很高兴。

她以为秦帅会很严肃地拒绝，甚至责怪她的，没想到秦帅答应了。而且秦帅还在电影院那里，要是能跟秦帅一起看个电影就好了，那一刻，她简直心花怒放。

秦帅就在电影院那里等着。他也没觉得有什么，冷梦雪是妹妹，川岛樱子是同事，跟两个人一起看电影也没什么。

川岛樱子先到，远远地看见秦帅站在那里，一天没见了，看见喜欢的人，心里就像长了翅膀，腾云驾雾一样地飘，特别舒服和愉快。

"秦帅哥哥。"川岛樱子老远就喊。

今天川岛樱子穿的还是秦帅特别称赞过的那套小短衣配兰花布短裙，黑色丝袜和高跟鞋。她小鸟一般奔过来的时候，秀发飘舞，裙摆飞扬，路边的男人都驻足观看，很多走过的男人都回过头来，然后被身边的女友骂了。

"秦帅哥哥。"川岛樱子过来喊了声，"走吧，去买票吧！"

秦帅说："等下吧，还等个人。"

"啊，还等个人？"川岛樱子意外了下，"等谁啊？"

秦帅说："我妹妹，刚才给我打电话，说她无聊得很，然后我想着看电影，就顺便喊她过来了。"

"啊，秦帅哥哥你还有妹妹啊，多大啊，比我大，还是小？"川岛樱子问。

秦帅问："你多大？"

川岛樱子说："十九。"

秦帅说："那你大些，她十八。"

"是吗？那她要跟我喊姐姐哦！"川岛樱子笑了。心里在想，如果她跟秦帅在一起，那不也是应该跟着喊她姐姐的嘛，而且她要跟秦帅在一起，估计得跟这个妹妹搞好关系，会有事倍功半的效果哦！

就在川岛樱子心里打着美好算盘的时候，却没想到这场一男两女三人的电影将遭遇到一场更猛烈的风波。

07　阴谋背后

　　唐雨若在转身离开之后，视线模糊地走了一段路，街上不少人都回头看她，虽然她不断地用纸巾擦拭，但还是一眼就看得出哭过的样子。

　　当她走到一个岔路口，茫然得不知道往哪里去的时候，才想起自己的车子还停在电影院那里。当时只是因为眼泪快流出来，不想被秦帅看见她的不舍和狼狈，赶紧就走了。怎么都还得把车子开走啊，而且料想秦帅已经不在那里了吧！

　　当她才转过身来，却吓了一个倒退，迎面站着四个非主流爆炸头而且染了红黄绿白几种颜色的青年挡在她面前，色眯眯地盯着她看。

　　其中一个紫红毛笑嘻嘻地说："美女，怎么了，失恋了吗？"

　　一个绿毛马上接道："失恋而已，不必难过，好男人多的是呢，比如眼前就好几个，让我们做你的开心果吧，肯定会让你很开心的！"

　　黄毛更霸气地说："是谁甩了你，你直接带我们去，帮你削了他，让他跪在你面前给你认错，你当着我们的面亲几下给他看，气死他。"

　　"滚！"当这几个小丑见唐雨若没说话，还以为有戏，轮番上场轰炸的时候，唐雨若就从牙齿缝里挤出了这么一个字来。

　　"滚？"黄毛愣了一下，马上更下流地调戏起来，"怎么滚啊，要不你教我？"

　　绿毛笑起来："她说的肯定是在床上滚，这你都不会，还要人教吗？"

　　"啪！"很响亮的一耳光，打得绿毛一个趔趄，唐雨若还接着补了一脚，踹到绿毛的裆部，绿毛"哎哟"叫唤一声，捂着裆部就蹲了下去。

唐雨若再给了他脑袋上一脚，直接把他蹬了个西瓜滚地。

"哟，小妞还有点凶，让我摸摸看！"个子比较高大一点的黄毛伸手就往唐雨若摸过来。

他还以为唐雨若只是那种剽悍型，没有练过武。心想一个女的，再怎么样也就那点力气，肯定比不过男的，就找了个借口开始占唐雨若便宜了。

可他那手刚伸到唐雨若的面前，还没有触碰到裙子，唐雨若直接一伸手，抓住他的手腕。同时另外一只手上前抓住他的几根手指，两手交错用力，就像鞭炮炸响一样，手指根根断裂，黄毛杀猪般地号叫起来。唐雨若还不解恨，手用力一摔，将他摔倒在地，用脚狠狠地往他脸上踩去。

"啊，我的眼睛，我的眼睛。"黄毛惨叫起来。

唐雨若穿的是高跟鞋，只管往黄毛的脸上头上乱踩，把对秦帅欺骗她的那一腔怒火发泄出来。没想到，高跟鞋的鞋跟踩到了黄毛的眼睛上，鲜血一下子就从眼眶那里涌了出来。

唐雨若还不解恨，一脚踢在他腰部，踢了个翻滚，骂："弄瞎你的狗眼！"

另外两个简直看愣了。唐雨若虽然看起来还是那么娇美，弱不禁风的样子，可是那股杀气，直接让两人心里发抖，觉得她像是个疯子，唐雨若一个眼神看过来的时候，两人都不由自主地吓得倒退了好几步。可退几步也避不了劫难，唐雨若直接冲向那紫红毛，一脚踹出去。紫红毛还伸手想把唐雨若的脚抱住，然后把她拖倒，结果直接连他的手都给踹断了，整个人一屁股就坐飞了出去。

唐雨若再看向另外一个银白色头发，他正转身想跑。当即急追两步，飞身而起，一脚踹在他背后。那家伙直接一个狗啃食就摔了下去，唐雨若再上前往他背上一顿乱踩，踩得他发出杀猪一样的号叫之后，头也不回地走了，看得街边那些路人简直个个瞠目结舌。谁也想不到这么漂亮的超级美女，看起来弱不禁风，却凶猛得跟猛兽一样。

而唐雨若在出过这番气之后，心里也舒服了不少，起码不像之前那么难过了。有什么了不起的，秦帅就是个屁，不用在乎他。还为他流泪，一点儿都不值。车子都不打算开走了，她想着还是继续把电影看了再说，不要让这人渣影响自己的生活。她决定后，又回到了电影城来。然而，她刚走进电影院大厅就愣住了。

秦帅刚好和川岛樱子等到了冷梦雪来，买好了票，离电影上映时间还有将近半小时，就打算到电影院外面来买点零食吃。结果，秦帅正和川岛樱子以及冷梦雪说笑着，突然就急刹住了脚步。这到底是冤家路窄，还是缘分？

唐雨若也没有弄清楚这个问题，反正，才走到门口，就和这影响人心情的混蛋狭路相逢了。

两个人一愣之后各自站住，目光对视几秒之后，唐雨若移开目光，看向秦帅一左一右两个超级大美女，她都认识。左边的川岛樱子，正是在万国大酒店秦帅带来冒充情侣气她的人，她看见这种角色，自然不舒服，很窝心。而右边的人，更是让她肺都气得要炸了，冷梦雪是她在维加斯时遇见的，两个人的那一面见得相当不痛快，剑拔弩张，差一点就动上手了。当时因为她对秦帅态度有点傲慢，冷梦雪站起来就针对她，话说得相当难听而且嚣张，那对任何人来说都拉出了一万年的仇恨！

秦帅才和她闹完，竟然转身就跟这两个女人在一起。果然是个人渣！而且她居然脑洞大开地想到了，为什么她一个人到电影院来看电影，竟然遇到秦帅！原来，秦帅就是跟这两个女人约的，只是没想到她刚好也来，碰巧遇到了，所以赶紧跟她解释。人渣啊人渣！唐雨若真的都无法形容自己心里的怒火了。

"雨若，我们找地方聊聊吧！"想起两个人只是误会，秦帅心里也还装着她，所以想争取一下。

"有什么好聊的！"唐雨若当即就发飙了。

目光往川岛樱子和冷梦雪的脸上扫过去："你这种人渣，也只配跟这种贱人一起鬼混了，不要侮辱我的人格，离我远点！"

"你骂谁贱人啊，找死是吧！"冷梦雪话音未落，一耳光就往唐雨若挥出。她本来就对唐雨若不爽，如此狭路相逢之下，唐雨若居然如此出口伤人，她心里那寒冷的杀机一下子就爆发了出来，哪怕被大哥骂她也不管了。

但秦帅却是一伸手就抓住了冷梦雪的手腕，她那一巴掌并没有打得出去。

"梦雪，你干什么！"秦帅厉声阻止。

可唐雨若在冷梦雪出手的时候已经防备了，她讨厌冷梦雪，而冷梦雪居然第二次一言不合就向她动手，唐雨若那股气噌地一下就爆发出来了，抬腿一脚就往冷梦雪踹出，但也被秦帅伸另外一只手给抓住了脚踝。

"唐雨若，你干什么！"秦帅一声吼。

"你敢帮这贱人！"唐雨若气得娇躯发颤。

"你能不能不要动不动就骂人？"秦帅问。

"我就骂怎么了？你想怎么样，想对我动手吗？你有本事动手试试！"唐雨若也豁出去了，心里有一股特别大的憋屈和怒火。

秦帅说："我不会对你动手，我只是让你不要张口就骂。或者，你骂谁都可以，但不要骂她！"

"我就要骂，就骂她怎么了，她就是个贱人，你咬我啊！"唐雨若横眉冷对。

本来唐雨若看到这个场面，心里就气得不行，没想秦帅居然公然帮别的女人，然后针对她，她的心里真是被伤得鲜血淋漓，痛得无法呼吸。

"你以为我不敢是吧！"秦帅真是气得不行。在任何时候他都会保护冷梦雪的，不会让任何人伤害她。唐雨若骂梦雪的时候他已经提醒了，友好地劝说，没想到唐雨若却变本加厉，当即一巴掌就往唐雨若的脸上挥出去。

唐雨若没动，但秦帅的手也没有落下去。无论怎么说，唐雨若也是秦帅心里爱过的人，而且，就算现在，其实秦帅仍然爱她。他怎么忍心把这一巴掌打到心爱的女人脸上，女人有点情绪，但不是什么罪过。所以，在关键的时候他的手停住了。

手掌之下一阵风，扬起唐雨若额角的秀发，可见那一巴掌的力量有多大。如果打中了的话，唐雨若那半边脸铁定都会肿起来。

"打啊，有本事打啊！"那一瞬间，唐雨若的心真是碎了，秦帅居然会对她出手！而且，还是为一个女人对她出手！

"我不想打女人，你滚吧！"秦帅从牙齿缝里挤出这句话。

"你以为你是谁啊，你喊我滚就滚吗？我不滚又怎么样？有本事打啊！"唐雨若面对秦帅，毫无畏惧，她只听到自己的心像冰块碎裂的声音，抽搐般的痛。

"我们走吧。"秦帅当即和冷梦雪以及川岛樱子绕开了唐雨若，向外面走去。

而那一瞬间，唐雨若的眼泪再也忍不住，哗哗地就流下来了。她突然心痛到无法呼吸，蹲在那里，失声痛哭起来。从生下来，因为身体的原因，她被家人疼爱，被师父宠爱，她是他们心里的宝贝，从没有人对她说话声音重一点，老哥有时候会摆出一副严厉的样子，但实际上却是处处为她好，心疼她。而今天，秦帅居然当着两个女人的面对她这么凶，还差点出手打她。要知道，在几个小时之前，秦帅还是她认为这一辈子最爱的人，会很疼爱她的人。此刻，秦帅这么对她，比谁伤她都更残忍，痛不欲生。

"这女人真是找抽！一点素质都没有！"走出电影院，川岛樱子就帮冷梦雪说话。

"够了，都不要再说了。"秦帅心情很不好，阻止了任何对唐雨若的侮辱性语言。

秦帅听到了后面唐雨若的痛哭失声，心里也万分心疼。他想把她抱在怀里，捧着她的脸颊，擦拭她眼角的泪，想要好好地守护她，不让她受到丁点儿的伤害，但他什么都做不了，因为这伤口就是他给的。他已无颜再站在她的面前，而唐雨若大概也已经死心。彼此在时光交错里，擦肩而过，再难回头。

等秦帅和川岛樱子以及冷梦雪买完零食回来的时候，唐雨若已经不在那里了，也许是看电影去了，也许是已经走了，但秦帅的心里，却莫名感到隐隐约约的失落。

看的是一场喜剧电影，电影的全场都笑声不断。川岛樱子笑到肚子疼，而秦帅笑不出来，他想起了和唐雨若一起看电影的时候，想起了她答应做他女朋友，昨天帮他涂药，和他亲吻，吻得狂热，吻出一片地老天荒。然而，一转眼，烟消云散了。

冷梦雪时不时地都会看秦帅一眼，发现他脸上的神情很失落，就知道因为什么。开始，秦帅那么维护她，她挺开心的。可是，看见秦帅这样不高兴，心事重重一般，她就觉得愧对大哥。无论怎么说，她都希望她能带给大哥好心情和快乐，她不希望成为大哥的累赘，不希望大哥像变了个人似的。

看完电影出来，冷梦雪终于鼓起勇气，问："大哥，要不要我去跟那女的道个歉？"

秦帅一愣，问："道歉干什么啊？"

冷梦雪说："我看你不高兴，肯定是因为她，也许，我向她道个歉就能挽回点什么。"

秦帅说："这事儿跟你没关系，由她去吧。"

川岛樱子也在旁边说："就是，跟梦雪有什么关系，一开始就是她骂人，咄咄逼人，你又没错。"

冷梦雪没再说什么，但她心里还是知道，大哥在为那个女的难过。跟大哥在一起几年，她几乎没见过大哥有这种失落的时候，多少事在大哥眼里，也不过云淡风轻。这般失落伤神，必是动了真情。

秦帅让冷梦雪先回去休息，她想说什么，却欲言又止，最终道个晚安就走了。然后剩下秦帅跟川岛樱子，在那里等车回去。

川岛樱子终于忍不住问了："秦帅哥哥你不是说那个女的缠着你，你想摆脱她的吗？我怎么觉得是你喜欢她，在追她啊？"

秦帅自然不好说他本来喜欢的就是唐雨若，只是喊她帮忙演戏气她。说出来川岛樱子肯定会很生气，毕竟那也算是一种被利用。于是他就说：

"此一时彼一时，这世间的事本来都是在变的。"

刚好一辆车过来，秦帅伸手拦下，直接坐了副驾，川岛樱子只好一个人坐在后面。她似乎感觉出来了，秦帅不但喜欢唐雨若，而且还喜欢得很深，心里不禁生起丝丝醋意来。她喜欢的男人，是只能喜欢她的！

两人一起坐车回到家。杨雪莲一个人系着浴巾跷着二郎腿在沙发上看电视，嘴里吃着根香蕉。见秦帅跟川岛樱子一起回来，心里不禁有些醋意："哟，帅哥你跟樱子去约会了吗？"

"是啊，秦帅哥哥请我看电影的，好好看的电影哦，雪莲姐。"川岛樱子故意气这个贱女人。

"是吗？这么好，请你看电影？"杨雪莲马上兴师问罪的派头，"帅哥你也太不够意思了吧，怎么不请我啊？"

秦帅说："没心情开玩笑，我洗个澡睡了啊！"说着，便进屋拿了衣服，然后洗澡。

洗完澡就直接进了卧室，躺在床上的秦帅心里还是乱糟糟的一团。他真没为一个女人如此糟心过，就算那个首长女儿柯诗雨，两人在一起几个月，得到过她的初次，在一起缠缠绵绵那么久，也是一段很幸福的时光。但当柯诗雨对他说，以她的条件可以找很多更好的男人，可以随时踢了秦帅的时候，秦帅走得毫无眷恋。

可秦帅问唐雨若的时候，唐雨若没有再重复那一句话，没说秦帅配不上她。她的咆哮和歇斯底里，只有误会。而且这误会的根源确实在他，只要他能证明自己没欺骗她，她就会像乖乖猫一样，跟什么事都没发生一样。可是，秦帅没法证明自己没有欺骗她。所以，她恨他，骂他，都理所当然。想起她的眼泪，想起她的痛哭失声，秦帅就觉得愧对她。若不是动了真情，怎么会有眼泪；若不是爱到深刻，又如何会痛哭失声。

她去哪儿了，回家了吗？心情不好，会不会出什么事呢？秦帅打开了手机上的追踪信号，发现唐雨若已经回到了别墅所在的那个区域。当即关掉追踪信号，又打开了连接在她别墅里面的监控探头来。

唐雨若在卧室里，也许是刚洗完澡，系着一条浴巾，扑倒在床上。

秦帅发现唐雨若的身子在抽动，秦帅立马意识到她在哭。果然，唐雨若动了下身子，从旁边的床头柜上抽过纸巾，擦了眼泪。然后又坐起身来，靠着床坐，那脸早已梨花带雨，两只眼睛也已经红肿。擦过眼泪之后，似乎在克制自己，在平复心中的情绪。她的抽泣略微缓和了一下，却突然双手捧着脸，肩膀剧烈抽动，大颗的眼泪从指缝间，从下巴滴落，滴落在床单上。她在号啕大哭！秦帅突然觉得心里在被什么揪扯着一样心疼。虽是无心之过，却终是伤了她，让她如此难过。

秦帅觉得应该打个电话安慰她，可是准备翻电话记录的时候才想起，她把他的号码拉黑了，那就借个电话吧。

当下，秦帅起床，走出卧室。川岛樱子在洗澡，杨雪莲还是在那里看电视，他就找杨雪莲借了电话，然后回到卧室里，拨了唐雨若的号码。

号码响了好几声，唐雨若才抹了把眼泪，又控制了下情绪，去拿过电话，看了眼号码，然后接了电话，"喂"了一声，等待下文。

秦帅说："雨若，是我。"

秦帅清楚地看见，唐雨若的身子颤了下。一长串的泪水滚落，神情之间是坚决而深刻的恨，然后直接把电话挂掉了。

秦帅又打，她还是挂了。再打，再挂。最后，直接关机！

秦帅没办法了，只好删除了拨打记录，把手机还给了杨雪莲。

唉，顺其自然吧！他倒下就睡，但是怎么都睡不着，就连想案子都不知道该从哪里想起，心里始终觉得很乱。躺了一会儿，又打开监控探头，唐雨若不再哭了，她居然拿起电话，给谁打了个电话。然后一把扯掉身上的浴巾，从旁边拿起裙子穿上。再走到镜子面前，开始照镜子，整理头发。

突然，秦帅的神情一震！他看见一道影子一闪，缓慢地往唐雨若的卧室移动过来。然后，他就看见了一个蒙面人，从客厅向唐雨若的卧室走来。

来不及多想，秦帅一翻身就下了床，迅速地跑出屋，直接走楼梯往下面跑去，跑出小区的保安亭，刚好遇见一个男子骑着一辆铃木摩托车经过。秦帅当即一伸手就把摩托车上的男子给抓住，提下了摩托车，说：

"借摩托车用一下，你在这里等我！"也不管那男子什么态度，他翻身就骑了上去。

男子才反应过来，喊："喂，你干什么！"

然而，秦帅已经一加油门，摩托车如离弦之箭般地飚了出去，摩托车的烟筒在这繁华的夜晚发出野兽般咆哮的声来！

往唐雨若那边去有一段逆行，秦帅也没管，他拿过各种驾驶特技证，而且绝对比一般特技驾驶员要牛。逆行道上把那些车子吓得纷纷急刹车，而秦帅的目光看得很准，见缝插针般疾驰而过，身后留下了一片疯子和神经病的骂声。

再闯过一个红绿灯，秦帅在路边停顿了下，拿出手机，打开对唐雨若手机的追踪信号，大致确定方向之后，直接从小巷子里穿行而过，他之所以抢摩托车，而没有抢轿车，就是因为摩托车不怕堵车，也可以走巷子和小道这样的捷径。摩托车加上他的车技，别说城市道路，就算是在山上，也照样能行走。

目前并不知道那个蒙面人出现在那里会对唐雨若做什么，但无外乎三种情况，要么劫财，要么劫色，要么寻仇。但无论是哪种情况，唐雨若都是非常危险的。虽然唐雨若会武功，可是没什么用。秦帅跟唐雨若交过手，知道她的武功只能对付小角色。而蒙面人能悄无声息地出现在唐雨若的别墅里，足以证明其身手了得。起码，唐雨若肯定不是对手。

的确，唐雨若的处境已经到了千钧一发的时刻。当她整理好头发，顺手拿起包转身准备走的时候，突然就看见门口站着一个黑衣蒙面人，顿时吓得"啊"地大叫了一声，倒退好几步，直接退到了墙角。

"你，你是什么人？"唐雨若惊问。

蒙面人却答非所问，那眼睛里发出一种狰狞的光亮："啧啧啧，果然是个大美人啊，老子今天有福了。"

刚才他出现在门口，只是看着唐雨若的背影，就已经迷得不行，这一转过身来，更是如花似玉娇滴滴，简直就是人间极品啊！

"有福，我让你去死！"唐雨若顿时明白了对方的用意，心里一下子怒起来。

唐雨若把包往床上一扔，直接就往蒙面人冲了过去，一拳向其面部击去。怎么说她也练过武，而且武功还不弱。遇到这种事，可不会像一般女人那样柔弱，听天由命。

可蒙面人也不是一般的流氓，而是来者不善。眼见唐雨若一拳击来，他竟然不闪不躲，直接一伸手就抓向唐雨若的拳头。那抓向拳头的姿势很奇怪，竟然是中指、食指和拇指三根手指，形成叉一样的形状。唐雨若一惊，立马就知道对方是高手了，而且能用这种招式应对，说明对方自以为力量要比她强大得多，所以才敢后发制人以三根手指抓她拳头。

当下，唐雨若更迅速地一脚踩往蒙面人的脚背。围魏救赵，只能快速攻击下面，才能迫使蒙面人松开她。蒙面人反应还是很快，往后退了半步，唐雨若的脚就踩空了，而抓住唐雨若拳头的三根手指劲道一吐，一股强大的力量凶猛涌出，唐雨若顿感身子轻飘飘的，直接就飞落到床上了，砸得床上"轰"的一声响。

"美人，大哥我来了。"蒙面人猴急地往床上扑了过去。

唐雨若赶紧在床上一按，翻落到床的另一边。

蒙面人扑了个空，也顺着床上一个翻滚，继续向唐雨若追击过去。

唐雨若抬腿一脚向蒙面人踹去，但蒙面人还是不闪不躲，一伸手就直接抓住了她的高跟鞋底，用力一拉，直接把她的鞋子给脱掉了。唐雨若赶紧把脚抽回，转身想跑。却没想到被扯掉高跟鞋后一只脚高一只脚低，这一跑得急，一个不小心就把脚崴到了，痛得叫唤一声就摔倒了下去。

蒙面人把唐雨若的高跟鞋往旁边一扔，看着地上的唐雨若就狞笑起来："跑啊美人，看你还怎么跑，还不如乖乖地把大哥我伺候舒服，在床上反抗起来起码也是件快乐的事，比咱们这样的相爱相杀要好啊！"

"跟你娘去相爱相杀吧！"唐雨若破口大骂。然后两只手往地上一撑，只用那只没受伤的脚借力，弹身站了起来。

"哟，刺还有点多，不过没关系，刺多花才香啊！"蒙面人笑着，步步逼近。他一点也不急，因为他看出唐雨若的一只脚已经崴伤了。

"我告诉你,我可是唐大少的朋友,你敢碰我,你会死得很惨。"唐雨若看见那满脸的狰狞,恐惧像潮水一样地涌来。就算死,她也绝不能被这种无耻之徒给糟蹋了。

"唐大少?"蒙面人笑了一声,"这个时候就算是玉皇大帝天王老子也没用,老子可以爽完杀了你,也可以把你打晕了带走,找个山洞地牢什么的把你关起来,慢慢玩,慢慢乐。不让世人知道这人间藏着一场风花雪月的秘密,快哉乐哉!"

"你去死!"唐雨若实在无计可施了,脚受伤,也跑不快,唯有拼命了。

她双手连环拳狠狠地往蒙面人咽喉处击去,想直接把这恶魔给杀死。可蒙面人根本就没把她放在眼里,当她拳头击来的时候,他只是轻轻地将头一偏,然后脚下一招"投石问路",乘人之危地踢在唐雨若站着的那一只脚上。顿时,唐雨若就摔出去了。

"我说,你真的不要反抗了,这种事情越反抗越痛苦,好好地配合我,咱们会很快乐。"蒙面人扬扬得意地说,仿佛已经得逞的样子。

"别过来,过来我就死给你看!"唐雨若将一只手捏在自己的喉管处。事到如今,如没办法,她宁愿一死。

可蒙面人根本没当回事:"没事,你想死就死吧,反正死了尸体还在,我不照样可以随便糟蹋吗?想怎么糟蹋就怎么糟蹋!"

"糟蹋什么啊糟蹋,你出门没算日子,今天是你的死期吗?"突然传来一个杀气腾腾的声音!

蒙面人一惊,循声而望。

唐雨若的心里一震,似乎看到了希望之光,她听出了是谁的声音,也看向门口。

门口没人。秦帅还在别墅的顶楼门口呢,他听到了蒙面人那猖狂的声音,担心晚一步,赶紧发声,分散蒙面人的注意力。而当他的话音刚落,蒙面人还在张望的时候,他已经一口气跑到门口了,满头满脸的汗。

那一瞬间,唐雨若真是激动得要哭,她甚至都忘记了对秦帅的恨,忘

148

记了两个人之间那么深的伤口。这种时候看见他，像看见了最亲的人，心里一下子就找到了依靠，有了强大的安全感。

"秦帅！"唐雨若喊了一声，赶紧爬起来，往他怀里扑了过去。

秦帅抱紧了她，安慰道："别怕，有我在。"

"有你在？"蒙面人冷笑一声，"你在又怎么样，不过是一个来送死的人而已，你以为你还想英雄救美，想得太天真了吧？"

秦帅说："我想得天不天真，你很快就知道了。"

"行，老子现在就先弄死你，再玩她！"蒙面人咬牙切齿地说完，挥拳就向秦帅扑出。

秦帅在同时间抬腿一脚，快速无比，激射如箭。在蒙面人的拳头击中他之前，直接就踢中了蒙面人的腹部。蒙面人没想到秦帅的速度会比他还快，顿时吃了个亏，被秦帅一脚踢中，噔噔地倒退好几步才站稳。

"哟，还有两下子！"蒙面人似乎有些惊讶。他以为秦帅只是一个空架子，看起来有些壮，在健身房待过两天，没想到却是个练家子。而且秦帅还是一只手抱着唐雨若，随便踢出的一脚。若不然，全力一脚之下，使出暴风腿的话，直接就把他踢吐血了。

"亲爱的，你先到客厅的沙发上去坐坐，待我收拾了他再说，免得误伤到你。"秦帅松开了唐雨若。

唐雨若"嗯"了声，居然发自内心地关心了一句："这混蛋武功很厉害，你要小心点。"

秦帅说："没事，厉害的人我见多了，但跟我动过手的，不是死了就是残了，他也不会例外。"

唐雨若看着秦帅的目光，那么温暖而踏实。两双目光的对视，心似双丝网，中有千千结。

当唐雨若从恐惧中走出来，想起秦帅这个人，也就想起了两个人之间才发生的那些事，心一下子跌进了冰窟，赶紧离开了他，一瘸一拐地走到客厅的沙发上坐下了。那个时候，唐雨若心里有一个声音在反复地问自己，为什么会是这个混蛋出现救自己？她不想欠他的人情！对了，秦帅是怎么会突然出现在这里的？从蒙面人出现到他出现，这才不到几分钟时间，他是不是根本就藏在别墅里，只是最危险的时候出现，让自己对他充满感激？不然，实在找不到别的解释。

屋里面，秦帅看着蒙面人说了声："孙子，来吧，你爷爷已经准备好了，准备了一万种让你哀号的手段，会让你在今夜不死不归的！"

"就凭你，老子两根手指捏碎你！"蒙面人骂了声，再次扑向秦帅。

这次他谨慎多了，他挥拳扑出，秦帅再抬腿一脚反攻他的时候，他忙用另外一只手别开了秦帅的脚，挺身而进，三根手指抓向秦帅的咽喉。秦帅避开咽喉一抓，手臂一招横扫，反击蒙面人腹部。蒙面人仍然以中指、食指和拇指三根手指形成叉状封挡他的手臂，三指交叉挡住秦帅手臂的时候，秦帅竟然感受到了一种刺骨的坚硬，可见这三根手指上的功夫，就如同一指禅、二指禅和鹰爪手一样，属于一门硬派功夫。

难道是……秦帅这个念头才起来，蒙面人的三指爪反手一撩，以奇诡的变化陡然抓向秦帅的左胸口，另外一只手随即蛟龙出洞，抓向秦帅的右胸口。从这一招，秦帅马上就确定了，确确实实是江湖上传说的万人痛骂的一门武功——拈花手！一门专门为了欺辱女人而创造的武功，而这门武功现代的传人，据说叫作花万红，是一个臭名远扬的采花大盗。难道眼前这蒙面人就是那个臭名昭著的花万红？

这个害人不浅的混蛋，让多少女人被糟蹋，秦帅心里的怒火熊熊燃烧，决心把这家伙给彻底废了！

花万红使出拈花手绝学，双手连环交错，那手指坚硬如铁，尽往秦帅的要害招呼。秦帅接连躲了几下，想看一下他的路数，但发觉这孙子真当自己是武林高手了，咄咄逼人，当即心中一股霸气汹涌，当花万红的一招拈花手直接勾向秦帅裆部之时，手未近身，秦帅当即一招"拨云见日"将他的手臂拨了开去。花万红立马变招，一招"仙人指路"，直接攻向秦帅的眼睛，迅若惊雷，杀机狠毒。秦帅冷哼一声，当即使出龙虎锥，迎着花万红那"拈花手"的三指交叉中心重击而出！

"啊！"骨骼的断裂声伴随着惨叫声响起，花万红的拈花手瞬间被秦帅的龙虎锥破掉，因为秦帅的龙虎锥是中食指并拢，凝聚力超强，而花万红的拈花手是三根手指，张开成爪，秦帅的龙虎锥就可以直接从爪心穿过，击中掌心劳宫穴！这一下子就把花千红的一条手臂给废掉了。因为手心劳宫穴是人体三十六大死穴之一，重击之下，会严重伤及经脉。当然，秦帅的功力还不够，没法让力量猛烈冲击向花万红的全身经脉，只是冲击了他那条手臂的经脉。花万红一条手臂当即就像绳子似的垂了下去。

秦帅再抬腿一脚，直接往他腹部蹬出。花万红还是有些道行的，虽然一条手臂被废，反应仍然很快，面对秦帅的猛烈攻击，仓皇倒退，居然避开了。但避得开一招，避不开第二招。秦帅的暴风腿比龙虎锥更强悍，双脚连环，风雷之气挟摧枯拉朽之势，在花万红躲开两脚之后，被第三脚踹中了大腿，"呼"地一下就摔飞出去，撞到墙上，"轰"的一声响。然后，就跟死狗差不多了。秦帅这一脚，毫无疑问地踹断了他的大腿骨。加上他的一只手臂被废，只剩下一手一脚的他根本就没有半点反抗之力，因为他只要一动，那断掉的骨头就会摩擦，会痛得他哭爹喊娘。

秦帅慢吞吞地走到他面前，奚落地说了声："起来啊，继续打，不是想弄死我嘛！"

"你是什么人？"花万红抬起那双惊恐的眼睛。

秦帅说："我是谁就不告诉你了，说出来估计能吓死你。还是说说你吧，自己懂事点，把脸上那张布扯下来。"

花万红还在威胁秦帅："我跟你说，闲事可不要管得太宽，不然你没好果子吃的！"

"老子让你把脸上的布扯下来，听不懂人话吗？"秦帅"啪"的一耳光就过去了，打得他一栽，接着秦帅又一脚踩到他断掉的大腿上，顿时痛得他惨叫起来。

"扯不扯下来？"秦帅吼了声。

花万红不敢违抗了，用那只没断掉的手，把脸上的布扯了下来。

其实，还是一张小白脸。单就长相上看，还是有些帅气的，可就是太人渣。

"说说，你叫什么名字，来自哪里啊？"秦帅问。

花万红说："姓杨，杨大海，农村来的。"他不敢说自己的真实来历，因为江湖正道之上无不对他恨得咬牙切齿，而且警方也有案底，在通缉他。

可他才说完，秦帅又是一耳光"啪"下去了，出口就骂："老子问你什么名字，你给老子扯淡，老子再问一遍，你敢再扯淡，看老子怎么收拾你。"

花万红还很委屈的样子："我是叫杨大海啊，不信你看我有身份证，我说了你为什么又不信？"

"好，身份证拿出来看看！"秦帅说。

花万红当即拿出身份证递给秦帅。

秦帅一看就知道那是假的了，相片虽然是他的，但名字那里被刮掉重新写的，再给身份证封上一层胶，看起来就比较模糊，在一般人看来没错，但秦帅一眼就看出来了。

"你还敢耍我！"秦帅不由分说，一拳轰在花万红的另外一条大腿上，立马将花万红的另一条腿也打断了，再将那身份证往花万红的脸上一摔："换个名字，能瞒天过海，但瞒得过老子吗？再不说真话，信不信老子直接挖了你眼睛！"

花万红看着眼前的秦帅，内心已经完全崩溃了。他真不知道眼前这家伙是什么人，武功那么高，而且连他撒的谎，甚至瞒过了无数警察的身份证，居然都被他一眼看出来了。要知道他这本来就是真的身份证，只是把上面的名字用不露痕迹的手法改变了，再伪造一点磨损的痕迹，如果不是通过系统检查，只是人的肉眼，实在是难以发觉。结果，秦帅只是看一眼就看出来了，他还能说什么？认栽啊！

他只好苦着脸，老老实实地说了："我叫花万红。"

"那个在江湖上臭名昭著专门以糟蹋女人为业的花万红，没错吧？"秦帅问。

"你知道我？"花万红问。

秦帅说："废话，老子不知道的话，你前面报名字我会知道你在撒谎吗？从你用拈花手的时候老子就知道了，还跟老子胡扯八道，怎么样，想不到你纵横江湖，会在今日此地栽到老子手里吧？"

"你到底是什么人？"花万红此刻才意识到，秦帅真不简单。

秦帅没回答他，只是说了句："你给老子在这里躺一会儿，老子等会儿慢慢告诉你。"然后走到客厅来。

唐雨若坐在沙发上揉着自己的脚，感觉影子一闪，抬起目光，便看见秦帅往这边走了过来。那双看着她的眼睛充满了深情，而这深情的目光总是强大到让唐雨若难以自控地沦陷。但她用自己的理智对抗，她难忘秦帅对她的欺骗，难忘几个小时前在电影院的那一幕，秦帅居然帮别的女人对她出手，所以她还是恨他，她要把对他的爱深深地埋葬起来。

"怎么，脚受伤了吗，我帮你看看。"秦帅说着，蹲下身就要去看她的脚。

唐雨若却把脚一下子拿开，声音依然冰冷绝情："不要用你的脏手碰我！"

秦帅住手，看着她。

"你把那个混蛋已经打得不能还手了是吧，剩下的我就可以解决了，欠你的人情我会还的，但现在我不想看见你，你可以滚了！"唐雨若努力让自己变得更恨。

秦帅问："你能拿什么还我？一条人命，说还就能还得了？"

唐雨若说："那就不用还！你无耻地欺骗了我，我不欠你的人情！"

秦帅说："我说我没骗你，对你是真心的，你为什么就不信我呢？"

"信你？"唐雨若说，"你拿不出证据，还让我信你？你以为我已经傻到无可救药了吧？就算我傻，我眼睛不瞎吧？口口声声说喜欢我，然后为了别的女人，居然敢打我？我真是瞎眼了！"

"我打了你吗？"秦帅问。

唐雨若说："你不是准备打的吗？"

秦帅说："如果是换任何一个人，我确实就打了，但是你，再大的愤怒我都忍得下去。"

"你能不要再对我说这么恶心的话了吗？"唐雨若一脸鄙视，"你能为那个女的动手打人，要灭了世界一样，你对她的爱惊天地泣鬼神吧，你去把你这些恶心的话对她说啊，你们都是贱人！"

"我让你不要随便骂人！"秦帅又生气了。

唐雨若也横眉怒对："我就骂怎么了，你本事大，打我啊，打死我啊！"

秦帅说："我说了我不会打你，但你可以骂我，不能骂她。这世上，天若欺她，我灭天；地若欺她，我灭地。人若欺她，我要人死！"

"既然你这么爱她，为什么不好好守着她，还出来骗人！"唐雨若愤怒地指责。

秦帅说："我不是爱她，而是疼她，因为她是我妹妹。我说过会护她一生，不会让任何人欺负她！所以，在你们之间，我选择了平衡，只是劝阻，若是换一个人，就不是这样的结果了！"

"什么，她……她是你妹妹？"唐雨若确实意外了。

她以为冷梦雪跟秦帅有什么暧昧不清呢，秦帅越是那么护她，她心里的醋意就越浓，没想是他妹妹。

秦帅说："是。"

"亲的吗？"唐雨若问。

秦帅说："不是亲的，胜似亲的。"

"不是亲的，胜似亲的？"唐雨若冷笑一声，"我看也确实是比亲的还亲！"

秦帅听出里面的讽刺意味，说："这样的事你不用怀疑，她跟我在一起有两年了，如果我们要在一起，早就在一起了，我也不会当着她的面说喜欢你。难道你脑子转不过弯来吗？"

"她跟你两年，她为什么要跟你两年？"唐雨若问。

秦帅便讲了几岁的时候一次意外从人贩子手里救了冷梦雪，没想在十年以后，她家遭遇不测，在外打工的父母因为工厂出事而双双罹难，刚好遇见了他。秦帅见她还小，也没有依靠，所以就带在了身边，两年过去，便有了亲兄妹一样的感情。

原来是这么回事，唐雨若的心中释然了许多，没有了醋意，反而为这份情谊而有所感动。

"可是，怎么这段时间都没见她跟在你身边？"唐雨若问。

秦帅说："因为我有时候有事，总是留在我身边也不便，就让她跟一个很好的兄弟一起了，那个兄弟你上次在维加斯也见过。"

"哦。"唐雨若应了声。

秦帅说："现在你总该相信我了吧？"

唐雨若看着他："我怎么相信？你对我说的谎又没有证明！还有，你今天怎么会突然出现？你是不是又藏在我别墅里……偷……偷看我？"

"唐雨若！"秦帅直视他，"在你心里，难道我就是那么卑鄙无耻的人吗？你就一点儿都不相信我？"

"我不相信你，我会答应跟你在一起吗？"唐雨若问，"可是，事实呢，这大晚上的，我被袭击，别墅的门四处都关着，你却跟那个畜生一样出现在我的屋子里面，你除了悄悄翻墙进来藏着，我还能想出第二种办法吗？"

"你看着我的脸，看着我身上，能看出什么来吗？"秦帅问。

唐雨若看了一遍，没看出什么，问："怎么了？"

秦帅说："你看不出我全身都是汗吗？我出现在你房门口的时候，气喘吁吁，大汗淋漓，你没发现吗？"

唐雨若想了想，确实如此。当秦帅突然出现在门口的时候，满头大汗气喘吁吁的。

她问："那是怎么回事？"

"还怎么回事？"秦帅说，"我在屋里看见你有事，赶紧连滚带爬地跑下楼，抢了个摩托车，一路狂奔赶来救你，气都来不及喘一口，你竟然还怀疑我藏在你屋里偷看你！"

"不信吗？摩托车都还在你别墅后墙外面停着，要去看吗？"秦帅问。

"可是——"唐雨若突然想起问，"你怎么会知道我有事的？"

秦帅一愣，他能说在她的卧室里装了监控摄像头吗？那可是严重的侵犯隐私！而且，唐雨若洗澡，扯下浴巾换衣服的镜头都在里面，如果唐雨若知道这样被他偷看到了，会更加认为他无耻的。

"这个能以后告诉你吗？"秦帅问。

唐雨若问："为什么要以后告诉，为什么现在不能告诉？"

秦帅说："现在不能说，我有我的苦衷，总之你知道我骑着摩托车，穿过车水马龙，不要命地一口气跑到这里来救你，没有半点恶意就行了，你还刨根问底有必要吗？"

唐雨若觉得，好像是这么个道理，她的心里似乎有些松动，在爱与不爱之间。看着秦帅，确实，他一身都是汗水，是气喘吁吁地跑到门口来的，而且确实救了她，说他不爱自己是假的，说他不关心自己也是假的。

秦帅说："我们都不会轻易真正地爱上一个人，既然爱上了，为什么不愿意去相信对方呢？我们是因为什么才会爱上对方？当然是因为觉得可靠，觉得值得。然后，我们却要推翻自己的结论吗？你才二十岁，但你经营画廊，开着奥迪，住着别墅，跟唐大少关系特殊，我开始以为你是他情人，他养着你，你坚决地说没有，我不是也相信了你，并且没再怀疑过吗？"

两人四目对视着，唐雨若看见了这个男人眼里的真诚。有时候他痞起来像流氓，但是，他做起事来，认真起来，能让人不长脑子地相信他，可以把一切都托付给他。可是，唐雨若却又无法回避那些事实，秦帅上上下下都跟女人搅和在一起。

"你敢说你跟那个找来气我的女人没有关系？"唐雨若逼问。

秦帅举起一只手："我对天发誓，没有半点关系，只是普通朋友。当然，她可能喜欢我，但我不喜欢她。"

"你不喜欢她？"唐雨若问："那为什么在找她气我之后，昨天跟她一起吃饭，今天又来看电影？"

秦帅说："昨天吃饭，确实是因为她帮了我的忙，要求我报答她，所以我就只请了吃饭，吃饭以后就各走各的了。今天看电影只是个巧合，和你吵完架，她刚好打电话问我在哪儿，我说在电影院这里，她说请我看电影。那时候我和你才闹完，心里正不爽，哪里有心情跟她看电影，但又不好拒绝。"

"才和我吵完架，她就打电话问你在哪儿？"唐雨若问，"那为什么我到电影院来，刚准备进门就遇见你？如果你不是事先跟人有约，你怎么会出现在电影院这里？"

秦帅能说在她的手机里装了追踪器，打不通电话才通过追踪器找过来的吗？这一说，她又必然要问什么时候在她手机里装的追踪器，到底对她做过多少这种偷偷摸摸的事情？然后还得问秦帅是干什么的，居然这么厉害，神不知鬼不觉地在她手机里装追踪器。这些事真的很难扯清。重要的是，就算这个误会弄清楚了，以后呢？秦帅在唐镇可是为抓捕地狱使者而来，而现在的情况是，地狱使者还不仅仅是一个人在这里，很可能是一个庞大的势力在背后操纵，所以，他还有很多神神秘秘的事情要干。必然还有很多值得唐雨若怀疑，而且解释不清楚的地方。现在根本就不是一个适合谈恋爱的时期。

秦帅在心里叹息一声，抬起目光看着唐雨若说："这些事真没法跟你解释清楚，虽然我确实问心无愧，但你怀疑得也有理，我们不为这些事争论，我提个建议你看怎么样？"

唐雨若问："什么建议？"

秦帅说："既然你不相信我，咱们在一起就不可能。但怎么说曾经爱过，或许，心里也还爱着，没必要成为仇人。所以，可以做个普通朋友吧，这样你也就不用担心我骗你什么了，而我如果有什么能帮到你的地方，也一定会尽力。"

做普通朋友？唐雨若心里莫名疼了一下。在这个世界，很多伤感的爱情故事，都是从轰轰烈烈相爱做到朋友的。就像那首歌唱的："十年之前，我不认识你，你不属于我，我们还是一样，陪在一个陌生人左右，走过渐渐熟悉的街头。十年之后，我们是朋友，还可以问候，只是那种温柔，再也找不到拥抱的理由。"唐雨若还是爱他，想和他在一起，但那种强烈的愿望就哽在喉间，说不出来。

"不会真要绝情到连朋友都不做，非要形同陌路，或是横目怒对地做仇人吧？"秦帅问。

"好吧，可以做朋友。"唐雨若终于答应。这不是她想要的结果，但也许是如今最好的结果。或许，秦帅再好好解释清楚点，唐雨若心一软也就原谅他了，但秦帅自己都没想着解释，说只做普通朋友了，她还能怎么样？

"是脚崴了吗？我帮你揉揉吧！"秦帅的目光落在唐雨若受伤的脚上，已经肿得老高。

秦帅的手抓住唐雨若脚踝的时候，她没有闪躲，只是心里颤了一下。若是以前，只是普通朋友，她身上的任何部位都是不会让人碰的。但对秦帅，也许在心里，他应该是个特殊的普通朋友。看着他很认真地在替自己揉着脚踝，唐雨若突然有种想哭的冲动，不知道为什么想哭。

其实唐雨若自己是医生，而且医术很好，这种跌打损伤的药家里有，自己随便弄弄就好，但她没有说，就让秦帅帮忙揉，虽然揉得有些痛，可她心里还是有种幸福的感觉。

"只是崴了，没伤筋骨，没有大碍，让气血通一下，睡一觉就好了。"秦帅边帮她揉边说。

"嗯。"唐雨若只应了声，她想说什么却不知道说什么好，千言万语都堵在喉咙里。

突然，秦帅想起了什么，对唐雨若说："我都忘记你卧室里还有个人了，你坐一下，我还得处理处理。"

唐雨若问："怎么处理？不是报警让警察来带走吗？"

秦帅摇头道："警察带走没用，我得自己找他掏点东西出来。"说着，回到了唐雨若的卧室里。

花万红仰靠着墙壁，一副等死的状态，看见秦帅进来，懒懒地抬了下眼皮。

"怎么样，我对你挺不错的吧，还让你中场休息。"秦帅说。

花万红问："你到底想怎么样，直说吧！"

"够爽快。"秦帅说，"那我就不绕弯子，开门见山了，告诉我，谁让你来的？"

花万红的表情一颤，却装糊涂："什么谁让我来的？什么意思啊？"

秦帅说："你应该已经熟悉我的手段，对于答非所问的人，我很容易生气下狠手的，已经断了你两只脚一只手，你想想你身上还有多少部位让我弄残？"

花万红说："你既然知道我，也当然知道我的作风，是见了漂亮女人就想糟蹋，所以见她长得漂亮，就……"

"啊！"话还没说完，已经惨叫起来。

秦帅抓住他的另外一只手，用力一折，直接把他的几根手指都给折断了。

"好玩吗？跟我玩说谎游戏，我能把你玩崩溃，生不如死！"秦帅的眼里杀意爆射。

"我就是贪图她的美貌来的啊，要不然我还为了什么……啊！"话还没说完，花万红又惨叫起来。

秦帅直接在他的断骨处一捏，痛得他哀号不止。然后，把手缓缓松开说："说了让你不要跟老子说谎，你以为我跟你讲笑话呢。提醒一下你吧，因为你被通缉，所以藏身北方大漠之城，如今不远万里来到唐镇这小地方，而且目标明确地到这里来，显然是有人请你来，对她进行报复。之所以请你，不过是借你那破名声，伪装成一桩普通的侵犯案件，这点小把戏能瞒得过老子吗？"

花万红盯着秦帅，目光里充满了惊骇，好半晌才问了一句："你怎么会知道得这么清楚？"

秦帅说："因为你和你背后的人在我面前都是渣，自以为玩得高明，却不知道破绽百出。"

花万红问："出什么破绽了？"

秦帅说："第一个破绽，你被官方通缉，藏身北方大漠之城，如果没有特别大的利益驱使，你不会冒险进入内地，说明是有人花了钱请你来的；第二个破绽，你是直接往别墅来的，目标明确，一点儿不走弯路，说明本身就是预谋。"

"你怎么知道我是直接往别墅来的，目标明确？"花万红问。

秦帅说："很简单，雨若之前洗过澡，你如果是早就藏在别墅里，你早就动手了，可她正准备出门，你才出现，说明你刚到这里。别墅门关着，如果你都不知道里面住的什么人，你会随便翻进别墅？只有一种可能，那个请你来的人，告诉过你情况，所以，你等夜深人静，就悄悄地来了，没错吧？"

花万红心服口服地说："栽在你手里，我认了。"

秦帅说："认了，就把背后请你的那个人说出来，他怎么指使你的？"

花万红说："是一个叫作夜猫的人，他出钱让我到这里来，把这个女的先干了，再杀掉。"

"夜猫？"秦帅问，"什么来头？"

花万红摇头道："不知道，江湖上做这种业务，规矩是不能问雇主来历的。"

"啪"的一声响，花万红话音刚落，秦帅就一耳光打过去了。

"你还在跟老子扯淡呢，跟老子谈江湖，谈规矩，你以为你是职业杀手吗？"秦帅说，"你就一个下三流的贼，被通缉之后藏在老鼠洞里，你出个洞都得东张西望。如果不是你足够信任的人，你都不敢跟人联系，能找得到你的人，那肯定跟你关系不一般，你跟老子扯江湖规矩，说不知道对方，信不信老子马上弄瞎你？"

花万红已经完全崩溃了，他真的从没遇到过一个如此可怕的人，一点儿谎都扯不到。但他已经不敢挑战秦帅的底线了。秦帅的手段他是见识了，一言不合就要断手断脚弄瞎他，而且绝对说到做到。

"其实，就是燕子盗找的我，因为我们是好兄弟。"花万红终于说了实情。他一开始还是尽量隐瞒的，但在秦帅面前，实在隐瞒不过去，他怕再扯一个谎就被秦帅弄瞎眼睛，那真是大半条命就没了，生不如死。

"燕子盗？"秦帅问，"就是那个自称燕子李三传人，轻功很好飞檐走壁的江洋大盗梁飞天？

花万红答道："嗯，就是他。"

秦帅说："蛇鼠一窝，这还差不多，他现在在哪里？"

花万红说："也在大漠之城。"

秦帅问："大漠之城的什么地方？"

花万红有些犹豫，似乎还是有些不忍心出卖梁飞天。

"你还想我动手，是吧？"秦帅只问了句。

花万红心里一抖，赶紧说："在蝎子丘，会经常到一家南来北往的茶馆打麻将。"

秦帅点头，表示满意，又问："再说具体点，他是什么时候找到你的，又跟你谈的什么价钱，怎么交代的？"

花万红略想了想，说："是两天前吧，他约我喝茶，然后说介绍一桩生意让我做，就是到唐镇先奸再杀一个女的，出价两百万。我当时还问为什么他不来，他说对方指名道姓要我干。我当时觉得还不大靠谱，他说先预付一百万，事成再付一百万。而且还提供了女的相片给我，我一看真是太漂亮了，所以毫不犹豫地答应了。"

"燕子盗的电话呢，给我。"秦帅说。

花万红赶紧把燕子盗的电话给了秦帅。

"大概没有什么更有价值的消息了吧，你可以安心地睡一会儿了。"说罢，秦帅一记龙虎锥，直接重击在花万红的裆部位置。一声骨骼断裂，花万红一声惨叫，当即晕厥过去。不用说，秦帅已经把他那玩意儿给废了，这种人唯有这样，才是应有的下场。

随即，秦帅打了个电话给戴安全，让他通知唐镇派出所的人到唐雨若的别墅来处理一件案子，人不要来多，三两个就行。

"到底是什么人，居然在背后如此暗算我？"唐雨若一瘸一拐地走了进来，她也听到了花万红所交代的那些话。

秦帅说："我还准备问你呢，你有些什么仇人，而且在这些仇人里面做一下筛选，能出两百万天价的，跟江湖势力有接触的。"

唐雨若说："我根本就没跟谁结过仇，连争吵都没有过，除了你。"

"狗屁！"秦帅说，"你的脾气这么差，会没跟人结仇？"

一语惊醒梦中人，唐雨若马上想起来："你这么说的话就多了，前两年有很多豪门世家的二世祖都纠缠我，几乎都被我骂了个狗血淋头，但后面有唐总帮忙之后，基本上就太平了，然后就只是跟你，还有你那妹妹有冲突了。"

"我大概知道是谁了。"秦帅说。

"啊？"唐雨若问，"不会是你那妹妹吧？"

秦帅说："你想哪去了，她怎么可能会有这本事！"

唐雨若问："那是谁？"

秦帅一字一句地说："范九龙！"

"范九龙？他？"唐雨若感到很意外。

秦帅说："不用说，肯定是他。"

"这么肯定。你有什么依据吗？"唐雨若问。

秦帅说："其一，他能出得起两百万这天价；其二，他的神武道网罗无数江湖高手，江湖背景复杂；其三，这个花万红交代了，他是在两天前接的单，而这个时间冲突跟之前在你的画廊与范九龙的冲突比较吻合。三方综合下来，毫无疑问，就是他通过江湖关系，找到那个燕子盗，让燕子盗联系了这个花万红，让花万红将你先奸后杀。"

"嗯，有些道理。可是——"唐雨若问，"范九龙的神武道高手如云，他如果想报复我，随便派两个人就可以了，为什么要花那么多钱，而且还去那么远的地方请人来，这么花钱费力？"

秦帅说："这正是范九龙的老奸巨猾高明之处。如果是一般高手杀了你，警方就会马上介入调查，将案子定性为仇杀，这样就会主要针对平常跟你有过节有冲突和摩擦的人。那么，就会调查到范九龙身上去。毕竟你后面有唐大少撑腰，这事只要他成为嫌疑对象，无论是警方还是唐大少，对他来说都是一件很麻烦的事情。所以，范九龙要费尽心思，从远处找这个臭名昭著的花万红出来，伪造成一桩普通的侵犯案件，好掩饰他的报复行为。这样警方就不会展开调查，认为这只是一桩刑事案件。"

"嗯，是有道理，可他也可以找手下的人，假装对我怎么样，然后杀我，不是一样可以伪装成一桩普通的侵犯案件吗？"唐雨若质疑。

秦帅说："是可以，但效果差远了。"

唐雨若问："为什么效果差远了？"

秦帅说："因为范九龙知道你是会武功的，要对付你，肯定会有一场打斗，江湖中的很多高手都有其标志性的武功，他派手下的那些人，有可能从武功上暴露自己，或者意图不会暴露得很明显，达不到想要的效果。唯有这个花万红，他练的武功叫拈花手，是中指、食指和拇指三根手指，伤人的话就会在人身上留下梅花一般的三个指印。让他出手，一目了然。而且花万红天生就是这种人，又藏身北方大漠之城，你被他侵犯，死于他的手里，就算脑洞大开的天才，都不可能想到范九龙的头上来。"

"这个老混蛋，我要亲手杀了他！"唐雨若顿时气得直骂。

"你杀他？"秦帅一笑，"你又不是没看见他的武功，我尚且难敌，何况你，他手下的神武道高手如云，岂是那么容易杀得了的。"

唐雨若说："我可以找唐大少帮忙。"

秦帅说："唐大少会为了你，去灭一个蜀中武协会长和庞大的神武道？要做到这一点，可得倾尽唐门，打一场轰动江湖的战争才行。这么大的事，除了那个唐家掌门人有话语权，唐大少只怕还做不了主吧？"

"那……那就报警。"唐雨若说，"总之，绝不能放过这个混蛋。"

"报警？"秦帅说，"那就更不行了。"

唐雨若问："为什么更不行了？"

秦帅说："警察里面也的确有很多破案的精英，但像唐镇这样的基层警察，破这么复杂的案子，难为他们了，而且我说的那些只是推断而已，没有任何实质性的证据，警察动不了范九龙的。除非，找到那个燕子盗，让他把背后的人供出来，顺藤摸瓜。"

唐雨若说："那不就行了吗，让警察先去抓那个燕子盗，然后一步步把范九龙给揪出来。"

秦帅笑道:"你想得太简单了,那个燕子盗和这个花万红一样,都是江湖下九流的人物,臭名昭著,而且被官方通缉,藏身在大漠那种三不管的蛮荒之地,很多地方的警察都想抓他们,可连尾巴都没摸着,就别指望唐镇这些小警察了。"

"那怎么办?听你这么说就没有任何办法,白白地放过那姓范的吗?"唐雨若问。

秦帅说:"不是还有我吗?"

"你?"唐雨若抬起头看着他,"你能怎么办?"

秦帅说:"我一生中有三个惜之如命的女人,我妈、梦雪,还有你。天若欺你们,我灭天;地若欺你们,我灭地;人若欺你们,我杀人!所以,我不会放过范九龙的!"其实,他心里知道,应该是四个女人的,还有个女人他不能说出来,只能永远放在心里,这个人就是亲手栽培了他的特种王牌创始人,影子!

但秦帅这话,已经让唐雨若感动得不行,真有种想哭的冲动。其实,秦帅真对她挺好的,总是在她有危险的时候出现,像她曾经幻想过的守护神。可为什么,她和他之间却隔着一道冰冷得无法靠近的东西呢?

突然,唐雨若想起了什么,抬起头看着他,问:"我能问你个问题吗?"

秦帅问:"什么问题?"

唐雨若说:"这个问题我希望你认真回答我,不要说谎。"

秦帅点头:"可以,你问吧!"

唐雨若问:"你,你是不是在维加斯救过我的死神?"

秦帅的心里一震,没想到唐雨若会问这个问题。本来,他心里在想,唐雨若应该问是不是真的爱她之类的,那么他一定会真心地回答,却没想到是这个问题,他能真实地回答吗?

"怎么,是吗?"唐雨若见秦帅没说话,就觉得肯定是了。她在想,如果秦帅真是那个死神,那么对他的那些不信任感就可以完全消除了。因为那个死神一派正义,救了她号码也不留,不图报答。她对秦帅身上所有的怀疑，都可以变成信任。

"死神？"秦帅故意装出一副茫然的样子，"死神是谁啊，他救过你？"

唐雨若问："你是不是故意不承认？"

"故意不承认？"秦帅问，"什么意思啊，你的意思是我跟他长得很像吗？难道像到你认不出来？不可能吧？"

这么看来，秦帅就不是死神了，唐雨若的心里莫名升起一些失望来。其实，最开始的时候她确实喜欢死神，但后来她喜欢秦帅了，觉得死神的英雄形象太高大，可以爱慕，但不大适合谈恋爱，相反，秦帅有血有肉，能带给她快乐。

"不是长得像，是因为他戴了面具，认不出来。"唐雨若说。

"戴了面具，怎么回事啊？"秦帅明知故问。

唐雨若便说了当时在维加斯那天街头的事情。

"还有这样的事？"秦帅装作意外的样子，"那么英雄，你是不是当时就喜欢上他了？"

"是啊，吃醋了吗？"唐雨若故意说。

秦帅说："朋友之间，有什么醋可吃的，如果你真能跟这么好的男人在一起，我也会衷心祝福你的，毕竟，有一种爱叫作放手。而且，像我这么无耻的人，一个骗子，就应该单身一辈子。"

唐雨若说："不要给我装无辜，我知道你魅力大，身边女人多，连首长女儿都喜欢你，还被你甩得很干脆，我好膜拜你的，你简直就是万人迷。"

"又开始讽刺我了吗？"秦帅问。

唐雨若说："没啊，肺腑之言。"

"既然你觉得我这么大魅力，那现在能让我亲个吗？"秦帅问。

唐雨若的心里一颤，看着秦帅的目光，其实她愿意，可是两个人根本就没有和好。

她说："别忘了我们只是普通朋友。"

正说着，秦帅的电话响了，拿起电话一看，是一个陌生号码，但还是接了。

一个男人的声音问："请问是小秦同志吗，刚才接到戴局长电话，说这边有个案子，我们现在在门外，能开下门吗？"

秦帅说："行，稍等一下！"

挂断电话，秦帅就让唐雨若去开门。

很快，唐雨若便把警察带了进来。而花万红也醒转过来，因为全身多处骨折，就不用戴手铐了，负责的警察请秦帅跟着回去做个笔录。

秦帅说："在这里做就行了吧，大半夜的懒得跑。"

警察犹豫了一下也答应了，因为戴安全特别叮嘱过，态度要好。秦帅说怎么样就怎么样，千万不要跟他起什么争执和冲突，谁敢违抗，明天回家去种田。

当下，就在唐雨若的别墅里由唐雨若、秦帅和花万红做了简单的口供笔录。然后警察将花万红带走了，屋子里只剩下了秦帅和唐雨若，很安静。

两个人四目相对，秦帅说："时间不早了，你也早点休息吧！"

"谢谢你。"唐雨若也只能说这三个字。其实有很多话想说，但并不知道怎么说出口。

"普通朋友，能抱一下吗？"秦帅问。

唐雨若咬着嘴唇，点了点头。

秦帅上前，张开双臂，紧紧抱住了她，什么也没有说。但在那一瞬间，唐雨若感受到了这个男人对她的感情，不是口中说的，而是在心里像一团火焰在燃烧。她那娇小的手臂也将他结实的身体抱住，她想两个人就这样抱一辈子，直到她生命的最后一刻，永不分离。

但秦帅已经松开了她，说了声"晚安"。然后，转身出去了。

唐雨若跑到卧室的窗户那里，看见秦帅从别墅的后面下去，然后翻出围墙，确实在围墙后面有一部摩托车，那摩托车在寂静的夜里，发出野兽般的咆哮。

秦帅把车子骑回小区保安亭那里，问保安是不是警察来过，保安说是。秦帅就把摩托车停在那里，钥匙给了他，让他打个电话给警察，让警察通知摩托车主来把车子骑走。他不是抢，只是当时事情很急，借用一下，所以附上五百块油钱，让失主找警察把案子撤销就是。

回到家里，川岛樱子和杨雪莲都已经睡了。秦帅洗了把脸，回到床上，然后又一次打开了唐雨若房间的监控，她已经睡下了，但并没有睡着，脸上还有泪痕，看得出又流泪过，但并没有像之前那样抽泣或是号啕大哭。至少，彼此已经不是仇人，而是朋友。可以打电话问候，可以一起吃个饭，或者还可以一起看个电影。其实彼此都知道，彼此爱着对方，只是走不出更近的一步。这是没有办法的事情，像唐雨若这种初恋的女孩，很需要陪伴，因为在乎，所以敏感，而秦帅却有很多无法坦诚相待的时候，如果彼此非要那么亲密，会不断地有误会、解释和争吵。如果彼此有缘，在地狱使者的案子完结，而唐雨若还没有喜欢别人，秦帅也许会再努力争取。而且那个号称美女蛇的上官白雪也很快会来，会像贼一样地盯着他，这个时候他要和唐雨若谈恋爱，天天陪着她，上官白雪告到影子教官那里，影子教官铁定气得将他抽筋剥皮。

一夜过去，第二天上午的时候，秦帅打了个电话出去。

电话很快打通，一个女人的声音传来："流氓，又找姐什么事啊？"

秦帅笑道："姐你真聪明，知道我找你必须是有事的。"

"切！"女人说，"别说姐聪明，就算姐是傻子也知道的好吧，你什么时候是真正因为想姐给姐打过电话的？除了有事，还是有事！"

秦帅说："改日我肯定专门给姐你打个电话，说想姐了。"

"有屁用！"女人说，"你以为姐会被几句口水话迷得晕头转向？姐可不喜欢阳奉阴违虚情假意的男人。真想姐了就来找姐，姐有半边床为你留着呢，我可告诉你，姐比之前更漂亮了哦，皮肤也更好了，像十八岁的小姑娘一样水灵灵的。"

"哈哈，姐你自恋的本事也越来越大了。"秦帅说，"好了，不跟你开玩笑了，说正事吧！"

女人问："什么正事？"

秦帅说："帮忙找一个人。"

"找一个人？"女人问，"找什么人啊？"

秦帅说："这个人姐肯定听过的，燕子盗梁飞天，现在大漠之城的蝎子丘，他会经常去那里一家叫南来北往的茶馆打麻将，我这里有他的电话号码。"

"找这只江湖臭虫干什么啊？"女人问。

秦帅说："把他抓住，最好是秘密地抓住，抓住之后给我打电话，我再告诉你下面怎么做。"

女人说："你小子行啊，姐在江南，你让姐到大漠去帮你抓人，这么大的忙，姐好像真不好意思白帮你，只怕得谈点酬劳才行。"

秦帅问："姐你想要什么酬劳啊？"

女人说："姐有个周游世界的计划，陪姐好好地潇洒一圈，吃喝住玩全包，外加姐这么大一美女。怎么样，条件优厚，艳福不浅，这是天上掉的馅饼啊。"

秦帅笑道："哈哈，天上掉的馅饼可不好吃，会噎喉的。姐你反正左绕右绕都是想把我和你往一起绕。老弟我可是纯洁少年，你不要带坏了我。不然我身体里的洪荒之力觉醒，会祸害好多女人的。"

"去去去，不跟你扯了，老油子一个，还跟我装纯洁，每次都白帮你办事，上辈子欠你的一样，等我消息吧！"说罢，直接挂掉了电话。

"多谢姐。"虽然电话已挂掉，秦帅还是很礼貌地道谢。

08　定时炸弹

和秦帅通电话的女人，在江湖上可是大有来头，姓孙，名婉香，跟吴王孙权那妹子孙尚香只有一字之差。长相也绝对是御姐一枚，貌美如花，而且江湖豪气十足，在江湖上是出了名的大美人，年方三十，风韵迷人，人称"玉蝴蝶"，乃是江南蝶门大姐大。

江南蝶门在华夏江湖可谓如雷贯耳。蝶，谐音"谍"，所以蝶门有两重含义。第一重，里面全部都是女人，翩然之蝶舞；第二重，里面的所有女人都极为漂亮，而且神秘，是很厉害的情报高手，幽灵之蝶，神出鬼没。

有人开过一句玩笑，要是江南蝶门的"玉蝴蝶"在江湖上跟谁干架的话，那能请来华夏大半个江湖的重量级人物助威，由此而见，江南蝶门的实力之强大，说是手眼通天，真不为过。在商道、武道、黑道，乃至官道之上，都有"玉蝴蝶"的重量级帮手。

秦帅刚被影子教官放逐江湖的时候，那年他才十八岁，带着对江湖的憧憬，带着一腔豪情万丈，想着自己闭关十年，要好好地放松一番，首选就是江南，因为那些上有天堂下有苏杭以及江南出美女的传言，令他神往。到江南，是必须到西子湖的，而就在西子湖畔的一家茶楼，玉蝴蝶正在那里喝茶。当时身着一袭夏天开叉旗袍的玉蝴蝶，把头发绾了一个髻，穿上一根叉子，看上去颇有几分贵态，唇红齿白，肤如凝脂，显得无比性感。

当时秦帅就坐在玉蝴蝶对面的一张桌子，也许是秦帅很帅，也许是透露出那种初入江湖的青涩，玉蝴蝶总是盯着秦帅看，看得秦帅脸很红。毕竟，他初出江湖，还是个少年。

闭关十年，除了见到影子教官，被派出去任务考核，能顺便瞟几眼路上的女人，其他时间，秦帅的青春对女人只有幻想。没想到这么漂亮的一个女人，老是盯着他看。而且，因为他脸越红，玉蝴蝶越是来劲，还带着那种挑衅的笑意，用眼睛瞟他，抿嘴窃笑，媚态万千，让秦帅觉得心里有团火似的。就在秦帅有些无所适从的时候，隔壁又来了一桌男人。这几个男人说话很大声，从楼梯上来的时候，他们的说话声就充满了茶楼，好像这是在他们自家的地盘一样，旁若无人，放肆之极。到楼上之后，那嘈杂的声音顿时安静了，因为他们的目光都落在了玉蝴蝶的身上，他们坐在了另外一张桌子上，几个人开始交头接耳指手画脚，然后其中一个二十六七岁的青年成为领头羊似的，走到了玉蝴蝶的桌子边，笑嘻嘻地说："美女一个人坐这里吗？"

玉蝴蝶笑道："是一个人啊，怎么了？"

"一个人会很无聊哦，我陪你聊聊天吧。"青年说。

玉蝴蝶说："要是我不喜欢聊天呢？"

"不喜欢聊天？"青年还是一笑，"也没关系，那就不聊天，咱们做点别的？"

玉蝴蝶问："你想做什么啊？"

青年一脸下流地说："你想做什么，我就陪你做什么啊。"

"算了，你还是滚回你的座位去吧，你太丑了，我没什么兴趣。"玉蝴蝶毫不给面子。

"哈哈，有脾气，带刺的我喜欢。"青年说，"我相信你会对我有兴趣的，而且还会跪着求哥哥的。"说着在准备转身之时，神不知鬼不觉地用两根手指往玉蝴蝶的茶杯里一弹。

秦帅看见了，有一缕粉末飘入茶杯。青年正准备回到自己座位上去，秦帅当即吆喝了一声："你给老子站住。"

这一声吼，吸引了整个茶楼人员的注意。包括青年的同伙，还有玉蝴蝶，都把目光看向了秦帅。

其实玉蝴蝶知道怎么回事，青年那点手法哪里瞒得过她的眼睛，只不过还没有等到她发飙，秦帅就已经正义凛然地起身喝止，她想看看好戏。

青年站住脚步，四周看了看，然后斜着眼睛看秦帅："你在跟老子说话吗？"

秦帅说："没错！"

青年问："你想干什么啊？"

秦帅指着玉蝴蝶的那一杯茶："你往里面放了什么？"

"往里面放了什么？"青年脸色一变，没想到他那么快的手法，居然被秦帅这样一个乳臭未干的小子给看出来了，不由得恼羞成怒，"你别含血喷人，否则别怪老子收拾你啊！"

秦帅一腔正义之血，尤其憎恨用这种下三烂手段的家伙。如果他猜得不错，那里面铁定下的是迷情之药，当即一手端起桌上的茶杯，然后伸手抓向那青年。那青年赶紧出手反击，但秦帅轻松避开，直接一招锁喉，锁了个正着。秦帅手上的力气用得大一点，青年的嘴巴就张开了。然后，秦帅直接将那杯茶从他的喉咙倒了下去。而此时，青年同桌的几个男子都扑过来对秦帅大打出手。但他们不是秦帅的对手，才从禁地出关的秦帅，犹如猛虎出笼，三两下就将几人一起打趴下了。而那个喝下了茶水的青年果然脸色潮红，双眼迷离，傻笑着扑向玉蝴蝶，口里呓语般地说着："来，我要，我们玩嘛……"

秦帅一耳光把他打倒在地。而茶楼老板也在事态发生时报了警，旁边就是警察局，警察很快就赶来把人抓走了。

证据确凿，几个家伙无可辩驳。而玉蝴蝶对秦帅连声感谢，得知秦帅初来江南游玩之后，就说她对江南很熟悉，愿意为他当免费导游。于是，秦帅便跟着玉蝴蝶在江南的温柔之乡玩得流连忘返。那个时候他并不知道玉蝴蝶就是鼎鼎有名的江南蝶门的大姐大，因为那个时候的玉蝴蝶其实才二十六岁，只是显得特别成熟性感。而这样的一个女人，天天跟秦帅在一起，真是让秦帅不淡定。尤其是玉蝴蝶很多时候有意无意地对他表现出喜欢，与他身体之间的碰触，面对他吐气如兰。虽然喊的是弟弟，但有些行为似乎远远地超出了弟弟的范畴。

说实话，秦帅其实对玉蝴蝶有很多次生理冲动，一次次地想过，要是顺水推舟跟玉蝴蝶发生什么，那一定会是无法想象的美妙。但是，他那时候还是第一次，他的身体和内心都一片纯洁，纯洁得心里只有童话。况且在影子教官的教导下，他的血液里流淌着许多传统的东西，他还是个纯洁而青涩的少年。他想谈真正的恋爱，两个人从牵手开始，从拥抱和亲吻开始。

而玉蝴蝶完全是一个成熟的女人，像是一团火，秦帅觉得，只要跟她一靠近，就会迅速燃烧到融化似的。那种感觉，只有欲，与爱无关。所以，他对玉蝴蝶渴望，但又感到害怕，或者是觉得不妥，毕竟他才十八，玉蝴蝶二十六了，年龄相差太大。他爸妈知道的话，肯定也不会同意。他还是想找个青春美少女，两个人纯洁地开始。

和玉蝴蝶在一起起码有将近一个月，玉蝴蝶带他游山玩水，带他进酒吧，和他贴身跳舞，装醉在他怀里，甚至故意用手段制造只剩下一间房一张床的情况，没想到秦帅都没有就范。终于，一次又一次，玉蝴蝶崩溃了，骂他无能，骂他不是男人，哭着离开了他。

其实秦帅挺内疚，在江南的那一个月里，他玩得真开心。玉蝴蝶对他各种照顾非常周到，带他吃好的玩好的，还帮他买衣服，甚至内衣内裤都帮他买，脏了帮他洗，教他怎样注重仪表，把自己打扮帅点，等等，像个大姐姐一样，让他感受到一种和影子教官不一样的关心和爱护。秦帅知道玉蝴蝶对他的爱很浓烈，可他就是不想找一个比自己年纪大很多的女人谈恋爱，这种传统在他的骨子里无法根除。

玉蝴蝶哭着走后，秦帅其实失落了很久，有个声音哽在他的喉咙里，他很想主动打个电话跟她说：婉香姐，我爱你，我们在一起吧。但他还是忍住了。直到后来，玉蝴蝶也许是想通了，终于主动打了个电话给他，说爱从来不能强求，强扭的瓜也不甜，希望两个人还是很好的姐弟，她会做那个永远爱护和疼爱他的姐姐。如果有什么事，给她打电话，她一定会当自己的事情一样。

秦帅知道，他和婉香姐之间的感情，不是言语可以表达的。在后来的时间里，他回头去看，其实他是真的爱过婉香姐。但怎么说都过去了，当时的惆怅和眷恋，现在也都习惯。而且她是江湖组织的大姐大，他是军方顶级的王牌，两个人可以惺惺相惜，但不能在一起。

叹息了一声，秦帅打算出去吃早餐，才刚走出屋子，电话就响了起来。他拿出电话一看，一个陌生号码，当即就接了，喂了一声。

一个很优美却又冰冷的女人声音："黄河之水天上来。"

秦帅一愣，那个"美女蛇"上官白雪来了！当即回了一句："疑是银河落九天。"

上官白雪问："你在哪儿？"

秦帅说："民生路，旺客大超市的旁边。"

上官白雪说："你在那等我，我马上过来。"

"怎么，你到唐镇了？"秦帅问。

上官白雪说："还在蜀中，司机说半小时就能到。"

"半小时就能到？"秦帅当即不爽起来，"你觉得半小时很短吗？你让我在这路边站半小时等你？谁让你这么专横无礼的？"

"你……"上官白雪生气了。

"你什么你？"秦帅说，"不跟你废话了，到唐镇了再给我电话吧，我肚子饿了吃东西去了。"说罢，直接把电话挂了。

听着电话里嘟嘟的声音，上官白雪一下子还没有反应过来，秦帅居然如此嚣张！气得她粉脸铁青，张口就骂："死神，你是在找死！"

但电话挂了，秦帅也听不见。

秦帅乐悠悠地去找东西吃，心里已经把这位来者不善的美女蛇给虐了一万遍。想做他头上的紧箍咒，哪有那么容易，什么玩意儿啊，刚才那态度，说半小时到唐镇，让他站在路边等，以为自己带着圣旨和尚方宝剑来的，很牛吗？

可能这世上真正让秦帅心服口服只有一个人，这个人就是亲手打造了

173

他的影子教官。除此之外，谁都得在他面前低调点，就算是那个美少妇，虽然他吃了亏，但早晚他会报这一箭之仇。他比她年轻，他还有很多提升的机会，随时都可能会变得更加强大。他最近决定好好修炼一下自己的听声辨位术，再遇到那个美少妇，她身上有异香嗅觉派不上用场的时候，他就用听声辨位术对付她！

秦帅进了一家豆浆油条店，店里面的生意实在是好，只剩下角落里有一张桌子了。秦帅还是点了一杯豆浆，三根油条，加一个葱油饼，然后拿着自己的号牌过去坐下了。然而他才坐下，觉得有些尿急，便抬头望了望，找卫生间去了。

他才进卫生间，门口又进来一个美女，齐耳短发，身材很好，雪白的大长腿，笔直又光滑，看着非常火辣性感，很有青春的朝气蓬勃。

豆浆店里许多男女的目光都集中了过来，那身材真是没话说，即便是留着短发，都掩饰不了浑身上下那种女人的性感味道。要知道对于吃货女人来说，说起身材能让多少人痛不欲生。可偏偏就有人可以拥有如此魔鬼般的身材，怎么能让人不羡慕嫉妒恨！

女孩也到吧台点了杯豆浆和一张葱油饼，目光一瞥之间看到了角落还空着的那张桌子，上面只有一个号牌，应该只有一个人，于是拿着号牌过去了。

秦帅才从洗手间回来，发现位置上坐了一个美女，美女低着头在喝豆浆，看不见脸，但那雪白如藕节的玉臂，那完美的身材，白皙的脸庞，和穿着一件紧身的小裙，看上去实在是完美啊！吃个早餐都有美女陪伴，这艳福也是没谁了。然而当他走过去，等美女抬起头来的时候，他顿时连吃早餐的心情都没有了。

居然是白冰冰！如果不是她的长舌，他和唐雨若现在正热恋着。然而因为她的长舌头，他和唐雨若厮杀了一场，最后做回了普通朋友。如果说一开始唐雨若对他的态度很恶劣，而白冰冰却很懂事地对他表示友好，令他有许多好感的话，现在他看见她，不会是坏心情。不过，再怎么坏心情，早餐还得吃，而且又没有别的位置。

　　秦帅还是在白冰冰对面坐下了，白冰冰大概也没想到吃个早餐居然会遇见秦帅。但秦帅并没有理会她，只是淡淡地看了她一眼，然后吃自己的东西，根本就不认识她一样，这气氛毫无疑问是很尴尬的。

　　"对了，有一件事我想郑重地提醒你一下。"秦帅觉得，他有必要给她上点课。

　　"啊？什么？"白冰冰抬起头看着他。

　　秦帅说："多的我就不想说，我就说一句，不要把我看得那么无耻，尤其不要在唐雨若面前去说我怎么无耻！"

　　"你什么意思啊，我又没把你看得无耻，也没对雨若说你无耻。"白冰冰辩解。

　　"哈哈！"秦帅冷笑一声，"你有没有这么看，有没有对她说，你自己知道就行了。然后，用你的耳朵仔细听着，我再告诉你一句，那就是，如果我真的无耻，那天晚上带你去蜜月酒店睡，我就不会什么都不做，至于以后会不会负责，我高兴了会喊你一下，不高兴也就可以踢了，但我并没有这么做。所以，我无不无耻，自己用脑子去想。不要以为你看见了什么，就掌握了真理！"

　　白冰冰被问得无言以对，确实，她听唐雨若说过被偷窥两次之后，就把秦帅看得无耻了。而唐雨若并没有对她说秦帅已经证明过没有偷窥的事，所以她一直把秦帅当成那个无耻的人。只要看见他跟女的在一起，她都有种秦帅又在骗女人去睡的感觉。

　　但刚才听了秦帅的话，白冰冰才突然想起这么个道理。既然秦帅真有偷看女人那么无耻行为，那么，那天晚上带她去蜜月酒店，真的只需要对她撒个谎说对她负责，然后想对她怎么样就怎么样了。她再天真，起码知道一点，这世界上无耻的男人为了把女人骗到手，可是什么谎话都说得出的，而秦帅却并没有这么骗她。

　　白冰冰正想说什么，电话响了，她拿出电话一看，居然是唐雨若打来的，看了眼秦帅，但还是接了电话，喊了声："雨若。"

　　唐雨若问："在干什么呢，今天陪我逛街啊！"

"啊？"白冰冰问，"怎么，你画廊不开吗？"

唐雨若说："嗯，今天不想开，想玩一天。"

白冰冰说："好，你在哪，我马上过来。"

唐雨若说："还在家里啊，你直接过来吧，我在家里等你。"

白冰冰答应："好，你等我，我马上过来。"

挂断电话，白冰冰匆匆咬了两口葱油饼，然后，居然看着秦帅说了句："你慢慢吃，我先走了啊！"

"雨若怎么了？"秦帅还是忍不住问了句。因为他听白冰冰说唐雨若今天不开画廊，她又马上赶过去，意识到有什么事。

结果白冰冰说："没什么，就是她今天想玩一天。"然后就走了。

秦帅知道，肯定是感情的事影响到她了。可是，他又能如何呢？

唐雨若其实还没起床，昨天晚上很晚很晚才睡着，然后心里藏不住对秦帅的想念，她觉得没心思上班，就喊了白冰冰过来陪自己玩，看能不能转移些注意力。

然后，她突然想起来，打了个电话给唐云豪。昨天晚上的事情，可不是小事，她必须得告诉唐云豪，然后让对她出手的人付出代价！本来昨天晚上她就想给唐云豪打电话，但确实太晚了，所以想着今天再打。

"喂，雨若。"唐云豪接了电话。

"哥，你在哪啊？"唐雨若问。

唐云豪说："我到滨海来了，有什么事吗？"

"嗯，有事，那个范九龙找人来报复我了。"唐雨若说。

"什么，范九龙找人来报复你了？"唐云豪瞬间大感意外，"不会吧，他敢这么做？现在什么情况，你受伤了吗？"

唐雨若说："我暂时没事，秦帅帮了我。"

"秦帅帮了你？"唐云豪问，"什么情况，你赶紧仔细地好好跟我说说。"

当下，唐雨若就把昨天晚上花万红出现，危急之时秦帅赶到，然后抓住花万红，经过秦帅的推断，认为是范九龙的报复，都对唐云豪讲了。

"这个范九龙真是在找死,居然敢动你!"唐云豪瞬间怒了。

唐雨若也说:"就是,这老东西太可恶了,居然用如此卑鄙的手段,不让他死,简直天理不容!"

"嗯,放心吧,这口气哥一定会帮你出!"唐云豪掷地有声。

唐雨若说:"你肯定必须得帮我出这口气的,你不帮我出,我就去找爸了,怎么都不可能放过这老东西!"

"仇肯定帮你报,可是……"唐云豪突然疑问,"秦帅怎么会在那么晚,那么及时地赶到那里来救你呢?"

唐雨若说:"我也奇怪啊,但我问他,他没说。"

唐云豪问:"你别墅的门是关着的吗?"

唐雨若说:"关着的,但他是从别墅后面来的,还说知道我有危险,抢了个摩托车从他住的地方,一口气赶过来的,我也看见了,他来的时候确实满头大汗气喘吁吁,走的时候是在别墅外边骑着摩托车走的。"

"难道?"唐云豪似乎明白了什么,却欲言又止。

唐雨若问:"难道什么啊?"

唐云豪说:"没什么,等我回来了再说吧!"

"嗯,好的。"唐雨若答应,然后挂掉了电话。

唐云豪却在那边紧皱着眉头,他猜测出来了,很可能唐雨若的卧室里被安装了监控器,不然秦帅不可能知道唐雨若有危险,而且还能及时赶到。但他欲言又止,没有对唐雨若说,是因为他不知道唐雨若其实和秦帅已经恋爱过一场,他虽然知道维加斯的误会解除,但那个藏在衣橱里偷看唐雨若的悬念还一直悬在她心里,并没有答案。如果她知道房间里装上监控器,而贸然跑去找秦帅,这会造成两个严重的后果:第一个后果就是她会吃亏;而第二个后果就是打草惊蛇,秦帅知道事情败露,可能会消失掉。他不愿意把秦帅想得不堪,在他心里,秦帅是个重情重义的人,是个有担当而且有魄力的英雄好汉。

而从目前发生的事情来看,事实的指向确实令人怀疑。如果真的找到证据,证明秦帅在唐雨若的房间里安装了监控器的话,他是不会容忍的,那是江湖中的下三烂手段，是极其卑鄙无耻的行为。就算对其他女人如此，唐云豪也绝对会嗤之以鼻，何况对他最疼爱的妹妹！他觉得心里有一股怒火在燃烧，难道他会看错人？

秦帅不知道，他神不知鬼不觉地为唐雨若安装追踪器和监控器的事情已经被唐云豪猜测到了。他慢吞吞地吃完早餐，上官白雪就打了电话来，说已到唐镇，问他的位置，他就说了豆浆油条店。

大约几分钟的样子，一辆出租车在豆浆店的门口停下。一个穿着梅花及膝长裙配高跟鞋的少女下车，额头用了一个压发卡，将一头乌黑的秀发往后梳着，如瀑布般飘散在肩头，迎风飞扬。那张脸完全凸显出来，五官精致，鼻梁高挺，尤其是那双眼睛，宛若星辰明亮，唇红齿白，美得超凡脱俗，不食人间烟火一般。

秦帅从店里走了出来，首先看见的是门口站着的一个背影，窈窕的身材，乌黑的秀发，白皙的肌肤，修长的大腿。随即，少女转过身，又打算往店里面走来，抬眼之间看见了秦帅，脚步就停住了，目光落在秦帅的脸上。

"吃完了吗？"少女看着秦帅问了一句。

"啊？"秦帅马上反应过来，原来这就是美女蛇。因为他告诉了美女蛇他在豆浆店，也说了自己穿什么衣服，所以美女蛇一眼就把他认出来了。

"吃完了，走吧！"秦帅说了声，直接就走，完全不理会她。就是要给她下马威，让她知道他可不是那么好对付的。所以，秦帅不只是走，而且还走得很快。

上官白雪跟在后面，居然跟不上，走了一二十米她发现秦帅也不跟她说话，就只是一直走，大步大步地走，顿时就来气了："你干什么，就不能走慢点吗？"

秦帅停住脚步，回头看着她："影子老大让你来，可以管我走路快慢的吗？"

"你……"上官白雪气极了，顿时明白秦帅是故意的了。

她问："你还想要飞龙的资料破地狱使者的案子吗？"

秦帅冷笑一声："你有本事不把飞龙的资料给我啊，没事，我不介意，我再找影子老大要就是，问一下她，为什么我要的关于飞龙的资料还不给我答复，我看她会怎么说？"

"你……"上官白雪真是气得脸色铁青，却又无言以对。

秦帅说："你什么你？不要当自己是天才，不要觉得自己拿着尚方宝剑，就可以在我的地盘上撒野，好好跟我搭档，我会善待你，若是故意刁难我，给我穿小鞋，姑娘，你还嫩了点！"

"哼！"上官白雪也冷哼一声，"你这是在给我下马威吗？"

秦帅说："就是这个意思！"

上官白雪说："你是做了很多见不得人的事，心虚了吧？我告诉你，别指望我会放过你，只要你有任何玩忽职守或者徇私枉法的行为，我都会一五一十地奏报！"

"你好像挺看不惯我，有针对我的想法？"秦帅问。

上官白雪说："没想到你还有自知之明，真是难得。"

秦帅一笑道："我不但有自知之明，而且也能把别人看得清清楚楚，是全部都看清楚，譬如，你昨天晚上来经期了，所以这个时候脾气有点暴躁，是这样的吧？"

"你说什么？你怎么会知道？"上官白雪脸色一变，她的确是昨天晚上来了经期。

没想到这么隐秘的事情，秦帅居然一语中的。

秦帅说："我说了，你或许有些天赋，但在我面前，那都不值一提，所以在我面前，低调点，不要搞得自己很牛的样子，世界这么大，能人那么多，你又算老几！"

"你，你会透视！"上官白雪惊骇道，这是她唯一能想得到的可能了，秦帅除非有透视，否则她找不到更合理的解释。

秦帅故意说："看来你还不笨，知道我会透视，比起你的超级大脑如何啊，你的超级大脑能把我全身看遍吗？可我的超级透视能把你全身上下都看遍。"

"啊!"上官白雪惊叫一声,忙把双腿一夹,然后用双手抱住胸前,怒骂道:"无耻!"

秦帅说:"都已经看见了,你还能遮掩得了吗?其实,又没什么可看的,跟其他女人没什么不同,还故意装得那么宝贝的样子,需要那么矫情吗?"

"你!"上官白雪简直气得肺都要爆炸了,一下子怒了起来。

秦帅说:"没办法,我有透视的天赋,把你什么都看了。而你也对我相当不满,没本事还想骑在我头上拉屎撒尿,那咱们就用五千年传承的江湖规矩来解决好了。"

上官白雪问:"什么江湖规矩?"

秦帅说:"很简单,打一架,你打赢了我,由你拿捏,我打赢了你,你以后在我面前就低调点!"

"打架,行啊,你想怎么打,我奉陪。"上官白雪一把将手机放到了兜里,她心里对秦帅正有怒火呢,正好借这个机会教训一下这个出言不逊、态度傲慢、品性恶劣的家伙!在打架这方面,不知道有多少高手倒在她的脚下,"美女蛇"这个称呼可不是白来的,美人是好看的,可蛇是会咬人的,所以她回答得很爽快。

"行,那咱们就靠实力说话好了,记住,输了以后就别在我面前摆出趾高气扬的样子了。"秦帅说。

上官白雪从鼻孔里哼了声:"你一会儿就知道谁才是那个认输服气的软蛋了!别废话了,说吧,在哪打?"

秦帅说:"怎么说我们都是官方部门的,得注意点影响。不能在大街上跟小混混一样打架,我带你去个地方好了!"

上官白雪说:"行,你带路吧!"

当下,秦帅直接在街边拦了一辆出租车,说到青龙河滩。那地方相对比较偏僻和安静,不会造成什么影响。

大约十分钟后,秦帅和上官白雪到了青龙河滩,然后一直往下游走去。越是下游,越是荒芜,越是没有人能看得到。

终于，秦帅站住了脚步，转过身来看着上官白雪，上官白雪也站住了脚步，两个人对视着。秦帅的目光里充满了蔑视，而上官白雪的目光里充满了无畏，她对秦帅一点也没有畏惧，相反，也在暗暗想着把秦帅好好教训一顿。中情局领导派她来的时候说了，是协助一位军方的超级精英。然后她跟影子教官联系的时候，影子教官也特地说过，死神是军方最优秀的人才，让她好好配合。本来她还带着几分敬佩，打算好好配合，狠狠地干掉那个可恶的地狱使者。没想到秦帅却是这副德行，哪里像什么军队精英王牌，完全就像个小混混！

"好了，你可以出手了，我让你见识见识什么叫本事，叫你来，就只是个打杂的，不要把自己看得太高！"秦帅的语气里充满了蔑视。

"行，我会让你知道谁才是打杂的，恐怕你连打杂都不够资格！"上官白雪说。

秦帅冷冷一笑道："靠嘴巴逞能有什么用，用拳脚说话吧！"

"我先问你，是什么手段都用，还是只用拳脚？"上官白雪问。

秦帅听了这话，启动了下嗅觉，立马就嗅出来上官白雪的身上藏着很多细小的绣花针，大概这是她的拿手绝技。当即就一笑："怎么，你等下是准备用针暗算我吗？"

上官白雪脸色一变，马上想明白秦帅原来是会透视的，不禁脸红了，但心中的愤怒又起，脚下一蹬，五指并拢，手掌如剑，直接刺向秦帅胸口的膻中穴。

秦帅不闪不躲，直接使龙虎锥，迎着上官白雪的掌尖就重击而出。他觉得，无论如何以他千锤百炼的男人力量，不可能输给这么一个娇嫩如花的小姑娘。龙虎锥击在上官白雪的指尖之上，一股刺痛如电流般传向秦帅的脑神经。上官白雪也痛得面部抽搐了下，但她没有怕痛，迅速变招，手腕一翻，顿时如蛇缠绕一般，擒拿住秦帅的手腕，中食二指回勾，按向秦帅的腕脉。

好快的手！秦帅心里一惊，赶紧手臂一抖，一股劲道从手臂之上爆发而出，反震上官白雪的手指。同时，秦帅挺步上前，另外一只手探囊取物，锁向上官白雪的颈部，他不敢大意，所以也就尽了全力，免得大意失荆州，栽到这小妞手里，以后只怕得到大海里去把面子捞回来。而他这一反击，上官白雪也是一惊，赶紧将秦帅的锁喉之手下压。然而这一压，却并没有理想地将秦帅的手压到底，只是压了大概几分下去，位置刚好在她的胸上，秦帅五指瞬间张开，直接抓出。

"啊！"上官白雪一声惊叫，迅速缩身后退，但还是慢了一步，裙子顿时被秦帅扯得个稀碎。

"你个混蛋！"上官白雪退开，忙用手遮挡住露出来的肌肤。

秦帅也愣住了，他没想到会直接把上官白雪的裙子给扯坏掉。

"还打吗？"秦帅问。

"打什么打！"上官白雪气得大骂，"你竟然敢这么无耻，我要告你！"说着又要拿电话出来。

"够了！"秦帅怒吼一声。

上官白雪被吼得一愣，盯着秦帅问："你发什么疯啊！"

秦帅说："战场交手，死伤难免，何况出现这样的事情。告什么告，我有透视，全天下的女人我想怎么看就怎么看，我稀罕看到你吗？能不能不要动不动就告状！再说了，愿赌服输，你输了，还有脸告状吗？"

"谁输了？谁输了？"上官白雪很不服气地问，"我输了吗？才刚开始打，只是我裙子出了意外，是我输了吗？"

秦帅说："你要不认输可以继续打，我奉陪，随便你想怎么玩！"

上官白雪说："我裙子都破了，还跟你怎么打！"

"那我走了。"秦帅说着，转身就走。

"喂，你站住。"上官白雪急得直喊。

秦帅转过身："还有什么事？"

上官白雪指着自己胸前被秦帅拉扯坏的地方，急得直跺脚："你走了，我这样怎么走！"

秦帅这才想起，是这么个理。裙子已经破掉一大块，就算用手都捂不住，他要走了，上官白雪难道这样子走去街上买新的？不过想到这里秦帅就得意起来，这不正是好拿捏她的时候吗？

当下，秦帅故意说："你怎么走那是你的事啊，跟我有什么关系？难道你这么远来协助我，走路的事情都还得我管？我只是有点厉害，又不是神，我管得过来那么多吗？"

"谁要你管了，但我这样怎么回去！"上官白雪急得要哭了，"难道让所有人都看见吗？"

"哦，这样啊，原来你是怕别人看到。"秦帅恍然大悟的样子，"你肯定是希望我帮你解决这个问题吧，那你求我啊，跟我说好话啊，这世界不管你是弱者还是强者，找人帮忙都总得有求人的态度吧？"

"那我就给影子老大打电话！"上官白雪一言不合，又要拿电话向影子教官告状。

要影子教官知道这情况，那真是够秦帅喝一壶的了。本来他和上官白雪约斗就已经是违反纪律了，如今把上官白雪的裙子抓坏掉，还准备把她一个人扔在这里，影子教官铁定得冲秦帅咆哮了，要知道前两天影子教官才把秦帅狠狠地批了一顿。

"好了好了，我帮你。"秦帅赶紧说。心里却在想：中情局的天才精英，能有点骨气吗，动不动就告状！

"有本事不帮啊！"上官白雪也是聪明人，只要一准备打电话，秦帅马上就妥协，心里就知道拿住了秦帅的咽喉，就暗自得意起来，故意稳住，"有本事不帮我啊，走啊，我让影子老大帮我从都城买一条裙子来！"

"不用了，我帮你就行了。"秦帅说。

"不用你买，我打电话找那边的人帮我就行了，我只要把今天的情况原原本本地说一遍，我想你们军方肯定会给你颁很大一个奖状的。"上官白雪的话里充满了嘲讽。

"你威胁我是吧？"秦帅说，"行，你打电话吧，我走了，我跟你说，我就算拼着违反军规，拼着被关禁闭，我倒要看看你在这里等着他们给你送裙子过来！"

说完，转身就走。

"喂喂喂，你干什么，我跟你开玩笑，别当真！"上官白雪见居然没有威胁得了秦帅，赶紧喊。

秦帅不理会她，还是走自己的。心里却在暗笑，跟哥哥玩心理战术，小妞你还嫩了点。他知道上官白雪是害怕一个人留在河滩上的，打电话给影子或者中情局那边，且不说让他们安排人给她送裙子来可不可行，就算可行，那也得等很久，一个女孩在这半裸着半天等送裙子来是一件多么痛苦的事情。而更重要的是这事报告上去很让人无地自容啊！一个中情局的天才精英，而且还是个如花似玉的小美女，居然被搞得这么狼狈，是真丢脸的。

果然上官白雪妥协了。但秦帅不会这么轻轻松松放过她，必须得给她长点记性，所以他仍然充耳不闻，只管走自己的。

"秦帅，你站住，站住，有话好说，一个男的别那么小气嘛！"上官白雪真急了，在后面大声喊。

秦帅站住了，得饶人处且饶人。

"站住干什么啊？"秦帅问，"你不是要告我的状吗？告啊！我好怕怕哦，来的时候没打听下吗，我除了怕过我自己，我还怕过谁啊！"

上官白雪说："你只要现在给我解决了，我就不告你。"

秦帅装作恍然大悟："那好吧，我可以帮你解决，但你告诉我，以后在我面前要不要低调点。"

上官白雪说："要！"

秦帅说："这就对了嘛，以后不要有事没事就想着告我的状。"

秦帅手臂一翻，就把上身的 T 恤脱了下来。

那一瞬间，上官白雪看得有些呆。那鼓鼓胀胀结实的肌肉，充满了野性而爆发的力量，就像是欧美大片里的铁血硬汉一样，跟外表痞痞的他一点也不像，那暴起的经脉和血管，显得他像巨人般的强大。一个含苞待放情窦初开的少女，看见如此强大的男人，那浓烈的雄性气味，不禁觉得窒息一般。

秦帅把 T 恤递给她："小心点穿啊，别给我撑破了，两三千呢，怕你赔不起。"

上官白雪边接过 T 恤边鄙视道："你知道我的裙子多少钱一条吗？说出来都能吓死你，随便都是一万多一条，你这两三千的衣服算什么！"

"一万多一条？"秦帅问，"那为什么我轻轻一扯就坏了？"

"还轻轻一扯？"上官白雪说，"你明明是很用力扯的好不好！"

秦帅说："废话，打架能不用力吗？"

上官白雪把 T 恤换上，下面还是裙子，看起来真是风格奇特，不过好在上官白雪长得确实漂亮，清纯而美丽，跟模特一样，怎么穿都显得好看。

"不要老盯着人家看好不好？"上官白雪被秦帅的目光看得浑身不自在，因为想起他那双目光是可以透视的，她就觉得特别害臊。

"行了，已经看腻了，没什么可看的了，咱们还是说说正事吧！"秦帅说。

上官白雪问："说什么正事？"

秦帅说："老大让你带来的情报呢？飞龙组织的信息。"

上官白雪说："就现在这样子我有心情跟你谈正事？"

秦帅问："你打算什么时候再跟我谈？"

上官白雪说："我总得上街买条裙子再说吧！"

秦帅点头："行，那就等你买了裙子咱们再说。"

当下，两人离开青龙河滩。

"好了，既然你都占了我便宜，我就先跟你说了吧！"上官白雪突然站住脚步。

秦帅问："什么事？"

上官白雪说："影子教官命令说，为了更好地掩饰我们的身份，也为了我们能成为最佳搭档，让我们在唐镇假扮情侣，掩人耳目。"

"假扮情侣，掩人耳目？"秦帅愣了愣，"怎么个假扮法？"

上官白雪问："你没假扮过的吗？"

秦帅说："没有。"

上官白雪说："我也没有，但影子老大说，就是让外人看起来像是情侣一样，但实际上不是，大概的意思就是，在外面可以牵手，可以表现亲密，但你不能侵犯我！"

"那好吧，假扮就假扮吧！"秦帅说。

两人一起上了河堤，在路边上拦了辆出租车，都坐在车子的后排。秦帅一伸手就扶在她的肩上，把她揽过来，在怀里抱着。

"你干什么？"上官白雪挣开他。

秦帅说："既然是情侣，坐在车的后排不是要抱着的嘛，你这是要闹分手的节奏吗？"

"简直就是无耻！"上官白雪骂道。

"我无耻？"秦帅说，"你问问开车的师傅，喂师傅，你说我跟她谈个恋爱，就抱抱她，算无耻吗？"

出租车司机马上笑道："女孩子一开始都是这样的，觉得不好意思要矜持下，其实就口是心非地骂骂，慢慢地就半推半就了，兄弟你只管脸皮厚点，习惯就好了。"

"哈哈。"秦帅忍不住笑起来，"原来你是老司机啊！"

十几分钟后，出租车停在了步行街，秦帅便和上官白雪牵着手，去逛服装店。

说实在的，秦帅牵着上官白雪的手，真没有更多的想法，可能觉得手牵着感觉还不错，嫩滑嫩滑的，占了点便宜，好玩。主要的原因还是假扮情侣，能对他在唐镇的身份掩饰有所帮助。

上官白雪还说了，中情局会全力配合她和秦帅在唐镇的行动，在唐镇上为她开了一家花店。花店还在布置之中，布置好了她就可以去做个花店老板，也是为了身份掩饰，显得她更像一个普通人。而秦帅以她名义上的男朋友，可以经常出入花店，花店会成为一个情报搜集中心。

秦帅觉得，这样还不错，无论怎么说，有人帮忙是好事。何况现在的情形，不是对付一个地狱使者，而很可能是要对付地狱使者的一个团队，所以他要有帮手才行。老是让冷梦雪和楚江山帮忙也不好，人家又没有拿工资，却出生入死的，会很让秦帅过意不去的。

两人到了街上，秦帅因为上身是光着的，很不雅，所以就先买了一件T恤穿着。而上官白雪则很挑剔，要买名牌，而且得买很贵的。用她的话说，她就没穿过三千块以下的裙子。秦帅感觉，上官白雪的家境应该很显赫，老爸老妈说不准就是大官。中情局的情报处，那可是既要本事，也要些背景的。

而当秦帅和上官白雪像情侣一样在商业步行街逛着的时候，他只怕做梦也没想到，同样在这条街上，还有两个人，而这两个人就是唐雨若和白冰冰。

有些事真是无巧不成书，唐雨若今天无聊，喊白冰冰陪着她逛街，两人把街逛完了，买了好多东西往回走。而秦帅则和上官白雪刚好赶来，结果双方就在街道上狭路相逢了。只不过，只是唐雨若看见了秦帅，秦帅并没有看见唐雨若，因为秦帅和上官白雪在看路的两边，寻找服装店的牌子，观察合适的品牌女装店，而唐雨若是直接看着路走，准备回到街口自己的车上，所以，她一眼就看见了秦帅。开始她还以为自己眼睛看错了，看见的是一个男的和一个女的牵着手，只是觉得男的身影很熟悉，定睛一看时，竟然真的是秦帅。那一刻仿佛晴天霹雳，秦帅居然和一个女的牵着手，而且这个女的又是出奇的漂亮。更甚至于，两个人还不只是牵手秀恩爱，唐雨若还认得出来，穿在上官白雪身上那件T恤是秦帅的！秦帅和这女的牵着手，连衣服都给她穿着，这种关系就算傻子也明白了。

昨天，秦帅说爱她的话仿佛还在耳边回响，什么他心里只有三个女人，他妈、妹妹和她。虽然，彼此说只做普通朋友，但唐雨若感觉秦帅很爱她，把她抱得很紧，难道那目光中的一往情深只是她的错觉吗？还是现在的男人，虚伪和真情，已经雌雄难辨以假乱真了？

唐雨若觉得心里像被针刺了一般，深感疼痛。她不想被秦帅看见，就跟白冰冰进入了侧边一条小街。

秦帅并不知唐雨若看见了他，依然牵着上官白雪的手，偶尔还逗她一下。刚好上官白雪看中了一条白色的连衣裙，换到身上的时候，简直就是神仙妹妹一样清纯而美丽，让秦帅也不得不承认，她不只是天才，而且还

187

是天仙！

突然，秦帅的电话响了。他拿出电话一看，居然是魏千军打来的，他打电话干什么？难道有关于地狱使者的消息？当时，两人互留电话号码，说的就是如果有地狱使者的消息就要通知一声对方的。但秦帅有地狱使者的消息，并没有通知他。不是秦帅瞧不起他，而是他敢肯定，魏千军不是地狱使者的对手。何况地狱使者牵扯很大，魏千军身为江湖杀手，没有必要介入进来，搞不好就弄巧成拙了。

"喂。"秦帅接了电话。

魏千军说："我发现了一点情况，不知道跟地狱使者有没有关系。"

"是吗？什么情况？"秦帅心里的血液一下子就沸腾起来。对他来说，听到关于地狱使者的消息，远比一个女人约他去干点什么更让人振奋。特种军人，从来都把任务和荣誉看得重过生命。

魏千军说："我伤势刚好一些，便到山庄外面走走，在山庄的后方树林里，发现了两块刀片和一些血迹，然后跟着血迹找了一段，石头上也滴落得到处都有，只是已经干涸了。我在想是不是地狱使者又在哪里作案，但受了伤，然后躲到这凤凰山上来了？"

秦帅说："有可能，你在山庄门口等我，我马上过来看看。"

挂断电话，当即就对上官白雪说："就穿这套白的行了，换洗的以后再买吧，有事情了。"

"嗯，好的。"上官白雪答应，当即刷卡买单，然后跟着秦帅出了店，问，"怎么，有地狱使者的消息了吗？"

秦帅说："是的。"

上官白雪问："什么情况？"

秦帅说："现在没时间细说，我们先赶过去看了现场再说吧！"说话间，他已脚步如飞。

上官白雪也挺兴奋，没想她才到唐镇来，就能跟那个震惊了世界的地狱使者打上交道，她虽然天赋异禀，但还没有真正执行过一线案件，只是凭着大脑天赋在背后做一些情报工作。事实上，以她的身份，永远不可能出来面对这种一线大案，因为她是华夏安全部 A 首长的千金。她就读于军校，是军校的一枝花，A 首长把她送到中情局去，只是希望她在幕后，用她的超级大脑，为国家建功立业，为她以后的军衔提升打下基础。

然而，影子教官找上了她，让她协助秦帅，这是一个让她施展才华的机会，一个为国家做贡献的机会，一个铲除邪恶伸张正义的机会。年少轻狂的人总有海阔天空的抱负，上官白雪也不愿守着自己的天赋困在笼子里，她希望自己像大鹏一般去海阔天空里翱翔。她答应了影子教官，然后配合着影子教官演了一出戏。

影子教官需要一个极具情报才能的人，因而到中情局挑选，她让上官白雪自己踊跃地毛遂自荐，影子教官还佯装觉得不妥。毕竟上官白雪是 A 首长的女儿，她到一线冒险，A 首长肯定会怪影子教官，一怒之下撤换她都有可能。所以，必须是上官白雪自己强烈要求参与，那么 A 首长就怪不到影子教官了。

而影子教官让上官白雪前往协助秦帅，主要目的有两个：第一个目的，当然是案情需要。地狱使者的案子越发复杂了起来，秦帅孤军奋战恐怕不行，除了要增强他的战斗力，还要有一个头脑强大的人协助他，那么上官白雪的超级大脑是最合适的，她的脑子里储存了国内外许多重要的社会信息；还有第二个目的，算是影子教官的私心，她想撮合上官白雪和秦帅。秦帅是她最欣赏的得力爱将，天赋异禀，尤其能吃苦，毅力强大，而且脑子灵活，战术多变，是一位极为难得的王者之才，加上他表面像个痞子，对他的身份能做最好的掩饰，让他执行起任务来更容易神不知鬼不觉地取得成功。而影子对秦帅的感情是模糊的，像是她养大的孩子，又像是陪伴着她青春无悔的男人。但影子是领导，秦帅是下属，而且两个人的年龄和辈分也决定了他们是不可能的，何况秦帅也不可能喜欢一个比他大了将近二十岁的老女人吧？但影子还是希望秦帅能幸福，一个真正的英雄，应该配一个国色天香的美人。于是，影子就发现了上官白雪，觉得上官白雪无论从长相、才华以及家庭背景，都绝对是美女之中的上上之选，和秦帅这样卓越的男人，才是天造地设的一对。如果直接把秦帅介绍给上官白雪，以上官白雪的条件，只怕未必会看得上秦帅。秦帅虽然本事大，毕竟没什么家庭背景，父母还是深山里的农民。所以，影子教官选了上官白雪去协助秦帅，并且让他们假扮情侣。她很清楚，少男少女的事情，假着假着就成真的了。人是有感情的动物，接触得越多，越是眷念难舍。她也相信秦帅的光芒与魅力，只要上官白雪和秦帅接触久了，就会发现他的优秀，从而喜欢上他。唯有让两人像战友般同生共死，此后才会爱得轰轰烈烈，才可以有情人终成眷属。

09　首战告捷

　　秦帅和上官白雪乘车赶到落日山庄的时候，魏千军已经等在了门口。

　　"刀片和血迹在什么地方？"秦帅一见面就焦急地问。

　　魏千军说："在山庄后面一点的一片丛林，下面是悬崖，血迹好像从悬崖处消失了。"

　　秦帅说："行，你带我去看看。"

　　魏千军看了眼上官白雪，问："这位是？"

　　秦帅说："我女朋友，走吧。"

　　魏千军也没说什么，心里还是有些疑惑，秦帅来寻找地狱使者的踪迹，把女朋友带着干什么，这好玩吗？但他还是直接把秦帅带往发现刀片和血迹的地方。

　　就在落日山庄的后面，往山下约五十米的位置。落日山庄的后山没有下山的路，所以也没什么人行走，有一些隐隐约约的小路，已经长满了荒草，偶有践踏过的痕迹。

　　秦帅站在那刀片和血迹的地方。看见其中一枚刀片插在土里，一枚的锋刃上有些血迹。刀片上为什么会有血迹？那天晚上秦帅虽然伤了黑衣人的手臂，但刀片是他自己的武器，这里怎么会丢下刀片，刀片上又怎么会有血迹？

　　真相，还得靠秦帅的嗅觉寻找。秦帅启动了嗅觉，然后嗅了出来，刀片上的血迹跟地上的血迹不是同一种血。地上的血迹确实是那个黑衣人的，

191

里面的味道跟秦帅储存在记忆里的味道一样，而刀片上的血迹是动物的血迹，应该是黑衣人逃到这里，然后抓过什么动物当食物。

秦帅凝聚精神，将嗅觉集中起来搜寻。果然，那股味道在二十米远的地方出现。秦帅循着味道找过去，就发现了在二十米外的一片丛林里有一些鸟的羽毛，还有零星的血迹，还有苍蝇在飞，拨开草丛，便看见已经腐烂的鸟的内脏。附近没有柴火味，可见黑衣人是生吃了这只鸟。

"这人生存能力好强，竟然在没有食物的时候，能抓飞鸟为食。"上官白雪说。

秦帅和魏千军都抬起目光看她。

"你怎么知道这鸟是人吃的？"秦帅问。

上官白雪说："这还不简单吗？刀片上的血迹就是割鸟脖子留下的啊，而这里腐烂的只有鸟的内脏，没有肉，而且血迹也很少。说明血被喝了，肉被吃了。不然，一只鸟的血虽然不多，但怎么也够流一大摊的。"

"秦兄你这女朋友不简单，观察力很强啊！"魏千军对上官白雪顿时刮目相看。

秦帅一笑："她从小就是个喜欢管闲事的人，爱观察，爱八卦，这是她的专长。"

魏千军说："只是不知道，这线索是不是那个地狱使者。虽然没什么证据，一个刀片做证据太牵强，但我有种直觉，应该就是那家伙。不然一般人不会跑到这么恶劣的地方来，以鸟为食。肯定是他被政府通缉，没法住店，所以经常以山林落脚。"

秦帅说："嗯，我也觉得有可能，我好好地查看一下。"

当即秦帅再次启动嗅觉，搜寻黑衣人的体味。在这种山林之地，其他干扰的味道较少，环境不算复杂，他的嗅觉能达到方圆两百米以上。

很快，他就在大约山林往下六十米的地方嗅到了黑衣人留下的味道。在他准备说出口的时候，上官白雪居然往下面一指："我觉得这个人应该是往下面去了。"

秦帅和魏千军又一起看向她。

"你怎么知道他往下面去了？"秦帅问。

上官白雪一指下面大约六米的一棵树："看见没有，那棵树上的树枝根部有一些裂痕，裂痕还算新鲜，大约也就几天时间，然后再往上的树枝有巴掌大的地方掉了叶子。一看就是一个轻功极好的人，从这里一步跃过去，脚踩下面的树枝，手抓上面的树枝。大概因为受伤的缘故，没法身轻如燕，平衡力也差了许多。所以把下面的树枝差点踩断了。然后手抓上面的树枝，也因为用了些力，把树叶给抓掉了。"

秦帅看着上官白雪半晌才说出一句："你真是天才啊！"

魏千军也说："我生平不服人，但今天也真的服了，你这观察力，完全可以去当特工，去破案了啊！"

上官白雪说："当特工和破案有什么意思，没有游山玩水好。"

"好了，我们下去找找吧！"秦帅说，"很可能有线索。"

魏千军说："那只能麻烦秦兄弟下去找了，这下面都是悬崖峭壁，没有人迹，我的伤还没有恢复，只能勉强行走，没法去了。"

秦帅有些惭愧地说："都怪我，出手太狠了点，不过你当时要早点说你不是地狱使者，我就不会下那狠手了。"

魏千军说："没事，不打不相识嘛，如果秦兄弟能找到地狱使者，希望能留他一口气给我，我要亲手宰了他！"

秦帅说："没问题，那我先去找了，希望能有些线索。"

当下，秦帅在前面开路，上官白雪跟在后面，两人往荆棘的深处找去。无论怎么说，一个人身体出现的味道是独特的，跟一个人的DNA一样，不会出任何差错。

一直往前找了大约六十米，便出现了一道悬崖，而在悬崖往下的一处凸出的地方，上面洒落了几处已经干涸的血迹。味道告诉秦帅，正是黑衣人的血迹。

"好厉害，受伤了居然还能下这么陡的悬崖！"上官白雪吐了吐舌头。

秦帅看向她："你怎么知道他下去了？"

上官白雪指着下面那个凸出的地方："没看见吗，上面有几处血迹。

肯定是他落下去的时候，有一定的震动力，伤口上的血洒落下去了，看来他的伤有创口，流了不少血。"

秦帅说："看不出来，你还真有两把刷子哦！"

上官白雪说："废话，没有两把刷子会进得了中情局？没有两把刷子会被派来对付地狱使者？"

秦帅说："倒也是，既然这家伙往下面去了，那咱们也跟着去吧，希望线索不要断才好。"

上官白雪说："你不是有透视吗，视力应该很好，只要站在这里，就可以看到下面什么情况，不用咱们下去的吧？"

秦帅说："我是有透视，但又不是千里眼。而且，透视也得有个度，不可能透到地底十八层吧，不然还有勘察队什么事，地下有没有石油和矿藏，我一眼就看见了，整个国家的勘察队都失业了。"

秦帅轻身一纵，直接落到悬崖那凸出的地方，上官白雪也跟着一起往悬崖下去。

悬崖比较陡峭，而且因为没什么人走过，上面长满了青苔之类的东西，比较滑，下去有很大的难度，不过秦帅曾经被影子教官囚在山谷中特训，其中有一项技能就是攀爬悬崖峭壁。除了脚下的稳定性很强之外，十根手指的抓力也非常关键。这就是为什么猫爬树的时候很快，因为它的爪子很管用。

秦帅手脚并用，如壁虎一般往下爬去。并且也帮助了上官白雪，用手掌为梯，托着她的脚掌，让她借力。或者抓住她的手，往上提着她，让她少往下借力。但在眼看只剩悬崖最后一道关卡的时候，只有大约四米的高度，秦帅只要轻身一跃就可以下去了。可上官白雪还在上面一个位置，离秦帅的位置有三米多。秦帅照旧往上伸出一只手掌，上官白雪就把脚踩在秦帅的手掌之上，上面的手也抓住一些凸出来的石头，借一些力。然而，却不幸抓到了一块经过风吹雨打即将脱落的石块上。当她的手一用力，那石块不堪受力，直接碎裂，上官白雪的身子顿时往下掉，另外一只脚直接踩到秦帅肩膀上。秦帅落脚的地方也很窄，基本上只是一个脚尖在那里稳着，突然被重达百斤的重量砸下来，脚下顿时站立不稳，往下面摔了下去。所幸的是下面是一处草丛，而且因为从来没有人类打扰过，草长得很高，很茂密，就像是床垫那么软。

紧接着，秦帅先一步往丛林外搜寻过去。那味道也在渐渐地变得浓烈起来，秦帅似乎直觉到，那个疑似地狱使者的黑衣人就在这方圆五百米的范围内，秦帅虽然还没有嗅到他存在的气味，但这气味随着脚印，有一个很清楚的方向。

秦帅一直寻着这方向追踪下去，又追踪了大约三百米的样子，他突然嗅到了一股极为腐臭的味道，简直臭不可闻。秦帅的第一反应，是尸体腐烂的味道。

他当即循着这味道找过去，在往前大约两百米的一处丛林里，横着的两具尸体已经腐烂，而且飞满了苍蝇爬满了蚂蚁。一男一女，虽然脸部已经腐烂了许多，看不清面目。但从头发上判断，应该是两个花甲年岁的人。头发干枯而且灰白，还有些没有腐烂的部位看得见老年斑。而在两个人的脖颈处，隐隐地看得出塌陷，说明死因是喉管断裂。

被杀！而且是被武功高手所杀！秦帅马上就得出了这样的结论。然后集中精神，搜寻除了这两具尸体之外的气味，很快他就嗅出来了，有那个疑似地狱使者的黑衣人气味！原来，是这个恶魔杀了这两个老人！真是丧心病狂罪该万死！可他为什么要杀两个行将就木的老人呢？他不是一直都在挑衅军方的特种高手吗？在之前，他可从来没有杀过一个普通人。

不管怎么说，先把这混蛋找出来再说。秦帅离开两具尸体，集中精力搜寻黑衣人的气味，结果马上就令秦帅大为振奋，他不但嗅到了黑衣人残存的气味，而且嗅到了很清晰的黑衣人本人的气味，在大约一百米外的地方。

秦帅当即寻着那气味找过去，果然越是接近，气味也越来越浓。很快，秦帅就看见了一片竹林，竹林边上有几间房子，房子是砖墙水泥板，两层的。秦帅的嗅觉显示，味道就是从那个屋子里发出来的。而且，除了黑衣人的味道，还有那两个死去的老人味道也在屋子里。

一瞬间，秦帅大概就明白为什么黑衣人要杀两个老人了。因为这房子就是两个老人的，而黑衣人一路逃跑到这里，觉得这房子单门独户，是个很好的藏身之地，加上手臂有伤，就想在这里藏几天。但两位老人或许是拒绝了他的入住，或许是黑衣人担心走漏消息，本身心狠手辣，所以就干脆把两人杀了，来个干净！这个混蛋，秦帅心里的怒火瞬间燃烧起来！

事情确实如同秦帅推断的那样，追风那天受伤之后，在凤凰山的落日山庄藏了一天，抓鸟，茹毛饮血，然后沿着落日山庄的后山险地一路逃下去。恰好就看见了这么一处位于山上且独立的房子，觉得这是个很不错的地方，能好好养伤。而两个老人住在这里，其家人大概在外打工，跟外界不会有密切联系，所以杀了他们，鸠占鹊巢。屋里不但粮食充足，而且没有半点危机感，因为这地方比较独立，没什么其他人家来往，即便有，追风也想好了，谁来杀了谁就是。他们这种杀手，即便是在人潮拥挤的城市，众目睽睽的街头，也照样杀人如杀鸡，何况在这种乡野之地，前可势如破竹地冲杀，后可往密林深处逃跑。

追风从屋里拿出来一把摇摇椅，正坐在门口荫凉处，手里拿着一根从地里掰回来的煮玉米在啃。玉米是乡下人自己种的，特别甜，感觉很棒。

突然，追风拿着玉米的手似乎被定住了一般，他看见了一道人影。中午过后的太阳方位变化不一样，那道人影被拉得很长，从照裂大地的金色光芒之中覆盖过来，走得很缓慢，却令追风有一种泰山压顶的压迫感。他感觉出来了，那道人影杀气深重。正常人在太阳底下的行走速度会很快，脚步也很重。但这道人影的速度很慢，一步一步地逼过来。

追风顺着那道影子望过去，心中一震！竟然是他心中深为忌惮的人，死神秦帅！一瞬间，追风的血液凝固了。

秦帅的目光里杀气深重，让他这个老牌杀手也不禁感到后背发麻。那是一种说不出来的感觉。

终于，在离追风只有几米的树荫下，秦帅站住了脚步。表面上看着很放松，但心里的杀机却如同一个炸药库即将点燃一般。

"很厉害啊，居然找到这里来了！"追风故作镇定。

秦帅冷笑一声："听说过天网恢恢，疏而不漏吗？"

"哈哈。"追风也冷笑一声，"那你听说过道高一尺，魔高一丈吗？"

秦帅说："你好像忘记几天前是怎么挨我一刀屁滚尿流地落荒而逃了吧！"

追风说："你今天来了，不正好送上门来让我报仇吗？"说着，缓缓地从椅子上站了起来，侧转身子，与秦帅对峙。

"今日此地，这里只有你死我活，在这个序幕拉开之前，能回答我两个问题吗？"秦帅问。

追风嘲讽道："你反正会成为死人，知道什么跟不知道什么，有什么区别吗？"

秦帅说："我是怕你一口气上不来，有很多事情石沉大海。好了，我开始问了，你挑衅世界特种部队的用意何在？"

他没有直接问追风是不是地狱使者，而是问他的用意，这样容易忽悠他。如果问追风是不是地狱使者，他可能会否认。而问他挑衅世界特种部队的用意何在，他若是地狱使者，可能回答真相，也可能会含糊。他若不是，则可能会显得意外。

"挑战世界特种部队？"追风在听到秦帅的问题后，果真愣了一下，然后狂笑一声，"我高兴，你管得着吗？"他当时确实没反应过来，因为他根本就没干过这事。但他是聪明人，想起大老板让他用刀片冒充地狱使者袭击秦帅的事，看来秦帅确实是把他当地狱使者了。所以，反应过来，他马上就承认了。

可这点反应上的迟钝没有瞒过秦帅，如果追风是真的地狱使者，听到他的问题，就不会有那瞬间的愕然。那瞬间的愕然表示他没有做过挑衅世界特种部队的事情，但在瞬间的愕然之后，他又承认了。果不其然，是冒充的地狱使者！秦帅马上就得出了结论。

而更大的问题是，地狱使者乃是世界超级狂魔，惹下那么大的麻烦，追风为什么要冒充地狱使者，对他这个军方的王牌出手？

"这么说来，你也不是飞龙组织的人了？"秦帅说。他的目光还是死死地盯在追风的脸上。很多说谎的人，脑子里都会有一个转弯的间隙，会有瞬间的迟缓，这种内心的东西，若非事先就有心理准备，熟练地编排过谎言，一旦突然遭遇到问题，都会本能地在表情上表现出来。

"飞龙组织？"追风又瞬间愣了一下，"我为什么会是飞龙组织的人？"

在他的潜意识里，他是毒蛇组织的人，是毒蛇组织杀人王排行榜第四位高手。而飞龙是毒蛇的死对头，是大老板灌输给他们，总有一天会被灭掉的对象。毒蛇要踩着飞龙的尸骨，去站在世界之巅，展现辉煌。所以，秦帅突然说他不是飞龙组织的人他没反应过来。没想起那天晚上在河滩，大老板特意布局让他出面帮助那个戴草帽的飞龙杀手，伪装成跟他一路人。

而秦帅听到追风这个回答，马上就确定了，果然是他当初推断的后一种结果。这个黑衣人只是刻意表现出跟草帽杀手是一伙的，其实不是，那只是黑衣人演的一出戏。而现在看来，这出戏还不是黑衣人自主去演的，因为他脑子里对飞龙组织相关的概念很淡薄。他虽然努力地做了，但转眼就没放在心上，以至于秦帅突然问起来，他竟感到愕然。如果是他自己精心布局冒充，他即便有一个间隙的愕然，但也肯定会很快反应。事实上他没有，说明他都没有想起秦帅此问是针对河滩上那档子事，可见他是被指使那么做的，他背后还有一个操盘的人！

"你不知道那天晚上死在河滩上的杀手就是飞龙组织的人吗？你还跟他做出一副兄弟情深，要为他报仇的样子来？你老板让你演戏，就没告诉过你演的角色吗？还是你对角色的印象不深，演过就忘记了？"秦帅问。

追风心里一惊，他倒把这档子事给忘了。这可坏了老板的事啊，这人如此狡猾，竟然把他往坑里带！他不敢跟秦帅玩语言游戏了。一下子就恼怒起来："都是江湖人，哪里那么多废话，凭本事说话吧！"

话音刚落，手臂一抖，手中那根啃了半截的玉米直接砸向秦帅的眼睛，同时伸手一抄，将摇摇椅抄在手里，凶猛地挥舞着向秦帅扑出。秦帅才偏头闪开袭眼的玉米，追风已经舞着摇摇椅往自己头上以霹雳之势砸落而下。

在炙热的阳光之下，卷起一阵风，可见追风的力道之猛。秦帅这次铁了心要拿下他，绝不会让他再走掉，于是也不跟他客气了，以硬碰硬，强势反击。

看着摇摇椅砸落而下，秦帅立马使出龙虎锥。中食指蜷曲成锥，轰然迎击而出。"咔嚓"一声爆响，本来年久的木头，在秦帅如此杀机凌厉的重击之下，顿时断裂，木渣飞溅。同时间，秦帅飞身而起，双手夹抱向追风的头部两侧，膝盖重压追风的胸膛，这一招叫"飞龙在天"，是暴风腿中的绝招，跟泰拳中的飞膝压胸有些相像，但招式更严密，更凶猛。多了双手锁头一击这致命之招。

但追风毕竟不是吃素的，眼见一开始秦帅就以势不可挡之势强势反攻，他不敢触碰锋芒，赶紧一招"顺水推舟"，以双手掌挡于胸前，推向秦帅的膝盖。同时在秦帅的膝盖上借力，身子急速后退。没有受伤之前，他尚且不是秦帅对手，何况那天晚上手臂被秦帅的匕首洞穿，伤及筋骨，现在还是愈合期，那只手还不能使太大的劲，否则会筋肉崩裂。

追风虽然以"顺水推舟"在秦帅重击而来的膝盖上借力后退，但秦帅心里杀机汹涌，一方面恼恨他连无辜的老人都杀；另一方面知道他逃跑起来比兔子还快，所以把最强大的力量使出来，打算直接把他当场干趴下。强大的力量直接涌向追风的手掌，如一阵狂风席卷，追风的身子直接像树叶一般飘飞出去。落地之时也站立不稳，噔噔噔地倒退了数步，然后一屁股坐倒在地，溅起一片灰尘。但追风反应很快，一翻身爬起来，打算逃跑。可惜秦帅已经如风一般追击而至，暴风腿接连使出"单枪猎帅""以退为进""风卷残云"三招，巨大的力量狂轰滥炸。追风慌乱地挡住两脚，却被第三脚直接踹飞出去。他手里没有了武士刀，加上手臂受伤，战斗力的确大打折扣。

但他还有一招杀技，那就是刀片。倒地之时，看见秦帅如猛虎出笼一般扑来，将手迎着秦帅挥出。突然之间几点光芒乍现，刀片在明亮的太阳之下发出耀眼的光芒，射向秦帅的眼睛以及咽喉等要害部位。刀片未到，那浓重的钢铁气味已经先进入秦帅的嗅觉，秦帅身子如陀螺一旋，迅速闪躲开袭击，暴风腿绝招之"潜龙在渊"，从地面直铲追风下盘，卷起一片灰尘。追风大惊失色，手在地上借力，狼狈地翻滚开去，并且顺势翻身爬起就逃。

秦帅将腿一抬，从小腿部拔出军匕，将手一挥，一道光亮闪耀而过。追风感觉背后杀机而至，居然脚下一蹬，身子凌空而起，宛如大鹏展翅，将秦帅的军匕闪躲开。突然，身在空中的追风一声叫唤，身子一抽，半空栽落下来。

秦帅回过头，看见了站在身后的上官白雪。在他军匕出手之后的瞬间，他嗅到了一股绣花针的味道，只不过不是攻击他，所以他没应对，而在追风栽落之时，他才回过头来。不用说，追风是被上官白雪的绣花针给射落下来的。秦帅直接朝追风逼了过去，追风还想爬起来，但爬到一半又栽了下去。

上官白雪一共射出三根针，三根针以曲线阵形，分别射向追风的肩井穴、尾闾穴、腿弯穴。追风的腿只要一用力，那射入穴位的针就会狠狠地刺到他的经脉与血管，会疼痛难当，所以动一动，都会痛得受不了栽倒下去。

"怎么，还想跑？"秦帅的语气冰冷，上前抬腿给他一脚，蹬在他的肩膀上。追风一声惨叫，直接在地上西瓜似的滚了两圈。

秦帅再走过去，又接连两脚，把他的一条腿踩成两处骨折，追风便像死狗一样趴在那里了。

"你杀人的时候，不会想到有一天你可能会被杀吧？"秦帅问，"感觉如何？比手起刀落的感觉痛快吗？"

追风一副桀骜不驯的神情："不要吓老子了，老子从第一天杀人起，就已经做好死的准备了，要杀要剐，随你便！"

秦帅冷笑一声："既然你是杀手，还是职业杀手，应该听说过死亡并不可怕，而可怕的是想死却死不了吧？"

说罢，一手按住追风的头顶百会穴，固定住他的脑袋，一手使出龙虎锥，直接击向追风的一只眼睛！瞬间，一声撕心裂肺、令人毛骨悚然的惨叫声响起。连上官白雪在旁边看得都一缩脖子，她没想到秦帅出手如此残暴！

"怎么样，好玩吗？"秦帅问。

秦帅可是专门修过心理学的，而且是极其特殊的犯罪心理学，对各种罪犯的心理了如指掌，自然有绝对的对付办法。果然，那一拳已经完全将追风给震住了，整个人都像霜打的茄子，焉了下去。

"他，他就是地狱使者吗？"上官白雪终于在背后问了句。

秦帅看了一眼上官白雪，好歹抓住这家伙她有功劳，还是应了句："不是。"

"不是？"上官白雪一愣，"那他是什么人？我还以为他是地狱使者呢？你不是一直跟着线索追过来的吗？"

秦帅说："他在冒充地狱使者。"

"冒充地狱使者？"上官白雪更不解了，"为什么？他冒充地狱使者干什么？"

秦帅说："这也是我想知道的，所以，这个答案得问他了。"

当下，他看着追风："听见我的问题了吗？你为什么冒充地狱使者？"

追风狡辩："我不知道地狱使者是谁？我怎么会冒充他？"

秦帅说："你大概想让我把你的另外一只眼睛也戳瞎，变成真正的瞎子了，才不跟我睁眼说瞎话吧？"

追风说："我真不知道地狱使者是谁，我没有冒充他！"

他怎么说也是毒蛇排行榜第四位的杀人王，是大老板手里的得力干将。在被秦帅短暂的震撼之后，他的意识马上清醒过来。一旦他说出冒充地狱使者的事，必定得说出大老板，那么他的人生只有悲惨的结局。军方不会放过他，大老板也不会放过他。大老板对叛徒的手段，比起秦帅更残忍。如果咬牙不说，大老板没有发现什么被出卖的迹象，还会想尽办法救他。所以，无论如何他都不会承认！

秦帅见追风居然不受威胁，知道一直摧残他也不是办法，人体被摧残到一定程度，痛到麻木，痛到弥留，就起不到震慑效果了。所以，他还得慢慢地跟他交锋一下。

秦帅继续说："那行，你先跟我解释解释河滩的事吧，解释得好，我继续跟你交流，解释不好，你看我怎么让你惨叫。没事，我很久没用过那些残暴的手段了，今天用起来，感觉很爽，我不怕你跟我玩花样，我比你玩得起，因为我是赢家！说吧，河滩上的事是怎么回事？"

追风说："没什么事啊，就是阿牛接单杀你，组织担心他不是你的对手，所以让我暗中看着，如果他不行的时候，我再出手帮他。"

"好吧，你想要我戳穿你，我就戳给你看看吧，你说你跟那个死掉的草帽杀手是一个组织的，因为他接单杀我，组织担心他不是我的对手，所以派你在暗中保驾护航，是这样的吗？"秦帅问。

追风说："是。"

秦帅说："那就当你是，那你告诉我，你们是什么组织？"

追风说："飞龙杀手组织啊，全球第一杀手组织。"

这个时候追风还不忘把那天的戏接着演，继续嫁祸给飞龙组织。

秦帅点头："好吧，全球第一的飞龙杀手组织，很卓越的杀手组织了，纵横世界二十年，谁能相抗，韩飞龙更是从亚马逊特种基地走出去的。你告诉我，既然你们组织担心那个阿牛不是我的对手，派你保驾护航，为什么不直接派你来杀我，而是要派个丢人现眼的人来送死？别告诉我飞龙组织的指挥者很脑残，只想派个卒子让我玩玩。"

追风一下子就被问住了，但还是模棱两可地说："领导这么安排，我也不知道是什么意图啊，领导的意图下面的人是不允许过问的。"

秦帅说："好吧，你果然是不见棺材不掉泪，以为能在我面前敷衍得过去，那我就让你原形毕露吧！"

"你转过身去！"秦帅对上官白雪吩咐了一声。

上官白雪不解："干什么？"

秦帅说："你要是愿看就看吧。"

说罢，直接一只手把追风提起，另一只手直接把他裤子给扯了下去。

上官白雪顿时才明白过来，赶紧转过身。

秦帅直接把追风的裤子扯到了脚底，说："飞龙成员的屁股上都文着一条龙，而且是一条腾云驾雾的龙，意为飞龙，你连标记都没有，还跟老子冒充飞龙的人！"说完，替他把裤子拉上，抬手就是一耳光，打得他一个跟头栽倒在地上。

秦帅杀气腾腾地问道："你到底是什么人，为什么要冒充地狱使者和飞龙的人？"

"我的确冒充了飞龙的人，但我没有冒充地狱使者。"追风也是老手。他知道这个时候一点不说铁定熬不过这一关，但绝不能说出他冒充地狱使者的事，一旦说出来，会死得比什么都惨，地狱使者闯的祸太大了。

"没有冒充地狱使者？"秦帅问，"那就是你跟地狱使者有关系了！"

"你可不能冤枉我，地狱使者可是全世界军方的公敌，你说我跟他有关系，是让我死无葬身之地。"追风一脸无辜地说。

秦帅冷笑："最好不要跟我演戏，你那点演技对于老子来说只是小丑。你既然想撇清跟地狱使者的关系，那你说说你以刀片为武器是怎么回事吧？"

追风说："没什么啊，因为刀片很锋利，而且方便携带，当初我训练的时候就选择了用刀片为武器，仅此而已。"

秦帅说："刀片虽然锋利，便于携带，但两面锋刃，极不好使用，一个不小心，就很容易误伤自己。所以，在我了解到顶级的杀手之中，除了地狱使者之外，你是第二个用刀片为武器的。所以，这只有两种解释，第一种就是你刻意冒充他；第二种就是你跟他接受的是同一个人的训练。哦，对了，我想起来了，你的刀片杀技运用很纯熟，如果仅仅只是冒充的话，达不到那种效果，所以，你应该本身就会这种刀片杀技，那么结果就是，你跟地狱使者同出一脉。说吧，只要你交代出地狱使者，无论你犯有什么滔天大罪，我保你不死，而且立马送医！否则，你知道后果是什么样的！"

追风正打算说话，突然，他身上的电话响了起来，几双目光同时落到追风的身上。

追风也看了眼电话，然后看着秦帅，他很清楚，谁会给他打电话。

秦帅盯着他说："接，打开免提，按照平常的语气和他说话，正常反应，最好是能让我知道点有用的信息，那么你就很好过，否则，你可就真的惨了！"

追风用颤抖的手从身上拿出了电话。

没错，上面存了两个字：老板。是大老板打来的。

秦帅也看见了那两个字，心里激动起来。果然，一切如他所料，在追风的背后还有一个真正的大人物操盘。而这个大人物，应该就是追风、朱象和黑妞等一干人的幕后总操盘手，整个案件的真正大鱼。而这条大鱼，铁定跟地狱使者有着某种关系。

追风按下了接听键和免提。

"喂，老板。"追风喊了声。

"你伤怎么样了？"大老板问。

"我……我好很多了。"追风说。

大老板眉头一皱，问："你现在是在家吗？"

这是一句暗号，意思是你现在安全吗？因为大老板已经察觉到不对了。首先任何时候追风在接他电话的时候，那语气都充满了力量和信心，有一种赴汤蹈火的决心，有一种胸有成竹保证完成任务的信心。但今天，他接电话喊老板的声音很焉儿。随后问他伤怎么样了，也回答得吞吞吐吐，说好很多了。这过去好几天了，也只是一些外伤，按照追风的体质和药物治疗，他应该是生龙活虎的，就算还没完全恢复，起码也应该回答得很肯定，没关系了，问老板有什么指示，然而不是这样。所以大老板觉察到反常，便用暗号询问。

果然，追风回答："哦，我现在没在家，在外面呢。"意思就是我现在不安全，出了事。

"哦，那好吧，你什么时候回家？"大老板问。

追风说："这说不准，老板有什么事吗？"

他知道大老板肯定已经明白了，他这个时候问有什么事，不过是讨好秦帅，表面上是在帮他套话，其实他知道大老板肯定不会交干货出来。

果然，大老板很聪明地说："是有点事，有个飞龙特使准备到你那边来办事，我打算让你配合一下他。既然你不在就算了，我另外安排人。"

"哦，好吧，那再联系。"追风说。

大老板挂掉了电话。

追风看着秦帅，秦帅"呼"一个耳光就过去了，打得追风连电话直接都摔了出去。

"怎么了，我不是在配合你吗？"追风捂着脸，很委屈的样子。

秦帅冷笑一声："你以为老子傻呢？幕后老板打电话给你，就像唠嗑一样的？他派你出来执行任务不知道你在什么地方？没有他的命令你敢擅自乱跑？有事情会跟你用商量的语气？还问你在不在家？职业杀手有家吗？这种低级暗号玩到老子手里来了！看来老子今天不让你哭你就不知道老子的厉害！"

秦帅又一耳光过去："你为什么要回答不安全？"

追风哭丧着脸："因为我怕老板，一旦对他有所欺瞒，他就会用最残忍的方式处置叛徒，我们受过这种特训的人都有这种心理阴影，所以就老实回答了。"

"好吧，老子不追究你刚才的事，看你后面的表现吧！"秦帅问，"说说你的老板吧，什么来历？"

追风说："他是一个杀手组织的老大。"

"姓什么名什么，代号是什么？"秦帅问。

追风摇头道："这些我们都不知道，组织里没有一个人知道，我们从第一天跟着他开始，都喊他大老板。"

秦帅说："那你告诉我，你们组织名称，总部在哪里，如何能找到这个大老板？"

追风说："组织名称叫鳄鱼，总部在亚马逊的一处原始森林边缘，大老板的行踪不定，经常会出没在各个城市，也是为了安全着想，防备被出卖。"

追风很聪明，故意说这些虚假信息给秦帅。秦帅也不知真假，必定会上报，然后去进行调查核实，而这个时间，大老板早已经安排人采取行动了。因为他清楚，在蜀中以及唐镇就有毒蛇组织的高手。到时候秦帅即便证实他说的假话也不用怕了，因为他已经不会在秦帅的掌控之中了。

秦帅把目光看向上官白雪，问："他说的这些信息，你有什么印象吗？"

上官白雪摇头道："我知道全世界几百个杀手组织，但没听说过叫鳄鱼的。"

秦帅的目光犀利地盯向追风："你是觉得你现在还挺得住，想老子继续陪你玩是吧？"

追风赶紧辩解："这次我真没骗你，我们老板老奸巨猾，他一直在秘密发展，根本就没怎么在世界杀手圈子露过面，也没有对外公布过组织名称，因为他说了，公布自己的组织名称可能会有更多被客户知道的机会，虽然能多接一些单，但暴露的信息也会更多，危险系数会增加。所以，我们组织只接熟人介绍的单。在亚马逊的地下世界，还是有人知道鳄鱼组织的，你们去查就知道了。如果我说谎，你再随便怎么处置我都行。"

秦帅看向上官白雪："刚才他说的信息你都记住了吗？"

上官白雪点头道："一字不漏地记住了。"

秦帅说："那行，派人去核实吧，如果有半点假话，我立马要了他另外一只眼睛！"

"这得到亚马逊核实，一般人不行，得中情局或者军方派特工过去，最少得两天时间才会有结果的。"上官白雪说。

秦帅说："两天不算什么，地狱使者的案子都一个多月了，不差这两天。"

上官白雪看着追风："那他怎么办？"

秦帅说："我自然有办法。"

说着，秦帅便拿出了电话来，拨通了一个号码，然后走到一边去。

电话打通，立马传来一声"喂"。

秦帅问："是猎鹰特种部队驻唐镇精兵连的侯连长吗？"

那声音答："我是，请问你是？"

秦帅当即说："黄河之水天上来。"

那声音立马洪亮起来："长官好，请问有什么吩咐？"

秦帅说："你马上在你们基地给我弄一间关押人贩的密室出来，另外马上派人过来接人犯，我在这里等，我会把地址和坐标发给你。"

"是，长官！"猎鹰精兵连长侯连武声如洪钟地回答。

秦帅挂掉了电话，然后走到了上官白雪的面前说："你有面具吗？"

"面具？"上官白雪问，"什么面具？"

秦帅说："当然是掩饰自己真实面目的面具，还能有什么面具！"

上官白雪问："要面具干什么？"

秦帅说："我打了电话给猎鹰特种部队的人，准备把这家伙关押过去，他们一会儿就来接人了。有面具就戴着，没面具你就先走，总之，不要让人看见你这张脸，就不会知道你跟官方有关系。"

上官白雪明白了过来，怎么说她也是做情报工作的，保密意识很强。

她说："我没有面具，但这人还得审才行，我应该参加对他的审讯，有很多信息你不能及时发现，也许我能发现，然后我们可以一起商量对策。"

秦帅说："那你先回城，去想个办法掩饰了自己的本来面目之后，我让人来接你。"

上官白雪点头道："行，我先走了。"

然后看了眼一边的追风，突然想起什么："可是他看见我了，肯定就知道我是官方的人了。"

秦帅说："他知道没有关系，落到我手里，他所知道的秘密永远都不可能泄露出去的！"

上官白雪没再说什么，转身走了。

秦帅又看着在那里好像奄奄一息的追风，他本来还算强壮的身躯，如今痛得像虫子似的瑟瑟发抖。

秦帅过去，一只手把他提到了树荫底下，问："怎么样，滋味还好受吗？"

"口渴，渴。"追风说。

秦帅看了下他那干裂的嘴唇，加上失血很多，也会加重人体水分的流失，当即就说："行，老子就先伺候一下你，到时候不给老子吐干货试试！"

说罢，便进屋里用水瓢舀了一瓢水出来，给追风喝了。

"对了。"秦帅突然想起，"我还没有问你怎么称呼呢，说说吧，毕竟后面咱们打交道的时间应该还多，起码知道个称呼比较好，可不要乱说哦，因为我随时都可能查到你底细的。对我撒谎的后果你大概也清楚了。"

追风便说了自己的杀手代号，这说了也没什么关系，因为世界杀手排行榜上并没有他的席位，也没人知道他是谁，没人知道他出自毒蛇。

"追风。"秦帅点头，"嗯，我相信这代号是真的，话说你速度那么快，是练的什么狗屁功夫？"

追风说："叫追风术。"

"追风术？"秦帅问，"什么功夫，轻功吗？"

追风点头道："嗯，是的。"

秦帅问："跟谁练的啊，那么厉害？"

追风说："跟一个江湖异人练的。"

"江湖异人？"秦帅问，"为什么要教你这么厉害的功夫？黄石公可是三试张良才教兵法的，江湖异人为什么教你？"

追风说："因为我每只脚都有六根脚趾，脚掌很大，奔跑的时候能更好地在地上借力，所以他觉得我很有天赋，就收我为徒了。"

"六根脚趾？"秦帅说，"还有这样的事啊！"

说着就用脚一刨，把追风的鞋子刨掉了，果然是六根脚趾，不由得暗自称奇。不过也没什么，这大千世界，总是无奇不有的，有的人生来就跟常人不同，譬如他的嗅觉奇特，有的人能黑夜视物。各国的特种机构里，也都有各种各样的天才，只是对普通人来说不可思议，而对于他们这种人来说，都习以为常了。

"那个江湖异人是几岁的时候教你的？"秦帅问。

追风说："三岁的时候。"

"三岁就教你了？"秦帅问，"那你什么时候练成这个什么追风术？"

追风说："十岁。"

"什么时候进的这个鳄鱼组织？"秦帅问。

追风说："十七岁左右。"

"十七岁左右？"秦帅问，"又是什么原因进的这个组织？"

追风停顿了下来，没像之前那样回答得很流利，因为他突然发现，秦帅并不是在简单地跟他聊天，而是借聊天的形式一点一点地刨他的老底，慢慢地就把他的整个人生给刨出来，让他不知不觉就泄露出很多重要信息。譬如秦帅现在问到的他是什么原因进的现在这个组织，真实的原因是当时他发生了一起刑事案件，为了一个喜欢的女孩，失手把一个富二代给打成重伤，被抓去坐牢，是大老板花钱把他给无罪释放的。然后，他就知道一个道理，要做世界的强者，就得去掌握别人的咽喉命脉。于是他就跟随了大老板，进入了毒蛇组织。

从十七岁到现在的三十七岁，整整二十年，苦练杀技，备战今朝！

就差那么一点，他就露底了。一旦他说出那桩往事，秦帅必定能查到当年那桩案件，就把他的真实身份和大老板一道给说出来了。但他不能不回答，于是就撒了个谎："其实也没什么，就是当时大老板觉得我是个人才，所以就让我加入了。"

"啪！"话音才落，秦帅一耳光就打过来了。

"放屁！"秦帅骂了声，"还跟老子扯谎，信不信老子切你几根手指，一点点地把你削成人棍！"

追风不服气地说："就是这样的，哪里扯谎了？"

他觉得秦帅又不是神仙，那是一段二十年前的历史，属于他的人生，秦帅怎么都不可能知道真假，只是故意诈他而已，所以只要他坚持说这样，那就是这样。

秦帅说："本来想让你消停一下，你要不识相，就怪不得老子了，切你一根手指，我再告诉你为什么吧！"

追风哭丧着脸说："为什么，我又没跟你扯谎！"

秦帅冷笑一声："还跟老子说没扯谎？你说十七岁的时候，因为大老板觉得你是个人才，所以就让你加入了？你忽悠谁呢？你十七岁，身怀天赋，应该正是春风得意的时候，一个你根本不认识的人，突然出现告诉你，说欣赏你的天赋，让你去做杀手，亡命天涯，难道你就那么轻易跟着去了吗？十七岁年纪，正常智商都知道，杀手是一条不归路，如果你没有犯下严重的事，没有走投无路，你会加入杀手组织？你肯定是出了什么严重的事，然后这个所谓的大老板帮过你一把，你要报恩，而且在当地难以立足，所以才加入杀手组织，鞍前马后的吧？"

追风不得不服了，这个死神不愧是军方的高手，真是火眼金睛，说什么谎都别想瞒过他。但他不能承认，一旦说出当年那件事的真相，大老板就很可能暴露出来。

追风只好随便说了个借口："是的，当年因为我家里得罪了当地的恶霸，大老板帮了我们一把，把我爸妈安顿好了，然后我就跟着他混了，一是图个安全，二是为了报恩。"

秦帅继续刨根问底道："你爸妈还健在吗？你们原来住什么地方？"

追风说："在港城一个叫泰安的小渔村，爸妈后来还是被仇家找到，被杀死了，将近二十年，我只是常想起他们的样子。"

秦帅其实知道追风说的未必是真的，但这个确实难以查证，他也不能一下子把他给弄死，或者直接就把他两只眼睛弄瞎，再削成人棍，这样就会使得追风彻底绝望。一个完全绝望的人，是不会吐什么东西出来的。对付像追风这样的老手，秦帅大概得好好地思考一下，再慢慢和他打交道。只要把前后左右都想周全了，追风的嘴巴再严实，也绝难逃出他的手掌心。

影子教官说，这世界上所有的难题其实都有答案，只看能不能被发现。所谓秘密，世界之谜，远古之谜，都只是没人看见真相而已，但并不意味着没有真相。

秦帅戴上了骷髅面具，然后站在那里等猎鹰特种部队的到来。

大约二十分钟的样子，秦帅听到了公路上有鸣喇叭的声音，当即把追风像提一只小鸡似的往路下面提去。远远地就看见三辆迷彩色的军车停在路边，车上下来了十余名全副武装荷枪实弹的猎鹰特种兵，见到秦帅提着追风下来，其中一个军衔为上尉的特种军人迎上前来，问："请问是让猎鹰来接人的吗？"

秦帅说："是。"

那上尉军衔的人立马笔挺地一个立正："猎鹰精兵连连长侯连武，见过长官。"

秦帅说："不用那么客气了，走吧！"

当下，侯连武让秦帅带着追风上了他的车子，启程返回唐镇猎鹰特种基地。

"能问下长官，这家伙是犯了什么重罪吗？"侯连武打破了车里的沉默。

秦帅说："要么是地狱使者的对头，要么就是地狱使者的同伙。"

侯连武一愣："是吗？跟地狱使者有关？那到底是对头还是同伙啊？"

秦帅说："同伙的可能性较大。"

侯连武问："是吗？为什么？"

秦帅说："因为他和地狱使者都是用的刀片杀技，要么就是他刻意冒充地狱使者，要么就跟地狱使者是一伙的。但看他的刀片杀技很熟练，应该修炼很久了，所以纯粹冒充的可能性不大。"

"难道这世界这么大，就不可能另外有用刀片杀技的人吗？但凡有用的，都得跟地狱使者有关系吗？"追风居然接话了，为自己辩解。

秦帅淡然一笑："如果你只是偶然使用了刀片杀技，我不会把你和地狱使者联系起来，但可惜的是，你们在唐镇一系列的动作，已经有很显然的证据指向了，你不用狡辩，我心中有数！"

"居然是跟地狱使者那狂魔一起的！"侯连武顿时怒目圆睁，"杀我兄弟者，不共戴天。长官有关于地狱使者的消息了吗？若有的话，我们猎鹰精兵连时刻听候差遣，赴汤蹈火在所不辞！"

秦帅说："放心吧，有你们报仇雪恨的机会，这机会也很快就会来了，不用急。"

"是吗？那我们随时等候长官差遣！"侯连武的神情十分激动。

猎鹰特种部队，也是华夏有名的精英特种部队了。而精兵连，是猎鹰特种部队里的尖子成员，驻扎在经济发达影响重大江湖纷乱的唐镇，可谓肩负重任。然而，那个狂魔地狱使者，竟然击杀了好几名猎鹰特种兵，猎鹰特种兵却连地狱使者的屁都没有闻到。这对于猎鹰特种兵来说，简直就是奇耻大辱。而对于他这个连长来说，更是打脸，让他在战友和领导面前，都颜面扫地，抬不起头。他此生的心愿就是，哪怕拼出自己的生命，也要跟地狱使者全力一战。哪怕战死，也要站着死去，为死去的兄弟做点什么，像个真正的军人一样！

半小时后，侯连武带着秦帅和追风回到猎鹰特种基地，并且将追风带到了早就准备好的密室。

"你喜欢吃什么吗？"秦帅看着被扔在地上的追风问。

追风不解地看着秦帅："什么意思？"

秦帅说："估计你活不了多久，在你有限的生命里，我还是乐意满足一下你的一些基本要求的。"

"你想杀我？"追风问。

秦帅摇头道："我不想杀你，因为我希望你能跟我好好配合，将功赎罪，但我知道你很顽固，就算我想帮你，你还是不想把真正的秘密吐给我。所以，你自己要找死，我无能为力，只能做好送你上路的准备。不跟你废话了，说吧，想吃什么，想要什么，我让人帮你准备。"

"行啊，帮我送两瓶冰啤酒来，切点凉菜卤肉什么的！"追风也显得坦然。他不知道秦帅在玩什么把戏，也许确实是准备送他上路，但他相信大老板会在秦帅送他上路之前把他救出去。所以，秦帅如果真愿意给他送点好吃的，他没有理由拒绝，养好精神，至少到时候能少拖累营救人员。

秦帅看着侯连武说："侯连长，让人去帮他准备吧！"

“这……”侯连武有些不大情愿，“就这样的混蛋，不慢慢修理他已经算客气了，还去给他弄吃的，长官，对这样的人不要太仁慈了。”

秦帅说：“你跟一个死人较什么劲，按照我说的去做吧！”

侯连武只好答应：“是。”

秦帅说：“还有，找医务人员来帮他处理下伤口。”

“这，他都要死的人，不要浪费我们的医疗资源了吧！”侯连武说。他对地狱使者实在是恨之入骨，哪怕跟地狱使者有点关系，他也恨不得亲手掐死对方，就算跟地狱使者没关系，哪怕是个罪犯，他也想狠狠地发泄一番。

但秦帅还是淡淡地说了句：“让你做就去做，哪有那么多的理由！”

这话虽然说得平淡，但分量却重如泰山，有着不可抗拒的力量。侯连武只好从命，让人去安排了。

随即，秦帅走出了秘密羁押室。

“这家伙是不交代吗，要不要我来审一下？”侯连武试探着问。

秦帅看向他，问：“你看见他现在这个状态了吗？但他脑子仍然很清晰，意志也很顽强，说的都是些不痛不痒的话，你觉得你还有什么办法让他交代吗？”

“那不折磨他，他肯定什么都不会说了啊！”侯连武似乎已经无计可施。

秦帅问：“谁说我不折磨他了？”

“啊？”侯连武一愣，“长官刚才的意思不是不再折磨他了吗？”

秦帅说：“我所指的是现在他只剩半条命，再接着折磨下去，没什么用处。但是，我要让他吃点好的，把他的伤势也处理好，让他的精神状态恢复过来，能更清楚地感受到痛楚和恐惧，同时也会有更强烈的求生欲，留恋这人间的美好，然后我再让他看看绝望是什么样子，对比之下，也许他就更容易崩溃了。”

“原来长官是走的这步棋，攻心为上，双重打压。既让他留恋美好的世界，想好好活着，又让他感受死亡的压力。果然是高招，我真是自愧不如。"侯连武明白了秦帅的用意，不由佩服得五体投地。

秦帅没理会侯连武的赞美，他肯定是要比侯连武棋高一着的，不然他怎么配称至尊王牌？华夏数万特种精英中的一号高手，那可不是靠关系走后门得来的，是要靠真才实学，靠综合战斗力换来的。

上官白雪打了电话来，说她已经收拾好了。秦帅问了她所在的地方，便让侯连武派个人过去接，说是一个朋友。虽然侯连武觉得，猎鹰特种基地似乎不适合一般的人来，秦帅也不应该把朋友叫到这种地方来，而且还让他派人去接。但上峰有过命令，有人打电话给他，说黄河之水天上来接头，他必须完全配合，无条件的！

侯连武派人去接上官白雪了。

秦帅找了个地方坐下，从身上摸出了烟盒，抽出了两支烟，递了一支给侯连武，然后自己点了一支，开始仔细地思考这个案子。追风到底属于什么势力？他跟地狱使者是不是真的同出一源？还有朱象和黑妞，他们潜伏在唐镇的目的何在？还有幕后那个总操盘的大老板，到底什么来头？而最重要的是，大老板用一个暗语从追风口里得知他出事了，他会采取什么行动？应该会派人营救的吧？毕竟追风这种身手，肯定是大老板势力当中有分量的人物，从追风出手控制江大海的飞车党也可见，他是一个核心人物。所以，他的口中必定有重要信息，大老板绝不可能对他放任不管！那么，应该有一场真正的硬仗要打了！

10 毒蛇计划

秦帅一点也没有猜错，对于追风的出事，大老板绝对不会坐视不管。追风可是毒蛇排行榜的杀人王第四，受大老板直接调度指挥，而且跟随大老板二十年，他知道大老板的秘密甚多。虽然只是通过暗语确定了追风出事，追风并没说出什么事，但大老板马上就猜到了，应该是与死神秦帅有关。因为追风藏身唐镇境内，而唐镇境内能对付得了追风的，只有死神秦帅。只是，大老板没有想明白，追风怎么会落在秦帅的手里？他不是在乡下找地方藏好养伤的吗？本来估摸着他的伤快好了，准备安排新的任务给他呢。已经管不了那么多了，采取对策为上。

大老板略微思考之后，首先打了一个电话出去，上面显示三个字：谢胖子。打通之后，里面传来了一个男人的声音，喊了声大哥。没错，大老板就是打电话给鹰眼大总管谢飞鹰。

"你马上启动唐镇的鹰眼情报系统，把唐镇派出所和猎鹰特种基地给我全方位无死角地监控起来！"大老板当即下令。

"出什么事了吗，大哥？"谢飞鹰突然接到这个命令，而且大老板的语气有些急。

他猜测是出什么事了，而且肯定是大事，因为平常大老板说话都非常沉稳的。

大老板说："追风被抓了。"

"什么，追风被抓了？"谢飞鹰听后也大吃一惊，"不可能吧，谁有那

215

个本事能抓住追风，且不说他的杀技出神入化了，就是遇到武功高的人，他打不过，但他的追风术也是天下无双，谁能抓得住？"

大老板说："对于他的出事我也很意外，但确实是事实，我已经跟他对过暗号了。我估计就是那个军方王牌死神秦帅抓的追风，他抓了追风不会直接杀掉，肯定想从他嘴里套东西出来。追风跟了我二十年，死神别想一下子从他嘴里知道什么，但长时间的折磨，会很容易摧垮人的意志，让人的意识模糊，审讯就可以乘虚而入，他就难以守口如瓶了，所以，我们要尽快采取行动。"

"大哥有什么办法了吗？"谢飞鹰问。

大老板说："你先启动鹰眼情报网络，把关押追风的位置找出来再说，快点！"

谢飞鹰答应，挂掉电话之后，立马启动了在唐镇的全部鹰眼情报人员，把猎鹰特种基地和唐镇派出所全方位无死角地监控起来，同时启动唐镇卧底人员情报网络，问那些平常伪装成小贩、顾客、行人以及小店主的人员，在唐镇范围内有谁发现军警车辆通过的线索。既然死神抓捕了追风，必然会有军警车辆出动。

一分钟后，谢飞鹰就得到了情报，猎鹰特种基地出动过三辆军车，往镇子北郊去了；半小时后，谢飞鹰得到情报，有三辆军车回到猎鹰特种基地，从车上下来了一个戴着骷髅面具的人，手里提着一个满身是血的男子。

鹰眼成员并不知那是追风，但谢飞鹰知道。当下，谢飞鹰赶紧打了电话给大老板，向他汇报情况，追风已经被死神抓入猎鹰特种基地。

"果然是死神干的。"大老板咬了咬牙，"没想到他居然有如此强大的战斗力，竟然活捉了追风。追风的伤势如何？"

谢飞鹰说："具体不大清楚，情报人员只说看见他全身是血，被死神一只手提着。看来，这个死神真不是吃素的。"

"吃不吃素，他也活不长了。"大老板说。

谢飞鹰问："那我们现在怎么办？"

大老板说："你马上让潜伏在蜀中的绝杀组到唐镇 A 据点集结，武器装备要齐全，我再调两个高手过来帮忙。"

谢飞鹰答应道："好的，我马上部署。"

大老板说："等下，我还没跟你说计划呢！"

谢飞鹰说："大哥请说。"

大老板说："你要跟下面的人说清楚，这不是简单的营救计划，而是双面计划。"

谢飞鹰问："什么双面计划？"

大老板说："如果能顺利救出追风的情况下，则采取营救方式。如果不能顺利救出追风，或者他伤势太过严重，有肢体折损，太影响行动，那么，就不必救了，改为杀之灭口。总之，不要让军方从他的口里知道任何秘密就是了。"

"明白了大哥。"谢飞鹰说。

大老板说："行了，你去安排吧，我再另外调两个高手过来帮忙。"

挂断电话，大老板又拨打了两个电话。

第一个电话上储存的名字叫"穿山甲"，是毒蛇杀人王排行榜上的第六名高手，擅长忍术，尤其擅长忍术中的遁地之术，对于这次行动来说，很需要他这样的人才。大老板叮嘱他，由他负责找出追风被关押的具体位置，然后告诉了他在唐镇A据点集合。

跟穿山甲通完电话，大老板继续拨打了第二个电话，电话屏幕上显示的是小魔女，不用说，是打给川岛樱子的。

"喂，干爹。"川岛樱子接了电话。

大老板问："现在忙吗？"意思是现在说话方便吗？

川岛樱子说："不忙，干爹有事说吧！"

她看见是大老板的电话之后就离开了吧台，避开了杨雪莲，所以没什么不方便。

"那行，你马上准备，到唐镇A据点去集合，往猎鹰特种基地营救追风。"大老板说。

"什么，追风被抓了吗？"川岛樱子吃了一惊。她知道，追风是毒蛇组织里排名第四，仅次于她的高手了。而且，追风的轻功术绝对是毒蛇组织里排名第一，让她也望尘莫及。然而，这么厉害的追风居然在唐镇被抓了？

大老板说："是的，所以我们要马上采取行动。"

当下，大老板对川岛樱子简单地说了下双面行动计划，还有救出来的可能则营救，如果没多大用处，就杀掉。

川岛樱子答应道："行，我一定会帮干爹把这事办好的。"

大老板叮嘱道："记得伪装好自己的面目，不要暴露了自己，这件事之后，我还得让你在唐镇好好地潜伏下去，有更大的作用！"

川岛樱子答应道："我会注意的。"

挂断电话，川岛樱子就回到了吧台。

杨雪莲顺嘴问了句："谁给你打电话啊？"

川岛樱子说："家里，问我情况怎么样。"

"哦。"杨雪莲随便应了声，也没说什么，在那里无聊地打量自己涂得鲜红的指甲。

"哎哟，哎哟……"突然，坐在那里的川岛樱子捂着肚子叫唤了起来。

杨雪莲吓了一跳，赶紧问："怎么了？"

"突然肚子痛，好痛，啊……"川岛樱子双手捂着肚子，痛得弯腰下去，一脸要哭的样子。

"啊？这是怎么回事，痛得很厉害啊？"杨雪莲问。

"嗯，啊……啊……好痛。"川岛樱子使劲做出痛得不行的样子，都不坐着凳子，而是往地上蹲下去了。

"那赶紧，我帮你打急救电话吧。"杨雪莲说着就准备拿电话。

"不，不用了，雪莲姐，我自己去下医院就行，急救车收费太贵了，一个月的工资都没了。"川岛樱子忙阻止杨雪莲。她的根本目的不是去医院，而是找个借口离开，如果喊救护车来，那她就不好脱身了。现在她还是很需要这份工作的，一是可掩饰身份，二是能和秦帅共事。

"都这个时候了还心疼钱。"杨雪莲嘀咕了声，"那好吧，你赶紧自己打个车去医院看看。或者，我帮找个保安大哥送你去吧。"

杨雪莲其实还是很善良，很热心的。

"不用送了，麻烦雪莲姐帮看着一下吧台就好了。"川岛樱子捂着肚子，赶紧离开了酒店。

离开之后，迅速回屋子取出了自己的夜行衣，然后赶往唐镇A据点。

半小时后，下午三点的时候，川岛樱子赶到了唐镇A据点。

那是唐镇西区的一座山上，山名"野人山"。山高，林密，陡峭无比。据说在解放前，这山上还有大量的野人，因此而得名。山脚下有几幢大约三层楼的房子，一看就是普通民居，因为这边的山高，一天的时间里都很少被阳光照到，所以显得特别阴森，这在风水大师眼中，会不怎么吉利，阴气太盛，影响风水运程，所以这边没有当城区开发，没有富人愿意住这边来。就连穷人也不大愿意住到这边来，本来生活就很艰苦了，如果再住到不吉利的地方，那命运岂不是更悲惨？但还是有人不信邪，或者说是没有办法，在这边零星地建了房子。

毒蛇的A基地就在山脚的一幢三层楼房，然而，这三层楼房并不简单。

川岛樱子在门口就蒙上了脸，对上暗号之后，被请进屋子，然后被一个忍者装扮的男子带进里屋，在里屋的墙壁上掀开一幅画，露出一个开关，按下开关，墙壁上出现一道门来。

门里面是内室，内室里没人，那忍者装扮的人又将床移开，然后从地上扯起一张放着的席子，露出一个很小的按钮，忍者在上面按了一下，只见地面便往两边露出一条缝。仔细一看，却是一条通道。

忍者用东瀛话说："往下面的最右道前进五十米就行。"

川岛樱子到了下面，看见一共有五条大小不一的地道，于是选择了走最右道，走五十米之后，居然过一个转弯，便看见亮光，亮光的尽头是山树和石头。往前走，居然出了地道直接走到了山上，山上是一片宽阔的松林，松林里聚集了二十多个全部身着黑衣、背插武士刀、头罩蒙面的男子。不用说，这些都是参与此次行动的绝杀组。

川岛樱子还没有跟绝杀组成员并肩战斗过，她只是听大老板说过，毒蛇里有一支绝杀组，作战力相当强大，全部都是按照忍者标准打造，忍者的正规忍级通常分为初忍、下忍、中忍、上忍、人忍、地忍、天忍、无极忍。而这些绝杀组成员都是地忍高段，或者以上，可见其战斗力之强悍。

"来人可是小魔女？"一名声音略显苍老的蒙面忍者看着川岛樱子问。

川岛樱子答道："是，你是？"

蒙面忍者说："我是这次行动的负责人，绝杀组组长，你叫我坂田就行。"

"哦，坂田君，什么时候行动？"川岛樱子问。

坂田说："还等一个人，到了即刻行动。"

正说着，突然传来一个声音："是在等我吗？"

众人循声而望，不见其人，突然不远处的泥土松动，一下子就冒出一个人来，一个身材瘦高，一身忍者装扮背插武士刀的男子，向着人群步伐稳健地走过来。

"穿山甲君的遁地术很厉害啊，居然不动声色而来，我竟毫无察觉。"坂田称赞道。

穿山甲说："那当然，不然我这穿山甲是白喊的吗？"

坂田说："穿山甲君这遁地术的境界只怕是到了六级以上吧？"

穿山甲一笑："这个，可得保密才行，要是你知道我的级数，掌握了我的实力，有一天万一成了对头，岂不是危险？还是说正事吧，老板让你负责行动，怎么个行动法？"

坂田说："大家熟悉一下猎鹰特种基地的地形之后随即出发。"

"随即出发？"穿山甲一愣，"你的意思是白天行动？"

坂田说："是啊，难道白天不好吗？"

穿山甲说："这白天容易暴露目标，不容易隐藏啊，而且防备也是最严密的时候。"

坂田说："穿山甲君这话可就错了，白天比晚上行动起来对我们可有利多了。"

穿山甲问："是吗？对我们有什么利了？"

坂田说："白天街道上车水马龙，人群拥挤，万一到时候我们撤退，就可以借这些人趁乱突围。而且，我们现在要对付的是一支国家特种部队，他们的枪械使用比我们要熟练精准得多。夜间空旷，他们可以毫无顾忌地向我们开枪射击，而白天人群杂乱，他们却不得不顾忌，这就是我们的优势。在不敢擅自开枪的情况下，单比武功，那就应该是咱们的战场了，对不对？"

"嗯，坂田君说得有理，这么说来，白天似乎确实有利一些。"穿山甲说。

"来，我们都看一下猎鹰特种基地的地形，然后分头行动吧。"坂田说着，从身上摸出一张由鹰眼提供的猎鹰特种基地地形图，然后给绝杀组成员以及穿山甲和川岛樱子讲解。

猎鹰特种基地位于唐镇东，前方临城，后方临河，河对面是山。所以，兵分两路，一路从城市正中，偷袭猎鹰正门，对正门的部署是：能悄悄潜伏进入最好，万一被发现而闹出动静的话，就干脆大张旗鼓，其目的是吸引猎鹰的所有注意力，让猎鹰把力量集中过来，为后方行动的绝杀组成员提供机会。

川岛樱子带五人从临河位置进入猎鹰基地，坂田带二十人从正面进入。穿山甲则单独行动，最快地把关押追风的具体位置提供给坂田和川岛樱子，并且最好能提供关于追风的身体状况，如有营救可能则营救，没有营救可能则击杀。先一步知道情况，可省略一些不必要的麻烦。

而就在坂田绝杀组精心布置行动的时候，秦帅猜测到大老板得知追风被抓，必然会以最快的速度采取行动。他绝不可能看低大老板的本事，既然大老板放了一个团队到唐镇来，而且还拥有追风这种高手掌控飞车党的能力，其实力必然不可小觑。

秦帅还做了一种假设，假设地狱使者就是跟这个大老板势力一起的，那么就更加可怕了。地狱使者事件的可怕所体现出来的，不只是地狱使者有着可怕到出神入化的武功，还包括他毁掉现场监控和痕迹的职业侦查手段。除此之外，还有另一种尤其可怕的东西，那就是信息资源。

王牌战士初到唐镇，还没有发现地狱使者的踪迹，为何地狱使者却能准确地先找到他们，从而加以击杀？包括秦帅到唐镇来，虽然也是低调得悄无声息，但为何对方已经知道了他的存在，开始了与他的较量？说明什么？说明在唐镇乃至蜀中的军警场所已经被这个神秘的组织暗中监控了。一旦有突然冒出来的神秘人员出现在军警场所，和军警人物打交道，他们立马就能灵敏地判断出来者的身份。

而监控通常会分为两种：一种是器材监控，譬如安装定位器、窃听器和摄像头等；另一种则是人员监控，伪装成各种平常人的角色，把想要知道的目标暗中盯着。要想在军警之地安装窃听器和摄像头这些，只怕对方还没有那么大的本事，所以，最大可能就是用一些"眼睛"来悄悄盯着，这是最不容易发现的。

秦帅现在想来，当时他到方块八王牌战士的被杀现场，估计就被地狱使者的眼线盯上了，导致他的身份暴露。虽然当时他戴了死神面具，可对于真正专业的特工和职业的杀手来说，有时候除了脸之外，还有很多东西来判断和确定一个人，譬如身高、身形、穿的衣服、鞋子、衣服的牌子和新旧、鞋子的型号和磨损程度、走路的姿势以及一个普通的习惯性动作等。

只不过，秦帅还有些疑惑的是，如果是地狱使者的眼线看破了他，那么为什么会是飞龙杀手跟踪他，对他出手？这个盘子太大，信息太复杂了。地狱使者、飞龙组织、大老板神秘组织，三者之间到底是什么关系？

不管什么关系，秦帅现在可以肯定一点，既然对方有强大的眼线，他把追风抓了，大老板肯定知道了。大老板不但知道他把追风抓了，肯定也知道他把追风抓来了猎鹰特种基地。那么，接下来大老板会怎么做？

无外乎两种可能：第一种可能当然是想把追风救出去，毕竟他是组织里的重要人才。可是发现追风差不多已经废了，要救这么笨重的一个人，行动不能自理的家伙，基本上是不可能的。那么就会有第二种可能，那就是杀人灭口，干掉追风，让秘密烂在追风的肚子里。

秦帅的一支烟将要燃完，上官白雪被一名猎鹰特种兵接来，戴着一顶草帽，戴了一副大墨镜，果然是将脸挡去了多半，加上走路头低得略下，基本上看不出她的庐山真面目了。

"怎么样？"上官白雪一见秦帅就问。

秦帅却把目光突然看向了侯连武，说："侯连长，你这基地现在有多少人？"

侯连武答："所有人员加起来，一百二十八个，本来是一百三十二个的，被地狱使者那狂魔杀掉了四个！"

"好，赶紧，你把基地的地形图拿出来给我。"秦帅说。

"基地地形图？"侯连武一愣，"长官要这个干什么？"

基地的地形图，可是最重要的军事机密。

秦帅说："你这基地马上就要干仗了，我要来部署一场战斗！"

"马上要干仗了？"侯连武一愣。

就连上官白雪也看着秦帅一脸愕然，不解其意。

秦帅说："是，没错，很快就会有一场硬仗要打，这个追风后面的人此刻恐怕已经在部署进攻计划了。"

"不会吧，长官你是说刚才被抓那个追风的背后势力准备进攻咱们特种部队？"侯连武仍然不大相信。

秦帅问："为什么不会？一个地狱使者把世界特种部队都单挑了，何况现在是一个组织，一股强大的势力，他们是职业罪犯，他们早就把军警当作敌人了，不要觉得没可能，赶紧去把地形图拿出来！"

侯连武没再说什么，应声是，赶紧就去了。

上官白雪看着秦帅问："你是说真的，那些罪犯要来袭击特种部队，把人救出去？"

秦帅说："你没听错。"

上官白雪说："应该不大可能吧，公然跟特种部队交手，他们再强大，也会损失惨重的，他们犯不着为了一个成员这么大动干戈飞蛾扑火吧？他们这种人，又不讲多大的热血情义，都是见利忘义之辈。"

秦帅说："没错，他们都是见利忘义之辈。所以他们才会不惜一切代价来打这一仗。"

"我不明白，为什么他们见利忘义，还要不惜一切代价来打这一仗？"上官白雪问。

秦帅说："很简单，这个追风是组织的核心成员，他所知道的东西太多了。只要他把这些秘密吐出来，这个组织立马就会被军方盯上，甚至直接扫荡他们的老巢。所以，为了保全他们的老巢，就会不惜一切代价把他救走，或者杀人灭口。这是壮士断腕，弃车保帅！"

侯连武把猎鹰特种基地的地形图拿了过来，地形图很详细，包括猎鹰基地所坐落的位置、外部环境、内部环境、秘密监狱、武器仓库、成员宿舍、瞭望台等。

秦帅将整个地形图快速地瞄了一眼之后，当即就吩咐："你赶紧告诉前面和后面的岗哨，今天他们不要在原位上站岗，都到屋里面，约三两个人打扑克，聊聊天。"

"这，把岗哨撤了，打扑克，聊天？"侯连武听得一愣，"这怎么行？长官不是说大敌当前，有硬仗要打吗？怎么能把岗哨撤了？"

秦帅说："我让你撤你就撤，哪里那么多为什么！"

侯连武只好应声："是！"

不管他想不想得通，军人始终是以服从命令为天职的。

秦帅又说："还有瞭望台的人，平常是一个对吧？"

侯连武说："是。"

秦帅说："现在你给我安排三个，但这三个人不能跟以前一样直挺挺地盯着远处，而是要假装没事地聊天，对周围的环境一点不感冒，就像某些职员在办公室打牌的效果。"

"你到底在搞什么鬼？"旁边的上官白雪也忍不住了，觉得秦帅在乱弹琴。

秦帅说："男人说话，女人少插嘴！每个人演好自己的角色，做好分内的事情，是最好的！"

上官白雪很不满，但不说话了。影子老大说过，在生活作风和某些事情上，她可以随时打小报告，影子老大一定会狠狠地处罚他，但在真正的行动上，还是秦帅做主。不为别的，生活上的事，影子老大希望成全秦帅和上官白雪，而工作上的事，她对秦帅有一百个放心。

"还有，瞭望台上挑去聊天的成员必须是枪法好的，然后每个人的身上给我带好枪，子弹上膛。"秦帅吩咐道。

侯连武虽然不知道秦帅到底想干什么，又让人聊天，又让人把枪带好，子弹上膛。但还是答应："是。"

"另外，在基地的几个制高点，给我安排狙击手，狙击手要做好跟丛林战一样的隐蔽，战斗没打响，就算被蛇咬了也不能动分毫。基地前后入口，不要守卫，把人员全部给我放到暗处，当第一声枪响起，用最快的速度给我冲出来，占据基地的要道口，但凡仓皇外逃者，格杀勿论！"秦帅又吩咐道。

"哦，我明白了，你这是关门打狗！"上官白雪突然在一边激动起来。

秦帅说："看来你还不算笨，他们既然要来，那咱们就给他一个防守松懈的假象，让他们的人长驱直入，好好跑进来看一看，然后，我们就可以用子弹告诉他们，好歹也是保家卫国的地方，是铁骨铮铮的军人，岂能容得下他们这群江湖败类想来就来，想去就去！"

"是，长官，我马上去安排！"侯连武这时候才明白了秦帅的意图，心情也激动起来了。

"给我准备两把手枪，一把狙击，外加一个总对讲机，送到临时审讯室来！"秦帅吩咐道。

侯连武领命而去。

秦帅看了上官白雪一眼，说："走吧，准备迎接战斗。"

上官白雪跟在后面，还有些疑惑："你确定他们会来？"

秦帅说："我不但确定他们会来，而且还确定他们就在今天下午来！"

上官白雪不解地问："你为什么这么确定？"

秦帅说："很简单，这家伙的分量不轻，他的肚子里有秘密，那个大老板怕他吐出来。大老板也是老江湖，所以他会知道，我们好不容易弄到这么一条大鱼，肯定会抓紧时间审讯，用最残酷的手段审讯。大老板担心他的人扛不住，晚一步就万劫不复。所以，他肯定会跟咱们抢时间，抢在这家伙把东西吐出来之前，救出他或者杀掉他。要不然，你觉得这种情况，他还能气定神闲地坐在那里等，等天黑，等夜深，等明天？"

"也是，他们肯定耗不起的。"上官白雪不由得多看了秦帅两眼。

不知道为什么，此刻看他，感觉浓眉大眼，英雄气十足，宛若大将之才王者风范，心里不由得有那么一些小小的波动。果然不愧是军方挑选出来对付地狱使者的顶级高手，这个时候，她还不知道秦帅是王牌特种部队的。因为，王牌特种部队属于至高机密，只有军方几个高层和国家的领导人知道，对外是保密的。华夏对外公开名列前三的特种部队分别是战神，天狮、飞鹰（又名猎鹰，但后来国外英文翻译出现了歧义，翻译成了飞鹰）。上官白雪只知道秦帅属于军方，可能属于排名第一的战神特种部队。她不知道华夏有支神秘的"王牌"部队存在，若不然，一开始她就会对秦帅刮目相看的。

秦帅带着上官白雪去了关押追风的临时审讯室。追风已经酒足饭饱了，地上还掉了两块肉，喝完的两瓶啤酒放在一边，伤口也被包扎处理过，甚至有些血迹也都被清洗了。

"怎么样，感觉还不错吧？"秦帅往他面前的椅子上一坐，跷起二郎腿。

追风说："还行，就是天气有点热，要是能在空调屋里就好了。"

"空调屋？"秦帅忍不住笑了起来，"你就不用了吧，你等会儿可能要去的地方，比空调吹起来还要凉爽得多。"

"是吗？"追风问，"你准备把我送走？送去哪里？"

秦帅说："我不会把你送去哪里，但有人大概会。"

追风问："谁？"

秦帅说："还有谁，当然是你背后那个老板。"

"老板？"追风一愣。

　　秦帅说："你肚子里装了他那么多东西，他能坐得安稳吗？他肯定已经在行动了吧？如果我猜得不错的话，这个行动应该分为两部分：一部分是营救，怎么说你也是一把好刀，为他冲锋陷阵，有很大的利用价值，如果能把你顺利地救出去，那是最好的。可是，他肯定知道，想从一支特种部队的手里把你救出去，没那么容易。那么，只要救不出去，秘密都有泄露的可能。最好的办法是什么呢，我想你应该知道吧？"

　　"你的意思是老板会下令杀了我？"追风的心中一颤。

　　秦帅一笑："如果你那老板不是傻子的话，我想他会这么做的，他再信任你，我想他不会不明白死人的嘴巴才能闭得更紧这个道理。"

　　追风不说话了，他在思考。

　　秦帅又说："还有啊，你不是说你练过轻功吗？可以飞檐走壁，可以日行千里，多么神奇都可以，但轻功再厉害，如果背着一个重达两百斤的人，还能跑得快吗？你觉得就你这个样子，那个什么老板除非派人来把这支特种部队给灭了，大摇大摆地把你抬出去。难道还有人能背着你在枪林弹雨中把你救走？我就不信这世界上有这么牛的势力。就算是江湖中最骇人听闻的恐怖组织，那也只能是干点偷偷摸摸的事情，没听说谁敢光明正大地跟特种部队较量！"

　　追风还是不说话，他此刻的心里已经非常不淡定了。一开始，他就知道大老板肯定会派人救他，而且也非常坚信大老板的实力，只要是大老板决定的事情，就没有失手的。所以，追风暗暗地告诉自己，无论秦帅用什么手段折磨他，严刑逼供他，他都要咬牙坚持到最后一刻，等大老板派人救他出去。可现在听秦帅一番话，如醍醐灌顶，如梦初醒。大老板就算手眼通天，追风已经没法自己行走，必须得有个人背着走，而特种部队这里已经荷枪实弹严阵以待，大老板的人岂会有那个本事从枪林弹雨中把他救出去？而相比救出去更容易保住秘密的办法，就是杀人灭口！蝼蚁尚且偷生，何况人乎？跟了大老板二十年，虽然感情很深，但他很清楚大老板的为人，做事从来都是雷厉风行，不会优柔寡断。涉及重大利益，杀人如杀鸡，绝没半点犹豫。

侯连武来了。按照秦帅吩咐，给他送来了两把双排弹夹二十发子弹的军用手枪，一部总对讲机，一把自动狙击步枪，以及狙击子弹。

秦帅接过总对讲，看着上官白雪问："你的作战指挥才能怎么样？"

上官白雪一愣："干什么？"

秦帅说："需要一个有很强作战指挥才能的人坐到特种基地的总监控调度室，看着每一个进出口，甚至每一个监控点的敌人动静，及时指挥自己的人员从什么方位杀出、阻击、歼灭！掌握了监控室，就掌握了全局，本来我想去做这个总调度官的，但我觉得我的本事还是在第一线多杀几个敌人比较好。"

"这个，我的作战才能一般啊，我也想在第一线杀敌啊！"上官白雪说。

侯连武在一边说："要不，我让我们的指导员来做这个总调度官吧，他的作战指挥才能很不错，跟我差不多了。"

"跟你差不多了？"秦帅说，"你的意思还是比你差了，那还不如你来？"

侯连武说："可是我也想在第一线多杀几个，好出一口气，为死去的兄弟报仇。"

"好吧，那个位置也不需要天才指挥家，能有良好的作战才能就够了，主要是看清楚敌人从哪里露面，然后应该在什么位置伏击，其实很简单，眼睛放亮些就好。"秦帅说。

侯连武说："那行，我就让周指导员去做。"

说罢，拿着总对讲出去了。

秦帅在后面喊："那就再给我们送两个分对讲过来！"

而此时，毒蛇绝杀组的前锋已经开着几辆破长安车赶到了猎鹰特种基地的外面。之所以用破长安车，是因为便宜，随时都可以丢弃，能降低行动成本。

前方带队的是绝杀组组长坂田一井，他发信息让所有绝杀组成员武器装备就位。武器装备包括武士刀、铁蒺藜暗器、手枪，还有三把微冲、几颗自制手榴弹，均有熟练操作人员分工合作。然后，坂田一井的目光盯着二十米远的猎鹰特种基地大门。

盛夏的四点钟，天空烈日如麦芒，金灿刺人。马路上的车辆如同逃生，仓皇着呼啸而过。基地大门的岗亭里，两个站岗的成员居然在抽烟聊天，而且是背对着街道这边。远处的瞭望台上，执勤的岗哨也是一样，跷着二郎腿坐在上面，几个人在谈天说地聊家常。

真是天助我也，坂田一井并没有半点怀疑。因为在华夏这片土地上，还从没有发生过特种基地遇袭的情况，所以他们的警惕会比较松懈，平常站岗笔直如苍松挺拔，就是做个军人的样子给长官看。此刻天气暴热，长官不在，他们自然也就懒散了。

坂田一井发了条信息给川岛樱子，问她到了没有。

川岛樱子回复说已经到了，可以行动了。

当下，坂田一井让手下人兵分两路，从侧面的基地围墙进入，只要岗哨疏忽，那点铁丝网是拦不住他们的。

总监控室的猎鹰指导员周云峰已经看见了动静，但他不动声色。侯连武说，秦帅用的是诱敌深入，关门打狗，得等对方的人全部进入到基地里面之后再发出信号。而监控显示，在正方向的两侧有将近二十个黑衣人动作非常麻利地绕开岗哨进入基地里面，在基地后面有五个黑衣人也迅速进入。五个人之中，看得出其中一个是长发，从身材上也可见是女性。当下，周云峰把情况报告给了秦帅。

"盯紧那个女的，这样的场合，让一个女的参与进来，肯定有过人的本事。"秦帅当即叮嘱周云峰。

当然，这个时候他还不知道这个女的竟然是川岛樱子。毕竟现在是直面的硬仗，他不会启动天赋嗅觉，每用一次天赋嗅觉，都会很耗神耗力。任何一种精神集中的行为，都像高强度的脑力劳动一样，耗人元气。

"怎么样，考虑清楚了吗？人已经来了，也就是说你已经有一只脚踏进棺材里了。"秦帅看着追风问。

追风的心里已经有所松动，但仍然在挣扎。二十年的时间把誓死效忠这四个字烙印在心里，不是说背弃就能背弃得了的。毕竟，他知道一旦他说出大老板的秘密会是什么后果。整个毒蛇训练基地，以及大老板所在的鳌鲨岛，能直接被华夏特种部队给夷为平地，有恩于他的大老板和他的一些共同训练的兄弟，都会付之一炬。所以，事关重大。

突然，"呼"的一声响，秦帅听得声响后抬起头一看，竟然从地下冒出一个人出现在追风的身边。来人地地道道的忍者装扮，黑衣头罩，背插武士刀，那双看着秦帅的目光犀利异常。不用说，这个人正是学会了东瀛高级忍术遁地术的穿山甲。

"不要听他们的，老板已经派出绝杀组来救你了。"穿山甲对追风说。

"绝杀组？"秦帅冷笑一声，"到这里来了，都是废物，是血淋淋的尸体，叫被杀组还差不多！"

"那老子就让你看看！"穿山甲大吼一声，手往背后一伸，打算拔出武士刀。

上官白雪见状，脚下一蹬，一拳就向穿山甲的喉管击去。她也练得一身好武功，但用的机会很少，能有用的机会，她总是很积极，很兴奋。因为她的武功高，基本上都是打得别人俯首帖耳，打得过别人是一件很爽的事情。

穿山甲见是上官白雪扑来，根本没把她放在眼里，抽刀的动作不停，只是抬起一脚，迎着上官白雪踹出。上官白雪见状，冷笑一声，迎着穿山甲的脚底就是一掌击出。

"啊！"穿山甲一声叫唤，整个人顿时往后摔去。

上官白雪见穿山甲被逼退，顺势一伸手就把追风拉在手里，然后扔向秦帅："把他看好了。"

秦帅单手把追风接住，不禁有些愣。他可是看出来穿山甲是个猛人，超级的猛人，没想一招之下，上官白雪以手掌迎击穿山甲的脚掌，反倒把穿山甲给打得倒退，叫唤起来，实在是让他意外。而且穿山甲是从地下冒出来的，全世界能从地下冒出来的只有一种功夫，这种功夫就是忍术中的遁地术。而忍术中的遁地术可不是一般忍者所能修炼得了，最少得地忍中段级别的忍者才可以修炼。而且遁地术还分十个级别，最初的级别只能遁入地下一米，前行憋气不超过十米；第二级可能遁入地下两米，前行憋气可达二十米；第三级遁入地下可达五米，前行憋气可达五十米；最高级别的十级遁地据说一眨眼之间，能直入地下百米深度，憋气前行一公里之外。从穿山甲刚才悄无声息地就突然从地下冒出来可见，他最少是在地下十多米的深度，一口气前行上百米冒出来的。地忍中段的忍者才具有修炼遁地术的资格，那么穿山甲的级别最起码已经是遁地术五级以上，说明他起码也是天忍中级的忍者了，天忍中级，属于江湖上的顶尖高手系列，上官白雪竟然在劣势之下反击穿山甲，秦帅岂能不意外？但他马上就知道其中的蹊跷了。

穿山甲被击退之后，冲着上官白雪怒骂："你个贱女人，竟然暗算我，老子削了你！"

话音刚落，已经反手拔出了武士刀，挥刀就向上官白雪劈来。

秦帅顿时明白，原来上官白雪在掌中夹了针，用针刺了穿山甲的脚底，穿山甲负痛，力量全消，所以被上官白雪那一掌给击得溃败了。

但穿山甲拔出武士刀来，那一手东洋刀法，如滔滔江水般雄浑。刀光凌厉之间，杀机铺天盖地而来。上官白雪肉体之身，根本就不敢抵挡，只能闪躲，而审讯室里面的空间并不大，闪躲起来也不便，穿山甲还想从秦帅手里救走追风，所以攻势很猛，将生平所学"穿山刀法"使出来，恨不得一刀就把上官白雪劈为两断。

上官白雪好几次想使"雪花针"暗器，但都因为空间太窄，穿山甲的攻势太猛，而无法得手。

秦帅见状，喊了声："你过来把人看住，我来对付他！"

喊罢，松开追风，便上前接替上官白雪。

上官白雪被穿山甲一番紧逼，雪花针无法使出来，又急又怒，早累得香汗淋漓。见秦帅上前接替，顺着就退了下去。同时，已经摸了五根绣花针在手里。

穿山甲见秦帅迎上来，不由分说，一刀"合久必分"直接往秦帅头部劈去。一阵刀风起,秦帅的T恤被扇动了下。秦帅只是将身子轻轻一侧,就避开了穿山甲的刀,穿山甲顺着横刀一斩,秦帅扭动腰部避开,迅速使出一招暴风腿反攻穿山甲下盘。穿山甲的反应也很快,使了个"燕子点水"避了开去。怎么说他也是毒蛇排行榜第六位的人物,尤其擅长刀法,此刻一刀在手,气势如虹。而且他深知这里是什么地方,是猎鹰特种基地,此地不宜久留,一旦时间延误,必定会被团团包围。他要在最快的时间里击杀对手,再看情况决定是救追风,或是杀了他。

而此刻,在监控调度室的周云峰看见前后的绝杀组成员都已经进入到基地的腹部,当即用对讲机发出了指令,让那些装作聊天和打牌的猎鹰特种兵迅速进入战斗状态,到达关键位置上,对入侵者进行阻击歼灭。

一时间枪声四起。坂田一井带的人和川岛樱子带的人都迅速往同一个目的地冲刺。这个目的地就是由穿山甲探知到的关押追风的秘密关押室,穿山甲已经发过信息给他们了。

周云峰在监控室里能清楚地看见两路人马,当即指挥埋伏的特种兵在前面伏击,跑在前面的绝杀组成员还没反应过来是怎么回事,就已经倒在了呼啸的子弹之下。

"不好,中了埋伏。"坂田一井喊了一声,赶紧找掩体,拔枪还击。

川岛樱子则几个纵跳,踩着墙壁,直接从楼道之间蹿到了楼上,甩手一挥,一把铅笔刀飞出,射向一名正抬起枪口射击她的猎鹰特种兵,猎鹰特种兵也不是吃素的,当即迅速闪躲,避开了川岛樱子的铅笔刀。川岛樱子双手又连挥而出,几把铅笔刀分三角阵形射向猎鹰特种兵。那名准备抢先射击的猎鹰特种兵被再次逼得往转角闪躲了进去。川岛樱子见猎鹰特种兵被逼退,赶紧就从楼道的另外一边往目的地而去,那身影之快,宛若幽灵一般。她不愧是小魔女,在毒蛇杀人王排行榜上仅次于邪僧和地狱使者的第三位高手,比起追风和黑妞来,都要高出一截。

周云峰在监控调度室里看见了避开主线阻击绕道而行,前往关押室而去的川岛樱子,当即用对讲机喊话:"死神注意,死神注意,有一个身手很厉害的女杀手过关斩将,正往关押室而来,左右侧去两个人员到关押室的楼道口拦截!"

"你注意了,一定要把人看好了!"秦帅边和穿山甲激战正酣,还不忘提醒上官白雪。

听到秦帅提醒,而且她也从对讲机里听到了周云峰的喊话,上官白雪当即就将追风放在身后,面对着关押室的大门,严阵以待,等着那个很厉害的女杀手来,手里的雪花针已经在指间捏紧,随时都可能出手。

而穿山甲听说援兵已到,更是气势如虹,"穿山刀法"中的一劈,二斩,三刺,四乱剁。只听得声声刀气呼啸,光影乱溅。秦帅被那刀气逼得血脉贲张,但地方太窄,难以应付,只得使出拿手本领来,闭上了眼睛,用嗅觉感知刀气劈来,然后寻找其中的破绽。但就在他发现了穿山甲在使用四乱剁的一个破绽,准备反击之时,上官白雪也发现了这个破绽,当即毫不犹豫,一抬手,五根针呈梅花阵形,分别射往穿山甲的五大穴位。穿山甲仓皇之间赶紧挥刀格挡,但一连挡去了三根针,还是中了两根,一根射在膝盖上,一根射在握刀的虎口穴。"哐啷"一声,武士刀掉地,穿山甲也一下子栽倒下去。

上官白雪正准备再扬手出击,以雪花针射杀穿山甲,秦帅却喊了声:"留活口!"

喊声刚落,秦帅便扑了过去,一把抓住穿山甲的手臂,反到身后就控制了起来。同时间,从审讯桌里取出一副手铐,"咣"的一声就给穿山甲戴上了。

"刚才我正准备把他拿下呢,你怎么出手偷袭了?"秦帅问。

上官白雪说:"偷袭?不要说得这么难听好不好,现在我们的眼里只有敌人,对敌人就应该不择手段,还管什么偷袭不偷袭,只要能击杀他们,还在乎用什么手段吗?"

秦帅说:"好吧,我也是这么认为的,就不怪你了。"

而说话之间,川岛樱子已经冲到了关押室的楼道口,有三名猎鹰特种兵听到周云峰的命令之后,立马在那里进行堵截,其中一名猎鹰特种兵刚看见人影一闪,就迅速抬起枪口。但手指还来不及扣动扳机,一只手已经压到了枪管之上。"扑扑扑！"一串子弹射出，却因为枪口被按下去，打到了地面上，溅起一片碎石。

川岛樱子双掌齐出，一招"推波助澜"，顺势击在猎鹰特种兵的胸膛，直接就将猎鹰特种兵击飞出去，人枪分离，重重地摔倒在地。另外两名猎鹰特种兵几乎同时掉转身子，把枪口对准在中间的川岛樱子，川岛樱子的腰身如蛇一般弯下去。两把枪都指了个空，两名猎鹰特种兵准备重新锁定目标之时，川岛樱子的双手顺势勾住两人的大腿，手臂力量一涌，一股排山倒海般的力量，将两人轰然拖倒在地。川岛樱子抬起脚，重重地往一名倒地的猎鹰特种兵胸膛踢去。那名猎鹰特种兵的反应也快，用手格挡而出，毕竟楼道太窄，滚不开，这是最好的办法了。但他在下面，以双手封挡，怎么挡得住川岛樱子这个杀人恶魔居高临下的腿法重击。只听得"咔嚓"声响，猎鹰特种兵的手臂连同胸腔骨，直接被川岛樱子给劈了个断裂，惨叫出声。

另外一名猎鹰特种兵见战友受创，反应也快，虽然倒在地上，却顺势抱住川岛樱子那站着的一只脚，猛地往后一拖。川岛樱子的双腿顿时重重地劈叉下去，但并不能伤到她。川岛樱子的韧带之柔软，随时都可以劈一字马的。猎鹰特种兵见川岛樱子劈叉到底，竟然无事，赶紧一伸手就去抓掉在地上的枪，但川岛樱子的速度更快，手一挥，一把铅笔刀划向猎鹰特种兵的喉管！猎鹰特种兵大惊，不敢抢枪了，赶紧身子后仰，闪躲川岛樱子的袭击。川岛樱子的双脚在地上借力一撑，整个人弹身而起，双手连挥之间，三把铅笔刀射向地上的那名猎鹰特种兵。在有限的空间里，又是倒在地上，那名猎鹰特种兵再也闪躲不及。被一把铅笔刀射中了额头，一把射中了咽喉，顿时倒地，气绝身亡。

调度室里的周云峰着急地指挥那些伏击的特种兵，让他们赶紧支援关押室的楼道，说一个女杀手很凶悍，已经有好几名兄弟伤亡倒地了。

秦帅在里面听见了这消息，当即对上官白雪说了声："你看好人！"

他喊罢就往关押室外面冲出来，而川岛樱子也在解决几名猎鹰特种兵后，正往关押室来，就与秦帅来了个狭路相逢。当然，她并不能认出秦帅，因为秦帅戴着骷髅面具，身上也溅了不少追风的血，看上去整个人的感觉都变了。但川岛樱子却没逃得过秦帅的分辨，当川岛樱子凶猛冲近的时候，那股熟悉的味道逃不过秦帅的嗅觉，他甚至都没有刻意启用自己的通灵神嗅，就已经闻出来了，这个身着忍者服的女杀手，正是和他住在一个房子里的川岛樱子！

秦帅的确是愣了一下，这是他万万没有想到的，那么性感而漂亮的美少女，看上去阳光而亲切，尤其是笑起来格外甜美，居然跟朱象和黑妞、地狱使者以及大老板这些乌烟瘴气的人是一路货色？他们是一起的吗？

秦帅愣神之间，川岛樱子已经扑近，一掌往秦帅的脸侧挥来。动作如电光石火，迅速而且狠辣。秦帅嗅到了，随着川岛樱子巴掌而来的，有一股浓重的钢铁味，不用说，川岛樱子的手掌之间藏着凶器。当下，他后退半步。果然，当川岛樱子的手掌挥近之时，那指缝后面立马弹出铅笔刀的锋刃来，从手掌之间又突然延伸一截出来，如同弹簧刀一样令人防不胜防，秦帅差点就着了道。铅笔刀的刀尖离秦帅的T恤只有一指之隔。见秦帅居然避开，川岛樱子立马挺身近前，左手巴掌之中也弹出铅笔刀来，从下往上直刺秦帅的喉管。

秦帅见她如此咄咄逼人，心想老子一个特种王牌还怕了你不成！当即借着嗅觉，避开钢铁气味，亦是避开了铅笔刀，弓步上前，脚下一招暴风腿绝招之"天马流星"，一脚勾踢到川岛樱子的小腿上。川岛樱子闷哼一声，脚下负痛，踉跄后退。秦帅得势不饶人，飞身逼近。川岛樱子却双手一甩，立马有两把铅笔刀一前一后如鸳鸯戏水，分射秦帅的喉管和丹田。秦帅赶紧折身闪开。而就在此时，接到支援命令的猎鹰特种兵已经迅速赶来，立刻抬枪向川岛樱子射击。

川岛樱子大惊，瞥见旁边的一间屋子，直接飞身就向那屋门撞了过去，"轰隆"一声响。川岛樱子竟然直接将那扇门给撞倒了，而她的人也跟着滚了进去，那些呼啸而来的子弹顿时射了个空。

"快，拿下她，不要让她跑了！"一名猎鹰特种兵吼叫着，往屋子这边追过来，想冲到屋里去击杀川岛樱子，为倒在地上的兄弟报仇雪恨！

但才到门口，川岛樱子扬手就射出两把铅笔刀，吓得那名猎鹰特种兵赶紧闪躲。秦帅却皱起了眉头，他没有急于冲进那间屋子里去追杀川岛樱子，他若是要冲进去，川岛樱子的铅笔刀奈何不了他。凭借他的嗅觉，无论什么东西袭击而来，神经的本能反应都能让他准确无误地避开。除非是子弹、火箭弹这种速度超级快的东西，就算嗅到了，传递给神经了，但他的应变力还不够闪躲。

他之所以没有急着冲进去，是因为突然想起了一件事情。那就是川岛樱子用的武器是铅笔刀，而前几天发生在医院里的熊胖子及其保镖被杀事件，他查看过伤口，也是刀片和铅笔刀美工刀一类的凶器造成的，而从窗台留下的那半个脚印来看，是一个女杀手。难道是川岛樱子所为？看来，川岛樱子身上应该有很多秘密，如果从追风口里没法得知，川岛樱子就有可能成为突破口。

"不要打死了，抓活的！"秦帅压低嗓子，喊了声。

是的，尤其是川岛樱子，他要抓活的。人死了，有些事情就沉到海底了。而就在他喊完这一声时，一名猎鹰特种兵又着了川岛樱子的道，他在持枪往里面冲的时候，遭遇了川岛樱子从墙侧边幽灵一般的袭击，直接往屋里面摔了进去。而川岛樱子则顺势夺过了他手里的枪，抬枪往外面射击。铅笔刀虽然厉害，也只是携带方便，顺手拈来，威力肯定不如手枪。所以，川岛樱子抢枪得手，立马就朝着门外疯狂射击。

11　遇神杀神

就在此时，坂田一井带着的绝杀组成员也冲破了猎鹰特种兵的阻击防线，往关押室这边而来，与楼道里的猎鹰特种兵交上了火。因为楼道里没有地方可闪躲，而且带头的坂田一井和另外一个绝杀成员用的还是微型冲锋枪。微型冲锋枪的准度和射程虽然不如手枪，楼道里的猎鹰特种兵一时闪躲不及，顿时被射倒了好几个，另外的猎鹰特种兵赶紧趴到地上，或是撞开侧边的门，冲进屋里去，借着掩体还击。

秦帅并没有躲。单比武功的话，江湖上可能有不少人比他强，但要比战术，比枪法，比让子弹飞，他敢拍着胸脯说没有一个江湖人比他更厉害。当绝杀组冲进来开枪击倒猎鹰特种兵时，秦帅已经迅速地拔出双枪。人在地上一个迅速翻滚，绝杀组成员还没来得及锁定地面上的他进行射击，而他已经在翻滚之时瞄准了往这边冲来的绝杀组成员，开枪射击，直接命中心脏。

眼看一个使用微型冲锋枪的绝杀成员被击毙，坂田一井则赶紧往一边躲开。而秦帅杀气如虹，势如破竹。两个翻滚之间，秦帅就已经连续击毙了三名绝杀组成员。还将坂田一井手里的微冲给打落在地。本来那一枪是奔着坂田一井脑袋去的，坂田一井反应快，赶紧用微冲护在面前，子弹击在微冲上，溅起一串火星，微冲顿时掉落在地上。

坂田一井见秦帅如此强悍，当即就从身上取下一个手榴弹，扯掉拉环，向秦帅投掷而出。秦帅见状，直接一枪，正中手榴弹。手榴弹顿时在空中爆炸，而因为子弹的作用，爆炸的碎片直接飞溅向坂田一井和绝杀组那边。

"啊，啊，啊……"只听得几声惨叫。硝烟之中，也看不清楚谁伤谁死，秦帅则瞬间滚向了一边。

就在这时，循声往这边追捕过来的猎鹰特种兵迅速赶到，朝着绝杀组成员的后背猛烈开火。坂田一井吓得赶紧往旁边的一条走廊闪躲进去，但周云峰在监控调度室马上指挥另外一路猎鹰特种兵，从另外的走廊过来阻击坂田一井。周云峰早就知道坂田一井是前门一路杀手的头子，绝不能让他跑掉。

而本来藏在屋里的川岛樱子，借着手榴弹爆炸的硝烟冲了出来，打算再次前往关押室去营救或者击杀追风，但还没来得及动手，立马又碰到秦帅，一个千斤膝直往她胸部重击而来。川岛樱子大惊，慌忙闪躲，而后方的硝烟里马上冲来一名特种兵，飞起一脚偷袭到川岛樱子的后背，把川岛樱子踹飞了出去。猎鹰特种兵还想乘胜追击，却没注意身后一名绝杀组成员抬枪瞄准了他。

秦帅见状，赶紧伸手把猎鹰特种兵拉到一边，同时举枪反击。绝杀组成员的子弹射到了墙上，猎鹰特种兵无事。而秦帅的子弹却直接让那名绝杀组成员毙命。

猎鹰特种兵看着墙上被打碎的砖石，明白是秦帅刚才救了他一命，感激地说了声："多谢兄弟了。"

而只是这眨眼之间，绝杀组成员和猎鹰特种兵已经由枪战变为近身搏斗。双方的人都碰到了一起，开枪就没个准了。但情况对于军方来说毫无疑问稳稳地占据着上风，而且这种优势越来越明显。本来猎鹰特种兵的人数就超过绝杀组，何况监控调度室的周云峰还在将其余地方的猎鹰特种兵调过来，打算将绝杀组成员全歼。

坂田一井发现了情况不对，他们根本没法进关押室。他和川岛樱子几度试图冲进去，但秦帅挡在门口，犹如山神一般，巍然不可撼动。

"老子炸死你！"坂田一井像是疯了一般，既然没法突破秦帅的关口，干脆退后几步，朝秦帅扔出一枚手榴弹！他想，就算炸不死秦帅，起码也能把关押室的墙壁炸塌，然后就好冲到里面去救追风了。

但秦帅的枪法百发百中，再一次把手榴弹在空中击爆，碎片四处飞溅，而秦帅在那瞬间闪躲进了屋子。

坂田一井也仓皇地退开，但还是被碎片击伤。他眼看三颗手榴弹已经用了两颗，而秦帅把守的关押室如铜墙铁壁，想尽办法也攻不进去。

"坂田君，情况不对了，还是撤吧！"川岛樱子看了眼还在陆续支援来的猎鹰特种兵，已经不抱任何希望了。她被猎鹰特种兵背后偷袭了一脚，也受了些伤，战斗力打了折扣。

"撤！"终于，坂田一井的喉咙里很不甘地吼出命令。绝杀组成员可都是由他秘密打造的精英，是有感情的，他确实不忍看这些情同手足的伙伴全都死于非命。而且此种情况，如川岛樱子所说，已经没法顺利完成任务了。再耽搁下去，只有全军覆没。秦帅手里的双枪出神入化，背上还背着一支狙击步枪，而且还未探到他的深浅。要不是混战状况，双方的人你来我往地厮杀，秦帅难以锁定目标，否则凭他手里的双枪，就可以让绝杀组成员倒下一大片了。

听见坂田一井喊撤，秦帅急忙冲出屋子，他可不能让今天进入这里的人走掉一个，就算无法活捉，也必须得留下一地尸体。然而，他才站到门口，就听得"轰"的一声炸响，突然爆起一大片烟雾，烟雾将整个楼道吞没。没错，东瀛忍器中的逃跑利器——硫烟弹，不但能爆发出大片的烟雾，迷惑人的视线，还能散发硫黄一样刺鼻的气味。刹那间，猎鹰特种兵和绝杀组成员已经分不清你我了，就连周云峰看到的监控也是一片雾茫茫。

秦帅也看不见，甚至没法闻到气味，因为那硫烟弹的硫黄味太重，刺鼻得很，他启动一下嗅觉，就被呛得直咳嗽。

"死神注意，死神注意，有一个戴着孙悟空面具的男子，迅速往关押室来了！"对讲机里突然传来周云峰的声音。

而这声音才落下，秦帅刚准备往屋里退，去守住被捉的穿山甲和追风。突然，一股生人的气味扑过来，速度飞快。秦帅毫不犹豫地抬起枪，虽然在硫烟弹的气味里，他一时没法启动通灵神嗅，搜索远距离的味道，但味道扑面而来，他还是能很快反应的。他不用看那个突然扑近的人，直接凭着嗅觉反应，准确地瞄准目标。

然而，枪口立马被一股重力压下。当他的手指扣动扳机时，枪口已经朝下，子弹射入了地面。随即，他感觉一双手掌拍到自己身上，一股汹涌的力量让他的身子跌跌撞撞地摔向一边。接着，他便听到了上官白雪的一声闷哼。他回过头一看，见一个身材瘦高的面具人，竟然一手提着追风，一手提着穿山甲，正准备往门外而去。

"想走？"秦帅吼得一声，赶紧抬起枪。

然而面具人却将左手的穿山甲一挥，像是一样武器似的，直接扫向秦帅，秦帅的扳机还没扣响，就被面具人穿山甲的身体给扫中，身子一个踉跄。

上官白雪也反应过来，将手一挥，几根雪花针朝面具人背后射出。面具人背后似乎有眼睛一样，直接用追风在身后一挡，针都射进了追风的身体里，痛得追风一声闷哼，而面具人却只是身影一闪，出了关押室。

秦帅和上官白雪拔腿就往外面追去，但楼道上还弥漫着硫烟弹的烟雾，根本没法看清，秦帅还是一口气冲出烟雾，周云峰便在对讲里提示，说面具人往楼道左边的地下车库去了。

秦帅和上官白雪跟着追过去，周云峰还赶紧让猎鹰特种兵在面具人的前方堵截。但接着他看到了令他异常震惊的事情，几名猎鹰特种兵从侧面出现，恰好遇见一手提着一人的面具人，准备抬枪射击，面具人却将手臂一舞，手臂之间竟然爆出一片石灰似的粉末，迎面罩向猎鹰特种兵。几名猎鹰特种兵顿时身子摇晃，然后站立不稳地栽倒下去。

秦帅和上官白雪也追到这里，上官白雪还准备跟着奔跑过去，秦帅却一伸手拉住了她，喊："不能过去！"

上官白雪不解："怎么了？"

秦帅说："前面有一段路飘着毒粉。"

"那怎么办，让他把人救走吗？"上官白雪问。

秦帅看了眼地下车库往上而去的楼梯，顿时有了主意："跟我来。"

两人当即拔腿就往楼上奔去。

有一种战术，叫作占领制高点。占领制高点，就可以看到周边的一切动静。而且，秦帅的背上背着一把狙击枪，射程最远可达两千米。那个面具人的速度再快，他不信能跑得过子弹的速度！所以，他只要跑到楼顶，发现面具人的位置，就算对手是神仙，也绝对逃不脱。狙击枪在他手里，可遇神杀神，遇佛杀佛！

然而当秦帅和上官白雪跑到楼顶后，并没有看见面具人的存在！倒是看见了川岛樱子和坂田一井以及几个绝杀组成员，动作迅速地往基地外逃去。

枪声不断地在响，猎鹰特种兵迅速地向坂田一井这边堵截过来，还有秦帅布置在制高点上的狙击手也在开枪狙击，已经有两个绝杀组成员倒在了枪口之下。

但这些绝杀组成员确实都非泛泛之辈，他们长期练习忍术，最擅长的就是辗转挪腾，简直跟山里的猴子一样。而对于枪手来说，面对移动物体的瞄准本来就要难些，更何况快速移动的目标。加上这些逃跑的绝杀组成员一下子踩着这里，一下子跳到那里，忽左忽右地变化，有点近似于秦帅的正反八卦步法，导致好些子弹都落了空。

秦帅的目标本来是面具人，但眼看着川岛樱子和坂田一井还有四个绝杀组成员已经逃到了基地的围墙之下，他知道没法犹豫了。

"扑哧！"一名跑在后面的绝杀组成员直接被秦帅命中后脑，扑倒在地。秦帅接着狙击第二个，但还没有扣动扳机，第二个的背部不知道被谁狙击了一枪，也栽倒了下去。秦帅就瞄准第三个，但他想留活口，就一枪打在他腿弯上！那名绝杀组成员脚一软，一下子跪倒下去。可接着不知道被谁补了一枪，一枪打在脑袋上，打得跟摔坏的西瓜一样。估计那人以为秦帅是没有打准才打到脚上，不知道他是想留活口。

秦帅只好在对讲里吼了一声："不要打死了，留活口！"

随即，一枪狙击在第四名绝杀组成员的腿弯上，那名绝杀组成员栽倒下去，其他猎鹰特种兵确实没再补枪。然而那名绝杀组成员却把枪迅速对准了自己的咽喉，扣动扳机！"砰"的一声响，无力地歪倒下去。

而此时，就只剩川岛樱子和坂田一井了。他们纵身而起，两个健步，脚踩围墙，跃过铁丝网，到了基地外面。

秦帅迅速瞄准了川岛樱子，但在手指即将扣动的瞬间，他停住了。他突然觉得这一枪开不下去。直接把川岛樱子击毙并没有什么意义，川岛樱子的身上还有很多秘密。而若想活捉，也不可能，从刚才那位开枪自杀的绝杀组成员来看，他们就是死士。一旦无法逃掉就会自杀，绝不让自己被抓。川岛樱子应该还是这伙人当中分量比较重的，一旦击伤她，她也是有可能自杀的。

背后响起几梭子弹，都打在了铁丝网上，擦着川岛樱子的身边飞过。川岛樱子的移动速度太快，追击的猎鹰特种兵并没有击中她。而瞬息之间，川岛樱子已融进了大马路上的车水马龙。

秦帅决定暂时放过川岛樱子，放长线钓大鱼，他把枪口掉转，想击杀坂田一井，然而，一辆中巴车呼啸而过，坂田一井已经穿了过去。等中巴车驶过时，已经不见了川岛樱子和坂田一井的身影。很显然，两人都是聪明人，就藏在中巴车的另外一边，跟中巴车并行逃跑，这样一来对面那些猎鹰特种兵的枪口就没法对准他们了。

"你刚才为什么不开枪？因为是个女的，身材标致，胸还很大，就舍不得吗？"上官白雪问。她看出来了，秦帅刚才在瞄准川岛樱子的时候，其实只要扣动扳机，川岛樱子必死无疑，但他却迟疑了，就只是那迟疑的一秒钟，就已经失去了机会。

秦帅看着她笑了下："她胸有你大吗？"

说罢提着狙击枪起了身，目光还在四处寻找，他就想不明白，那个面具人去了哪里？

"我是认真的，你为什么不开枪？"上官白雪已经开始用质问的语气了。

秦帅正眼看着她："我认识她，她逃不出我手掌心的，现在开枪击毙她，没有意义。我要放长线钓大鱼！"

"你认识她？"上官白雪不信，"胡说八道，她的整张脸都蒙住了，还穿着一身黑的夜行衣，如果不是身材看着偏瘦，胸部凸起太高，才能显示出性别来，否则连男女都很难分辨。你说你认识她，骗谁呢？"

秦帅问："你忘记我会透视了吗？她虽然穿着衣服，但在我面前跟没穿有什么区别，她屁股上有颗小黑痣，我看清楚了啊。"

"哦，我忘记你会透视了。"上官白雪恍然。那女忍者就算蒙脸穿衣服，自然也是瞒不过秦帅的。

"喂，监控室，没有发现面具人的踪迹吗？"秦帅忍不住问了句。

周云峰马上就回："面具人早已经跑掉了，不见影子了。"

"什么，已经跑掉了？"秦帅问，"从哪里跑的，你怎么不提示信息给我？"

周云峰说："他跑出来的时候，有猎鹰特种兵阻击他，所以我就没说，你跑到楼上的时候，他已经脱离监控范围了。"

"这么快！"秦帅不信，然后对上官白雪说："走，去监控室看看！"

当下，秦帅和上官白雪赶到监控室，让周云峰调出那个面具人从出现到离开的全部监控视频记录。

这一看，真是把秦帅给惊到了。当猎鹰特种兵将绝杀组成员包围起来交战的时候，在后方的防线一下子就出现了缺口，一个戴着孙悟空面具的家伙登场了，身法如幽灵一般，随便一个纵跳便是十米以上。而且也只是轻轻一纵就直接跳上了遮雨板，在遮雨板上纵跳，仿佛空中行走一般，只是瞬间就已经进入了基地里面。一发现双方交火，他马上迅速改变路线，避开狙击的路线，一直到了关押室的楼道。

此时正是坂田一井用硫烟弹制造烟雾的时候，面具人直接冲入烟雾之中，监控便也看不清楚了，但在三十秒的时间里，面具人就提着追风和穿山甲出了烟雾，从楼道逃往地下车库。

动作太快！重要的是手里还提着两个人！那是两个重达一百五十斤以上的人。目前世界举重运动员创造的世界纪录也不过是抓举四百多斤，挺

243

举五百多斤。而这个面具人却是提着加起来三百多斤的人逃跑！这种力量，简直匪夷所思。

"太可怕了吧，竟然提着两个人跑这么快！"上官白雪在旁边吐了吐舌头。

秦帅说："其实也没什么，有些人还能用牙齿拉动汽车，一口气吹爆热水袋呢，也许这个人就是个天生大力士呢。"

"有这种大力士，完全可以去参加奥运会，拿举重世界冠军了。"上官白雪说。

秦帅淡然一笑："你以为这世界每一个有能力的人都能如愿以偿，让自己的才能得到发挥？你不知道在我们这个社会，很多舞台都是有门槛的，守门的那些人要收红包的，要培养自己人的。所以，才有很多真正的高手在民间，不是吗？"

"但这面具人什么来历啊，感觉他和前面那些忍者不是一路人啊？"上官白雪问道。

秦帅没说话，而是仔细地看完后面的面具人监控视频。

面具人逃到地下车库，遇见猎鹰特种兵出来阻击，可枪口还没来得及抬起，他舞动着手中的人，手臂上顿时爆发出一阵粉尘，粉尘如被疾风吹了一般，扑面罩向几名猎鹰特种兵。猎鹰特种兵先是咳嗽，然后晕倒过去。随即，面具人提着两人逃出地下车库。

埋伏在楼顶的狙击手发现了面具人，当即开枪狙击。第一枪落空，子弹打在了面具人的脚下。而面具人察觉楼顶伏击，而且是狙击手，竟然将追风抱在怀里，穿山甲背在身后！

这样一来会有两大好处。背一个抱一个，比起两只手提着，要省力得多。而且，穿山甲在背上能替他挡子弹。

秦帅知道，其实这种情况，唯有射击面具人的腿部。腿部受创，面具人才能真正倒下。然而，面具人那么快的速度，而且又是从楼上斜着往下远距离狙击，腿部的目标太小，狙击难度太大，就算是秦帅也不敢说有百分百的把握。加上在另外一侧的川岛樱子和坂田一井等绝杀组成员集体逃遁，也大大地牵制了楼顶狙击手的火力，没法全部都对付面具人。

很快面具人就逃出了基地，消失在监控视线里！

"这个面具人什么来头，好像跟那伙人不是一起的。"旁边的周云峰说。

秦帅说："这一点也是我觉得很纳闷的地方，他根本就是个半路杀出来的程咬金，的确跟前面一路人扯不到一起。可是，如果跟前面一路人不相干，他又为什么要救这两个人？"

上官白雪说："所以他们还是有可能是一起的啊，如果不是一起的，他不可能帮忙救人。大概这是他们的营救计划，让前面的人来搅和，牵制住我们，他再杀个措手不及，浑水摸鱼，能更顺利地把人救走。"

秦帅还是摇头道："不可能是一起的。"

上官白雪问："你为什么就这么肯定？"

秦帅说："其一，第一伙人统一忍者装扮，头罩蒙面，而后面的人显然戴的孙悟空面具，他们的装扮不同，在这种情况下，装扮不同，很容易被当成敌人。这个理由可能牵强了点。但是，行动时间能说明问题，面具人出现得很突然，跟前面一伙人并不存在任何有痕迹的配合行为。第二，在逃走的时候，他担心被狙击，很明显地用手里的两个人作为肉盾，其实并不大关心他们的死活。背上的人挨了一枪，他连点反应都没有！"

"确实。"上官白雪也认同，"他似乎并不大关心被救那两个人的死活，这就奇怪了，如果他不关心这两个人的死活，他又为什么要冒这么大的险来救？"

秦帅说："而且，如果他真是跟前面一伙人一起的话，当他得手，其他人就应该掩护他，事实上他却是独来独往！"

"那他到底是什么来头？这么做的目的是什么？我真还没见过武功这么可怕的人。"上官白雪说。

秦帅说："我仔细观察了一下，这个人的可怕，不只是武功的可怕。"

上官白雪问："还有什么可怕？"

秦帅说："其一，他似乎对猎鹰特种基地很熟悉；其二，有强大的自信，就算枪林弹雨中，也没有半点犹豫，身法如行云流水；其三，他擅长用毒，手法奇快。"

上官白雪说："说来说去，还是没有说出他是什么来头。"

秦帅说："去看看那几个中毒的士兵再说吧，也许那毒粉能告诉我们些什么。"

侯连武刚好来监控室，打了个电话问中毒士兵的所在，当即带着两人去看那几个被药粉迷倒的猎鹰特种兵。

不看还好，一看真是吓了一跳。几个中毒的猎鹰特种兵身上开始出现许多红斑，而且奇痒无比，用手抓挠，恨不得把皮抓破，尤其严重的是脸部和颈部，眼睛已经没法睁开了，在痛苦地翻滚。

"他们这是怎么回事？"侯连武一见也吓到了，赶紧问旁边照看的士兵。

一名猎鹰特种兵说："就是中了毒。"

"什么毒这么厉害？"侯连武问。

没有人回答，因为没人知道。

侯连武把目光看着秦帅，看这位长官有什么说法。

秦帅离几名中毒的猎鹰特种兵近了些，发现他们身体的温度很高，几乎发烫了。

"赶紧，先打开空调，紧急制冷！"秦帅下令后，马上有猎鹰特种兵去打开空调。

"长官，现在怎么办？"侯连武有些不知所措。

秦帅问："军医呢？"

"军医，军医呢？"侯连武冲着照看的猎鹰特种兵问。

一名猎鹰特种兵答："已经去喊了，应该快来了。"

话音刚落，已经有军医背着药箱迅速赶到现场，为中毒的猎鹰特种兵检查。

军医只是看了一眼中毒特种兵露出来的部位的症状，顿时脸色大变，失声喊出："尸热毒！"

"尸热毒？"秦帅问，"是什么毒？有什么来历吗？"

军医说："尸热毒是江湖传说中的三大恶毒之一，用人或者动物的腐尸烤干，作为药引，再用一些具有火毒性质的药草配合，制成药粉，一旦吸入人体，马上被腐烂的气味给刺激晕厥，随后毒性发作，内火中烧，生出蛆虫，蚕食身体，一般情况下，二十四小时不解毒，人体就只剩下一堆白骨；当然，如果在非常冷的温度下，能延缓毒发时间。"

"这么可怕，谁造的这种毒出来啊？"秦帅骂道。

军医说："谁造的就不知道了，但这种毒只存在于苗疆的传说之中，其实说起来也是蛊毒的一种，苗疆蛊毒，天下无双。"

"别说这些废话了，怎么解啊？"侯连武在旁边急问。

军医摇头道："现代西医是没法解得了这些江湖毒术的，造化非常的中医大师也许会有办法。"

秦帅说："那也没什么用啊，华夏医道三大至尊，都藏在深山里，没有一个星期的时间都找不到。而这毒二十四小时就发作得只剩白骨了！"

军医说："一个星期肯定撑不了，就算空调制冷，能延缓毒发时间，也最多能顶得住四十八小时。"

"听说落日山庄有个慕容庄主医术出神入化，他能行吗？"秦帅突然问。

军医说："应该能行，慕容庄主也是传统中医的大师，涉猎很广，但是……"

军医欲言又止。

秦帅问："但是什么？"

军医说："普通人找他治病尚且各种刁难，如果是军方找他，估计更不会帮。"

"为什么？"秦帅听了大感意外。

慕容归一对求医者的刁难他是知道的，但他没听说过他对军方似乎特别有成见。

军医说："他对官方的人一直都没好感，而且基本上都是闭门谢客，不与官方的人打交道。"

"这么说来，确实难，但人命关天，还是得试试才行啊。"秦帅说。

"对了，我想起一个人，不知道行不行。"军医突然说。

秦帅问："谁？"

军医说："一个开画廊的女孩。"

"一个开画廊的女孩？"秦帅皱了皱眉。

军医点头道："嗯，是的，叫什么蝶恋花画廊。"

唐雨若？秦帅愣了下，她的医术很好吗？

"一个开画廊的女孩，能解这么恐怖的毒吗？"秦帅问。

军医说："她虽然是开画廊的，但我觉得她的医术很厉害，而且绝对得到过高人传授。"

"是吗？"秦帅问，"你看见过她治病救人？"

军医说："一个偶然，我看见她救一只流浪狗。那只狗可能是吃错了什么东西，中了毒，倒在地上口吐白沫，四肢抽搐。我准备上前看看中的是什么毒时，她就上前了，她从包里摸了一粒药丸给那小狗吃了，小狗很快就没事了。我上前问她，她不喜欢与人说话，后来我悄悄地跟踪她，发现她是个卖画的，我还记得清楚，那家画廊的名字就叫蝶恋花。"

侯连武说："那赶紧，去那个蝶恋花画廊，请她帮忙看一看，另外，落日山庄那里，不管慕容庄主愿不愿意帮忙，怎么也得走一趟，死马当活马医。只要他愿意，条件他开。"

"先等等，我打个电话再说吧。"秦帅说。

秦帅离开了病房，打通了唐雨若的电话。

唐雨若在画廊教黑妞画画。看见秦帅的来电，她考虑了好一会儿，不想接秦帅的电话，想直接挂掉，想起看见秦帅跟上官白雪牵着手，还把 T 恤给上官白雪穿，她心里就有一种莫名的气愤。她对秦帅一心一意，而秦帅却对她口是心非。说着山盟海誓的话，却到处跟别的女人不清不楚。

但她还是接了电话，也许，她想听听他的声音，她内心深处无时无刻不在想念着他。也许，彼此不可以做恋人，但还是可以做朋友，很普通的朋友，没必要做仇人。虽然他如此滥情，但她也不能全盘否认他的闪光点。

"喂。"唐雨若接了电话。

"喂，雨若啊，能问你件事吗？"秦帅问。

唐雨若问："什么事啊？"

秦帅问："你知道尸热毒吗？"

"尸热毒？"唐雨若说，"知道啊，怎么了？你中了尸热毒吗？"

秦帅说："我才没有呢，一个朋友，说他的朋友中了一种尸热毒，很可怕，所以就问问你。"

"这么厉害的毒，你怎么会想起问我能不能解？"唐雨若问。

秦帅说："上次你帮我治脸上的伤，恢复得那么神奇，所以就想起了你嘛。怎么，你能解吗？"

唐雨若说："我能解，但不是什么人我都会帮忙。"

"啊，什么意思？"秦帅一愣。

唐雨若说："意思就是我有我的原则，有些人我帮，有些人我不帮。"

秦帅问："那什么人你帮，什么人你不帮啊？"

唐雨若说："好人我就帮，品行恶劣的人我就不会帮。"

秦帅说："那是必须的，我找你帮忙，那肯定是帮好人。"

"是吗？你觉得你是好人吗？"唐雨若问。

秦帅一愣："难道，你觉得我是坏人？"

唐雨若说："你心里清楚。"

"啊？不会吧，你的意思我是坏人了。"秦帅叹口气，"唉，我们先不说这个，你现在是在店里吗？你马上准备一下，我让我朋友来接你好吗？"

哪知道唐雨若却来了句："我好像并没有答应要帮你！"

"唐雨若，你这话什么意思啊？"秦帅心里突然就不爽了起来，"有事求你，你就可以傲娇是吧？"

"傲娇？"唐雨若也急了，"我就傲娇又怎么了？这是我的自由！"

"行，你的自由，你就给一句话吧，愿意帮我会感谢你，不愿意就拉倒。"秦帅说得也很干脆。

"既然你这么有骨气，你自己去想法解决吧！"唐雨若说着就把电话挂了。

秦帅听着电话里的忙音，肺都要气炸了，她忘记那天晚上他才救过她的命吗？他是真不想再跟这种忘恩负义的人打交道。但是人命关天，既然唐雨若能救，他不能放过这个机会啊，想了想，他又拨打了唐雨若的电话。

"你还想干什么，不要求我，我是不会帮你的！"唐雨若一接电话就语气强硬，本来她对秦帅这个骗子就是又爱又恨，他好好跟她说，也许她还心软，什么态度！

没想秦帅说："你搞错了，不是我求你，而是让你还我人情！"

"还你人情？"唐雨若问，"我欠你人情吗？"

"不欠我人情吗？"秦帅问："飞车党抢劫你，谁帮的你？还有那天晚上花万红差点毁了你，要不是我，你现在还能好好的？之前我当你是朋友，不求回报。既然你没把我当什么人，那我也不必把你当什么人了。你不会告诉我你就无耻，欠人情也不还吧？"

"行，我还你人情，还你人情之后就互不相欠互不相干了！"唐雨若说得很干脆、决绝。

秦帅说："行，你准备好药，我让朋友到你店里接你，你解了毒，以后咱们两清，不做朋友，不曾认识，你走你的阳关道，我走我的独木桥！"

说罢，他直接挂掉了电话。

秦帅回到了病房，对侯连武说："我已经通过一个朋友联系上了那个画廊女孩，你派个人过去接她，解完毒，安全地送她回去。"

侯连武应声是。

秦帅说："还有，我的代号，不能对任何非军方人提起，谁乱说，军法论处！"

侯连武答应，当即派人去接唐雨若。

秦帅看着上官白雪说："我们先走吧。"

"走？"上官白雪说，"现在走啊？不是还有事情没处理完吗？"

秦帅说："剩下的都是一些琐事了，侯连长处理就行了，把敌我伤亡情况报给我就行。我还有点别的事情。"

其实，他是怕唐雨若来看见他。他曾戴着骷髅面具在维加斯救过唐雨若一次，而唐雨若也问过他是不是死神，所以他得先走。

侯连武答应之后，秦帅便又简单叮嘱了些布防，以及让他立即让地方武警和派出所民警协助，对唐镇封锁搜查一番。吩咐之后，秦帅本来准备离开的，但突然又想起什么，便折转方向，带着上官白雪来到了特种基地的地下车库出口。

上官白雪不解道："不是说走吗，这是去哪？"

秦帅说："我随便看看。"

一阵忙乱，他居然忽略掉了最重要的事情，那就是他那天下无双的嗅觉！他完全可以搜集面具人的味道，利用嗅觉进行追踪啊。他当即从地下车库出口一直搜寻到监控里面具人出现的地方，从面具人的脚印上提取到了他的味道，记忆到脑海之中，然后翻过基地围墙就往外面找去。

"这是干什么，找什么东西吗？"上官白雪问。

秦帅说："我不是有透视吗，可以从面具人的脚印看出来他的逃跑方向，咱们可以追过去。"

"哦，那咱们赶紧追。"上官白雪也激动起来。

两人当即出了猎鹰特种基地。秦帅凭着记忆下来的味道一直搜寻下去，上官白雪则跟在后面。那股气味虽然不算强烈，但秦帅还是能嗅得出来。更重要的是，除了面具人鞋子残留的味道，因为穿山甲肩膀上被狙击弹击中，流了不少血出来。那血隔不了几步就有，味道很明显。两人一直追到了青龙河滩，那味道彻底消失了，前面有几丈宽的河面。味道在河边上消失，不用说，面具人从水中逃去对岸，而那鞋子踩入水中，味道也被冲洗，面具人即便再上岸到对面，那味道基本上也没了。

秦帅还是不甘，让上官白雪等一等，他游泳到河对岸的山林里去搜寻。确实没有味道的痕迹了，也没有穿山甲身上滴落的血迹。秦帅使劲地嗅，嗅追风的味道，毕竟追风和面具人在一起，只要他嗅出追风的味道，就能找到面具人。但方圆两百米之内，没有追风的味道，也没有穿山甲的味道，更没有面具人的味道。

秦帅猜测，很有可能面具人在河里准备了一条小船，坐着小船往河下游去了。他又带着上官白雪往河下游追去，试试运气。然而什么都没有。

"跑得好快。"秦帅抹了一把脸上的汗，叹息一声。

上官白雪说："蜀中这边到处是山，尤其是唐镇这里，四面都是山，山上又是密林，很容易逃跑的，这种到处是山，而且林子还密的情况，就算动用大部队和直升机搜寻都有很大难度。"

秦帅说："所以啊，犯罪分子也不傻，把目的地选在这个地方，很容易逃跑。"

"现在我们怎么办？"上官白雪问。

"怎么办？"秦帅说，"晚上我请客，请你吃顿好的。"

"罪犯都跑了，你还有心情吃好的？"上官白雪问。

秦帅笑道："是跑了两个，可打死的更多啊，如果我计数不错，他们起码来了二十多个人吧，这些应该都是犯罪势力中的精英了，他们来救人，被咱们关门打狗，差点全军覆没，难道咱们不该庆祝一下吗？"

"可是……"上官白雪说，"本来在咱们手里的人质被救走了！"

"救走了，至少咱们也有收获嘛。"秦帅说。

上官白雪问："什么收获？屁都没问出来一个，有什么收获？"

秦帅说："收获可多了，第一，那个逃跑的女忍者，本来是我认识的一个人，但我一直不知道她竟然是这么深藏不露的高手，跟地狱使者案有关，后面我大概可以从她身上挖出很多东西来了；第二，这个神秘的面具人，他虽然暂时跑掉了，但我们总算知道了他，知道了在这个世界还有一股很强大的神秘力量，他们可能像一枚炸弹，之前一直存在，但我们不知道他们什么时候会突然惊天爆炸。但现在，我们会留意，会追查，会去弄清楚这一切。"

"我们怎么去弄清？"上官白雪问。

秦帅说："你又忘了，我有超级透视，他就算戴着孙悟空的面具，但我照样能认出他啊，只要他出现在我的视线里，我一眼就能认出他。"

当然，说超级透视只是秦帅对上官白雪的谎言，但这话并不夸张。秦帅已经记住了这个面具人的体味，只要面具人到时候出现在秦帅的嗅觉范围，就算秦帅并不知道他那张脸长得怎么样，也能跟 DNA 鉴定一样，一下就认出他来。

"你这么说好像也有道理，确实有些收获。"上官白雪说。

"你还没住的地方，得为你找个住的地方吧。"秦帅边说着，摘下了骷髅面具，在身上藏好，然后到清澈的河水里洗了把脸，突然发现身上也很脏，河水这么清，就想洗个澡。

"我是没住的地方啊，但你有不就行了吗？"上官白雪说。

"我有就行了？"秦帅一愣，"怎么，你要跟我住啊？"

上官白雪说："那当然啊，咱们可是假扮情侣，当然得住一起。不过，你别想多了，肯定不是睡一起啊，就是可以住一套房子，但各睡一间房。"

"那不行，要住一起，就睡一起，不然就自己住自己的。"秦帅故意为难她。

因为他不好说他现在住的三室一厅的房子，是和两个美女住的，如果上官白雪知道了，肯定觉得他是来唐镇泡妞的。

"那我跟影子姐姐说。"上官白雪说着，就准备拿电话。

"等等，等等。"秦帅赶忙喊，"你能不能不要一言不合就打电话给影子老大去烦她？她管的都是国家大事，你一点点柴米油盐酱醋茶鸡毛蒜皮的小事都去烦她，多烦人啊！"

上官白雪说："是她自己交代我的，任务的事我听你的，生活中的这些小事我向她汇报。感觉她就是对你的人品不放心，所以让我盯着你！"

越是这样，越不能让她知道那个三室一厅啊。

秦帅当下只好说："这事咱们慢慢商量行不行，唉，身上太脏了，河水这么清，我想洗个澡，你洗不洗？"

"我洗不洗？"上官白雪问，"你是个猪吗？我一个女的，光天化日之下在河里洗澡？"

秦帅说："那有什么，这里除了我，又没别人。"

上官白雪说："那不是中了你的奸计吗？我才没那么傻！"

秦帅说："还在担心我看你，你都知道我有透视，都已经把你看遍了，我还稀罕看你吗？你还介意我看你吗？"

上官白雪说："那也不能跟你一起洗澡！"

秦帅说："那是你真不懂享受，多好的露天浴场啊，纯天然的，你不洗算了，我洗。"

说着就脱身上穿的。

"啊，你要死啊，当着我的面脱！"上官白雪捂着脸，把头转向一边。

秦帅说："你自己不知道闭上眼睛，或者转身过去啊！"

上官白雪说："那你也得先提醒一下啊！"

"好吧，下次我提醒你。"秦帅说着，"扑通"一声跳进河里，一个猛子就扎了下去。

关于猎鹰特种基地的营救行动，逃脱掉的坂田一井第一时间喘着气报告给了大老板，极为简单地说了七个字："老板，我们失手了。"

"什么，你们失手了？"正在鳌鲨岛上和一名侍女亲热的大老板瞬间停下动作，直接把怀中的小美人一把推开，整个人的情绪都不好了。他是老油条，从坂田一井的话里，从那喘着气的状态上，他能预感到情况可能更糟糕。

坂田一井又再确认了一遍："是的，失手了，我们上当了。"

"上当了？"大老板问，"上什么当？"

坂田一井说："我们去的时候，是下午四点钟的样子，太阳很大，我看他们的防卫也比较松散，以为行动会很顺利，没想等我们的人马进入基地中心时，才发现他们早有准备，只是在用包饺子战术，放我们进去，然后围起来打。"

"你是说他们早就知道你们要去？"大老板问。

坂田一井说："是的，差不多一百多人全部荷枪实弹地等着我们，在枪声打响的一秒钟之内，楼上和楼道到处都冒出枪口来。"

"即便如此，你们那么多高手，借着地形杀出一条血路，杀到关押室去没什么问题吧？楼道里的战争，一夫当关万夫莫开，随便两个人都能开路，能断后的！"大老板说。

坂田一井说："我们有杀到关押室门口，但有个家伙太厉害了，我用两枚手榴弹攻击，想炸了他和关押室，他都直接把手榴弹在空中给击爆了，最后我只能留下一枚手榴弹作为撤退掩护之用。"

"直接把手榴弹在空中击爆？"大老板似乎不信，"投掷手榴弹，必定是短距离，速度极快。而且，手榴弹都是弧线坠落，他能把手榴弹在空中击爆？"

坂田一井说："千真万确，您不信可以问小魔女，当时我和她配合着进攻关押室都不行，我看猎鹰的支援在大规模地赶来，我方伤亡惨重，所以才赶紧撤出来。"

"那个击爆手榴弹的人有什么特征吗？"大老板问。

坂田一井说："有，戴着一张骷髅面具，看体形很强壮，但也好像比较年轻。"

"又是他？"大老板说。

"怎么，老板知道他是谁吗？"坂田一井问。

大老板说："知道，既然是他在指挥，你们输得也不算冤枉，看来这家伙的实力确实超乎想象，你们的伤亡怎么样？"

坂田一井略迟疑了下，似乎难以启齿，但还是说了："就我跟小魔女逃了出来。"

"什么，就逃出了你们两个？"大老板语气一下提高，"绝杀组都完蛋了？"

坂田一井说："是的，本来我用手榴弹和微冲开路，还带了几个兄弟差点逃出来的，但在围墙的最后关头，被埋伏在楼顶的狙击手全部给狙击掉了。逃到大马路上的时候，就只有我和小魔女了。"

"简直就是废物！"大老板忍不住骂起来，"我用十多年的心血打造你们，养兵千日用兵一时，指望你们干一番事业，居然眨眼之间毁于一旦，你们平常都是吃素的吗？！"

坂田一井不敢作声。他是绝杀组的组长，他知道大老板在他们身上花了多少心血，寄予了多大期望。他们本身也觉得自己像神一样，势不可挡。虽然他们知道要动手的对象是特种部队，也没有太放在眼里。因为绝杀组也是军事化训练，而且十年如一日地刻苦。而真正的这些军方部队，社会上有着许多他们不训练，只顾着成群结队吃喝玩乐的传闻，没有警惕性，也没有什么战斗力。现代军队就只是摆设，在普通人眼里，觉得军人的肩上能扛着一支枪好牛，但对于他们这种荒山大漠里接受过职业训练的高手来说，真没怎么放在眼里。然而结果却是天上落到地上，摔得粉身碎骨。

一支精兵队伍，被人杀了个砍瓜切菜，差点全军覆没，他要是跑得慢点，这条命也没了，这不能怪大老板的火气大。

"对了，穿山甲呢？他不是精通遁地术，拥有六级遁地术，百米之内，来去自如，难道他没有进入关押室，没有机会出手吗？"大老板突然想起了他所安插的这个关键人物。

"他已经进入关押室了，就是他发的关押室的具体位置给我们，说他先行动，我们立马冲杀过去接应他，但我们冲杀到那里的时候，关押室里已经没有动静了，那个戴着骷髅面具的家伙一夫当关，守住门口。料想，穿山甲应该是遇到不测了。"坂田一井说。

"啊！"大老板突然气得咆哮起来。

本来计划周全的一场行动，要么营救，要么灭口。以为可以杀猎鹰一个措手不及，一切都在掌握之中，没想竟如此惨败。

一支花费十多年心血精心打造的绝杀组，加上毒蛇杀人王排行榜上的两大高手，小魔女和穿山甲。如此强大的阵容，竟然只逃出了小魔女和绝杀组长两个人！幸好他没有让黑妞和地狱使者参战，否则后果真是不堪设想。

现在虽然损失了一支绝杀组，但还不是致命的，在其他地方他还有好几支绝杀组，他拥有的是一支绝杀军团。虽然死掉了穿山甲一个杀人王，但穿山甲只是排名第六，他一共有十位杀人王。只要地狱使者和黑妞针对唐门的计划还稳定进行，他就还有翻本的机会。

只是，还有一个杀人王——追风。追风是排名第四的杀人王，而现在他还在军方手里，死神秦帅大概要从他口里撬出东西来了。因为毒蛇的营救失败极有可能摧毁追风的心理防线，让他把所知道的秘密都吐出来。一旦毒蛇总基地和他所在的鳌鲨岛被军方知道，那么他将受到最致命的打击！该怎么办呢？

"老板，别生气了，我们继续玩吧，享受我们的。"那小美人又往大老板抱了过来，用那娇小的手臂挽住大老板脖子。

"滚，滚远点！"大老板冲着她一声咆哮。性命攸关之时，二十年来最大的危机就在此刻，他哪里还有心情跟女人玩身体游戏。

小美人被吼得嘟着嘴走了。

大老板从旁边床头柜的盒子里拿起了一支粗大的雪茄，点燃了。他还在想，是不是应该再调两支绝杀组去唐镇，甚至把邪僧派出去的时候，他的电话就响了。

拿过电话一看，是小魔女打来的，当即平息了一下怒火，声音还是比较平和地喊了声："樱子。"怎么说川岛樱子也是他干女儿，是毒蛇杀人王前三的高手，是东瀛川岛家族的女儿，对他来说，有着非同寻常的意义。

"喂，干爹，对不起啊。"电话一接通，川岛樱子就表示歉意。这是她第一次执行任务失败。

"不怪你，坂田刚才给我打了电话，说了情况，只怪对手太狡猾、太强悍。"大老板说。

川岛樱子说："嗯，是的，确实比我们想象的要厉害。那些人不但枪法准，而且武功也都很厉害，在战术上也运用自如，人数还比我们多，地形也比我们熟悉，我们一切都处于劣势了。"

大老板说："我知道，但现在人没有救出来，也没有灭口掉。追风很可能会出卖我们，我们面临着一个危机，这是当务之急，得想法怎么解决，你有什么好办法吗？"

"哦，对了，说到这儿了，有件事我正要跟干爹你说呢。"川岛樱子说。

大老板问："什么事？"

川岛樱子说："我在逃出基地的时候发现了一件怪事。"

大老板问："什么怪事啊？"

川岛樱子说："我看见一个戴着孙悟空面具的人，居然提着我们要营救的追风和跟我们一起去营救的穿山甲，逃出了猎鹰特种基地。"

"什么？你说什么？"大老板问，"你说一个面具人提着追风和穿山甲逃出了猎鹰特种基地？"

川岛樱子说："是的。"

大老板不信："你是不是眼睛看花了？你们都差点被猎鹰的人杀得片甲不留，里面最强大的高手也就你、坂田和穿山甲，谁还能有那个本事在猎鹰手里救人？而且，还一手提着一个，在枪林弹雨中逃出基地？"

川岛樱子说："是不可思议，但确实是真的。我当时跑在坂田君后面，因为闪躲子弹，就找了个掩体暂时躲藏，侧过头就看见了，我当时也以为自己眼睛看错了，但千真万确。好几颗狙击子弹射击在那个面具人的身后铁桶上，直接把铁桶击穿了个洞。我看见那人一步起码纵跳有几丈远，没两下就出基地了。"

"这么说来确实是真的？"尽管川岛樱子说得很清楚，大老板始终半信半疑。

川岛樱子说："千真万确，假不了。我又没中什么毒受什么伤，意识一直清醒。而且，我见过穿山甲和追风，不会认错！"

"这么说，追风不在猎鹰手里了？"大老板自言自语道，"可是，会是什么人出手救走了追风和穿山甲呢？或者，到底是救，还是有别的什么目的？这个匪夷所思的面具人，到底什么来历？"

川岛樱子说："这个就不知道了，反正那个面具人很可怕，撇开杀技，单从力量和速度上，我自愧不如。"

"好了，你先去休息，好好隐藏，有情况我再通知你吧。"大老板说。

川岛樱子应声，挂掉电话。

大老板陷入了深深的沉思之中，这到底是怎么回事？他还不大敢相信川岛樱子所说的，因为他想不出有这么厉害的面具人，单枪匹马从枪林弹雨中救走穿山甲和追风。更想不出这个面具人什么来历，为什么要这么做？

而就在大老板无限困惑的时候，在一片茫茫的群山之中，一大片的竹林之后，有一片貌似村落的房子。那些房子都是条石建筑而成，上面覆盖青瓦。那个神秘的面具人出现了，手里依然提着追风和穿山甲，一直到外面的山口上，但却并没有直接进山，而是走向山口旁边一块毫不规则的大石头，表面上看去，这完全是一块自然的山石，旁边还长了几株小松苗。

面具人把手伸进了山石下的空隙，手臂一抖，用力地扭动了一下。"轰隆隆"一串响声，山上那些嶙峋的石头竟然旋转起来，移形换位。露出了一个洞口来，面具人提着追风和穿山甲进了洞里面。在洞里面按了一处开关，洞口的石头覆盖上。每隔一段就会有一个小孔，小孔里会有光线透进来。几分钟后，面具人就出现在了山的深处，那竹林后的一处石屋之前。

竹林后有许多间石屋，而面具人所到的石屋，是面积最大，而且要高出一层的石屋，石屋的门梁上有三个刀削斧刻的大字：村委会。

石屋里走出一个三十岁年纪的男子，面具人看见他就问了句："老九，村长呢？"

被叫老九的男子答："在天狼谷练兵呢，不是说救一个吗，怎么是两个？"

面具人说："刚好看见两个，就一并救了，方显我神通广大嘛。"

老九说："教主不是说了吗，要的只是高手，弄些废物来没什么用，就只有拿去喂狼了。"

面具人说："我知道，感觉这两人应该都有些本事，没本事就不会跟特种部队打交道了。好了，不跟你说了，你帮我把人看一下，我见村长去。"

"行，你放这里吧，要不要看住都没什么关系，进这里来了，难道他们还跑得出去吗？"叫老九的男子说。

"倒也是，但还是看住比较好，不要让他们被狼给吃了。"面具人说着，把追风和穿山甲放下，然后往山里面如疾风一般奔去。

身后的山石树木飞一般倒退，耳畔的山风呼呼作响。从附近的山林之中，时不时就传来孤狼的嚎叫，在残阳如血之下，让群山不禁多了几分苍凉。

大约一支烟的工夫，便看见了一片石林。那石林怪石嶙峋，看上去像是故意摆的一个阵。

面具人进去之后，那石阵的石头瞬间动了起来，面具人在其中穿行，避开那些似乎迎面撞来的石头，很快就过了石头阵。在边缘看，不过几十块石头，从这一边到那一边也就十来米的距离。但真正从阵中穿出来，却仿佛走了一公里远似的。而且，从阵中出来之后，所见到的世界就完全不一样了。

在石阵对面看的时候，这边只是些小树木、小林子，而到这边之后才发现，全是一两人合抱的参天古树，密林遮天蔽日，残阳全被挡在密林之外。这对不了解的人来说，会被认为是撞鬼，但对面具人来说，稀疏平常，轻车熟路。

不只是这片石林，还包括前面山口的竹林和地下石洞，全部都是机关阵法所列。这在源远流长的华夏历史上，被称为奇门遁甲。奇门遁甲之术离普通人的生活很远，离现代社会也很远。古时候的战争，但凡大将者，除了有万夫不当之勇，还得修兵法，懂战术，深谙行军布阵之道。阵法奇诡，可抵百万雄师，譬如诸葛亮曾经用过的木马阵、一字长蛇阵，还有杨门用过的九宫八卦阵、八门金锁阵等。那些变幻奇诡的阵法，在战争中拥有鬼哭神泣的威力。然而，因为现代战争的格局改变了，虽然有现代火器的一些阵形，但真正奇诡的那些奇门遁甲之术，似乎不知不觉地淹没在历史的长河之中了。

面具人过了石阵，进入前面参天古树的密林，每走一段，便听到一阵地动山摇的声音，仿佛连那参天古树都枝叶颤动倾摇一般。

而当面具人走出密林时，看到的就又是另外一番神奇的景象了。一个方圆一公里左右的山谷，有着耸入云端的参天古树，也有一些原始巨石，游走的狼群。这些倒没什么，不过是自然的一番原始面貌。奇特的是这看起来原始的山谷之中，还有起码百十号人，在练习各种各样的武功。有人扎着马步，面对参天古树挥拳猛击，打得古树轰然作响；有人笔直而立，朝巨石猛踹而出，踹得巨石震动；也有人双手扶住树干，运力猛推，似欲将古树推倒一般，那古树在巨力之下，簌簌而响。

石头上被踢出了深深的巢痕，古树上已经落了大片的树皮。可见这绝非一日之功，而是长年累月的修炼。

在一方巨石之上，站着一个须发皆白的老者，穿着一件灰色长衫，闭目而立，仿佛入定，山风吹过，长衫和须发飘舞，远远看去，颇有仙风道骨之感。

面具人取下了那张孙悟空的面具，露出了一张瘦削而清秀的脸庞，大约有四十岁左右。

面具人走到了那屹立巨石上的老者面前，喊了声："村长。"

老者缓缓地睁开了眼睛，看着面具人："回来了？"

面具人点头道："嗯。"

老者问："情况如何？"

面具人说："有惊无险，总算顺利完成了任务。"

老者问："人呢？"

面具人说："放在村长屋子那里，我让老九看着的，哦，对了，我带了两个人回来。"

"带两个人回来？"老者略微意外了下，"还有一个是什么人？"

面具人说："和另外一个关在一起的，我猜测本事应该不小，也想给自己点难度，所以就顺便救了回来，由村长定夺，若是能留就留，不能留，扔去喂狼就是。"

"嗯，干得好，我们去看看吧。"老者说罢，轻身一跃，仿佛一片叶子般，从巨石上飞落而下。然后跟着面具人一起回到了石屋。

"伤成这样了？"老者回到屋前，看了眼躺在地上的追风和穿山甲，皱了皱眉。

面具人指着穿山甲说："我救他出来的时候，他肩膀上挨了一枪，然后我给他吃了一颗护心丸，把他的命保住了，伤势还得另行处理。"

"行，我先问问他们再做决定吧。"老者说。

"你们是一起的吗？"老者看着穿山甲和追风问。

追风赶紧答应："是，多谢前辈出手相救，不知道这是哪里，前辈为什么要救我们啊？"

这一路被面具人当小鸡提着一样，追风和穿山甲都算是重伤，脑子晕晕乎乎的，更是感觉腾云驾雾一般。如今脑子稍微清醒了些，他就想知道这到底是怎么回事。

老者说："现在谢还有点早，好好回答了我的问题之后，我才会决定是否让你们成为这里的一员。"

老者说着，把手往山里一指："就在这莽莽青山之中，虎狼成群，有两种人被扔去了那里，连骨头都不剩一根。一种人，是不愿意加入我们的，另一种人是太过弱小，不堪所用的。这世界本来就是弱肉强食。强者生存，弱者淘汰。所以，你们能不能活下来，会有两道关卡。一是看你们愿不愿加入我们；二是看我们会不会要你们。加入我们，就得把我们想知道的你们的一切都告诉我们。"

"可是我们已经有组织了。"追风说。他言外之意是不能随便加入别人了。

老者说："我知道你们有组织，而且还知道你们的组织势力不小，所以才会花这么大精力救你们，明白吗？现在你告诉我，你们是什么组织？你们潜伏在唐镇的目的是什么？"

"这个……"追风有些犹豫。毕竟这事关毒蛇的机密，是一个组织的命脉，是不能随便说的。秦帅逼问，他都咬紧牙关没说。何况他并不知道这老者一伙人的来历。要是和秦帅一伙的，故意用这么一个方式来套他们的话呢？套出话来，就没有什么价值了，然后就会杀了他吧？

"怎么，你还不想说？你是希望我对你用点不大友好的手段吗？"老者说，"我还是希望我们辛辛苦苦救出来的人，能成为我们其中的一员，不希望只是成为我们案板上的肉，明白吗？"

"可我们都不知道你们的来历，你们是干什么的，我们自然不可能随便说出组织的秘密吧。"追风说。

"你还想跟我讨价还价，那好吧，看来我得让你感受一下我们的手段才行。"老者说着，侧头对面具人吩咐，"老五，去把大黑子牵来，给我撕了他！"

12　后院起火

　　没多大一会儿，被叫作老五的面具人牵着一头漆黑的庞然大物回来。

　　追风和穿山甲一看那东西，都不禁吓得浑身发抖。

　　那是一头狼。追风和穿山甲见过太多的狼，因为他们也是在深山密林中训练出的杀手，跟不少猛兽打过交道。他们从没有怕过任何猛兽，就算打不过的时候，他们也可以逃。除非在草原上被猎豹和雄狮追，在山林的任何地方，没有猛兽能留得住他们。

　　但今天不一样。追风和穿山甲都身负重伤，并没有什么战斗力。而且，面具人牵来的那匹狼，是一种他们从未见过的狼：黑色！他们还没有见过黑色的狼，只见过灰色和棕黄色的。这黑色的狼竟然像狮子一般壮硕和威猛，那双幽黑的目光里，充满了凶狠之气。

　　面具人牵着黑狼往这边走来。狼的目光盯着穿山甲和追风，喉咙里发出要吃人的低吼，仿佛随时都准备把两人给撕扯了一般。

　　"打算说了吗？"老者问。

　　"不说你们的来历，我们什么都不会说的。"穿山甲似乎下了决心，好歹他也是堪称顶尖的杀手，是背着棺材过活的亡命之徒。无论是出于尊严，还是出于对大老板负责，他觉得都不能说。

　　"那好吧，我就让你们变成狼粪好了。"老者说了声，对面具人示意。

　　面具人将手中牵着狼脖子的缰绳一抖，黑狼得到指示，吼叫了一声，脚下一蹬，竟如猎豹般扑向离它近一些的追风，一口咬到追风的手臂上，将追风的整条手臂都咬了下去！

尖利的牙齿刺入肌肉，穿破经脉。

"我说，我说！"追风喊了起来。

而面具人则在狼牙陷入肌肉，咬断骨头的那瞬间，一提缰绳，黑狼心有灵犀地松口退开，规规矩矩地站到了一边。

"追风，你想出卖老板？"穿山甲怒问。

追风说："今日不说，我们必死。人一死，灰飞烟灭，也无法再为老板效力。反正无法再为老板效力，何不择良木而栖呢？"

"你都不知道他们什么来头，怎么知道就是良木了？"穿山甲问。

追风说："至少，老板没有本事把我从猎鹰手里救出去，但他们做到了。他们的本事，你也看到了，比我们是要强的。"

"你就是怕死！"穿山甲骂道。

"怕死？"追风看着穿山甲，"我问你一个问题。"

穿山甲问："什么问题？"

追风问："这次老板安排你们来救我，有没有吩咐你们，如果救不出去，就杀我灭口？"

穿山甲愣了下，确实有这道命令。

追风说："不用说，肯定有的，我在杀人王排行榜上位列第四，你是第六，我比你先跟随老板，从感情上讲也比你深些，我自然比你更了解老板。老板是那种无毒不丈夫的人，他会对手下人好，而一旦威胁到他的利益，他是足够心狠手辣杀人如麻的！"

穿山甲说："这也不能怪他，他是为了大局出发。你知道很多秘密，如果救不出去你，你必然叛变，把这些秘密吐给猎鹰，然后会对老板以及我们所有兄弟造成巨大威胁。你一个人的生死和所有兄弟的生死之间，他当然只能避重就轻。"

"但我们也有权利选择自己的命运，不是吗？我们为什么要让自己完全被人主宰？杀手准则第二条是什么？只要能活下去，可以不惜一切。因为活着，才会有杀人的机会。"追风说。

"哟，你们还有杀人准则？"老者问，"那第一条是什么啊？"

追风说："杀手准则第一条，只要能击杀目标，可不择手段。只有不择手段杀掉对手，自己才有活命的机会。"

"嗯，不错，有点做大事的魄力。好了，你愿意配合，你这第一关给你过了。"老者把脚踩到穿山甲身上，"你呢，看你还不大情愿投诚，是吗？"

"穿山甲，活着还是一条汉子，死了就是白骨，没必要脑子一根筋的。"追风劝道。

穿山甲并没有说话，也许，他的心里有所动摇。其实，谁不想睁着眼睛多看这世界几眼呢？人一旦死了，真的是什么都没有了。可是，他还是觉得有一道坎过不去，有时候人活着，也许不必向别人交代，但却要自己看得起自己。

终于，穿山甲还是把眼睛一闭："要杀要剐，随你们的便吧。人生一世，早晚一死。我可以像个人一样死去，但不会像狗一样活着。"

"那你就去死吧！"面具人骂了声，手中缰绳一抖，黑狼直接往穿山甲扑去。

"等下！"老者喊了声，将手轻轻一挥。

那手拍在黑狼的身体上，将重达两百斤的黑狼一个翻滚就摔了出去，那黑狼爬起来就看着老者，心存畏惧地不敢动了。

"村长，你这是？"面具人不解地看着老者。

老者说："我们需要有本事的人，更需要忠诚和有骨气的人，这样才能真正做成大事。"

随即，老者看着穿山甲："我为你破个例，跟你谈个条件怎么样？"

穿山甲问："什么条件？"

老者看了眼追风，对面具人吩咐道："你先把他带下去吧。"

面具人答应，当即牵着黑狼，提着追风，朝属于他的石屋走去。

老者看着地上的穿山甲，说："看在你忠诚的分上，我可以破例适当地告诉你一些我们的情况，你再仔细考虑考虑，怎么样？"

"行，你说吧。"穿山甲说。

老者说："你们是在与官方为敌，是吧？"

穿山甲说："是的。"

老者说："我们也是。俗话说，敌人的敌人就是朋友，所以，你加入我们，根本算不上对老板的背叛，因为你加入了我们，对付的还是你老板的敌人，还是在帮你老板的忙。"

穿山甲问："既然如此，那你为什么不放了我们，让老板记你一个人情，跟老板一起合作去对付军方？"

老者却摇了摇头道："那是不可能的，目前为止，在全世界之内，不会有一支力量有资格跟我们合作，顶多只是投靠我们，那还得看够不够实力，看我们愿不愿意收留。"

"这么狂妄？"穿山甲问，"你知道这世界有多大吗？"

老者说："我不知道这世界有多大，但我知道的是，这世界注定要踩在我们脚下，我们会把全世界范围内的黑暗力量统一起来，然后统治全世界，赢得话语权。"

"好大的口气，你当自己是救世主了。"穿山甲的语气里充满嘲讽。

他听老者这话完全就是癞蛤蟆打呵欠。

老者倒也没有生气，只说："我不是救世主，我只是这浩瀚宇宙的一颗星辰，但我效忠的是真正的救世主，他来的时候，这世界必将风云变色，所向披靡。"

"既然你们这么厉害，那还要我们干什么？"穿山甲问。

老者说："那是因为我们要对抗的力量也很强大，我们需要把跟官方作对的所有力量团结起来，无数滴水才能汇聚大海，而大海才有无量之力。你的老板，以及你，都将会是这大海中的一滴水。"

"我觉得你根本就是在做梦！"穿山甲说。

"做梦？"老者说，"人活着，本来就不就是做梦吗？而且，正如你那个同伴说的，你们倾尽力量，却没法从特种部队手中救出一个人，然而我们只是区区一个人，就顺利地从里面救出两个人，这种实力的悬殊，应该是一目了然的吧？"

穿山甲不说话了，道理确实是这样。虽然老者说的话好像不知天高地厚，在胡言乱语。但实际上，这股势力非常强大，单是那个面具人救他们出来，就已经让人折服了。

"还有，你加入我们，我们不但可以让你拥有更强大的靠山，而且，就连你的本事，我们也能让你得到日新月异的提升，到那个时候你再回过头来看此刻的自己，根本就是微不足道的弱者。"老者见穿山甲不说话，知道他肯定在思考。

"是吗？我倒想知道，你们有什么本事能让我得到日新月异的提升？"穿山甲抬起头看着老者。

老者说："很简单，我们信仰武道，我们拥有几万年的武道传承，我们有无数强大的绝学让你修炼，你适合什么就练什么，把你的身体练到极限，成为超级强者，那些普通人在你手里，就跟一只蚂蚁差不多了。"

"几万年的武道传承？"穿山甲问，"什么东西？"

老者说："说明白点就是真正的武学。"

"真正的武学？什么是真正的武学？"穿山甲问。

老者点头："真正的武学，就是指人类从最原始的世界走来过程中，因为自身的弱小，在面对比自己强大得多的凶猛野兽和狂暴的自然灾害时，所获取的生存法则。"

"这种生存法则在历经洪荒，历经野蛮，历经战争之后，一步步促使人类成为这宇宙之内最强大的生物，成为地球上的主宰。"

"然而，近代科技的出现，让人类更多地依赖于科技，自身反而变得跟废物一样。就像山林的猛虎，被关进动物园之后，没有了生存之忧，忘却了猎食，就再也没有了搏杀之力。很多现代人类甚至已经觉得，武学只是江湖传说。他们不但没有了搏杀猛兽的神力，甚至一点小风小雨的天气变化都足以摧垮他们腐朽的身体。"

"所以，在此人类濒危之际，我们带着曾经让人类强大而骄傲的生存法则出世，我们要重新改造世界，让人类放弃对科技的依赖，走近武道，重拾雄风。而你跟着我们，就可以干一番真正轰轰烈烈的事业，比你做杀手，是不是要有出息多了？"

"是吗？你就是这股力量的带头人吗？"穿山甲问。

老者摇头道："当然不是，我只是这个村子的负责人而已，我们还有很多个这样的村子，高手林立，强者纵横。"

"你是这个村子的负责人也不错了，既然你把你们的什么武道传承说得那么天花乱坠，听起来煞有介事的，你让我看看你的本事，看能不能震得住我！"穿山甲说。

老者点了点头："行，若不让你看看武学的博大精深，你永远都只能是井底之蛙。"

说罢，老者深呼吸了一口气。

然后，穿山甲便看见了不可思议的事情。只见老者的长衫飘起，他简单地进行了气息调整，然后往虚空踏出一步，那脚在空中顿住，随即，抬起另外一只脚，往上再踏出一步，就像爬楼梯一样，看得穿山甲目瞪口呆！老者竟然能虚空移动！

"这是什么功夫？"穿山甲惊骇地问。

老者说："气功的一种。"

"气功的一种？"穿山甲知道气功，因为东瀛忍术中的剑掌就属于气功系列，包括追风修炼的追风术，都跟气功有关，他也知道，修炼某些气功可以使身体轻盈，但却从没见过，什么气功能做到这种虚空踏步。

传说中有些超级忍术可以做到，忍至无极，身如柳絮。但那是传说，他没有见过。他所见过的，能像追风那样跑得很快就很厉害了。

老者说："华夏武学博大精深，而气功更是华夏武学中的精髓。因为气之一道，是生命之本源，也是力量之本源。气轻者如浮云，气钝者如精钢，刀枪不入。气雄浑，则力劲猛。即便是普通人，气不一样，力就不一样。武者就更不用说了。你大概是还没有领会气道的真谛，只要你能加入我们，就能根据你本身的潜质，得到最耀眼的升华！"

终于，穿山甲心动了。一个杀手，或是一个练武之人的梦想，就是让自己变得更强。从遥远的原始丛林走来，从弱肉强食的生存法则走来，无论人或者动物，都在岁月的变迁之中渴望变得更强。因为，只有强者才能主宰别人，只有强者才能活得更有尊严和荣耀。

"好，我加入你们！"穿山甲终于答应了。

老者的脸上露出了得意的笑容："就是嘛，识时务者为俊杰，你放心，我们会有武学大师根据你的潜质，为你提供最适合的武学修炼！"

"不过，我还想问你一件事。"穿山甲说。

老者问："什么事？"

穿山甲问："你之前说的要征服世界黑暗力量，然后对付军方，是真的吗？"

老者说："当然是真的。"

穿山甲说："那我有个不情之请。"

老者问："什么？"

穿山甲说："不能杀我原来的老板。"

老者说："我们的原则是将世界黑暗势力给聚集起来，如果他们能臣服，就能成为我们的自己人，但如果不愿意臣服，我们就会将其毁灭。所以，我们杀不杀他，不在我们决定，在他自己选择，到时候你可以好好劝劝他。不是我夸海口，这世界除了我们可与军方争雄天下，其他势力跟军方作对，那根本就是飞蛾扑火自取灭亡！"

"好吧，到时候我劝劝他。"穿山甲说。

穿山甲又抬起目光问："请问你怎么称呼，这里又是什么地方呢？"

老者说："这里是天狼村，我是这里的村长，一般人都喊我村长，但我也有名字，叫作司马无量。好了，你现在可以告诉我关于你和你那个组织的事情了吧？"

穿山甲便说了，他的杀手代号穿山甲，是毒蛇组织里排名第六的杀人王。

"原来你们叫毒蛇组织，如果我记得不错，好像是全球排名第二的杀手组织吧，仅次于飞龙。"司马无量说。

穿山甲点头道："嗯，是的。"

司马无量说："但只听闻江湖有毒蛇组织，却不知道毒蛇领导人是谁，是谁啊？"

穿山甲说："其实我也不知道他是谁，从我们第一天跟他起，十多年来，我们都只叫他老板。他说要把我们打造成江湖上赫赫有名的榜上杀手，但他不想被人知道，所以世人只知道毒蛇，不知道他。"

司马无量说："看来，他还是一个有城府的人，也是块做大事的料。做杀手行业，走黑暗道路，名头越响，危险越多，最安全的办法，是把自己藏在没人看见也没人知道的地方，像我们一样。也就是所谓的明枪易躲暗箭难防了。对手要对付我们，连影子都找不到，而我们要干掉对手，随时都可以出手，一击必杀。所以，兵法这东西还是很管用的，现代人总是沾沾自喜自己拥有了这种发明那种科技，却忘记老祖宗的东西！"

"那你总知道你们组织的巢穴吧？"司马无量问。

穿山甲点头道："我们的毒蛇训练总基地有两处，一处在撒哈拉沙漠，另一处在缅东原始密林之中。而大老板所在的位置则是靠近新马国的鳌鲨岛。"

"鳌鲨岛，那是在海外了？"司马无量问。

穿山甲点头道："是，只有基地之一的缅东原始密林基地，离华夏要近一些，撒哈拉沙漠和鳌鲨岛离华夏都很远。"

司马无量说："没关系，我们的战略部署会比当年成吉思汗横扫世界时更强大，不管是海外还是海内，只要有人的地方，我们都会去踩上一脚。很好，接下来我们就可以计划，去鳌鲨岛跟你的老板谈谈心了。搞定你的老板，那个什么缅东原始密林和撒哈拉沙漠的基地，自然不攻自破，股掌之中了。"

"可是，鳌鲨岛可不是那么随便好进的，你们要三思而后行。"穿山甲说。

"是吗，有什么不好进的？"司马无量问。

穿山甲说："那是在海中心一座独立的岛屿，上面按照全军事化部署，起码有数百堪称特种兵的人员护卫，各种狙击手、冲锋枪，以及火箭弹、迫击炮重火力护卫，相当于一支兵团驻扎在上面。除了火力兵团之外，还有杀技特别厉害的忍者兵团，你要知道，忍术跟华夏气功一样，都是源远流长而且深奥无比的武学，高人辈出，杀伐凌厉。要拿下鳌鲨岛，起码得一支强大的部队，水陆空三方部队进攻才行。"

"水陆空三方部队进攻？"司马无量笑了笑，"水陆空的三方部队，比一只蚊子更容易进入那个戒备森严的鳌鲨岛吗？"

穿山甲愣了愣，他明白了司马无量的意思。鳌鲨岛虽然戒备森严，武力强大，需要强大的兵力才能拿下。但如果是一个真正登峰造极的高手，飞天遁地，来去如风，就可以绕开那些岗哨和防线，轻松进入了。

"不过，就算有高手悄悄潜入进去，但老板身边也是高手如云，你们也未必能胜券在握。"穿山甲说，"我是知道老板的强大的，我们都是他一手培养出来，我们的本事跟他比起来，还差得远。"

司马无量说："这先不说，到时候我们的老板自有计划和安排。对了，你说你们还有个什么杀人王排行榜？"

穿山甲说："是的，武功高的杀手按照等级排名，一共排了十位，我在第六位。"

司马无量问："那你前面几位都是谁啊？"

穿山甲说："第五位叫母蝎子，第四位就是刚才我的那个同伴，外号追风，第三位叫小魔女，第二位我不知道，老板一直没有公布；然后第一位叫邪僧，据说是个来自天竺国的和尚，武功很邪门，高深莫测，具体的也不清楚。"

"知道这些人都在什么地方吗？"司马无量问。

穿山甲摇头道："不知道，我们之间从来都不会联系，甚至见面了都不一定认识，除非有任务合作，老板会提供接头暗号和相片给我们。"

"好吧，我让人先替你疗伤。"老者说罢，便把手放进口中，吹出一种如鸟叫般的声音来。

很快，就过来一个起码五十多岁的老头，喊了声村长。

司马无量把手往地上的穿山甲一指："帮他把伤势处理好,送到岐黄堂去。"

老者应声,一只手就把穿山甲给提走了。

随后,司马无量去了另外一间石屋里面,见了面具人和追风。他问面具人情况如何,面具人便把问到的情况说了。

司马无量点头："嗯,他们说的情况一样,没毛病。"

"怎么,那家伙也归顺了吗?"面具人问。

司马无量说："大势所趋,识时务者为俊杰,有谁能忤逆我们?你速度快,还是你跑一趟,到山顶上去给教主打个电话,把大致情况说一下,看教主如何计划。打完电话后,你还回唐镇,继续看着那里的动静。尤其是唐门和范九龙的神武道。必须盯紧!"

面具人毕恭毕敬地答应:"是。"

转身就准备走。

司马无量指着追风说:"把他也送去岐黄堂先医治吧。"

面具人提着追风便去了。

唐雨若被接到猎鹰特种基地,查看了几名猎鹰特种兵所中的"尸热毒",随后从身上拿出几粒绿色的药丸,让每人服下一颗,然后让人去找一种叫作艾叶的草,就是端午人们插在门上驱邪或者防蚊虫的那东西。差人用艾叶熬水,用来搓洗身子,一天搓洗三遍,三天可完好。

侯连武听说后,当即派人前往唐镇乡下去寻找艾叶草回来。而事实上,几名猎鹰特种兵服用了唐雨若的绿色药丸之后,已经没那种抓耳挠腮的痛苦,身体的温度也降了下去,只是身上那种猩红的斑疹还在。

唐雨若说,那斑疹会消一些,但必须在艾叶草清洗之后,才能完全消除。大概地说了一些注意事项之后,唐雨若起身告辞。

侯连武派士兵送她回去。

唐雨若却推辞道:"不用了,我自己出去坐个车就行,不必那么麻烦,你们忙自己的事就好了。"

侯连武说:"那不行,长官有吩咐过,必须把唐小姐安全送回去,万一有什么闪失我可担当不起啊。"

"长官？"唐雨若眉头一皱，"你身为连长不就是这里的最高长官了吗？还有谁是长官啊？"

唐雨若是知道的，唐镇驻扎着一支特种部队，是一个特种精兵连。而她来的时候，侯连武已经做了自我介绍，他是这里的连长。

侯连武一愣，想起秦帅叮嘱过不准把他说出来，就敷衍说："今天这里不是发生了袭击嘛，有更高级的长官到这里来过，就是他吩咐的。"

"是那个请我来的人吗？"唐雨若问。

"啊？"侯连武赶紧否认，"不是不是，是我们这里的人找的江湖上的一个朋友请的唐小姐。"

"我能见见通过那个江湖朋友请我来的人吗？"唐雨若问。

她心里还是有些疑惑，为什么秦帅跟军方的人扯上了关系？开始秦帅找她帮忙解毒，她以为是秦帅江湖上的朋友，没想是猎鹰特种部队。想起秦帅可疑的种种，她在某个瞬间突发奇想，秦帅会不会是特种部队的人？他的枪法，他的本事，他的胆魄，他的正直，还有他某些时候解决事情的能力，譬如蜜月酒店的枪击事件。还有这次猎鹰基地遭遇袭击，猎鹰特种兵受伤，居然是他出面来请她帮忙解毒？不得不让人怀疑他就是特种部队的人！

"啊？"侯连武愣了下，然后就指着指导员周云峰说，"就是周指导找江湖朋友帮忙请的唐小姐啊，他在这里呢。"

这不用说，像猎鹰特种部队里面的成员，都是经过很多特种训练，反应能力超快。

秦帅叮嘱侯连武不要泄露身份的时候他也在。

唐雨若这么问，侯连武又这么说，他自然一下子就领会了意思，忙接话："嗯，是的唐小姐，就是我找江湖上的朋友请你来的。"

"可是，你们这么大部队，能人那么多，怎么会突然想到找江湖上的人帮忙？"唐雨若疑惑。

周云峰说："因为我们军医说了，这种毒出自苗疆，是属于江湖毒道，西医根本没法解决，唯有江湖上传统医道大师才行，所以我就试着联络江湖上的朋友，看有没有办法，然后我这位朋友就推荐了唐小姐。"

唐雨若心里的疑团始终未散，又问："你这位江湖朋友叫什么，什么来历啊？"

"这个……"周云峰说，"有些私人事情不大好说，总之，感谢唐小姐了，其余的唐小姐就不要再问了吧，我也为难的。江湖上的人比较忌讳被知道跟官方部门有联系的。"

唐雨若不解道："为什么江湖上的人忌讳被知道跟官方部门有联系啊？"

周云峰说："打个比方，你是江湖人物，你开赌场也好，卖军火也罢，你有个朋友却跟警察关系密切，你对他会不会提防，甚至离他远远的，如果出了什么事，你会不会怀疑是他举报的？"

"哦，这么回事，好吧，那我不问了。"唐雨若说。

随即，侯连武让士兵把唐雨若送回画廊。但她心里始终还是对秦帅有所怀疑，他真的就是一个江湖人物？跟那个指导员是私人的朋友关系？可不管他是什么人，跟她又有什么关系呢？都已经说好了，彼此以后只是陌路之人，再不相干。他救过她，而她也帮他的忙，还回了人情。

可是为什么她想起来，心里就隐隐作痛。她还没来得及开始的爱情，她以为会刻骨铭心的爱情，她一直以为彼此会好好走下去，哪怕争吵过，误会过，决裂过，她都以为会好起来。因为她爱他，而她也感觉得到他爱她。可是，在下午的那个电话里，也许她的话把他伤得足够深，而他的话也足够决绝。

其实，在步行街看见那个女人穿着他的衣服，还跟他牵着手的时候，她就已经死心了。如果彼此能不那么强硬，能退后一步，起码还是可以做朋友的。而现在，是连朋友都没得做了。

正在伤神之际，她的电话突然响了起来，拿起电话一看，是老哥。

她当下就接了电话，喊了声："哥。"

唐云豪问："在哪呢？"

唐雨若说："我还在画廊呢。"

唐云豪说："都六点多钟了，还没关门啊？"

唐雨若说："正准备关呢，怎么，你回来了吗？"

唐云豪说："嗯，回来了，我在你别墅等你，赶紧回来吧。"

"在别墅等我？"唐雨若不解，"干什么啊？"

唐云豪说："不是说那天晚上有人闯进你别墅，秦帅突然赶过来救了你吗？我有些怀疑，你回来我看看。"

"嗯，好的，我马上回来。"唐雨若答应。

唐雨若赶紧关了门，开车返回别墅。她知道哥哥可能怀疑什么事情，她也怀疑过，那就是秦帅在她的屋子里装了摄像头，看见了她出事，所以才会迅速赶到。但是，她把整个屋子找遍了，却并没有找到摄像头。

她的心里有些乱，如果哥哥把摄像头找出来了，那该怎么办？这是她不愿相信，也不敢面对的事情。虽然她很希望秦帅那么迅速赶来是有其他的原因，但她却想不出更合理的解释了。

很快，唐雨若回到别墅，看见老哥开着他的兰博基尼在门口等着。

"哥，你去哪儿了，干什么了？"唐雨若问。

唐云豪说："一点私事。"

他看着唐雨若说："你好像瘦了，这几天身子没出问题吧？"

唐雨若说："嗯，没事。"

"那怎么瘦了？"唐云豪问。

"有吗，不觉得。"唐雨若说。

唐云豪说："你天天照镜子肯定看不出来，但我一眼就看出来了，确实是瘦了。"

唐雨若说："那有可能是天气热，不怎么想吃饭。"

两人说着，便进了别墅。

唐雨若明知故问："哥，你要做什么啊？"

唐云豪说："实话说吧，我怀疑秦帅那天晚上能突然赶来，是在你的房间里装了摄像头。"

"是吗，那你当时怎么没跟我说？"唐雨若问。

唐云豪说："我怕当时跟你说了，你自己找出来，以你的脾气会跑去跟他拼命，然后会吃亏。"

"你真当我那么冲动啊，我打不过他，才不可能自己去找他拼命呢。其实，我自己也是那么怀疑了，然后在房间里找了，并没有找到什么。"唐雨若说。

唐云豪说："一般的摄像头都是装得非常隐蔽的，在你完全想不到的地方，尤其是针孔摄像头，会更难以发觉的。当然，他也可能是在屋子的其他地方装的摄像头，而不是在卧室。但先从卧室看吧。"

两人说着，唐云豪就仔仔细细地问了那天的情况。

唐雨若把唐云豪带到了她的闺房，从门口一路搜进去，检查了几个最好监控房间的点。

一个个排除之后，唐云豪直接走向那个墙壁的暗灯，暗灯的形状像几朵蘑菇，被几支铁架撑着，看起来很好看。一眼看过去并不会发现什么问题，但在那蘑菇般的灯盖下面，是可以放置针孔摄像头的。

唐云豪过去仔细地查看，寻找。果然就在其中的一处灯盖侧边，发现了用透明胶黏贴在那里的一枚针孔摄像头！

唐云豪把那枚摄像头取了下来。一瞬间，唐雨若的脑子里"嗡"的一声。最担心的事情还是发生了！她没想到，秦帅竟然真的在她的卧室里装了摄像头！

这是一件多么让人难以接受的事情。原来她不盖被子睡觉，查看自己身体发育的部位，或者有时候站在镜子前欣赏自己的身体……一切的一切，都被一双眼睛在背后看着！

"这个混蛋，竟然真的装了摄像头。"唐雨若一下子怒了起来，"我也觉得，在卧室里没找到，也许是在其他地方装了，那倒没什么，装不知道就算了，没想他真的装在我的卧室里！他一直在偷看我！"

"你放心吧，这个公道我一定会为你讨回来，就算是天王老子欺负了你，老哥也会让他付出代价的！"唐云豪的脸上出现了少见的杀气。

他确实没法接受，秦帅居然在他妹妹的卧室里装了摄像头！要知道因为唐雨若身体的原因，这个小妹随时都有可能离开这个世界，所以他特别心疼她，他希望她在这世界的每一分每一秒都是幸福快乐的。曾经，他以为秦帅是个汉子，他还在想着撮合。没想到秦帅能干出这种卑鄙的事情来！

唐云豪当即拿出了电话，拨打了秦帅的号码。

秦帅此刻正和上官白雪在美食街吃东西呢，一看唐云豪来电，也不知道什么事，便接了电话，喊了声："大少。"

唐云豪问："你现在哪儿呢？"

秦帅说："在步行街这边吃东西呢，怎么，有什么事吗？"

唐云豪说："是有点事找你谈，要不，你来青龙河滩一趟吧？"

"青龙河滩？"秦帅一愣，"怎么，在那里谈事？"

唐云豪说："是的，那里安静点，以免隔墙有耳。"

"那好吧，我马上赶过去。"秦帅说。

秦帅挂掉电话。

上官白雪问："谁啊，什么事啊？"

秦帅说："一个朋友，说点私事。你慢慢吃吧，我先过去了。"

上官白雪说："我跟你一起去。"

秦帅说："不用了，你先去酒店把房间开好，然后四处转一下，看有没有比较好点的两室一厅，有就租下来，先把正事办了。"

上官白雪问："为什么不是你办，你本来就对这里熟悉。"

秦帅说："我也才来没多久好吧，一直住酒店，你要愿意，就天天跟我住酒店好了。"

此时秦帅已经起身了，他感觉情况有些不对。唐云豪的声音没有以前那么亲切，以前说话都是带着笑。而今天唐云豪的声音里似乎有些……说不出的感觉，应该是有不小的事情。难道？他知道了我的身份？知道了卧底在唐雨若身边的黑妞？或者发现了唐雨若房间里的摄像头？唐雨若的身体是清白的，唐云豪不可能去唐雨若的卧室吧？

这边的唐云豪也动身了。

"哥，我跟你去吧。"唐雨若说。

唐云豪说："你别去，哥会帮你处理好的。"

唐雨若问："哥，你打算怎么办？"

唐云豪说："看他怎么交代吧，交代不好，我也翻脸不认人。"

"可是，他武功很厉害，哥你一个人去？"唐雨若很担心。

其实，她不只是担心唐云豪，也莫名地担心秦帅。虽然她很生气，觉得无法接受，可是想起唐云豪和秦帅自相残杀，她心中有很多不忍，她想跟过去，也许能做点什么。

但唐云豪说："放心好了，唐门暗器天下无双，他武功再高，想要应对绝世无双的唐门暗器，也没那么容易。明枪易躲暗箭难防嘛。而且，我的暗器境界你又不是不知道。

"但我就是不放心嘛。"唐雨若说，"我要跟去，有个什么万一我也好帮你。"

唐云豪说："你这点武功，能帮什么忙？而且，他装了摄像头，偷看了你，你在现场，说起来会让你很难堪的。听话，好好待在家里。"

"那好吧，哥你小心点。"唐雨若说。

老哥肯定不会让她去。而她想起老哥和秦帅通电话说的是青龙河滩，她在后面跟过去不就行了？反正她是必须得去了。她倒不怎么担心老哥，因为她知道唐门暗器的厉害，尤其是唐门暗器里最奇绝的"马蜂窝""流星雨""天外天""神出鬼没""天罗地网"等。手法奇诡，杀机如电，很多时候比枪的威力会更强大。枪里一下只能射出一发子弹，就算是微冲，一下子也只能射出几十发子弹，但唐门暗器，境界高时，一出手就是铺天盖地的。就算长了翅膀的鸟，都难以飞出唐门暗器的杀机。诚如唐云豪所说，秦帅武功再高，但要想高过唐门暗器，而且是唐云豪这种悟得精髓的暗器高手，基本上是不可能的。

唐雨若想的是，唐云豪把秦帅教训一顿就好，也算为她出口气。但她还是不忍心把秦帅杀了，或者废了。如果她不去，唐云豪很可能会杀了秦帅，或者废了他。要是换作以前，别说知道一个男人安装摄像头偷看她，就算是一个男人正面多看她几眼，她也会特别厌恶。但现在，秦帅在她的卧室里装了摄像头，把她全身上下都看遍了，把她的行为举止都看见了，她有杀他的心，但她却不想看着他太惨。

在唐云豪走后，她也开车前往青龙河滩。青龙河滩上，流水潺潺，城市的灯光离得有些远，但天空中有一弯残月，在这寂静之处投下清淡的光辉，让河滩显得格外静谧，河水凉了些，鱼儿时不时浮出水面吐几个泡。

秦帅站在那里，抽着一支烟。他听到车子的声音正往河滩下面来，不用说，肯定是唐云豪的。

车子在河滩上停下，秦帅转过身来，看见唐云豪往这边走来。那脸色果然不似以前那样亲切地笑着，目光中有锋芒，每一步似乎都走得极有杀气，身体里潜伏着力量，随时都会爆发。

而此时，唐雨若也已经到了。只不过她是悄悄跟来，没有把车开到河滩这里，而是把车子停在起码有两百米开外的公路边，然后沿着公路往河滩的路悄悄步行过来，看是什么动静。

"发生什么事了吗，大少？"秦帅问。

唐云豪说："我想，你应该心知肚明吧！"

秦帅吸了一口烟，慢慢地吐出一口烟雾："我真没什么心知肚明的，如果大少当我是兄弟，我们之间发生了什么误会之类，请明说，我们可以当面看看到底是怎么回事。"

"行，既然你这么爽快，我也不跟你拐弯抹角，有事我直说了。"唐云豪问，"雨若的卧室暗灯后面那枚针孔摄像头，是你装的吧？"

秦帅一愣，他本觉得不可能是这事，因为唐雨若的闺房肯定不会让一般男人进去。而他嗅过唐雨若身体的味道，明明还是处子之气，说明她跟唐云豪是清白的。那么，唐云豪就不大可能发现这事啊。而且就算真的发现，那也应该是唐雨若打电话给他才对。他知道唐雨若的暴脾气，曾经怀疑他偷看，就对他各种辱骂和憎恨，下午的时候两个人又闹翻了，要是知道她房间里被他装了针孔摄像头，那还得了！所以他觉得唐云豪找他应该不是这事，没想到却真是这事。

"我跟你说，你要是个男人，就痛痛快快地承认，也许我还能看得起你一些。"唐云豪见秦帅没说话，以为他会否认，先给他提个醒。

"是吗？我想问问，大少你为什么觉得那针孔摄像头就一定是我装的呢？"秦帅没有承认，也没有否认，而这也是他很好奇的地方。

唐云豪说："事情不是明摆着的吗，雨若说，那天晚上她出事的时候，你是从别的地方拼命赶过来。那就只有一种可能，你知道雨若遇险，除了你在她的房间里装摄像头，不可能有别的解释。"

"唐雨若居然连她差点被侵犯的事都告诉你了？还连这些细节都告诉你了？然后，你还去她的卧室帮她找出这枚监控摄像头，跑来对我这个口口声声的兄弟大动肝火兴师问罪。"秦帅问，"我想知道，你跟唐雨若到底什么关系？她竟然会如此信任你，而你又会如此关心她。"

"这个你没必要知道，你只要告诉我，这事是不是你做的就行。"唐云豪说。

秦帅说："大少你这话太咄咄逼人了吧？譬如我偷了张三家的猫，除了张三和警察，我想不出还有谁可以理直气壮地管这事。"

"如果是雨若让我帮她管，你觉得够了吗？"唐云豪问。

秦帅点头道："那就可以，但唐雨若为什么自己不来？"

唐云豪说："你应该知道她有多讨厌你，从维加斯就没好过，但我一直以为你是个值得信任的人，有担当，哪怕她对你各种讨厌的时候，我始终觉得她可能是对你有误会，没想……你真让我失望！"

秦帅淡然一笑："我能说句不该说的话吗？"

唐云豪问："什么？"

秦帅说："从我生下来那天起，直到今天，我从没有让任何一个信任过我的人失望过，只有那些我信任过的人让我失望了！"

唐云豪的神情里充满了不屑："这话你也说得出口？我当你是兄弟，甚至不惜在你和范九龙的恩怨中插脚帮你，而你呢？你却在雨若的房间里装监控摄像头，做出如此卑鄙无耻的事情，你居然还说你从没有让人失望过，只有别人让你失望？你是不是想否认，那枚针孔摄像头根本就不是你装的？"

秦帅说："没有，我承认，那确实是我装的。"

"行，算你有种，既然是你装的，那现在你就告诉我，你什么时候装的，为什么要装？！你要不给我个合理的解释，今天这里就没有兄弟，只有生死！"唐云豪几乎是吼出来的。

那目光之中，杀机凌厉！

秦帅深深地吸了一口烟，将烟雾吐出来。然后，缓缓地抬起目光，看着唐云豪："怎么，大少觉得我是那么无耻的人，是一个为了满足猥琐心理，可以在女人房间里装摄像头的小人？"

唐云豪说："我以为你不是，但可惜事实摆在眼前。"

秦帅问："可是，这世上有多少事实又是真正的事实呢？眼睛看到的就一定是真相吗？这不由得让我想起了一个可悲的故事来。"

"不要扯那些不相关的故事，你现在只需要跟我说，这件事你准备怎么交代就好。"唐云豪说。

秦帅摇头道："不，即便要解决，但我还是得把这个故事说一遍。"

"那行，我就听你废话几句，你说吧，我看你能如何辩解！"唐云豪说。

秦帅说："这个故事说的是主人出去打猎，狗留在家看护婴儿。主人回来时，看见血染被毯，却不见婴儿。而狗呢，却正舔着满嘴的鲜血，高兴地摇着尾巴迎接主人。主人以为狗吃了婴儿，瞬间大怒，抽刀刺入狗腹。狗惨叫一声，却惊醒了熟睡在血迹斑斑的毯子下面的婴儿。这时候，主人抱起婴儿，才发现屋角躺着一条死去的恶狼。所以，有时候你一眼看到的，未必就是真相。"

"你的意思是你被冤枉了？"唐云豪问。

秦帅说："我的意思是我确实在唐雨若的卧室里装了摄像头，但目的不是为了猥琐地偷看她，我是为了她的安全。"

"为了她的安全，你好冠冕堂皇的借口！"唐云豪冷笑道。

"冠冕堂皇的借口？"秦帅问，"我不知道怎么又成借口了？还有什么比装上摄像头而第一时间知道危险更好的办法吗？"

"是，确实是。但我想问你，你凭什么要如此处心积虑地关心雨若？"唐云豪问。

秦帅说："这还用说吗，我喜欢她啊，也许，到后来就是爱了。我爱的女人，我会不惜一切，护她周全，就这么简单。"

藏在河岸苞米地里的唐雨若，听到这话的时候，心里不禁颤了颤。

唐云豪却不信："你根本就是在狡辩！不过是为了你无耻的手段找说辞！你以喜欢为借口，悄悄地在一个女孩的卧室里装上摄像头，把她的什么都看见了，你居然还有脸说喜欢，说爱护。算我唐云豪看错了人，把你当了兄弟。既然你都不敢承认自己的无耻，我也不用跟你那么多废话，你大概觉得自己很厉害，所以肆无忌惮。那咱们就按照江湖规矩来解决吧！"

"怎么，大少的意思是要跟我动手？要跟我决生死？"秦帅问。

唐云豪说："没错，就是这个意思。当有些道理讲不清的时候，动手是最直接的办法，你能赢了唐门暗器，那就是你有理。赢不了，那就是你的命！"

"好吧，既然我们要走到这一步，我也没话可说，久仰唐门暗器的威名，我今天就顺便领教领教好了！"秦帅的声音也严厉起来。

他不知道为什么一直那么大度的唐云豪此时会如此冲动，不知道他为什么不顾兄弟情义为唐雨若出头，他觉得，唐云豪和唐雨若之间的关系确实超出了朋友的关系，也超出了情人的关系，那应该是一种对待至亲至爱才会有的感情。无论如何，唐云豪要动手，他也不能示弱。虽然是兄弟，但狭路相逢，不能输阵。

秦帅启动了嗅觉，因为他知道唐门暗器的厉害，除非他的天赋嗅觉，能把那漫天暗器的来向传递给他，及时作出反应，否则凭他的视力和听力，肯定是接不了招的。

然而，当他一启动嗅觉，马上就嗅到了另外一股熟悉的味道。淡淡的清香，让人心旷神怡，心肝颤动。没错，的确是唐雨若的味道。唐雨若也来了？她居然不是跟唐云豪一起来，而是藏在几十米之外的玉米地里？秦帅确定了一下味道的来源，的确是在几十米外的玉米地里。

"唐雨若，你既然来了，为什么不出来，躲躲藏藏的干什么？"秦帅淡淡地说了声。

"你在说什么，雨若来了？"唐云豪听得这话，回过头去。

但他什么也没看见，就看着秦帅问："你在弄什么玄虚？"

秦帅说："看来唐雨若是悄悄跟着你来的，三十米四十五度斜角，玉米地里，她不出来，你就去找，肯定找得到人。"

唐云豪往秦帅说的方向看去，模糊的月色之下，唐雨若果真从玉米地里走了出来。穿着高跟鞋，一袭小碎花长裙，秀发在夜风中飘扬飞舞，高跟鞋踩在不规则的石子之上，显得小心而婉约。

看着从月色里走来的美丽少女，秦帅发觉自己的心里有一种说不出的感觉，那种感觉已经不能用语言描述。他发现自己的心里刻着她的影子，而这影子，会在无声的岁月里生锈、腐朽，却无法抹去。他对她的喜欢，或者说是爱，仿佛来自血液，来自身体的每一个细胞。在他意识的深处，想拥抱她，亲吻她，想嗅着她身体的淡淡香气。

虽然她足够漂亮，但这世界漂亮的女人多了去了，愿与他一生一世的漂亮女人也多了去了。可没来由，在他的内心深处，情不自禁地对她念念不忘。他甚至告诉过自己，他无须为一个即便殚精竭虑去疼爱，却仍然不够信任他的女人花时间。

男人，当洒脱。尤其是他这种优秀到折服自己，举手投足便光芒万丈的男人。可见到她，他的内心深处还是有一阵风吹过，那片沉寂的心湖瞬间就碧波荡漾起来。

唐雨若走到近前，抬头看他，目光里有如月色般丝丝的幽怨。在彼此的目光里，那些深刻的恨，仿佛冰雪消融。真爱过，真的恨不了，没法咬牙切齿。

"你还有什么可狡辩的吗？"唐雨若还是刻意让自己的语气冰冷，态度坚决，充满敌视。

秦帅淡然一笑："我需要狡辩什么吗？"

"不需要？"唐雨若问，"在之前你不是理直气壮振振有词标榜自己的清白吗？现在你承认在我的卧室里装摄像头了？骗子和畜生的本质都原形毕露了，你还能这么恬不知耻理直气壮吗？！"

想起对他掏心挖肺的爱，想起十九年，多少优秀的男人被她冷眼相待，唯独爱上他，不求轰轰烈烈，只求岁月静好。结果，他如魔鬼一般，用那尖利的爪子，把她的心，将那开满鲜花和流星飞舞的圣地，撕扯得遍体鳞伤。那繁花之梦如飞鸟羽翼，片片脱落。想起来，心中的疼痛如潮涌一般，泪水瞬间盈满眼眶，模糊了视线。

秦帅看见了那晶莹的泪，想起了彼此决裂的那个夜晚，在监控里看见她的泪流满面，失声痛哭。虽然她误会他太多，但她对他的爱却是真的。从来一心一意，深至骨髓。他想上前紧紧地拥抱住她，替她拭去眼角的泪水，他不忍看她梨花带雨的悲伤。但在下午的时候就说过，彼此再也不相干，连普通朋友都不算。而且，还有唐云豪虎视眈眈在旁边。

他努力地压制着心中那股涌动的情绪，说："我说过，眼睛看到的未必真实。而且，我也告诉过你，我若真是够卑鄙无耻，我有一万种手段占有你，不管你愿不愿意。你也知道我的本事，你不过是一只羊，我若强来，你根本无力反抗。然而，为什么你现在还能好好的？我若真对你不利，岂止是在你卧室装摄像头？你忘记花万红那个恶魔闯进你房间，生死一线之时，是谁及时赶到救了你？我若卑鄙无耻，岂止满足于装个摄像头偷看你？你觉得我是傻，还是不正常？"

这是事实，抛开秦帅在她卧室里安装摄像头不说，秦帅如果真够无耻和变态，她只怕早被辣手摧花了。

"你的意思是你在她的房间安装摄像头，是为了保护她？"唐云豪问。

秦帅说："我的出发点就是这样，不管你信不信。"

唐云豪冷笑一声，当即戳穿："你为了保护她，为了知道她的房间动静，你为什么不把摄像头装在大门或者楼顶进门的地方？有歹徒进入，不是也能看得见吗？"

秦帅说："是，装在大门口，或者楼顶晒台的门口，都看得见有人闯入。但如果这个人通过下水管道和空调架，从卧室的窗户进入呢？还能看得见吗？"

唐云豪说："好吧，就算你是为了雨若的安全着想，但你觉得你不经允许，在对方根本不知情的情况下，就在一个女孩的卧室里装监控器，应该吗？你可以用所谓保护的名义随便在一个女孩卧室里装监控器的吗？"

秦帅说："对我来说，是可以的。"

"对你来说可以？"唐云豪厉声质问道，"凭什么对你来说可以？你眼里还有王法吗？只要你愿意，你想在谁房间里装监控器都可以？你没问问自己够资格吗？你有想过当事人，一个女孩，最私密的卧室，却时时刻刻都被一个男人在暗中看着的感受吗？"

唐云豪的心里有很大的怒火，因为秦帅并没有悔改之心，而且还振振有词。

秦帅说："确实有些不妥，但我确实是担心她的安全，而且当时我想了，我会尽力把她追到手，会娶她，她终究会是我的女人，所以，就算我看到了她的一些什么，也不重要。"

"她终究会是你的女人？"唐云豪冷笑一声，"你以为你是谁啊？谁给你这么大的自信，没见她一直很讨厌你吗？正大光明追不到，你就用这种手段吗？好了，今天我才看清，你就是一个狂徒，我唐云豪没认识过你这样的兄弟，现在起，兄弟情断，生死由命！"

秦帅看向唐雨若："你不想说点什么吗？"

唐雨若流着泪："你想我说什么，帮你求情吗？"

"求情？"秦帅讽刺一笑，"你太看低我了，活到今天，我还没求过人的，倒是求我的人不少。既然你没什么可说，大概是赞同唐大少用这种办法跟我解决这事，那就这么办吧，咱们用本事说话。"

目光再回到唐云豪脸上："兄弟一场，既然了断，我让你三招。"

"狂妄！居然如此不把唐门暗器放在眼里，敢说让我三招，你真是狂得不知天高地厚了！"唐云豪真的怒了。

唐门暗器，多少人避之不及，秦帅居然说让他三招。也就是说他可以尽绝杀之力，三招之内，秦帅不还手，这是多么的轻视和狂妄！

秦帅说："我说了，只是兄弟一场，感谢你以唐门大少的身份，不嫌弃我是个普通人，愿和我交往，还为我担事。出于感激，我让你三招，跟轻视唐门暗器没有丁点关系。"

"行，我今天就要看看你的道行，够不够让你这么狂。我若败了，雨若的事我和她都不追究了，你若败了，我不杀你，也必废你！看各自的造化吧！"唐云豪说罢，已经往后退开。

唐雨若的心已经揪扯起来，她想阻止的，但她却不知道该怎么阻止。秦帅做了这样的事，却并没有认错的态度，已经彻底地激怒了唐云豪。今天这里，必有一战，必须了断。

秦帅的表情依然波澜不惊，缓缓地从身上掏出烟盒，抽了一支烟出来。将烟点燃，火光映亮坚毅的脸庞，目光如睥睨天下的王者。

"准备好了吧？"唐云豪问。

秦帅说："我与人过招，从来不用准备，你出手吧！"

"狂！"唐云豪吼得一声，手一挥，一道影子激射。

唐门暗器特制的镔铁小刀，直奔秦帅咽喉而来。秦帅脚下一旋，侧身闪躲开去，同时闭上了眼睛。对待唐云豪的暗器，他必须用天赋嗅觉，他的视力和听力都不足以应对那四面八方而来的暗器，唯有嗅觉，会最快地给他神经反应，告诉他暗器从什么地方而来，会到达什么位置，而他在什么地方才有安全的空隙。

一把小刀落空，唐云豪当即双手再挥，开始使出真正的唐门绝学"咸鱼翻身"三连杀。咸鱼翻身三连杀——唐门中二级暗器手法，在江湖暗器系列里也堪称高难度了。咸鱼翻身，意为绝地反击，哪怕前面的暗器失手，遭遇挫折，也能靠这一招扳回败局。三连杀，则是连环三招杀手，可见其厉害非凡。三把刀，成三角形，将秦帅的头部固定在这个三角形内，上面的刀射头部，左右两把刀没有靶位，是为了有备无患的。如果秦帅往左闪，就会自己迎着左边那把没靶位的刀，如果是往右闪，就会迎着那把在右脸侧没有靶位的刀。而要是左右不闪的话，额心就得挨上一刀了。秦帅还是没闪没躲，他嗅出了这三把刀的攻击方位，意识到了这个刀阵的险恶，当即在刀还没有射到之时，伸两指夹向最上面那把刀。只要把上面那把刀解决，左右的刀就只是摆设，威胁全无了。

唐云豪见到秦帅这举动，心中冷哼一声。他要的就是秦帅来接上面这把刀，因为他在这把刀上倾注了最大的内力。而且，他这招暗器叫作"咸鱼翻身"三连杀，在这三角杀阵之后，还有更出其不意的招后招！

秦帅两指夹住上面那把镔铁小刀。手指才夹到，便感觉到上面传出来的一股暗流，心中一惊，忙丹田气一振，手上加了两分力道，将力道使到八成。那把本来离弦之箭的镔铁小刀就稳稳地夹在二指之间，但才刚夹住，那力道都还没卸下来，他看见唐云豪的脚在下面滑了一滑。一道黑影射向秦帅的脚下——咸鱼翻身第二杀！

秦帅吃了一惊，赶紧使出反向八卦步法，脚下一旋，身体迅速移位四十五度。不过相隔半秒，唐云豪的脚下再踢了一踢。

第三杀，真正的杀招出手。一把将近一尺的短刀旋转着弧度，带着破空的呼啸之声，向秦帅脚下斩来。秦帅这时才明白，原来，前面的几次攻击都只是层层递进的铺垫，半虚半实，后面才是真正出其不意的杀招。一连三招，合为一招。这种造诣，果然不愧是唐门正宗。

秦帅当即将手一挥，劲道汹涌，夹在手指间的那把镔铁小刀顿时箭射而出，迎向那把盘旋而来的短刀。只听得"铿锵"一声响，溅起一片细碎的火星，大小两把刀同时落地。

唐云豪呆住了，满脸的惊骇！他根本就不相信这个事实，唐门暗器中的二级暗器手法，"咸鱼翻身"三连杀，在他的手上使出来，可谓信手拈来随心所欲。因为他用了十多年练这一招。这一招虽然在唐门暗器里归类为二级手法，但在江湖之上能闪得开的人绝对不多。秦帅还不是闪开，而是挡住了，挡住比闪开的难度要高多了。而且，还是用一把小刀将他的短刀击落。这简直就是不可思议，其一，"咸鱼翻身"三连杀的这最后一杀，刀是呈弧形旋转而至，与直线攻击全不一样。直线暗器很容易找到点，无论是挡还是接，都相对容易。可弧线暗器，是绕了很大一个弯再取点，能接这种暗器的人，必须是绝顶高手，眼疾手快，且判断力精准。通常都得训练纯熟的暗器高手才能做到，可秦帅竟然做到了。

这还只是其一。其二，他的短刀重量在一斤的样子，而秦帅手里接的那把镔铁小刀不过几钱重量，以轻物击重物，必须得力量强大很多才行。对于唐云豪来说，这是无法想象的，因为他的功力已经足可横行江湖。练唐门暗器，必得先练强劲的内力，若不然，就好比手有利刃，却无力斩杀，中看不中用了。此种情况，秦帅竟然硬接下了他的"咸鱼翻身"三连杀！而且秦帅还是闭着眼睛与他过招，这是何等的不可思议！

"好本事！"唐云豪叫了声，心中却有一万个不服气。

他就不信秦帅能挡得住天下无双的唐门暗器！秦帅的年纪比他轻，出身也没有他显赫，如何与他匹敌？要知道他是出身唐门的天才高手！唐门暗器十星，唐云豪已经算是六星中段的高手了。在唐门暗器的等级排行上，五星级弟子就已是唐门暗器教官级别，可以在江湖上独当一面，六星弟子堪称江湖顶级高手，霸气侧漏；七星弟子可于江湖开门立派，威望加身。八星高手可成宗师，造诣至深；九星高手则登堂入室，境界大成；十星高手则睥睨天下，出神入化。所以，唐云豪的六星半等级，已经是很恐怖的。在江湖上堪称顶级高手，只差半步就够在江湖开门立派，威望加身。

如此身手加唐门暗器，他就不信拿不下秦帅！一招失手，唐云豪身影飘飞，如疾风倒退，脚下沙石霍霍作响。距离刚好之时，便使出一个绝妙的身法，如旋风陀螺，双手猛挥而出，更霸道的唐门绝世暗器之"马蜂窝"凌厉出手！

13 扑朔迷离

"马蜂窝"，光听暗器手法的名称便可知其歹毒。众所周知，马蜂之毒，蜇人可致命。而且一旦攻击，必定是成群结队，铺天盖地四面八方，头上脚下，无处不在。见识过马蜂的人便知道马蜂的厉害，围着蜇、追着蜇、拼命蜇；跑不掉、打不过、躲不了。除非用蜂针穿不透的东西把全身都保护起来。所以，唐云豪这"马蜂窝"不容小觑！

马蜂窝的利器已经不是镔铁小刀，而是绣花针了。只见得唐云豪的双手挥舞之间，一大把绣花针散乱而出，看似没有规则，忽左忽右忽上忽下，甚至还有绕弯的。但它们都有一个共同的目标，那就是秦帅。

秦帅见状，大吃一惊。他可从来没见过这种的暗器，混乱不堪，却处处杀机，可谓上天无路入地无门，从头到脚，都被那飞针锁定。这真是要被钉成马蜂窝的节奏啊。

急中生智，秦帅赶紧用自己的左脚绊右脚，自己将自己给绊倒，然后从地上滚出去。这是最好的办法了。当大面积出现袭击的时候，减小自己的被攻击面积是最可行的办法。但秦帅还是感觉脚上被"马蜂蜇"了，他只能用最快的速度贴着地面往唐云豪滚过去。他必须用最快的速度接近唐云豪，跟面对枪械一样，距离越近，枪械和暗器越难发挥。

唐云豪使出大把马蜂窝，见秦帅居然用自己摔倒的办法避开，还那么迅速地朝自己滚来，再次意外了一下。但他不会让秦帅靠近，一旦秦帅靠近，他的暗器就受到了局限。他的左手再度挥出，一排镔铁小刀贴地射出。小刀在河滩的石子上刮出刺耳的声音，溅起一片绚烂的火花。

秦帅将手掌在地上用力一拍，身子顿时离地而起，那些小刀便又都落了空，秦帅趁机使出暴风腿，一脚踹向唐云豪。唐云豪见那腿上带风，力道强猛，也不闪躲，当即迎着秦帅的脚掌就猛击而出！

"轰"的一声响，唐云豪的手掌击中秦帅的脚掌。

"啊！"秦帅闷声一叫，身子半空栽落下来。

唐云豪并非用手掌硬接秦帅，而是在他的手指间夹带了绣花针！唐门暗器，即无处不充满暗算。

其实当秦帅猛踹出那一脚，唐云豪迎击而来的时候，他已经嗅到了唐云豪的指间针，但那一脚太猛，且人在空中，根本没法变招，他只能尽量将力道回收，使得碰撞的力度减少，给自己留点余地。

身子半空栽落之时，唐云豪当即准备再使马蜂窝，铺天盖地罩向落地的秦帅。但他的马蜂窝还没有出手，落地的秦帅已经双手往河沙中一插，然后手臂猛然掀起，一大片河沙迎着唐云豪就飞出。河沙的杀伤力并不强大，但对人体的一个重要部位却威胁很大，这个重要部位就是眼睛。

河沙大片袭来，唐云豪本能反应地把头偏开，避免河沙入眼。

秦帅顺手拔出被唐云豪刺在脚底的针，再趁势趟地一滚，就滚到了唐云豪的脚下，猛地一拳就击向唐云豪的小腿。只要唐云豪一只脚受创，战斗力就会大打折扣。

但唐云豪毕竟是唐门六星半高手。唐门以速度和反应力闻名，秦帅的近身攻击，被唐云豪察觉，当即脚下一蹬，身体疾风般暴退，为防止秦帅跟着追来，还顺手射出两把镔铁小刀。

但秦帅必须和唐云豪近身搏斗才有胜算。若不然，距离远了，他又不会内气暴击，拳脚就够不着唐云豪，而唐云豪的暗器起码可以在五十米之内击杀他。在特种课程里有教过，两方搏杀，要尽量抑制或是避开对方的优势，找出对方的短处并加以反击。暗器的短处就在于近身搏斗。

秦帅闭上眼睛，启动嗅觉，迎着唐云豪的位置疾奔而出。唐云豪见状，知道秦帅已经在做全力一搏了，当即也凝神聚气，使出唐门至高级暗器——流星雨。

流星雨一共分为五重境界：第一重为九道流星雨，九道暗器连环攻击对手的九处要害，每一道暗器都能预见对手的下一步而抢先出手，进行拦截和夹击式围杀，杀机可谓层出不穷防不胜防；第二重为十八道流星雨，可连环攻击对手的十八处要害，封锁对手的十八处退路；以此类推，第三重则是三十六道流星雨，第四重则为七十二道流星雨，第五重则是三重与四重加起来的总数，一百零八道流星雨，也被称为"至尊流星杀"！

唐云豪的境界，才练到第二重的十八道流星雨。但他觉得这已足够解决秦帅了。因为流星雨本身已经是唐门的巅峰暗器手法，极为难练，也很难有人接得下。九道流星雨已足可睥睨天下，何况十八道流星雨！

只见唐云豪的身子如旋涡一般转动起来，卷起四周地上的细碎河沙，双脚的步伐变幻出一种规律，双手如同太极一般划动，连脖子和屁股都扭动起来。若不是那强大气劲产生出的旋涡，别人还以为是在跳那种"脖子扭扭、屁股扭扭"的健身操。

突然，唐云豪的身子离地而起，但并不是冲撞向秦帅，而是四肢弹射。暗器呼啸而出，如天边流星一瞬，直奔秦帅的头胸腹三处要害。而这一道流星雨还没有到的时候，第二道已经紧随其后，与第一道隔着一米距离，却方向不明。

秦帅似乎并没有受唐云豪流星雨强大杀机的影响，仿佛那些迎面而来的暗器都与他很熟悉，跟他打了招呼似的，暗器未到，秦帅已经轻松避开了。秦帅的嗅觉告知了他暗器的走向，然后变幻步伐，移向暗器相左的位置。所以，他很轻松地就躲避开第一道流星雨。但那紧随其后的第二道流星雨却马上倾斜，疾似狂雨，变幻阵形攻击秦帅的左右胸骨和丹田穴位。同时，第三道流星雨也已经虎视眈眈，与第二道相隔将近两米距离，但会弥补前一道流星雨的破绽。总之，连续三道杀机，都紧盯着秦帅的破绽。

　　秦帅嗅到流星雨来向，使出反八卦步，变幻速度超快，仿佛精灵般的舞者。在唐云豪的第二道流星雨出手之时，他嗅出袭击而来的方位，提前一步就变幻了位置。而且毫不停留地仍然迎着唐云豪冲过去。

　　唐云豪连发几道流星雨，非但没有伤到秦帅，反而让秦帅在借着躲避流星雨的间隙，拉近了与他的距离。就连旁边的唐雨若都看得瞪大了眼睛，当唐云豪使出流星雨的时候，她想喊住手的。因为她觉得只要老哥挫了秦帅的锐气就好，不要把他真的怎么样。结果秦帅竟然乘风破浪，迎着杀机凌厉的流星雨前进。

　　秦帅已经离唐云豪只有几米距离了。

　　唐云豪仍然坚持着发射后面的流星雨，但效果还是一样，好像秦帅知道暗器怎么来，根本没法伤得了他！又是三道流星雨发完后，秦帅已经冲到了唐云豪的跟前，使出了影子老大传授给他的暴风腿法！双脚连踢横扫，宛若狂风暴雨般猛烈。

　　秦帅知道唐云豪是用暗器的超级高手，不会再给他用暗器的机会，一脚紧接着一脚，唐云豪闪躲不及，只能用一双手臂格挡秦帅的腿法重击。边挡边退，想找机会，但根本没有机会。秦帅的暴风腿接二连三，而且力量强大，唐云豪每挡一脚，不但手臂发麻，连五脏六腑都在震荡。他这还算不错，要是换平常人，随便挡秦帅一脚只怕手臂都得断掉了。

　　在秦帅一连狂踢十多脚之后，秦帅看出了唐云豪被动格挡的机械性，随后变幻招式，暴风腿绝招之"玄弓一射"。左腿重踢掩护，右腿弹射而出，急似流星，直奔唐云豪胸膛！

　　"呼"的一声，唐云豪魁梧的身子便飞了出去。

　　"哥！"唐雨若惊叫一声，急忙往唐云豪摔落的地方奔过去，护在他身边，担心秦帅乘人之危。

　　事实上，秦帅并没有追击，他并没有想对唐云豪赶尽杀绝，因为他是个讲道理的人。唐云豪找他决战，只是因为对他有误会，而这误会他很难解释清楚，他之所以安装摄像头在唐雨若房里，是因为发现了黑妞和朱象想对唐雨若图谋不轨。这不能说，他要让这一切静悄悄地发生，让黑妞和朱象的狐狸尾巴自己露出来。所以，今天的决斗他没错，唐云豪也没错。他只想打败唐云豪，把这事了断，并没想把他怎么样。

没想到，唐雨若喊了一声"哥"，那是一种情急和本能之下的反应。

秦帅的目光盯着对他充满了戒备的唐雨若："你刚才喊的什么？哥？你们是兄妹？"

"跟你有什么关系吗？"唐雨若怒视着他。

秦帅在她卧室里装了摄像头偷看她不说，还打伤了她老哥，她只恨自己本事不济，不然她一定会亲自出战，替自己出气，帮老哥报仇。

秦帅没理会唐雨若的敌意，而是脑子里一阵迷糊。

唐雨若和唐云豪是兄妹吗？不可能啊。在画廊事件之后他知道了唐云豪的真实身份，特地查了一下唐门的家族状况。唐门的权力结构分别是老祖宗唐不死，下面有三个儿子一个女儿，分别是老大唐问天、老二唐四海、三女儿唐丁香、小儿子唐星河。

而老祖宗唐不死闭关谢客，大儿子唐问天就是现在的唐门集团掌舵人。

唐云豪是唐问天的大儿子。

而唐问天一共有两个儿子，一个是大儿子唐云豪，是年轻有为的人中之龙，胸襟坦荡，喜交天下英雄豪杰，天赋奇才，年纪轻轻就已是江湖上少见的高手。一个是小儿子唐云杰，是个不争气的东西，不学无术，爱吃喝玩乐，练的唐门暗器都只是皮毛，在外面招摇撞骗，用唐门的名头显摆。唐问天并没有一个女儿，另外的唐四海和唐星河各有女儿，但都有名有姓有职业有相片资料，不是唐雨若。

没想在今日，唐云豪受伤之时，唐雨若突然关心地喊出了一声"哥"。秦帅起码知道一点，这种情急和本能反应的时候，不会有谎言，因为那是藏在人意识深处的东西，是不经过思考就喊出来的。

唐云豪捂着被秦帅踹中的胸膛站了起来。

"哥，我帮你看看怎么样吧。"唐雨若看见了老哥脸上痛苦的神色。

唐云豪虽然站起来，可腰似乎都不直，一眼就能看出伤得不轻。

唐云豪却止住了她，说："不碍事。"

他将目光看向秦帅，满眼的疑惑："你练的是什么功夫，居然能见缝插针，避开唐门暗器的马蜂窝和流星雨？"

秦帅说："江湖之大，藏龙卧虎，永远没有什么武功是天下之最的。武学，本来就没有止境。我也不过是这浩瀚武学中的一粒微尘而已。"

"我唐云豪走遍江湖，遇到过不少高人奇才，挑战无数高手，唐门暗器所向披靡，没想到以我的境界竟会败在你手里，行了，无论你之前对雨若做了什么，我唐云豪说到做到，这一战我既然输了，就不再追究你。"唐云豪坦坦荡荡。

"我可以问你一个问题吗？"秦帅问。

唐云豪问："什么？"

秦帅问："你跟唐雨若真的是兄妹？"

唐云豪迟疑着，他不想承认，因为这一直是秘密。可要否认，又显得他虚伪，因为唐雨若刚才情不自禁地喊了哥。即便否认，秦帅也会怀疑。重要的是他现在真的对秦帅感到不解：这到底是一个真正的汉子，还是一个无耻之徒？

秦帅似乎看出了他心中的顾虑，就说："你放心吧，既然你们在隐瞒，你即便告诉我了，我也会烂在肚子里，不会对任何人说的。"

唐云豪终于点了点头，说："是。"

"既然是，那为什么在你们唐家没有她的名字？"秦帅问。

唐云豪说："这是唐家的秘密，就不方便外人知道了。"

无论怎么说，唐雨若是唐云豪的妹妹，是唐门集团的千金，这是板上钉钉的。

秦帅看向唐雨若说："难怪你能一直那么娇傲，原来是出身显赫，自带大小姐脾气！"

"是又怎么样，跟你有关吗？"唐雨若问。

秦帅一笑道："无关，我早说了，你跟我只是路人，你走你的阳关道，我过我的独木桥，不再相干。而且，你既然背靠唐门这棵大树，哪里稀罕我的保护。好了，既然事情到了这种地步，我也没必要非得那么高尚地让好心当作驴肝肺，还有最后一个秘密，也一并摊牌了吧。"

"还有什么秘密？"唐雨若问。

秦帅说："在你的手机电池后面，还有一枚微型定位追踪器，自己取出来扔了吧。"

"什么，追踪器？"唐雨若一愣，和唐云豪对望一眼，然后赶紧拿出手机。

果然在手机电池后面找出了微型追踪器来。

"你果然卑鄙，在我卧室里装摄像头，还在我手机里装追踪器，你根本就是个无耻之徒，人渣！"唐雨若气得浑身直颤。

没想到，她的一切都被秦帅监控着，处处都被监控着。秦帅在她的身上处处都用了如此下三烂的手段！这让她如何不气。然而，她很快就没法气了。

秦帅说："你骂我无耻，骂我人渣已经很多次了，其实我很无所谓你怎么看。不过，我觉得人在这个世界上，还是应该讲些道理。在你卧室里装摄像头的事，看到了不该看的东西，你觉得我是出于偷窥的猥琐心理，反正这事已经了断，我也不必辩解。至于你手机里的追踪器，我想告诉你，它窃取不了你的任何隐私，唯一能知道的是你在什么位置！"

"在我的了解之中，为对方安装追踪器只有两种目的：一种是想知道对方的位置，去绑架和做一些犯罪的行为；另一种则是为了第一时间能找到对方，进行救援。如果你记性不是很差的话，应该还记得，我告诉过你，让你把我的电话号码存为快捷键，遇到危险要立马拨打这个快捷键，即便你不说话，我也知道你遇险。然后，我就可以凭追踪器的位置找到你。我本想用我的能力暗中保护一个自己喜欢的女人，没想就这样变成了人渣，我认了，言尽于此，好自为之吧。"

说罢，秦帅转身就走。

一瞬间，唐雨若似乎意识到了什么。难道她真的冤枉了秦帅？秦帅装摄像头和追踪器，真是出于这么单纯的目的？装摄像头的目的确实有争论，但这追踪器却没有任何坏的效果，秦帅真的只是出于暗中保护她的想法？

暗淡的月色下，秦帅离去的背影，有着一种说不出的干脆和落寞。尤其，当秦帅停下脚步，从身上拿出烟盒，抽了一支烟。烟雾在夜空下飘散，身影渐远，她感觉心里像被抽空了一样。眼泪，不经意地流满面庞。

"怎么，他有让你把他的号码设置为快捷键，让你遇到危险的时候打给他？"唐云豪问。

唐雨若点头。

"如果真是这样，那说明他确实是想保护你，而不是有什么私心啊。"唐云豪说。

"我不知道，我不知道，我不知道……"唐雨若哭着说。

此时，她心乱如麻。她一直觉得秦帅是好人，是个值得信任的男人。只是，她见到太多的东西，让她不得不质疑。围绕在秦帅身边那些漂亮的女人，和他模糊不清的关系，是她心里的结，这才是她真正在意的。如果她爱秦帅，秦帅也爱她，她不会在意秦帅偷看到了她的什么。可是，她无法忍受的是，秦帅一边表现得对她一往情深，一边却和别的女人不清不楚。

"我不在的时间里，你和秦帅之间到底发生了什么？我怎么感觉你们之间，好像有什么事情？"唐云豪问。

唐雨若没说话，她不知道怎么说，两个人其实爱过，在一起过，却只是昙花一现。

"说啊，都跟我说说，我来看看是怎么回事！"唐云豪又问了一遍。

他必须弄清楚。虽然秦帅在唐雨若卧室里装摄像头的事让他愤怒，可是他感觉秦帅不应该是这样无耻的人。而且，再爆出追踪器的事，秦帅所有的反应，都理直气壮，毫不心虚。反而是一种被误会、被冤枉的感觉。而他心疼的妹妹，却又是如此的受伤难过，所以，他必须弄清楚到底怎么回事。

在唐云豪问了几遍之后，唐雨若终于说了："他说喜欢我，然后，我答应了他，可是……"

想起来，眼泪就是一长串，声音哽咽。

"可是怎么了？"唐云豪说，"不要哭，你说出来哥帮你分析判断，发生了什么，都跟哥仔细说说。"

当下，唐雨若就把跟秦帅之间的事说了。在之前两人一些不经意的接触里，她以为她对秦帅很反感，后面发现对他只是误会，他其实是个很大气的男人，所以，就答应了跟他在一起。但发生了两件事，一件就是她和秦帅约，秦帅说有事忙，结果白冰冰却看见秦帅和两个女人在一起吃饭。秦帅跟她解释，说有苦衷，她不知道该信，还是不信。但那天晚上遇险，秦帅急忙赶来救了她，对她挺好，她其实想无条件原谅他一次的，但彼此都还有些芥蒂，就说了做普通朋友，但她感觉得出，秦帅还是在主动地争取。可是一转眼，她跟白冰冰逛街的时候，就发现秦帅和另外一个女人在一起，两人牵着手，那女人还穿着秦帅的衣服，所以她就觉得秦帅对她说的那些话，只是在骗她。

"没想短短的时间里，你们之间竟然发生了这么多的事？"唐云豪听完也被搞糊涂了。

太乱了，他一时也分不清楚，秦帅到底是好是坏。如果说秦帅真的卑鄙无耻，是个坏人的话，那么花万红那天闯入唐雨若的房间，唐雨若的脚受伤，秦帅如果要起歹心，唐雨若必定在劫难逃。然而秦帅并没有乘人之危，那么就可以说秦帅是个靠谱的男人。可为什么他跟唐雨若在一起了，却又敷衍唐雨若，和另外的女人在一起，说帮朋友的忙，却又说不出帮谁的什么忙？闪烁其词？还跟一个女的牵手在街头？虽然和那个女的牵手前已经说好和唐雨若做普通朋友，但他表现的还是很爱唐雨若的样子啊！真爱一个人，转眼就能跟另外一个女人在一起，像恋人一样？

"你是真的爱他吗？"唐云豪看着泪流满面的妹妹。

唐雨若点了点头。

"我记得你是很讨厌他的，怎么就莫名其妙地爱上他了？"唐云豪不解。

唐雨若说："我也不知道，就是有时候觉得他人特别好，莫名地相信他。只是，每一次相信都总是……"

"也许我们真的对他有什么误会，我也觉得他其实不像是那种奸邪小人，他身上有一种常人难及的正气和大气，像是……"

唐雨若问："像是什么？"

唐云豪说："军人。"

"军人？"唐雨若问。

唐云豪说："是的，越想就越像，不只是他眉宇之间的正气，还有他处事的大气，维加斯的黑拳之战，还有接范九龙的招，包括蜜月酒店一口气击毙几名枪手，处处显示他像是一名军人。而且，不是普通军人，而是特种军人。"

"其实，他跟特种部队真的有关系。"唐雨若说。

"是吗？"唐云豪问，"什么关系？"

唐雨若便说了下午秦帅找她帮忙去猎鹰特种部队解"尸热毒"的事，她怀疑秦帅是猎鹰特种部队的人，但有个指导员说他只是江湖人物，因为他们的私人关系，才通过秦帅找到她。

"有这样的事？"唐云豪听后陷入沉思，半晌才说得一句，"看来，不会有错，他就是特种部队的人了。"

"怎么，哥你有什么发现吗？"唐雨若问。

唐云豪说："除了他的作风、枪法，还让我想到了她给你装的摄像头和追踪器，加上他请你帮猎鹰特种兵解毒的事，这一系列的证据指向，足以说明他是特种兵。"

"但……"唐雨若突然想起,"之前蜜月酒店我看到他的枪法,也怀疑过他是军人,但他说他在海外当过雇佣兵,所以枪法很准。而雇佣兵也有那种杀伐凌厉的作风,和特种军人很相像。"

唐云豪很肯定地说:"他不可能是雇佣兵。"

唐雨若问:"为什么?"

唐云豪说:"其一,雇佣兵所表现出来的,是凌厉而凶狠的杀气,这种杀气介于军人和杀手之间,比军人更邪,没杀手那么阴,而军人是绝对的正气。其二,雇佣兵多活跃于海外,乱世法则之地,身上多数带有命案或重大案件被通缉,他们是不会待在国内的。秦帅被抓过又被放了,所以他不可能是雇佣兵。其三,如果是雇佣兵,猎鹰的人不可能跟他有联系,通过他来请你出马。而且,我能想出那个场景来。"

唐雨若问:"什么场景?"

唐云豪说:"你不是说秦帅知道你医术不凡,是因为你替他治过脸上的伤吗?"

唐雨若说:"是。"

唐云豪说:"所以,那个场景应该是这样的。猎鹰特种兵中了尸热毒,束手无策,一群人在想办法,秦帅肯定在现场,突然就想起你为他治过脸上的伤,然后打电话给你,问你可不可以,结果你说可以。但他不想让你知道他的真实身份,所以他肯定让猎鹰的人帮他隐瞒了,这是最合理的解释了。"

"嗯,看来可能真的是这样。"唐雨若也认同。

唐云豪说:"这么看来,我们是真的错怪他了。"

唐雨若说:"怎么错怪,他在我卧室里装摄像头是事实啊,就算是出于保护我,他也不能这么侵犯我的隐私。"

唐云豪说:"如果他是特种军人,他就会有一些超出常规的特权,因为我知道,特种警察和特种军人,包括国家某些秘密部门成员,在预防和侦破某些犯罪事件时，是可以用非常手段的。而且，有一点他说得确实有道理。"

唐雨若问："什么？"

唐云豪说："他若真是想对你图谋不轨，你现在就不会安然无恙。而事实上他不但没有伤害你，而是保护了你。"

是的，事情讲到这里其实很清楚了。秦帅真的没有对她不利，而是帮助了她。难道真是她误会他了吗？唐雨若在问自己。

"可是——"唐雨若突然想起来，"他跟那些女人不清不楚却是事实！"

"这——"唐云豪一时也被问住。

"也许，也是事出有因呢。"唐云豪说。

唐雨若说："他跟女人不清不楚的，还能有什么原因？"

唐云豪说："这我就不知道了，答案在他心里。但我想，他若真是社会上那种所谓的渣男，表里不一只为骗你，他不会对你如此用心，用装追踪器和摄像头的方式来保护你。而且，即便他不知道你是唐门大小姐，你的美貌，你的才华，你的各种条件都足够优秀，他知道你喜欢他，也知道你愿意跟他在一起，他没有理由不珍惜，更没有理由在还没有得到你的时候就那么滥情，脚踩几只船，再蠢的男人都不会这样。而且你是世界小姐冠军，比那些女人都要漂亮和优秀。秦帅又不傻，他怎么可能敷衍你而选择别的女人？"

"嗯，是这个道理。"唐雨若说。

唐云豪说："而且，当初在维加斯秦帅让我介绍你的时候，就说了他喜欢你。他想娶到手，后来种种迹象可见，他对你确实情有独钟，他绝不至于对你乱来啊。"

"可是，就算他是真的喜欢我，是真的对我好，现在，我们也已经……"说着，唐雨若的眼泪就忍不住落了下来。

泪水在那绝美的脸庞之上，划下长长的痕迹。她一直在等着一个她喜欢也喜欢她的男人，可好不容易等来这个男人，两个人却爱得这么疼痛。

"别难过了，老哥会帮你的。"唐云豪上前扶着她的肩膀，替她擦了擦眼角的泪。

他真的很心疼这个小妹，身患绝症，却一直阳光地活着；在这个浮躁的社会，从来保持一颗淡泊之心；身在富贵之中，却全无娇气。她不愿意跟那个不争气的二弟一样，成为唐门里行尸走肉的寄生虫，而是要在外面自食其力。她知道自己随时都会离开这个世界，她知道其实与一个纯阳之体的男人在一起，她的生命就可以避开危险，然而，当这样的男人出现时，她宁可坦然地面对死亡，也绝不委屈和将就自己，不愿意亵渎神圣的爱情。这样的女孩，应该被善待，应该幸福。

他想，他该动用唐门的力量和他这些年在江湖之中广交的人脉，好好地对秦帅来个了解，看他到底什么来头，看能不能成全他和小妹。如果两个人真心相爱，就不应该被误会击败。哪怕千山万水的阻隔，也必将跨越。

唐云豪把唐雨若送到了公路上，唐雨若还是开了自己的车，由唐云豪护送着回了别墅，好言安慰之后，唐云豪打了一个电话出去。

电话很快接通，那端传来了一个极好听的女声："大少。"

唐云豪也喊了声："蝴蝶姐，在忙什么呢？"

不用说，对方就是江南蝶门的大姐大，玉蝴蝶。在江湖上叫作蝴蝶，能让唐云豪恭敬地以姐相称而且还拜托其办事的，除了玉蝴蝶，不会有第二个。

玉蝴蝶说："我有什么可忙的，混吃等死。大少这大晚上的打电话来，应该不是突然想起老姐，而是有什么事要找老姐的吧？"

唐云豪一笑："蝴蝶姐果然是聪明人，真不好意思，一打电话就是给蝴蝶姐找麻烦，而且，还被蝴蝶姐给看穿了。"

玉蝴蝶说："跟姐姐我就不要客气了，有什么事直说，能办到的姐姐一定帮你，反正捅出篓子也有唐门顶着。"

"那我就先谢谢姐了。"唐云豪说，"我也不拐弯抹角了，我知道蝶门的情报网很厉害，所以想找姐帮我调查一个人。"

"调查一个人？可以啊。"玉蝴蝶说，"咱们蝶门干的就是这事，调查谁啊？"

唐云豪说："我只知道他的名字叫秦帅，身高一米七六的样子，体格强壮，武功很厉害，现在就在唐镇。"

"秦帅？"玉蝴蝶的声音一颤，脑子里顿时打了个结。

很意外，她没想到唐云豪会突然提起这个名字。这个在她心里像是用刀子刻下的名字，在每个夜晚都会情不自禁想起的名字。那年，他的淳朴与青涩让她芳心荡漾；后来，他虽嬉皮笑脸，却与她相敬如宾。前两天，她才和他通过电话，她就在想要不要去找他。也许，他还是不会上她的床，但能见见他，也算是了却那如火的相思。

"你为什么调查他，是跟他有什么过节吗？"玉蝴蝶问。

唐云豪心中一动："怎么，蝴蝶姐是认识他吗？"

玉蝴蝶说："是，认识。或许，不只是认识。"

"不只是认识？"唐云豪问，"那是有什么渊源吗？"

玉蝴蝶说："是的，有些渊源。"

"是吗？"唐云豪问，"那蝴蝶姐跟他什么渊源啊，是敌，还是友？"

玉蝴蝶说："这么说吧，他若在江湖上有事，我必倾力相帮。谁若找他麻烦，我必全力相助。大少不会是跟他有什么过节吧？"

唐云豪说："不是，有点小误会，但过节谈不上。"

"是吗？"玉蝴蝶问，"那是怎么回事？"

唐云豪说："三言两语也说不清楚，但有一点我可以对蝴蝶姐交个话，我对他绝无不利之举。毕竟，我们本来也是患难相交的兄弟。"

玉蝴蝶问："那你为什么要调查他底细？"

唐云豪说："我说简短点吧，就是他和我的一个女性朋友好上了，两个人本来相互喜欢，但我这朋友却发现他又和另外的女人有些不清不楚，两个人闹翻了，秦帅说他有不得已的苦衷，但没法解释。所以，我想帮这个朋友一下，弄清楚秦帅到底什么底细，他的为人又到底如何？"

"什么，他和你的朋友互相喜欢？"玉蝴蝶的心里一颤，心莫名地沦陷。

也许她一直还有某些期待，还一直在等。没想，秦帅却已另有所爱。那是一种失落，一种酸楚。

"是的，秦帅本来挺喜欢她，之前下了很多功夫追她，现在两个人闹成这样，我想如果秦帅真的可靠，我当然希望能为他们消除误会，成全他们。如果秦帅不可靠的话，我也好劝说她，该放弃的还是得放弃。"唐云豪说。

玉蝴蝶说："你不是说你们本来是患难相交的兄弟吗，你不了解他吗？"

唐云豪说："是兄弟，但我们属于萍水相逢，惺惺相惜。认识不过半月左右而已，只凭着一些直觉，并没法了解很深。"

"是吗，你们怎么认识的？"玉蝴蝶问。

当下，唐云豪便说了在维加斯的事情，他觉得秦帅是个有担当重情义的汉子，所以才与其结交。

玉蝴蝶说："既然你有这样的直觉和判断，那你为什么还怀疑他的人品？"

唐云豪说："我一直都还是挺相信他的，但后面和那个朋友之间发生了很多事，一件一件的就让我觉得有些看不大清楚了，所以才想起找蝴蝶姐帮忙。"

玉蝴蝶问："和你那朋友之间发生什么了？"

唐云豪当即便说了秦帅与唐雨若之间的种种，包括如何相识，如何误会，以及摄像头追踪器等。

玉蝴蝶听了唐云豪所说，觉得心里很酸。秦帅居然对一个女人这么好？这兔崽子，为什么就不对她这么上心！她长得不花容月貌吗？不够女人吗？不够性感吗？不就是年龄比他大点吗？年龄大点的女人好啊，懂得关心体贴男人，比起那些小姑娘不知道好多少啊，那些小姑娘都跟公主一样，要这样疼着那样捧着的！

"怎么，蝴蝶姐能帮我这个忙吗？"唐云豪说，"如果有为难，我也能理解，我会再另外想办法。不过，不能把这事跟秦帅讲。"

玉蝴蝶说："既然你说了绝不会对他不利，那这个忙我肯定会帮你的。"

"那真是太好了。"唐云豪很高兴地说，"只要蝴蝶姐愿意帮这个忙，这件事必定水落石出真相大白。"

玉蝴蝶说："但你得记住，无论你们兄弟能不能做，你不可让他为难。即便他有什么冒犯你的地方，你给我个面子，跟我说，让我跟他沟通，可以吗？"

"嗯，蝴蝶姐放心好了，这个面子我肯定会给的。"唐云豪说。

玉蝴蝶说："那就好，对了，你说的那个和秦帅相互喜欢的朋友是什么人啊？很漂亮吗？很优秀吗？"

唐云豪说："这个……她是开画廊的，一个很善良的女孩。"

玉蝴蝶问："能把她的相貌和资料提供给我吗？"

"这……"唐云豪有些迟疑。

玉蝴蝶说："怎么，不方便？"

"没。"唐云豪说，"只不过她是一个喜欢平淡生活的女孩，不求名利，不愿卷入江湖。"

玉蝴蝶说："放心吧，我不会打扰她。我只是很好奇，秦帅的眼光很高的，得一个什么样的女孩能让他如此喜欢，纯粹的好奇心而已。"

"嗯，好，那我等下把她的相片发给蝴蝶姐。"唐云豪说。

玉蝴蝶说："多谢。"

"对了，我能冒昧地问一句，蝴蝶姐跟秦帅是怎么认识的吗？"唐云豪突然很好奇地问。

玉蝴蝶说："一次偶然，大概和你的经历差不多吧，觉得他是个很正直的人，然后接触下来也觉得人还不错……"

"嗯，好的，时间不早，我就不打扰蝴蝶姐了，我等蝴蝶姐的好消息。"

唐云豪说。

"别忘了把那女孩的相片传给我啊。"玉蝴蝶提醒。

她实在是很好奇,很想知道那个被秦帅喜欢上的女孩,到底有怎样惊人美貌。

挂断电话之后,唐云豪便将唐雨若的相片传了几张给玉蝴蝶。

玉蝴蝶看着唐云豪发过来的照片入了神。她很想从那些相片上找出点什么毛病来,然而没有。无论是五官,还是身材,都是那么完美。虽然她是以情敌的眼光来看,挑剔的眼光来看,然而就是那么完美,清纯而美丽,如白玉无瑕。难怪能让秦帅对她情有独钟。

现在,唐云豪让她帮忙查秦帅的底细。如果她说点秦帅的不好,那么唐云豪就会对这个女孩转告,这个女孩和秦帅基本上就真正彻底完了。因为唐云豪是秘密找她帮忙调查,所以这个结果对秦帅是保密的,是不用对质的。这样的话,她仍然还可以等秦帅,等他回心转意,等他浪子回头。然而,她真要这么做,也就显得她太卑鄙了。算是活生生地把两人拆散,既对不起秦帅,也辜负了唐云豪对她的信任。在江湖上立足,绝不可玩这些阴险算计的把戏。起码这不是她玉蝴蝶的为人。而且,从内心讲,她不能做对不起秦帅的事情,不能在背后中伤他。她发过誓,即便此生与他无缘,也要守护好他,不让任何人对他不利。既然不让任何人对他不利,她岂能自己对他不利呢?秦帅也在江湖浪荡几年了,能真正喜欢上一个女孩也是不容易的事,她或许应该成全他,让他有自己的幸福。

玉蝴蝶拿起电话,拨打了秦帅的号码。

秦帅此刻正一个人在旺角酒吧喝酒,他心里很不爽。这是他完全没有想到的发展,因为他是为了唐雨若的安全着想,当然也是出于查案需要,所以才在唐雨若的卧室装摄像头,却被当成纯粹的无耻。他知道那个摄像头必须装在卧室里,因为对方要动手,最可能的就是在卧室。唐雨若多少会点武功,当她清醒的时候是有一定的反抗之力的,为稳妥起见,对方应该会选择她睡了之后动手，才不会引起什么动静。当然，这是一种罪犯心理推测，作为一名特种兵成员，自然是尽最大可能推测出罪犯的行动手段。没想到会是这种结果。

其实，他知道这种误会早晚都会澄清。只要他抓了黑姐和朱象，唐雨若和唐云豪自然都能理解。可是，他还是觉得，他做了这么多，唐雨若对他竟然是如此不信任，质疑他的人品，让他特别生气，而且失望。甚至，连他觉得唐云豪这个很不错的兄弟都没得做了。

他想喝酒，想痛快地喝几杯，以解心中不爽。突然，他脑子里灵光一闪。唐雨若和唐云豪是兄妹，那么，是不是就更好理解黑姐和朱象潜伏在唐雨若身边的企图？真的是针对唐云豪，或者是针对唐门而来？他们的目的是唐门？可是，他们又是如何知道唐雨若的真实身份呢？唐雨若的身份信息并没有出现在唐门家族名单上，即便是通过公安查询系统都无法查证。可只能是他们知道唐雨若的身份，针对唐门而来，才如此处心积虑地卧底，这是最有力的解释，不然，他就想不通黑姐为什么要卧底在唐雨若身边了。毕竟，黑姐和朱象一伙人，实力之强大可谓骇人听闻。若真是跟地狱使者同一股势力，那他们肯定不会小打小闹地犯罪，要干，肯定就是酝酿惊天阴谋。地狱使者挑衅世界军方特种部队的手笔，已经说明了一切。

所以，秦帅基本上百分之九十九肯定，黑姐等人是知道唐雨若的真实身份，然后针对唐门有什么惊天阴谋！真相似乎在渐渐地浮出水面了，秦帅心里有种特别的兴奋的感觉，忘记了和唐雨若之间的不快，突然电话响了起来。

一看来电显示，竟然是婉香姐打来的。

"婉香姐。"秦帅喊了声。

"怎么，你在泡吧？"玉蝴蝶听见电话里传来那重金属音乐轰轰隆隆的声音，还有那些男女的欢声尖叫，一听就知道是在酒吧。

秦帅应了声："嗯，在酒吧呢。"

玉蝴蝶问:"和谁啊?"

秦帅说:"就一个人。"

"就一个人?"玉蝴蝶有些意外,"你一个人去酒吧?"

秦帅说:"是啊,一个人不能来酒吧吗?"

玉蝴蝶问:"你不会是想起姐了,所以跑去酒吧缅怀跟姐在一起的快乐日子吧?"

当年,秦帅初出江湖,满脸稚嫩,即便被女人多看两眼都会脸红,被女人摸一下手,也弄得跟要怀孕似的。玉蝴蝶为了跟秦帅把生米煮成熟饭,就带秦帅去了酒吧。两个人在酒吧的舞池里贴身热舞。舞池中人山人海,秦帅就算害臊,也退无可退。但秦帅觉得玉蝴蝶年龄比他大,而且那时候秦帅有处子情结,觉得一定要找个黄花少女。所以,即便和玉蝴蝶紧紧相拥过,即便与她热吻过,但在她准备与他最后升华的时候,秦帅却忍住了。两个人的感情就永远停在了那里。没法成为恋人,成了玉蝴蝶心里永远的遗憾。

那段日子在秦帅心里一直是美好的,他也无数次地纠结过,虽然他最终还是没有选择和她在一起,但他从没有否认那段感情和那段快乐的时光。

"其实,我挺后悔,那个时候就应该把婉香姐你给那个了的。"秦帅掩盖掉那些岁月的叹息,跟玉蝴蝶开玩笑。

"屁!"玉蝴蝶爆出一句粗口,"跟姐就玩这一套,光说不练,真是嘴上没毛办事不牢,你敢说要了姐,姐连夜赶飞机过来找你,让你比神仙还快乐,你敢吗?"

"哈哈,我不敢,婉香姐你这么猛,如狼似虎的,我怕求生不得求死不能啊。"秦帅笑。

玉蝴蝶说:"你要怕姐的热情像是一把火,把你给烧没了,姐也可以温柔啊,你想要什么样的感觉,姐都可以配合你,只要你说要姐!"

这话听来是玩笑话,却也是肺腑之言。玉蝴蝶绝对是当真的,只不过是用玩笑的口吻说出来,让彼此不尴尬。

　　而秦帅也明白，有些事情一旦在人的心里成了结，真的不容易解开。

　　"可是，姐你都徐娘半老，快人老珠黄了，就不要想吃我这嫩草了，放我一条生路，还是找个靠谱的男人嫁了吧。以你的姿色，你的手段，你的条件，随便都能在江湖中找一位大侠，过上美满人生的。"秦帅说。

　　"好了，不要在这里跟姐打太极了，显得姐跟癞蛤蟆一样对你死缠烂打似的，说正事吧。"玉蝴蝶说。

　　"正事？"秦帅问，"什么正事啊？"

　　玉蝴蝶问："你是因为被女人伤了才去酒吧借酒消愁的吧？"

　　"哈哈，可能吗？我这种帅气无敌江湖浪子会为了女人借酒浇愁？"秦帅不承认。他以为玉蝴蝶只是随口一说。

　　结果玉蝴蝶说："不要跟姐装了，你知道这都是报应，你当初无情地离开姐，让姐一个人在酒吧边喝边哭，现在轮到你了吧？这世界不是每个女人都像姐一样对你好的，总有人来伤你的！"

　　"婉香姐，你是怎么了？难道你知道了什么？"秦帅从玉蝴蝶的话里听出了些端倪来。

　　他想起玉蝴蝶是江南蝶门的大姐大，也曾派过蝶门高手暗中跟随他，所以知道一些他在江湖中的事情。

　　玉蝴蝶当即就说了："那是当然，你不知道姐是有千里眼和通天耳的吗？怎么，你是真的很喜欢那个开画廊的小妞？"

　　果然，她是真知道了。

　　秦帅奇怪地问："姐，你怎么知道的？不会是你又派人监视了我吧？你手下那些人虽然厉害，可还不是我的对手！"

　　"姐才没那么无聊呢，还监视你。"玉蝴蝶说，"当年派人监视你，是对你不放心，觉得江湖险恶，你初生牛犊，想暗中保护你。没想你只是脸上很嫩，心里其实已经熬成了老油条。而且姐再怎么痴心对你，你也不解风情，姐哪里还会那么傻，痴心不悔的！"

　　秦帅问："那婉香姐你是怎么知道我跟开画廊那女孩的事？"

玉蝴蝶说:"本来这话我不该说,有点坏规矩。但是规矩也得看人,既然是你,我就破个规矩,对你说了吧。"

当下,她就把唐云豪找她的事说了。

"情况就是这样,本来想起你对姐姐我的薄情寡义,我想告诉他你就是个人渣,当年把姐姐我摸了也亲了,然后屁股一拍就不管了。但我这种人,干不出那种过河拆桥的事,所以,打个电话给你,你自己看着办吧!"

"多谢婉香姐没有为得到我而不择手段啊。"秦帅笑着说,"其实,这里面都是误会,但我不知道怎么解释。"

玉蝴蝶说:"你不用解释,我也不需要听你解释什么,大少也是我在江湖上极欣赏的朋友之一,他既然找了我,让我调查你,我也答应了,总得给他个交代,你怎么也得吐点料给我吧?"

"婉香姐觉得,我该吐点什么料呢?"秦帅问。

玉蝴蝶说:"你自己的资料啊,家住哪,年龄多大,人生履历如何,情感史怎么样,诸如此类的。"

秦帅说:"十八年前,我的人生一片空白,一张纯粹的白纸,除了练功就是练功。十八岁初出江湖,就遇到了婉香姐你,后来的事婉香姐你都是知道些大概的。当然,有时候我跟哪个喝醉的美女去偷偷摸摸地做了点什么,就不用说仔细了吧,自己脑补就好了。"

玉蝴蝶说:"那我就说你是个始乱终弃的情场浪子?"

秦帅说:"那肯定不行,必须得说我一直在追求真爱,人品杠杠的啊。"

"滚,你就是有色心没色胆的家伙。"玉蝴蝶说,"赶紧的,给姐吐点干货。要不然,我真的只能派蝶门的人过来好好了解你了,搞不好把你在厕所里的事都给扒出来!"

"好吧,就吐点干货给婉香姐你了。"秦帅说,"十八岁以前,我的人生无从查证,大概推测来自农村。秦帅只是一个常用名,而不是身份证用名,身份证用名未知。十八岁出道江湖,性格疾恶如仇,喜路见不平拔刀相助，因此在江湖结仇无数。不过，因为性格豪爽，为人仗义，结交的真心朋友也不少，譬如在唐镇的贾豪明，还有你这位蝶门大姐大，江南叶小白等。一生追求真爱，若是不喜欢的女人会拒之于千里之外，若是喜欢的女人会一心一意地去争取。所以，结论就是，二十一世纪真正的好男人。"

"扯淡！"玉蝴蝶问，"你还有点节操吗？"

秦帅说："节操肯定是有的，只是不轻易示人啊。"

玉蝴蝶说："行了，也就嘴上贱，不敢干什么的，不跟你说这些废话，人家现在重点想知道，你既然那么喜欢她，为什么又要和别的女人牵着手暧昧不清，你说有苦衷，你得说是个什么苦衷。说不出来这苦衷，没法让人信服，就会是人家心里永远的结。"

"啊？不对啊，我跟她的误会，好像只是因为她约我，我说有点事，结果陪了另外两个女的吃了顿饭，她就以为怎么了，并没有我跟谁牵手暧昧不清的吧？"秦帅说。

"还没有？"玉蝴蝶说，"难道人家会冤枉你啊？而且，人家都说得很清楚，说不但看见你跟那个女的牵着手，那个女人的身上还穿着你的衣服，难道人家会无缘无故地编造？"

"牵着手？还穿着我的衣服？"秦帅一愣，脑子里突然一惊。

那不是和上官白雪河滩较量之后，在街上的场景吗？当时上官白雪的裙子破了，所以他把自己的 T 恤脱给上官白雪穿上。然后，上官白雪传达了影子教官的命令，让两人假扮情侣。所以，两人去街上的时候就牵着手的。

唐雨若怎么知道的？难怪她前一天晚上还愿意和他拥抱，目光里脉脉含情，一转眼就对他那么生硬。他还在想唐雨若怎么这么神经呢，原来，是唐雨若看见了他和上官白雪那么亲密，所以又误会他了。

"怎么回事你倒是说话啊，别一声不吭的。"玉蝴蝶说，"要你真是在干脚踏两只船的事，那姐姐我也帮不了你，祝你单身一辈子；若你是有什么苦衷，跟姐说了，姐帮你，再由唐大少的口说出，这个误会就能够消除，你和你喜欢的美人也可以恩恩爱爱缠缠绵绵了。"

说？秦帅是不可能说真相的。他和上官白雪不是真的恋爱，也不是在暧昧，那只是上级命令任务需要，假扮情侣。虽然他对玉蝴蝶有百分之百的相信，但纪律就是纪律。这是军事秘密，是绝不能说的。所以，这是很无奈的事情。身为一名特种人员，在很多时候跟卧底的间谍一样，你明明是为了正义而卧底去敌方，不明真相的人以为你就是叛徒，但你根本无法解释，唯有承受。一旦解释，所有的事情都穿帮了，不但搞砸了任务，也把自己置身于险境。

"这个没法解释。"秦帅说。

"没法解释？"玉蝴蝶问，"那我怎么跟唐大少说？"

"这个……"秦帅说，"就说据你所了解，我的人品还可以，是个重情重义的人，也没有发现过我跟哪个女的不清不楚，闹出什么桃色绯闻，大概意思就这样了。"

玉蝴蝶问："你觉得就这样，没有点实际的他们能信吗？譬如你跟那个牵着手，还穿了你衣服的女人，你们什么关系啊？情人？女朋友？或者只是临时约了开个房的？误会的核心应该集中在这事上。"

"那就算是女朋友吧。"秦帅没法否认。

否认了也没人信，而且他和上官白雪的戏还得继续演下去。除非说出真相，否则后面他还会有跟上官白雪牵手甚至表现得亲密的时候，还得被误会，只有整个案子结束，真相才能水落石出，所以，他唯有承认。

"算是女朋友？"玉蝴蝶问，"那你怎么跟那画廊女孩又爱得一副情深深雨蒙蒙的样子？让人伤心难过？你这不就是在脚踏两只船吗？"

秦帅说："不算吧，这位是我前女友，和唐雨若在一起的时候跟这位并没有关系，但后来跟唐雨若因为误会分了，说好了做普通朋友了，一个机缘巧合，和这位才复合。"

"这么说来，你没打算跟那个画廊女孩一起，而是决定跟现在这位一起？"玉蝴蝶问。

秦帅觉得心里被揪扯了下，还是说了："是。"

"现在这位又是个什么来头，竟然让你放弃那么好的女孩而选择她？"玉蝴蝶问。

秦帅说："肯定是个长得很漂亮，然后让我有冲动的女孩呗。好了，我还有点事要办，就不跟婉香姐你多聊了。感谢你啊，能跟我暗通信。"

玉蝴蝶说："好吧，都是你自己的事情，我就不加干涉了，你自己高兴就好，记得不要跟唐大少发生冲突，就事论事，这事是你不对。女人的心真不能随便伤的。"

"嗯，我会记住婉香姐的话，晚安。"秦帅说着，挂掉了电话。

一扬脖子，他将一整杯酒一口喝掉。人生之无奈莫过于此，唐云豪居然找了玉蝴蝶帮忙调查自己。当然，这种调查没有恶意，只是想弄清楚他到底是个什么样的人，还想成全他和唐雨若。这肯定是唐云豪和唐雨若商量后的结果。唐雨若是真喜欢他的，就算发生了这样的事，她其实还是想和他在一起的。

一个那么好的女孩，又是唐门集团的千金大小姐，要钱有钱，要势有势，而且本身长得漂亮，又有才，真是集优秀于一身，绝对配得上这世界上最优秀的男人。然而却喜欢上了他，虽然他确实也是极为优秀的男人，但那只是他背后隐藏的身份。他的表面，就是一个武功还算不错的江湖浪子，没背景，没前程。但唐雨若并没有嫌弃他，这是一份很真挚的爱情，是他一直追求的真爱，而现在这真爱触手可及，他却无法把握。

舞池中的热舞停下，人潮纷纷上岸。一名驻唱歌手到台上，唱了一首歌，居然是《有多少爱可以重来》。那沙哑的声音，声嘶力竭的演唱，让秦帅的心里莫名地纷乱。为什么，明明相爱，到最后还是要分开？

几个保安绕场巡逻的时候，其中一个的目光落在了秦帅的脸上。看见秦帅之后，他马上就转身离开了。他就是场子里的内保负责人，号称大猫哥，上次当着芳姐的面差点和秦帅起了冲突，最后被逼向秦帅道歉。

他心里一直记着这仇，上次因为芳姐在，他不敢对秦帅怎么样，没想秦帅又来了这里。虽然上次他见过秦帅的本事，先干了十多个跟随熊胖子的小混混，然后又跟熊胖子的保镖干了一架，武功确实不错，但并没有震住他，因为他也没把熊胖子手下那些小混混放在眼里。更重要的是，这里不止他一个人武功高强，他下面还有一群内保，可都是精挑细选出来的练家子，个个都是心狠手辣的角色，对付秦帅一个人，那自然是轻轻松松的。

大猫哥首先去了保安监控室，让保安关掉了监控视频。关掉之后还对保安说："这监控不是咱们关的，是电源插头自己不小心脱落的，知道吗？"

保安还不懂："为什么关了要说是电源插头脱落呢，大猫哥？"

大猫哥一吼："哪有那么多为什么，老子这么说，你就当是这么回事不就行了吗？对了，把监控主机拆了！"

"啊，为什么啊？"保安又一愣。

大猫哥说："老子叫你拆就拆，需要问为什么吗？"

"哦。"保安一脸困惑，开始拆监控主机。

大猫哥吩咐道："到时候就说是监控突然不显示画面了，你们也不知道是电源插头掉了，以为是主机出了问题，所以拆开来看，明白吗？"

保安赶紧应声道："是。"

随即，大猫哥来到了佳丽值班房。所谓佳丽值班房，就是酒吧佳丽休息的地方。而酒吧佳丽就是供来酒吧玩的男人享乐的，别称三陪、公关、商务等，俗称也叫小姐。

"小丽，你来一下。"大猫哥对一个画着眼影、刷着金粉、穿着吊带包臀裙的女人招了招手。

那女人马上就跑了过来，问："大猫哥，什么事啊？"

大猫哥说："你来帮我个忙。"

小丽问："什么忙？"

大猫哥就把嘴凑近小丽耳边说了几句，小丽马上就点头："没问题，小事一桩。"

"事成了我明天帮你订个房。"大猫哥说。

"行，一言为定哦大猫哥。"小丽说完，扭着屁股就去了。

而这边的大猫哥则马上打电话召集了保安过来，吩咐了一番。那些保安听了之后则马上气势汹汹地去找家伙。

秦帅正在那里很不爽地喝酒，一首《有多少爱可以重来》，让他想起和唐雨若之间，心里堵着特别不是滋味。

突然，一个分外性感妖娆的女人走到了秦帅的旁边，一脸媚笑，双眼电人地问："怎么，大哥你一个人喝酒吗？"

秦帅抬起头，淡淡地问："有什么事吗？"

要是以前，他可能还会开个玩笑，逗乐一下，甚至故意把眼睛盯在那胸或者大腿的地方，但今天他没这个心情，不是管谁，他都不想被打扰。

可小丽却自己在秦帅的酒桌对面坐下了，当是自己的位置一样："我也无聊，帅哥也无聊，无聊的人和无聊的人在一起喝，就不会无聊了啊，我陪帅哥喝吧？"

边说着，已经拿起了啤酒瓶，然后又拿过秦帅的杯子，替他倒酒。然而，在倒满一杯酒的时候，她却故意遮挡着秦帅的视线，往里面扔了一颗药丸进去，一粒很小的淡黄色药丸。那个动作对于很多人来说，可能都难以发现，但根本瞒不过秦帅这样的高手，因为小丽倒酒之后，故意挡住了酒杯，手在酒杯上方停了一下，而且，那个时候小丽整个人的神情都集中在酒杯上，显得有些谨慎而紧张，一看就十分可疑。

秦帅当即启动嗅觉，便嗅到了那种闻着令人有些心神浮动的味道，春药？秦帅愣了愣，这女人为什么平白无故给他放这种药？这女人肯定不会是为了让他乱性这么简单，肯定是别的目的。否则，只有男人在酒吧为女人放这种药的，哪有女人为一个不认识的男人放这种药的？

当小丽把酒杯放回秦帅面前的时候，秦帅的目光落在了酒杯里面。果然，看见了一片已经开始消溶成粉状的东西。看来，这不是简单的勾搭，而是藏着暗算与阴谋啊。

很好，老子正心情不爽呢，秦帅心里想。他在江湖上，就没怕过事。尤其是在唐镇这里，他还真希望有事情找上他，最好是跟地狱使者那狂魔有关的，只有对方出招，他才好见招拆招，抓住对方的马脚！

"既然陪我喝，你是不是该喊服务员拿个杯子来呢？"秦帅淡淡地说。

"哦，是哦，我喊服务员拿。"小丽当即转过头去，看见一名服务生，喊他帮忙拿个酒杯过来。

而这瞬息之间，秦帅已经迅速地将杯子里的酒倒掉了。